CHRISTINE GRÄN

Villa Freud

Buch

Das Mädchen Margareta, das alle Rita rufen, wächst in kleinbürgerlichen Verhältnissen auf und versucht schon früh, ihrer engen Umgebung zu entfliehen. Sie trotzt ihrer dominanten Mutter Gesangsstunden ab und übt sich an Wagner-Arien. Doch Margareta muss erkennen, dass sie ihren eigenen Ansprüchen nicht gewachsen ist. Abrupt bricht sie alle Brücken hinter sich ab und geht nach Berlin. Unter dem Namen Greta singt sie in einem zweifelhaften Jazzclub und erhebt die tägliche Improvisation zur Lebenskunst. Dann begegnet sie Oscar und folgt ihm nach Argentinien in eine großbürgerliche Existenz. Der Tango wird zur sinnlich-melancholischen Begleitmusik ihres Daseins. Doch »Villa Freud«, ein Spottname für den Stadtteil der Psychiater von Buenos Aires, ist nicht die Endstation ihrer Sehnsucht. Erfüllung findet Greta erst in Feuerland. Aber das Glück ist trügerisch, und obwohl sie sich nun Meg nennt, spürt Oscar sie auf. Und Margareta erkennt, dass sie nicht davonlaufen kann – nicht vor dem Leben und nicht vor ihrem Schicksal. Sie kehrt nach Deutschland zurück, nimmt die losen Enden ihrer Geschichte auf und komponiert daraus eine hymnische Liebeserklärung an das Leben.

Autorin

Christine Grän wurde in Graz geboren und lebt heute in München. Sie arbeitete lange als Journalistin und lebte fünf Jahre in Afrika. Seit ihren Romanen »Die Hochstaplerin« und »Hurenkind« zählt sie zu den erfolgreichsten deutschsprachigen Autorinnen literarisch anspruchsvoller Unterhaltung. Weitere Informationen zur Autorin und ihren Romanen im Internet unter: www.christinegraen.de

Von Christine Grän außerdem bei Goldmann lieferbar:

Die drei Leben der Anna Marx. Drei Romane in einem Band (13132)
Liebe ist nur ein Mord. Stories (44874)
Dame sticht Bube. Roman (44381)
Die Hochstaplerin. Roman (44983)
Hurenkind. Roman (45385)

Christine Grän

Villa Freud

Roman

GOLDMANN

Umwelthinweis:
Alle bedruckten Materialien deses Taschenbuches
sind chlorfrei und umweltschonend.

Der Goldmann Verlag ist ein Unternehmen der
Verlagsgruppe Random House GmbH.

1. Auflage
Taschenbuchausgabe Mai 2004

Umschlaggestaltung: Desing Team München
Satz: Uhl + Massopust, Aalen
Druck: GGP Media, Pößneck
Titelnummer: 45722
BH · Herstellung: H. Nawrot
Made in Germany
ISBN 3-442-45722-X
www.goldmann-verlag.de

I
Margareta

1

Der rote Ball rollt träge über den Asphalt. Er endet seinen kurzen Weg auf der durchbrochenen weißen Linie. Nicht die Bewegung, der Stillstand führt zur Katastrophe, doch wer sollte dies wahrnehmen an einem heißen, müden Nachmittag in einer Straße verkehrsberuhigter Anwohner?

Die Straße liegt in einer gewöhnlichen Stadt, deren Bürger besteuert, verkabelt und zur Begrünung ihrer Fensterfronten aufgerufen werden. Begonienorgien und Taubenscheiße beleben die Fassaden, hinter denen Menschen versuchen, an der Monotonie aller Tage den Geschmack des Lebens zu finden.

Die Frau am offenen Fenster begießt mit altersschwacher Hand blaue Blumen, die in soldatischer Reihe in Plastiktröge gepflanzt sind. Ordnung ist das halbe Leben, auch wenn die Frau längst tot ist. Ihr leerer Blick ist auf das Mädchen gerichtet, das seinen Ball vergessen hat und den Gehweg mit bunter Kreide bemalt. Kleine Menschen sind Störenfriede, die zur Sachbeschädigung neigen. Sie mag Kinder nicht, weder die eigene Brut noch die fremden. Geburten, Hochzeiten, Todesfälle sind an ihr vorübergegangen wie die Jahreszeiten, und sie ist dabei nur alt und boshaft geworden. Sie wünscht sich, dass ein Auto dem Spuk ein Ende bereiten möge. Der rote Ball stört sie. Er gehört nicht auf ihre Straße.

Eine Familie mit vier rothaarigen Kindern, ohne Begonienbepflanzung, ist im Viertel ein Fremdkörper. Dieses Mädchen füttert die Tauben in kindlicher Tierliebe. Sie ist nicht die Einzige, und so wird Krieg geführt in dieser Straße, ein Taubenkrieg, in dem sich Tier- und Fassadenschützer in unerbittlicher Härte gegenüberstehen.

Ein Autofahrer ist dem Ball ausgewichen, er hupte und fuhr weiter. Das Kind sah nicht auf. Es malt weiter farbige Kreise auf grauen Stein, die der Regen wegwaschen wird, Gott sei Dank. Sie wendet sich ab und schlurft in die Speisekammer, wo sie ihre toxischen Vernichtungswaffen in Marmeladengläsern aufbewahrt, ein Schrein der Vergeltung für alle, die Ruhe und Ordnung stören.

Geleitet von der Schwerkraft bewegt sich der Ball in Richtung Straßenrand, nachdem der Wagen ihn passiert hat. Ein Radfahrer umfährt ihn und ruft dem Mädchen zu, es möge sein Spielzeug in Sicherheit bringen. Es sieht auf, lächelt und winkt mit Kreidehänden. Der Student versucht, sich an seinen Namen zu erinnern, als er weiterfährt. Er endet mit a, so viel steht fest. Alle Töchter dieser Familie tragen Namen, die mit diesem Buchstaben ausklingen.

Laura, die Zweitälteste, teilte mit ihm einst eine Parkbank in der Dämmerung. Als es dunkel wurde, hat er sie hingelegt, entkleidet und geliebt für ein paar Minuten. Es war eine kalte Nacht, daran erinnert er sich, und dass er sich beeilte, weil seine Hände Gänsehaut berührten. Sie sprach wenig und schien seltsam unberührt von seinen Bemühungen, eine gemeinsame Basis der Lust herzustellen. »Man sieht sich«, sagte er zum Abschied, und diese Floskel, sie wussten es beide, war das Ende.

Laura arbeitet in der Bäckerei am Ende der Straße, und immer, wenn er Mohnbrötchen kauft, erinnert er sich, wie sich ihre Haut anfühlte. Es heißt, dass sie bald heiraten wird, einen Bankangestellten mit Neigung zur Flasche. In dieser Straße leben die Menschen wie Exponate in Glasvitrinen, und sie hüten ihre letzten, bösen Geheimnisse, über die gleichwohl geflüstert wird. Er ist froh, anderswo zu studieren und diesem Terrarium kleinbürgerlicher Karikaturen entronnen zu sein. »Höhlenmenschen«, nennt er diese Leute, wenn er mit seinen Hamburger Freunden über sie spricht. Es kommt selten vor. Man schämt sich.

Margareta, so heißt die Kleine, es fällt ihm an der roten Ampel ein. Sie ist mit fünf Jahren die Jüngste der Familie, ein hässliches, dürres Kind mit großen blauen Augen und den roten Haaren, die sie und ihre Schwestern aus dem normalen Bild der Straße aussondern. Hexen werden nicht mehr verbrannt, sondern verspottet, und Laura gab ihm zu verstehen, dass auch dies sehr schmerzhaft sein kann.

Ihr Vater trägt die Post im Viertel aus, ein kleiner, rundlicher Mann, dem ein Dauerlächeln ins Gesicht gemalt ist. Ein Gehalt und fünf Frauen: Man könnte sich fragen, worauf die Heiterkeit dieses Mannes beruht, aber letztlich interessieren ihn die Leute nicht. Er hat sie hinter sich gelassen wie Übergepäck, das die Beförderungsgebühren nicht lohnt.

Der Student befestigt sein Fahrrad an einem Metallständer vor der Bäckerei, während das Mädchen Margareta sein Kreidebild bewundert und hofft, dass es nie wieder regnen möge. Sie wird Malerin werden, sehr viel Geld verdienen und an einem Ort mit Tieren leben, die nicht umgebracht werden, und mit Bäumen, die in den Himmel wachsen. An dem Leute nicht an Fenstern stehen und einander beobachten. Ein Haus mit hohen Zäunen und vielen Zimmern, in denen sie allein sein kann. Die Welt ist ein schöner Traum, aus dem sie ungern in die Wirklichkeit erwacht. Sie möchte nie erwachsen werden wie ihre Schwestern.

Der Wind treibt Blätter durch die Straße, spielt mit dem roten Ball und treibt ihn zurück zur Mittellinie. Verweht so schnell wie er kam und hinterlässt bleierne Hitze, die den Asphalt weich und verletzlich macht. Stille, die von Motorengeräusch durchbrochen wird. Der Busfahrer, der auch für Tiere bremst, weil er sie für die besseren Menschen hält, schert aus und verschont das unbekannte Objekt. Gibt es fette, rote Vögel? Egal, was zählt, ist die gute Tat, und er braucht viele von ihnen, um sich besser zu fühlen an Tagen wie diesem, oder an allen Tagen. An der Haltestelle bremst er sanft und lächelt durch den Rückspiegel, um seinen Fahrgästen zu zeigen, dass er die Macht über die Pedale so oder so nutzen kann.

Eine der Schülerinnen, die den Bus verlässt, ist Agatha. Sie hält sich für das Aschenbrödel der Familie und führt dies auf die Namensgebung zurück. Denken Eltern niemals darüber nach, was sie ihren Kinder antun? Hexenhaare und Sommersprossen würden für die Hölle auf Erden durchaus genügen. Jeden Tag in der Schule wird sie neu durchlebt, und zu Hause lauern die Schwestern als Spiegelbilder einer rothaarigen Zukunft mit Brillen und Zahnspangen. Manchmal möchte sie sterben, nur um der drangvollen Nähe dieser Familie zu entrinnen.

Glück. Ein Mutterwort und die Beschwörungsformel, mit der die Familie in einer Art Marathontalkshow zum Applaus bewegt werden soll. Glück ist ein Wort, das Agathas Haut wie Salzsäure ätzt. Der häufige Gebrauch ändert nichts an dem geldwerten Mangel. Nach eigener Einschätzung rangiert ihr Clan knapp über den Asylantenfamilien, denen ihr Vater die Post ins Haus bringt.

Eine Vierzimmerwohnung für sechs Leute. Sie teilt einen Raum mit Margareta, und wenn man das Gefühl hat, in Schachteln zu hausen, erscheint die Welt groß und uneinnehmbar. Um die Beschränkung zu überwinden, beginnt man zu hassen, zum Beispiel eine kleine Schwester, die unruhig träumt und im Schlaf spricht.

Margareta ähnelt einem sehr verunglückten Engel, wie sie auf der Haustreppe sitzt und sehnsüchtig in den Himmel starrt.

Agatha zieht eine Fußspur über das Kreidegemälde, weil es Freude macht, Menschen wehzutun, die sich nicht wehren können.

»Es wird ein Gewitter geben«, sagt sie, als Margareta aufheult, und sie fügt hinzu: »Willst du nicht mit reinkommen?«

»Aber ich mag Gewitter.«

Natürlich. Sie liebt alles, was andere als störend empfinden. »Nun komm endlich. Und vergiss deinen Ball nicht. Warum liegt der überhaupt auf der Straße?« In dieser Familie darf nichts verloren gehen. Dinge sind kostbar, auch wenn man sie nicht anbeten darf. Selbst Joghurtbecher werden gesäubert und weiterverwendet. Recycling als elftes Gebot.

Agatha tippt mit ihrer Fußspitze sanft in Margaretas Seite. Die Kleine sieht hoch und lächelt. Sie verzeiht schnell und ist ein fügsames Kind, wenn es nicht um Träume oder Tauben geht. Jetzt sammelt sie vorsichtig die Kreide ein, auch die Stummel, und wirft sie in den Joghurtbecher, den ihre Schwester aufgehoben hat.

»Der Ball. Nun hol ihn endlich.« Dieses Kind vergisst vieles oder hört nicht richtig zu, eine Form von Selbstschutz, der in dieser Familie zum Überlebenstraining gehört. Agatha weist mit dem Finger auf die Straße.

Margareta weiß, dass sie nicht auf die Straße laufen darf, man hat es ihr hundertmal gesagt … und jetzt glaubt sie, dass Tagesbefehle die großen Gebote aufheben. Sie folgt der Richtung des Fingers auf Zehenspitzen, weil der Asphalt heiß, fast nachgiebig ist. Sie sieht nach oben, um den Himmel zu fragen, ob es regnen wird. Die Wolken zeichnen schemenhafte Figuren von bedrohlichen Ausmaßen, und sie meint, einen Drachen zu entdecken.

Margareta sieht himmelwärts, und so kann sie nicht sehen, was auf der Erde geschieht. Ein großes, weißes Auto fährt eine Spur zu schnell auf einer verkehrsberuhigten Straße. Die

Sonne blendet. Die Fahrerin neigt ihren Kopf zum Seitenfach, um ihre Brille zu suchen. Das Kind bückt sich nach seinem Ball.

Katastrophen scheinen jenseits der Zeit abzulaufen. Agatha sieht die Szene in unendlicher Langsamkeit, durch eine winzige Öffnung rieselt feiner Sand zu Boden und bildet einen Hügel aus Sekunden. Der Schrei und die Bewegung treffen zusammen. Sie weiß, dass ihr nur noch der Sprung bleibt, um alle Schuld zu tilgen. Sie ist eine träge Masse, die Kraft der Erde ist anziehend, und doch wieder nicht. Alle für einen, das Familienmotto, und sie hat es immer gehasst. Jetzt ist sie ganz allein.

Die alte Frau verteilt Gift auf ihrer Fensterbank. Der Student kaut ein Brötchen und denkt an Gänsehaut. Das Quietschen der Bremsen ist allzu laut für die Stille dieser Straße. Die ungeheuer gewaltsame Berührung von Metall und Fleisch hingegen erscheint merkwürdig leise.

Der rote Ball rollt auf die andere Seite, überspringt die Kante zum Trottoir und schmiegt sich an einen Hydranten. Er ist unbeschädigt. Ein paar Idioten sprechen von einem kleinen Wunder, später. Es gibt bessere, aber hier, in dieser Straße, geschehen sie nicht.

II
Rita

2

In dieser Familie werden Tragödien zelebriert wie Picknicks im Park oder Messen mit satanischem Einschlag. Sonntags finden Ausflüge statt, und sechs Leute wandern mit Rucksäcken und Körben sowie Klappstühlen und einem zerlegbaren Tisch in die biotopischen Reste der Natur, die als Freizeitangebot der Stadt gehandelt werden.

Die Älteste der rothaarigen Frauen schreitet voran wie eine Gänsemutter, nur graziöser. Das Ziel ist der Badesee, ein Teich am Rande der Stadt, zu dem Leute pilgern, die oftmals große Bäuche tragen, weil sie sich Sushi nicht leisten können. Denkt Rita, die diese Sonntagsvergnügungen hasst, schon deshalb, weil sie in dem zarten Alter ist, in dem alles, was Erwachsene tun, grob und unangemessen erscheint. Sie ist sechzehn, und es ist eine schwere Zeit.

Sie trägt den Korb mit den Salaten. Gott sei Dank, sagt Vater, gibt es am Tag des Herrn keine Post auszutragen. Er sagt es jeden Sonntag, denn er ist ein verbaler Wiederholungstäter. Das Publikum hält still, weil es kein Entkommen gibt aus diesem Stück, es sei denn, man wird erwachsen oder läuft in ein Auto.

»Sie ist bei den Engeln«, sagt Mutter und blickt nach oben, als gäbe es in dem kalten Blau etwas zu sehen, das diese Hypothese bestätigt. Sie hat nicht geweint, als der Sarg in die nasse Erde gesenkt wurde, obwohl die anderen es taten, sogar die alte

Frau von gegenüber, die Taubenmörderin. Man muss ihre Haltung bewundern, flüsterten die Trauergäste, und unterstellten der Frau insgeheim Hartherzigkeit. Die Wahrheit ist unsterblich und wird individuell beerdigt.

Niemand sagt, was er denkt, das ist Ritas Meinung, und sie schließt die ihr Nahestehenden nicht aus; die Welt ist ein Lügengebäude, in der jeder sein Zimmer des Missvergnügens bewohnt. An Tagen wie diesen wünscht sie sich, auf der imaginären Wolke der Schwester zu wohnen, schwerelos und schuldlos.

Keiner hat es je ausgesprochen, doch alle fühlen sich auf ihre Weise schuldig. Seit dem Tag, an dem sie starb, hat die Unverletzbarkeit dieser Familie Schaden genommen, und sie begannen, Vaters ewigem Lächeln zu misstrauen. Er kann sie nicht beschützen, niemand kann es, und die Schwestern, die Überlebenden, suchen das Vergessen, während die Alten ihren ohnmächtigen Zorn durch Heiligsprechung lindern.

Jeden Abend, vor dem Tischgebet, zündet Mutter eine Kerze an. Bisweilen spricht Vater von Wiedergeburt. Vielleicht als Ameise, die Rita jetzt zertritt. Manche trifft es hart, immer wieder. Sie möchte gerne böse sein oder zumindest ein rätselhaftes Traumwesen wie Mélisande. Doch sie ist nur Rita, eingeschnürt in diesen Körper, diese Familie und ihre Mittelmäßigkeit, die alles, gut oder böse, bis zur Unkenntlichkeit einebnet. Das Wollen und das Sein sind Parallelen, die sich nie begegnen. Und so fehlt in Ritas Leben nichts – und alles.

Die Grundbedürfnisse werden gestillt, doch alles, was über Nahrung hinausgeht, ist Luxus. Man brauche ihn nicht, sagt Gregor, er verstelle nur den Blick auf das Wesentliche.

Das Wesentliche ist, dieser Kindheit unbeschädigt zu entrinnen. Im Feuerkreis der Armut harrt Ritas Brünnhilde auf Rettung, und sie kann nur in der Größe liegen. Die Opernbühne als Rettungsring, doch noch befindet sie sich auf der Titanic und sehnt Eisberge herbei.

Der rote Ball liegt in Ritas Zimmer. Eine Reliquie, niemand würde mit ihr spielen. Als sie ihn aufhob an jenem Tag, war Blut an ihren Fingern. Sie weinte. Und wurde getröstet. Und hörte in gewisser Weise nie wieder auf zu weinen. Nichts ist so schwer, wie sich nicht selbst zu betrügen.

Sie haben den sorgfältig ausgewählten Platz am See eingenommen, im Schatten eines Baumes und in angemessener Nähe zum Ufer. Über den Klapptisch wird eine Plastikdecke gebreitet. Hanna zählt die Stühle, einer fehlt.

Laura sondiert die Umgebung, denn sie sucht einen Mann, der sie von allem erlöst. Sie ist zurückgekrochen in den Schoß der Familie, geschieden und kinderlos, auch aus praktischen Erwägungen, denn Brot zu verkaufen finanziert noch keine Miete. Laura investiert ihren Lohn in Kleidung, das gepflegte Äußere ist der Köder, mit dem sie ihr Glück angeln will. Ihr erklärtes Lebensziel beim Verlassen der elterlichen Wohnung war, nie wieder Gebrauchtkleidung zu tragen. Natürlich wollte sie auch eine glückliche Ehe führen und zwei Kinder in die Welt setzen. Sie hat ihr Bestes getan, aber es war nicht gut genug für einen Mann, der »eine lockere Hand« besaß. So nannte er es, wenn er sie schlug. Es hatte mit Bier und Aggressionen und der Verfügbarkeit einer Schwächeren zu tun. Und es tat weh.

Dass es ihm Leid tat, hinterher, linderte den Schmerz nur nach den ersten Malen, so lange, bis sie begriff, dass seine lockere Hand sie ihr Leben lang begleiten würde. Und so verließ Laura die Wohnung, die sie mit so viel Liebe dekoriert hatte, und kehrte nach Hause zurück. Das Eingeständnis einer Niederlage, die ihre Mutter als Sieg deklarierte. In dieser Familie ist Gewalt ein Tabu, das man nicht berührt. Lauras Vorsatz, eine Kampfsportart zu erlernen, verflog wie alle anderen Pläne für ein neues Leben. Sie besucht einen Schminkkurs in der Volkshochschule.

Nun schlägt sie nach einer Mücke und handelt sich Vaters strafenden Blick ein. Gottes Kreaturen werden nicht ermordet und nur in jenen Fällen verzehrt, in denen ein mitfühlender Mensch sie mit schonender Hand ins Jenseits befördert hat. Hühner vom Biobauern zum Beispiel, oder die tranigen Fische, die Gregor Bronner um Verzeihung bittet, bevor er sie tötet. Er hat sich seine eigene Religion geschaffen, eine schlichte Mischung aus Buddhismus, Hinduismus und Katholizismus mit einer Prise calvinistischer Sturheit.

Sich zu fügen und sein Regelwerk heimlich zu hintergehen, gehört zum Spiel, das sie alle perfekt zu beherrschen gelernt haben. Er ist ein gütiger Diktator, ein Briefträger, der Priester werden wollte, ja es vielleicht sogar geworden wäre, hätte nicht diese schöne, rothaarige Frau seinen Weg gekreuzt. Er liebt sie, er betet sie an, er trägt Briefe aus, um sie und ihre Kinder zu ernähren, und jeden Tag dankt er allen Göttern für das Glück ihrer Gegenwart, ihrer Stimme, ihres Körpers, ihrer Zuneigung, ihres unvergleichlichen Gulaschs und ihrer gemäßigt sadistischen Neigungen, die seine sexuellen Präferenzen vortrefflich ergänzen.

Das Leben wäre perfekt, wenn es den Tod ausschließen könnte. Nach dem letzten, aus ihrer Sicht ungewollten Kind, ließ sich seine Göttin sterilisieren. Es sei genug, sagte sie, und er widersprach nicht, weil er ihre versteinerte Trauer fürchtete. Seither stellt sie ihm nur noch ihren Mund zur Verfügung, mittwochs und samstags, als ob man doppelt verhüten müsse. Kann er mit dieser Frau über Sex oder Logik diskutieren? Nein, er wartet mit Demut und Geduld, dies sind seine Stärken, und doch ahnt er, dass etwas zerbrochen ist, das nicht mehr heilen kann. Es macht ihn reizbar, gestern hat er einen Hund getreten in Notwehr und Ausübung seines Dienstes, und in der Woche zuvor hätte er beinahe seine Hand gegen Rita erhoben.

Sie war immer schon ein seltsames Kind, fügsam und widerspenstig in einem, und von allen Mitgliedern der Familie scheinen die Schuldgefühle sie am stärksten zu belasten. Was man verstehen kann, und versucht er nicht, alle und alles, was ihm widerfährt, demütig hinzunehmen? Liebe ist der Schlüssel, und Anna, die Älteste, versteht am besten, was er seinen Kindern predigt.

Anna arbeitet als Pflegerin in einem Seniorenheim, wo ihre Jugend und Rubensfigur ebenso geschätzt werden wie ihre unerschütterliche Frohnatur. Sie hat sich nie für Männer interessiert, die jünger als sechzig sind. Sie nennt es »die fette Beschränkung der Möglichkeiten«.

Es erstaunt ihn immer wieder, wie verschieden seine Frauen sind. Das Wunder der Vermehrung in unterschiedlichen Körpern und Geistern. Rita ist dürr und ein Schwergewicht an Maßlosigkeit. Sie will Wagner-Sängerin werden und wird nicht müde, diesen absurden Wunsch zu äußern und um Gesangstunden zu betteln.

Armut ist ein bescheidener Nährboden für geistige Entwicklung, doch erlaubt auch er Hoffnungen und Chancen. Aber nicht Wagner. Sie hat eine hübsche, zarte Stimme und singt im Kirchenchor, obwohl Gregor den rituellen Handlungen in barocken Prachtbauten misstraut. Er hat nichts gegen Musik, Gott behüte. Mozart, Strauß, die amerikanischen Schnulzen, die seine Frau so gerne hört. Sie singt manchmal, während sie kocht, und dieses Bild, der Klang und die Gerüche sind so maßlos schön, dass sie sein weiches Herz vollends zum Schmelzen bringen. Die Liebe und der Tod, andere Geheimnisse gibt es nicht, und anderes möchte er weder entdecken noch erforschen.

Gregor beobachtet seine Frauen vom Wasser aus. Rita gleicht einer Statue, die ein Bildhauer unvollendet ließ. Zu klein für ihre großen Ambitionen. Der Lump, so nennt er Lauras Exmann, nahm sie mit in *Tristan und Isolde*, und sie kam zurück wie eine, die ihren Gott gehört hat. Was hat er ihr gesungen? Rita schweigt, wenn man in sie dringen will. Töchter sind ein großes Geheimnis.

Rita beobachtet den Flug von Vögeln und wünscht sich, einer von ihnen zu sein. Ihre Schwester Laura sitzt in graziöser Haltung am Ufer und sehnt sich nach dem Märchenprinzen. Es gibt Leute, denkt Rita, die ihr Leben lang auf etwas warten. Andere grillen an Badeseen, und es riecht nach verbranntem Fett. Sie hört das Kreischen von Transistorradios und Kinder, die um die Wette plärren, und sieht hässliches Menschenfleisch, unverhüllt und ohne Scham. Wenn dies das Leben ist, sollte man nicht von seiner Schönheit sprechen.

Denken diese Leute zu Lande und zu Wasser jemals über den Mythos von Eros und Tod nach? Rita gibt sich selbst die Antwort: Nein. Außerdem hasst sie ihre fahlen, dünnen Schenkel, und nur in ihrer körperlichen Unvollkommenheit fühlt sie sich dazugehörig. Sie schreibt Gedichte, und sie sind schlecht. Sie singt, sie schreit mit allem, was ihre Stimme hergibt, und niemand hört zu. Alle Sehnsüchte sind so, als wolle man mit Netzen den Wind einfangen. Man biegt sich, den meisten fällt es leichter als ihr.

Wenn du in der Schule gut bist … Vaters erpresserische Formel für Gesangstunden: Rita ist eine aufmerksame und angepasste Schülerin. Denken sollen die Bildungssoldaten, aber nicht zu viel, und vor allem nicht anders, denn Lehrer sind auch nur Menschen, die Macht ausüben und Macht missbrauchen. Die Schule als Biotop der Züchtung des geringsten Widerstandes: Ihre Energien sind darauf gerichtet, nicht aufzufallen. Kein Zoff mit den Lehrern, den Banden, den Cliquen. Wenn sie niemandem bedrohlich oder lächerlich erscheint, lässt man sie in Ruhe. Cool sein heißt, jegliches Gefühl nur in gefrorenem Zustand an die Außenwelt zu lassen. Vielleicht hat jeder

Angst, und deshalb lügen alle. Und alle verlassen die Welt in tiefgefrorenem Zustand. Nur wenn sie Musik hört, taut Rita auf. Musik ist Schönheit und Perfektion. Die Flucht aus dem, was ist. »Ich will singen.« Eine andere Straße sieht sie nicht.

»Du hast eine hübsche Stimme«, sagte Ritas Musiklehrerin, die sich mit den Jahren der Ernüchterung oder Erbitterung der spirituellen Musik zugewandt hat, vor allem der Musik der Sufis, jene nächtlichen Endlosgesänge der Troubadoure Allahs, bei denen die Stimmen immer wieder ins Falsett kippen. Rita vermag weder das Entzücken noch die Ekstase zu teilen, die Klänge sind ihr fremd, doch sie heuchelt, um in der Gunst des einzigen Menschen zu bleiben, der eine reale Verbindung zur Musik darstellt. Der Chorleiter protegiert seine Sängerinnen nach der Größe ihres Busens. Sie hat nicht die geringste Chance, jemals ein Solo zu singen.

»Hör auf zu träumen und komm ins Wasser. Es ist ein so schöner Tag.«

Hanna boxt sie in die Schulter. Sie hat den Drang, andere zu berühren, ihnen körperlich nahe zu kommen, und Vater liebt es. Rita nicht. Sie schüttelt den Kopf und reibt sich die Stelle mütterlicher Zuneigung. Begreift Hanna nicht, wie verletzlich ihre Tochter ist? Hanna ist so unerschütterlich in allem, was sie tut, in ihrer Trauer oder Freude, und ihre erbarmungslose Zuneigung überrollt alles, was nicht ausweichen kann. Gott, sie ist perfekt, diese Frau, und vor allem darin, Mutter zu sein.

Rita weiß, dass ihre Mutter Pralinen an die Bäckerei verkauft und das Geld spart, um ihr diesen einen großen Wunsch zu erfüllen. Es macht sie wütend, weil Hanna sich für etwas einsetzt, an das sie nicht glaubt. Und dann, wenn sie die großen Bleche mit den Miniaturen aus Schokolade, Trüffeln und Marzipan sieht, und Hanna in ihrer weißen Schürze, fühlt Rita sich schuldig. Anna vergleicht den Genuss der rumgetränkten Rosinen eingebettet in Marzipan und Schokolade, mit den Klängen von *La donna è mobile*, die ihre Schwester in Trance versetzen.

Alle Lust will Ewigkeit. Und hinterlässt den bitteren Geschmack der Entbehrung. Anna wird fetter, und Rita verzehrt sich in ungestillter Sehnsucht.

Ein Blatt löst sich vom Baum, als Hanna zum See schreitet. Sie geht nicht wie andere Leute, sie setzt ihre Füße auf den Boden, Schritt für Schritt, als wolle sie von ihm Besitz nehmen.

Ihre Schönheit ist schwerer geworden mit den Jahren, aber sie ist immer noch präsent, und die Leute sehen ihr nach und fühlen sich gedemütigt. Sie ist Furcht einflößend, denkt Rita, vor allem deshalb, weil sie sich ihrer Wirkung auf andere nicht bewusst ist. Oder sich nicht darum kümmert. Hanna lebt ihr Leben wie einen schönen Traum. Und wenn sie aufwacht und stirbt, wird sie sagen, dass alles richtig war. Das ist eine schreckliche Vorstellung.

Rita wendet ihren Blick von dem weißen Rücken, auf dem ein roter, in der Sonne flammender Zopf aufliegt. Schönheit tut weh, weil sie so selten ist unter Menschen. Ein unverdientes Geschenk der Natur, die von allem im Überfluss besitzt, bis man sie zerstört. Wie diesen Badesee mit seinem niedergetrampelten Gras, den umgrenzenden Parkplätzen, den Getränke- und Eisbuden und grünlackierten Mülleimern. An Tagen wie diesem wühlen die Badenden den Schlamm vom Grund auf und verwandeln das Wasser in eine braune Brühe. Die Bäume zwischen Ufer und Parkplätzen scheinen zäh und langsam zu sterben. Noch spenden sie Schatten, doch die Mörder bevorzugen ohnehin die pralle Sonne. Lauras Haut färbt sich marmeladenrot, Rita kann es aus der Distanz erkennen. Sie hat die Gesetze der Weißhäutigen nie befolgt. Sie möchte so gerne glänzen, ihre Schwester, doch Hanna hat ihre Schönheit sozusagen aufgeteilt, jede bekam nur ein wenig davon. Rita schenkte sie ihre türkisen Augen. Der Rest ist kümmerlich.

Dass sich alles noch »auswachsen« wird, behauptet nur Hanna. Sie hat Königinnen geboren, dies ist ihr fester Glaube. Weiß sie nicht, dass Königinnen tragische Figuren sind?

Der Wind spielt mit einer Plastiktüte. Rita beobachtet das willenlose Schweben, das so leicht und harmonisch scheint, ein sanftes Gleiten ohne Widerstand und Lärm, und dann sinkt sie doch zu Boden, weil es ihre Bestimmung ist. Das Schauspiel macht Rita traurig, sie weiß nicht, warum. Hanna wird die Plastiktüte später aufheben und in ihre große Badetasche stecken. In ihrem Leben darf nichts verloren gehen. Dies ist Mutters Plan, und er konnte nicht aufgehen.

Es ist schwer, hinter die Wirklichkeit zu sehen, wenn sie einen ständig zwingt, vordergründig zu handeln. Die Kindheit ist ein Märchen oder eine besondere Form der Hölle. Kein falsches Familienidyll kann ihr die Furcht nehmen, in dieser Hölle für ewig verloren zu sein. Denn wer die Wahrheit nicht in sich selbst zu schauen vermag, dem kann sie kein Buddha offenbaren. Würde Vater sagen. Die Wahrheit ist: Rita würde über Leichen gehen, wenn sie sich dafür den Traum der großen Sängerin erfüllen könnte.

Sie atmet tief ein und empfängt die Aura von Holzkohle und Bratwürsten. Zum Singen gehört richtiges Atmen, und zum Atmen die richtige Körperhaltung. Sie bemüht sich immer, sehr aufrecht zu gehen, das ist nicht leicht.

»Ich will Wagner singen. Ich will Gesangsunterricht.« Das ist alles, worüber Rita sprechen will. »Später«, sagt Gregor dann. Später ist der Tod, und jeder Tag verloren, an dem man nicht das tut, was man wirklich will. Und so wartet Rita auf die *wild card*, das unvorhergesehene, nicht berechenbare Ereignis, das die Welt verändern wird. Den Entdecker ihrer Stimme. Es wird nicht der Chorleiter sein, der sie rügt, wenn sie versucht, die anderen zu übertönen. Crescendieren bedeutet wachsen, lauter werden in der Musik, und sie will diese Kirche ausfüllen, wenn sie singt, und die Orgel besiegen und diesen Mann, der die Callas in die letzte Reihe gestellt hätte, weil ihm ihr Gesicht missfallen hätte. Schönheit geht vor Wohlklang, und ein Verlierer, der Sieger spielen darf, hat großes Talent zum Folterknecht. Rita hasst ihn mit der Intensität eines Opfers, das gerne Täter wäre. Sie würde ihn über die Balustrade ins Kirchenschiff stoßen, wenn sie den Mut dazu hätte.

Doch das Leben ist nicht kühn und gewaltig, nur feige und lächerlich. Die Mädchen mit den großen Brüsten und den kleinen Stimmen lachen über den Mann, der sie mit seinen Blicken vögelt, und sie reizen ihn mit engen T-Shirts und verheißungsvollem Lächeln. Man zieht sich selten aus für einen, dem man sich überlegen fühlt.

Rita hat es dennoch getan, dreimal mit einem Jungen aus der Schule. Er spielt Saxophon in einer Band, das war wohl der Grund, und wenn sie nicht die Augen geschlossen und Musik gehört hätte, wäre die Inszenierung zum Fiasko geraten. Er hatte vermutlich ein Buch über orale Befriedigung gelesen und verbrachte (nach Ritas und vermutlich auch seiner Meinung) endlose Zeit mit seinem Mund zwischen ihren Beinen. Sie fühlte nichts außer Langeweile und Erstaunen darüber, wie viel Aufhebens um eine Sache gemacht wird, die in Eigenregie sehr viel befriedigender und zielorientiert ist.

Sein Saxophonspiel war in seiner Unvollkommenheit eindeutig besser, nur hatte sie nicht den Mut, ihm das zu sagen. Und so hielt sie still und seufzte zu den Klängen von Jonas Gwangwa, und als die Musik zu Ende war, entfernte sie sanft seinen Kopf und lächelte in der Art von Frauen, die Männern alles verzeihen, auch die Hinrichtung von Erotik, obwohl sie von der Bedeutung dieses Wortes wirklich keine Ahnung hatte.

Dann kniete sie zwischen seinen Beinen und nahm in den Mund, was nicht schmeckte und zu umfangreich wurde, um genießbar zu sein. Auch die Vorstellung, auf einem Saxophon zu spielen, machte die Sache nicht besser. Doch er war gnädig und überschwemmte sie mit seinem Samen, bevor der Brechreiz unerträglich wurde. Das war ein Augenblick, in dem Rita glaubte, dass Frauen Männern überlegen seien, trotz allem. Vielleicht, weil bei ihnen alles nach innen gerichtet ist und viel verborgener.

Beim zweiten Mal, als er in sie eindrang, revidierte sie diese Ansicht. Es tat weh. Und wieder spürte sie nichts außer geringfügigem Schmerz und dem Gewicht, das auf ihr, in ihr war. Schweiß auf ihrer Haut. Das Geschlecht als Brennpunkt des Willens in der erotischen Konzeption einer Oper. Höchste Lust, und Isolde sinkt sanft auf Tristans Leiche. So sehr sie diese Vorstellung auch bemühte, es gab nichts, was solcher Dramatik auch nur annähernd nahe kam.

Das gefüllte Kondom erzeugte ein quatschendes Geräusch, als er es abzog. Sein Grunzen, ihr Stöhnen. Die Lautmalerei des Geschlechtsverkehrs erschien Rita als dissonant; es war, als ob ein Duett in verschiedenen, nicht zueinander passenden Stimmlagen gesungen würde.

»Bist du gekommen?«, fragte er, und Rita dachte, wohin und wozu?, doch sie nickte, weil minderjährige Saxophonspieler empfindsame Wesen sind und sie immerhin wusste, dass es so etwas wie männlichen Stolz gab, den zu verletzen auch ihre Generation nicht angetreten war. Über Sex oder was man dafür hielt, wurde in den Mädchentoiletten gesprochen oder auf dem Pausenhof. Hier wurden Noten verteilt und Orgasmen verglichen, Größe und Technik diskutiert, doch nie, niemals in Erwägung gezogen, die Mysterien des weiblichen Lustgewinns dem anderen Geschlecht mitzuteilen. Es wäre wohl Verrat an der Sache gewesen, die auch mit dem Wort Macht zu erklären war.

Das Gesetz der Trägheit und die Kräfte der Anpassung, gestülpt auf einen starken Willen, vereisen die Seele, bis sie schmilzt. Rita ahnt, dass sie all das nicht ist, was sie zu sein vorgibt. Sie ist nicht nett, dieses Bild ist so trügerisch, dass sie manchmal Angst hat, jeder könne die Fälschung erkennen. Hannas besorgte Blicke. »Du musst deinem Herzen folgen«, sagt sie ihren Töchtern, als ob das so einfach wäre. Rita ist fast überzeugt davon, in einer Gesellschaft von Gehörlosen zu leben, die sich zu Tode reden. Und gäbe es die Musik nicht, nur all die Worte, die flüssigen, überflüssigen, aggressiven, belehrenden, süßen, gemeinen, mahnenden, befehlenden, lügenden, schmeichelnden … gäbe es nur sie und das Schweigen, so wäre sie bereit, ihr Dasein als entbehrlich zu betrachten. Es ist, so wie es ist, von trostloser Leichtigkeit. Wie ein leerer Plastiksack, den der Wind bewegt.

»Willst du gar nichts essen? Nimm doch von der Pastete!« Gregor hält ihr den Teller hin und lächelt, wie immer. Die Aufforderungen von Eltern sind verhüllte Befehle, und es wäre ein Sakrileg, Hannas Kochkunst nicht zu würdigen. Rita kommt aus ihrer Welt zurück in die Szenen ihres Lebens und spricht aus, was ihr in diesem Augenblick einfällt. Vielleicht, wenn sie darüber nachgedacht hätte, wäre sie still geblieben, doch wird andererseits zu wenig gesagt, was wahr ist, und so bleibt der freie Wille eine Chimäre, geformt aus den Nebeln der Feigheit.

»Ich esse nichts mehr, bis ihr mir erlaubt, Gesangstunden zu nehmen.«

Die Geräuschkulisse ist immer noch erheblich. Kinder toben, Mütter brüllen, Radios plärren, Motoren dröhnen, auch Lachen ist zu hören. An dem Tisch herrscht Schweigen. Gregor schiebt seinen Teller behutsam zurück. Laura betrachtet einen Fingernagel, dessen Lackschicht abbröckelt. Anna schluckt einen sehr großen Bissen hinunter. »Dann wirst du sterben.«

»Unsinn.« Hanna wirft ihrer Ältesten einen Blick zu, der besagt, dass dieses Wort im Zusammenhang mit Familie tabu ist.

Anna zündet sich eine Zigarette an. Besondere Ereignisse setzen gute Sitten außer Kraft. Laura kann die Stille nicht mehr ertragen: »Jemand, der so dürr ist wie du, sollte nicht so dumme Witze machen.«

»Es ist mein Ernst.« Rita gegen den Rest der Welt, die um einen Campingtisch mit karierter Decke versammelt ist. Das Gefühl ist überwiegend gut, auch wenn sie jetzt plötzlich Hunger verspürt, großen Hunger, als ob sie seit Ewigkeiten nichts gegessen hätte. So lange sie denken kann, wurden Familienangelegenheiten ausdiskutiert, jeder durfte etwas sagen, und am Ende entschieden die Alten, und sie nannten es Demokratie.

»Es ist eine Geldfrage«, sagt Gregor, und Hanna streichelt Ritas Arm. »Wir bitten dich doch nur um etwas Geduld.«

»Es dauert etwa dreißig Tage, bei Rita würde es vermutlich schneller gehen, weil der Körper auf keine Fettreserven zurückgreifen kann.« Anna hat, seit sie in dem Altenheim arbeitet, eine gewisse Distanz zum Tod entwickelt.

»Sei endlich still.« Hannas Hand krallt sich in den Arm ihrer Tochter. »Ich werde diesen Unfug nicht zulassen. Wie kommst du bloß darauf?«

Es war eine Eingebung, denkt Rita. Die meisten Leute misstrauen unerwarteten Gedanken und handeln deshalb so, wie es von ihnen erwartet wird. Der Kompromiss als Lebensform des geringsten Widerstandes.

»Du kränkst uns sehr.« Gregor erklärt ihr, dass das Problem des Lebens darin bestehe, über das Entweder-Oder und den Gegensatz von Ja und Nein, welche die Wahrheit verdunkeln, hinauszukommen. Er schleudert seine sanften Sätze gegen eine Mauer aus Trotz und Ablehnung.

»Vielleicht findet sich ja ein Weg«, sagt Hanna, als die anderen ratlos schweigen. Das Wort, das alle Optionen offen und der Harmonie eine Chance lässt, erschien ihr stets als Trost in schwierigen Zeiten. Die Krisen in ihrem kleinen Reich waren immer mit Vernunft gelöst worden. Und vor allem mit Liebe. Die Essensreste auf dem Tisch erscheinen ihr mit einem Mal obszön. Hanna beginnt, sie einzusammeln und in Plastikdosen zu füllen. Abends wird es ein Ragout geben, überbacken mit Schafskäse, und dazu Rosmarinkartoffeln. Die Verwertung von Resten ist eine Herausforderung, die sie immer gereizt hat. Gewisse Parallelen zum Leben sind nicht auszuschließen. Jeder kann mit den besten Zutaten große Küche zustande bringen. Die Kunst besteht darin, aus Minimalem Großes zu schaffen.

Rita war, im Gegensatz zu allen anderen, nie eine gute Esserin. Vielleicht gibt es für manche Menschen nur eine, unteilbare Leidenschaft im Leben? Gregor hat sie: Sie heißt Hanna. Hanna hat sie: Sie heißt Kochen. Und Gregor. Die Kinder. Und nichts, was darüber hinaus in der Welt geschieht, kommt ihr wirklich nahe. Draußen, das ist Kino, schön oder hässlich, mit Darstellern, die ihr fremd sind, und einem Regisseur, den Gregor früher Gott genannt hat. Heute neigt er eher zum Buddhismus, aber auch hier wäre es richtig, von einem Ragout zu sprechen, aus dem er jeweils das löffelt, was ihm gerade schmeckt. Als Priester wäre er vermutlich ein großes Ärgernis geworden.

Hanna nimmt die Plastiktüte, die am Boden liegt, und füllt sie mit abgenagten Hühnerbeinen. Später wird sie die Knorpel herauslösen und sie dem Hund des Hausmeisters geben. Die Leute werfen alles weg, und am Ende ihr Leben. Weil sie, genau genommen, auch Abfall sind, der letztendlich entsorgt werden muss. An jedem Sonntagabend im Sommer sieht das Ufer des Sees wie eine Müllkippe aus. Dann wünscht sie sich Macht und einen Lautsprecher, um die Leute zu zwingen, für Ordnung in ihrer Welt zu sorgen. Manchmal glaubt Hanna, dass sie ein guter Diktator geworden wäre.

Sie hat ihre Kinder zur Achtsamkeit erzogen, in Bezug auf Menschen und auf Dinge. Alles um sie herum scheint irgendwie zu verwahrlosen. Und jetzt probt Rita den Aufstand gegen die Armut. Hanna hat sie nie als solche empfunden. Es war immer genug zu essen da. Die wichtigsten Wünsche wurden erfüllt. Und jetzt das: Hanna kämpft gegen ein Gefühl, das sie als Wut einstuft. Der Müll und die Wut gegen die Tochter, der sie Schuld zuweist. Es ist unfair, sie will nicht so denken, aber hätte dieses verfluchte Auto nicht …

Jetzt hält sie inne. Es ist ihr immer schwer gefallen, nichts zu tun, ihre Hände nicht zu gebrauchen. Stillstand ist die Bewegung, die Hanna am meisten fürchtet. Tote sind so still. Man begreift nichts, wenn man neben ihnen steht und ganz alleine atmet. Das Zusammentreffen unglücklicher Umstände, das Schicksal, der Zufall, Gottes Beitrag, die *wild card*, von der Rita immer spricht, als sei sie etwas Begehrenswertes oder Gerechtes … nein, sie kann keinen Sinn darin sehen, dass man ihr diese Karte entrissen hat, als Hanna glaubte, das Spiel des Lebens in der Hand zu haben.

Rita steht an den Baum gelehnt. Sie sieht ihre Mutter an, und Hanna denkt voller Panik, dass sie ihre Gedanken lesen könne. Rita lächelt, fast verständnisvoll. Dann senkt Hanna als erste die Augen.

»Ich weiß, dass du uns alle sehr liebst.« Rita hilft ihr, die Körbe in den Schatten zu stellen.

Sie ist so unglücklich, diese Tochter, und Hanna glaubt nur in diesem einen Augenblick, dass sie eine Schuld begleichen muss. Also stellt sie die Frage, die Zugeständnis ist: »Wie viel wird es kosten?«

Rita nimmt Hannas Hand, eine Berührung, die selten von ihr ausgeht. Die Hand, die sie ergreift, ist stark und rau, und ihre dünnen, gelenkigen Finger verschwinden fast darin. »Mindestens sechshundert im Monat. Und dafür kriegt man nicht die besten Lehrer.«

»Es ist trotzdem viel Geld. Aber wir werden es irgendwie aufbringen. Nicht wegen deiner lächerlichen Drohung. Ich denke einfach, dass du jetzt dran bist. Wir werden auf anderes verzichten müssen.«

Das Leben ist schön, auch dort, wo man es nicht erwartet. Der Tümpel verwandelt sich in einen glitzernden See. Rita möchte jetzt singen, statt dessen umarmt sie ihre Mutter mit einer Leidenschaft, die nur Musik auslösen kann. Dann nimmt sie Hannas Apfel mit der Großzügigkeit der Siegerin entgegen. Er ist klein und hässlich, und seine Haut ist verschrumpelt.

»Man muss sich durch die Schale beißen«, sagt Hanna.

3

Ich konnte nicht anders. Rita hat diesen Satz nie verstanden. Die Schläger, Vergewaltiger, Kinderschänder, Folterer, Mörder und Wegseher... sie alle *konnten* nicht anders? Welche Form der Absolution soll das sein? Der Himmel für alle, die sich in die Hölle der Willenlosigkeit begeben haben? Ein bequemer Platz zum Ausruhen von dem, was fordert und dazu drängt, dem Leben eine Richtung zu geben, die einem zeigt, wer man ist?

Ein Ball, der auf die Straße rollt, kann nicht anders. Die ihm hinterherlaufen, schon. In Ritas Sicht der Welt ist der Wille eine absolute Größe. Sie ist frei. Abgesehen davon, dass sie minderjährig, geldlos und einer Familie ausgeliefert ist, in der jeder versucht, dem anderen seinen Willen aufzuzwingen.

»Ich kann nicht anders«, sagt Anna, und auch aus ihrem Mund klingt der Satz verdächtig. Anna hat sich für diese Wendung und einen Mann entschieden, der als Geburtstagsüberraschung in die Familie eingeführt wird. Ihr Geschenk an Hanna, die so fest daran geglaubt hat, dass ihre älteste Tochter die

Familie nie verlassen, sie sozusagen weiterführen wird. Hanna fühlt sich betrogen, und ihre stille Wut senkt sich wie ein bleierner Vorhang über die Tischgesellschaft.

Anna liebt Justus. Also glaubt sie, nicht anders zu können. Er ist vierundsiebzig und ein Bewohner des Seniorenheims, in dem sie arbeitet. Als Geschenk betrachtet ist der Mann ein trojanisches Pferd, das Hanna als Kriegserklärung deutet. Über die Geburtstagstorte hinweg, die aus Lagen von Blätterteig, Schokolade und Himbeeren, Rum und Mascarpone aufgetürmt ist, versucht sie ihre Tochter davon zu überzeugen, dass man in der Liebe irren kann.

»Ich weiß«, erwidert Anna.

Woher wohl? Rita verfolgt den Weg des Tortenstücks vom Teller bis in Annas Mund. Er ist groß und üppig wie alles an ihr. Ungeschminkt, denn Lippenstift würde den Geschmack beeinträchtigen. Anna lässt jeden Bissen im Mund zergehen, bevor sie ihn langsam schluckt. Sie erscheint unbeteiligt an dem Sturm, den sie entfachte, obwohl sie den Eindruck erweckt, aufmerksam zuzuhören.

Gregor spricht von Fortpflanzung, dem natürlichen Kreislauf des Lebens, und während er Argumente formt, fragt er sich, ob die Endungen auf a wirklich eine so glückliche Entscheidung waren. Hanna bestand darauf, sie ist abergläubisch wie ihre irische Großmutter, die mit fünfundneunzig Jahren starb und sieben Kinder und neunzehn Enkel hinterließ. Sie hieß Elsa, und all ihre Töchter und Söhne waren unehelich, doch dieses Detail änderte nichts an Hannas Glauben, dass die Erfüllung im Buchstaben A zu finden sei. Jehova, Buddha, Allah… was nützt es, sie anzurufen, wenn Anna eine Wahl getroffen hat? Wie ein Fels sitzt sie da, und nichts an ihr ist weich bis auf das Fleisch, das sie einem Mann offenbart, der sein Vater sein könnte.

Hanna erklärt mit ihrer demütigsten Stimme, dass sie sich nichts sehnlicher wünsche als Enkelkinder.

Laura fühlt sich schuldig. Sie betrachtet ihre gepflegten Finger, die Babys liebkosen sollten und statt dessen Brot über die Theke schieben. Sieht Rita an, die wie immer ein wenig abwesend erscheint, eine fehlbesetzte Walküre im Feuerkreis ihres Ehrgeizes. Biologisch und praktisch gesehen, wäre nun wirklich Anna an der Reihe. Hat man je ein so gebärfreudiges Becken gesehen?

Doch Justus kann kein Irrtum sein, denn Anna hält an ihm fest wie am letzten Rettungsring ihres Lebens. Sie wird ihn heiraten, das Datum steht bereits fest. »Wir haben schließlich keine Zeit zu verlieren«, sagt sie, und Rita denkt, das haben wir nie, weil es einen Anfang und ein Ende gibt, und dazwischen eine begrenzte Wirklichkeit.

Hanna weint niemals. Sie wird steinern, und nichts fürchtet Gregor so sehr wie diesen Ausdruck ihres Gesichts. »Charlie Chaplin hat mit achtzig noch ein Kind gezeugt.« Diese, seine Kapitulationserklärung, quittiert Hanna mit einem Senken der Mundwinkel, doch Anna nimmt das Stichwort dankbar auf.

»Wenn ihr es wirklich wissen wollt: Wir haben wunderbaren Sex. Justus ist nicht alt. Er sieht nur so aus. Dieser Mann hat die Seele eines Zwanzigjährigen. Im Übrigen dachte ich immer, dass wir eine besondere Familie seien.«

Sie sieht herausfordernd von einem zum anderen, bevor sie sich ein zweites Stück von der Torte abschneidet und behutsam auf ihren Teller bugsiert. Sie ist eine Fundamentalistin der Sinne: Essen und Sex als wundersame Berührungen des Körpers. Die Alten brauchen so viel Zärtlichkeit, es ist, als hätten sie in ihrem Leben nie genug davon bekommen. Und sie kann sie ihnen geben, und besonders einem, den sie mehr liebt als die anderen. Weil sie weiß, dass Geld nicht wichtig ist, aber zählt, fügt sie hinzu, dass sie die Familie weiterhin unterstützen werde, denn Justus' Beamtenpension werde für zwei reichen.

Buddha sei Dank. Rita seufzt nach innen, denn Annas Glück oder Unglück zählt nichts im Verhältnis zu ihrer Angst, dass die Gesangstunden ausfallen könnten. Und dies zu einem Zeitpunkt, an dem sie mithilfe ihrer Musiklehrerin jemanden gefunden hat, der sie in Wagners Welt bringen wird. Ritas Herzenssache. Der Mensch, an den sie glaubt, den sie fürchtet, anbetet, liebt, hasst...

Die Ängste sind groß, und sie führen immer zur Quelle des gehätschelten und gehassten Ichs. Rita kann in Gregors Haltung die Furcht vor Hannas Zorn erkennen, denn wie ein Junkie ist er süchtig nach Harmonie, dem schönen Klang der Eintracht. Hanna fürchtet um ihr Gesamtkunstwerk, das vollkommenste all ihrer Gerichte: der von ihr erschaffene Eintopf aus Menschenfleisch. Anna hat Angst vor ihrer Entscheidung, der Veränderung von Lebensumständen, und wer wird sie so vollkommen füttern, wenn sie auszieht?

Lauras Gesicht trägt Spuren von Neid. Sie ist jünger und hübscher und auf dem Kriegspfad, seit sie denken kann. Aber die Helden, die sich ihrem Anriff in Form eines Eherings ergeben könnten, leben anderswo.

Ein Minimum an Aufrichtigkeit, und sie alle würden einander in die Arme fallen – oder aufstehen und getrennte Wege gehen. Es gibt immer zwei Möglichkeiten, denkt Rita, mindestens, aber die Grundlage wäre die Analyse der Wirklichkeit, in der man sich und die anderen ohne Angst oder Kalkül definiert und daraus eine Entscheidung formt. Das Risiko, dass sie falsch sein könnte, wiegt geringer als die dritte Wahl: die Umgehung aller Möglichkeiten bis hin zur Selbstauflösung.

Rita hat fast achtzehn Jahre gelebt und glaubt an die Summe ihrer begrenzten Erfahrungen: Die Substanz ist Angst, und niemand kann sie dir nehmen. Die Furchtlosen sind Mörder oder Märtyrer. Wie der Junge aus ihrer Schule, der sich weigerte, Crack zu nehmen, und aus dem zweiten Stock sprang, als sie ihn einen Feigling nannten. Jetzt ist er ein Verrückter, der humpelt, während Rita vorgab, das Zeug zu schlucken, in ihrer Mundhöhle speicherte und unauffällig ausspuckte.

Schauspielen gehört zum Leben und zur Kunst. Die Stimme allein genügt nicht, man hat es ihr oft genug gesagt. Opernsänger müssen Schauspieler, Leistungssportler und Techniker ihrer Stimme sein, sie müssen fechten – und sterben können, und alles ist hundertmal geprobt und doch ein Spiel des Zufalls.

Hanna ist nach Ritas Einschätzung eine furchtlose und begabte Selbstdarstellerin. Nun nimmt sie zu aller Überraschung ihre älteste Tochter in den Arm. Sie wird eine Hochzeitstorte kreieren, die alles übertrifft, was in diesem Viertel je gebacken wurde. Das Glück ist klein und wird schneller geschluckt, als man es vorbereiten kann.

Hanna hat es immer gewusst und ihre Entscheidungen daran gemessen, das hat sie stark gemacht.

Gregor wird nie zu fragen wagen, was Anna unter perfektem Sex versteht, obwohl das Thema ihn häufig bewegt. Vielleicht, er zieht es in Erwägung, ist es nicht der Tod, sondern das Leben, das Hanna bewogen hat, sich ihm in kleinen Dosierungen zu entziehen. Hannas vollkommener Rücken, ihm zugewandt, wenn er sich die Zähne geputzt hat und zu ihr ins Bett kommt. Die Linie ihres Halses, schöner als jeder andere Teil ihres Körpers, der nur aus Rundungen und Buchten besteht, eine Landschaft von vollendeter Sinnlichkeit. Nie wird er aufhören, sie mit jenem Schmerz zu begehren, den Hanna seine »gregorianische Hörigkeit« nennt. Sein Knoblauchduft, der sie stört. Mein Gott, sie verwendet dieses Gewürz in fast allen Gerichten. Mehr als früher? Oder hat sie früher darüber hinweggerochen? Auch dieser Frage wäre nachzugehen, wenn Gregor es nicht vorziehen würde, sich in Geduld zu flüchten.

Laura wird Anna fragen, ob Justus »ein Kunststück« kann? Eher aus oberflächlicher Neugierde als aus Wissensdurst, denn über Sex weiß sie Bescheid. Sie liest Frauenzeitschriften. Sex ist das, was Männer wollen und Frauen ihnen geben, weil sie Männer wollen. Mehr ist im Grunde nicht daran, aber es ist trotzdem sehr kompliziert. Weshalb so viel darüber geredet, geschrieben und gesendet wird, aber, und das ist Lauras Überzeugung, was all diesen Geschichten fehlt, ist die wahre Liebe, an die sie glaubt, für die sie ausgezogen ist in eine fremde und gefrorene Welt. Alles, was jenseits ihrer Straße, ihres Viertels liegt, erscheint ihr abweisend und Furcht einflößend. Junge Männer, die wie Schläger aussehen. Verkäuferinnen von schönen Kleidern, die ihre Nase rümpfen, weil Laura nach Brot riecht, nicht nach teurem Parfum. Mit dem zaghaften Mut der Verzweiflung versucht sie, sich die Welt jenseits ihrer Bedingungen zu erobern. Der Ehemann hat sich gerühmt, sie in sein soziales Milieu erhoben zu haben. Der Preis war zu hoch. Aber nein, sie will nicht glauben, dass in dieser Straße aller Anfang zum Ende führen wird. Es gibt ein Leben vor dem Tod, und sie weiß genau, wie es aussehen soll: ein netter Mann, ein hübsches Haus, reizende Kinder. Rita würde sagen, dass Lauras Problem in den Adjektiven liegt.

»Die Stimme«, so nennt sie ihre jüngere Schwester, und tatsächlich scheint sich dieses Wesen freiwillig darauf zu reduzieren. Rita mit ihren selbstgefärbten weißblonden Haaren, die sie streichholzkurz trägt, und diesem winzigen Körper, der nur aus Haut und Knochen zu bestehen scheint. Seit sie Gesangstunden nimmt, joggt sie morgens und abends eine Stunde und trainiert mit Hanteln. Sie wird achtzehn und läuft in Jeans und schlampigen Hemden auf einer Spur neben dem Leben. Sie wird scheitern, davon ist Laura überzeugt. Nein, sie möchte es sogar. Weil niemand, den sie liebt, sich über sie erheben soll.

Rita wird Anna nicht fragen, was den besonderen erotischen Reiz eines Vierundsiebzigjährigen ausmacht. Sex in seiner beliebigen Verfügbarkeit interessiert sie nicht sonderlich. Jeder kann es, tut es, und danach fühlt sich jeder irgendwie betrogen. Vielleicht muss sie so alt werden wie Anna oder Hanna, um über die Frage des »Wen kann ich kriegen?« auf das »Wie schön kann es sein?« zu kommen.

Wahr ist natürlich auch, dass Rita kein Objekt der Begierde ist, in Lauras Worten »ganz und gar nicht sexy«. Es gäbe die umnachteten Gebete schräger Typen zu erhören, doch kein Siegfried ist darunter. Romantisch? Vielleicht. Wer in Opern lebt, fühlt sich auf der Bühne der Wirklichkeit immer enttäuscht. Sex ist von Sphärenklängen weit entfernt. Sie hat alle Hoffnung und Furcht auf einen Punkt konzentriert: die Stimme. »Wenn du es wirklich willst, wirst du es schaffen«, das ist Hannas Gebet, nicht überzeugend, aber von Liebe getragen. Wenn *sie* diesen Satz sagt, dann glaubt Rita daran. Gott hat gesprochen, und wer, wenn nicht ihre Gesangslehrerin wäre die Instanz, in die alles Vertrauen, aller Glaube, alle Zuversicht fließt?

»Ich mache eine Wagner-Sängerin aus dir.«

Rita wird nie vergessen, wie sie ihr die Tür öffnete, beim ersten Mal, und sagte: »Ich war Astrid Stemm.«

Die Frau, die war, ist ein monumentaler Schatten ihrer Vergangenheit. Die Wände der Altbauwohnung im Hochparterre sind dekoriert mit Fotos. Opernszenen, in Hochglanzpapier gepresst, stumme Zeugen dessen, was *war*, und dies ist wohl der einzige Trost der Gegenwart, der ruhmlosen Einsamkeit, der Angst vor dem Tod, den sie einst so dramatisch und hinreißend interpretierte.

Mit den heutigen Produktionen steht Astrid Stemm überwiegend auf Kriegsfuß. Die Oper, das wiederholt sie oft, verkomme zum Actionfilm mit Gesangseinlagen. »Modern« ist ein Wort, das sie aus tiefstem Primadonnenherzen verabscheut. Astrid Stemm hat vierzig Jahre auf Opernbühnen gestanden, zunächst im Chor, dann in kleineren Rollen in unbedeutenden Städten, um schließlich in Bayreuth zu singen: die Elisabeth, die Ortrud … doch nie, niemals die Brünnhilde oder Isolde.

Mild und leise, wie er lächelt, wie das Auge hold er öffnet – seht ihr's, Freunde? Isolde, die nicht begreift, dass Tristan tot ist. Astrid, die ihre Augen davor verschließt, dass sie den Sprung in den dramatischen Sopran nicht geschafft hat. Es waren die Umstände, die Agenten, Intendanten, Dirigenten, Regisseure, die ihrer Stimme und Karriere das Letzte versagt haben. Also ist sie nicht gescheitert, sondern als tragische Figur in die Operngeschichte eingegangen. Man singt nur, nicht wahr? Schreibt das Libretto nicht selbst.

Die große Stemm hat immer aus zwei Stimmbändern und einem diese umgebenden Körper bestanden. Er alterte schneller als ihre Stimme. Bühnenschminke ruiniert die Haut und der Lockenstab die Haare. Sie trägt eine Perücke aus weißen Wellen, die bläulich schimmern. Dickes Make-up, das die Falten zementiert. Und wenn sie singt mit dieser Stimme, die nicht an Kraft, nur an Schmelz verloren hat, wirkt sie wie ein junges Mädchen, das sich als alte Frau verkleidet hat. Unter ihrem Namensschild, weiß mit Goldprägung, steht »Kammersängerin«. Sie war Astrid Stemm.

Rita arbeitet, um Astrids Gagen zu bezahlen. Sie trägt morgens Zeitungen aus und deklariert dies als »Jobjoggen«. Sie bedient mittags in der Kantine der Wurstfabrik, wenn die Arbeiter das, was sie in Achtstundenschichten produzieren, als Form der Mahlzeit einnehmen, die Hanna als »Fraß« bezeichnen würde. In der Fabrik riecht es nach Blut und Schweiß, und Rita duscht ausgiebig, bevor sie mit der Bahn zur Stemm fährt, zu den zwei Stunden des Tages, für die sie die restlichen zweiundzwanzig erträgt.

Am Wochenende hilft Rita in der »Weißen Taube« aus, der Gastwirtschaft neben der Bäckerei. Der Wirt hält Rita für eine miserable Kellnerin, die weder durch Aussehen noch Charme zum Verzehr von Speisen und Getränken animiert. Doch sie ist willig, billig und deutsch. Grundsätzlich hat er nichts gegen Ausländer, nur kann er sich Illegale ausschließlich in der Küche leisten, in dieser Unsichtbarkeit, in der sie sich wohl zu fühlen scheinen.

Dass Rita ihn betrügt, so gut sie kann, liegt außerhalb seines Wissens. Es gibt kein System, das nicht zu unterwandern wäre, und Kellnerinnen, die schlecht bezahlt werden und wenig Trinkgeld bekommen, neigen zum Anarchismus. Rita »vergisst« manchmal einige Positionen in die Kasse einzugeben, weil die wenigsten Leute eine Rechnung verlangen oder diese kontrollieren. Sie verrechnet sich leicht und stets zu ihren Gunsten. Psychologie für Anfänger: Nach ein paar Wochenenden hat sie die Gäste zu unterscheiden gelernt nach Opfern, Trunkenbolden und peniblen Idioten. Wozu hat sie Abitur gemacht?

Um zu studieren, sagt Gregor. Er missbilligt ihren Broterwerb, ohne dessen Abgründe zu kennen. Wenn schon Gesang, dann solle sie sich an einer Hochschule bewerben. Dies sei kein Leben für eine Achtzehnjährige, sagt Gregor, und sie erwidert, dass er nicht der brennende Dornbusch sei.

Sie lebt. Sie atmet, um zu singen. *Chi sa respirare, sa cantare.* Der Atem muss funktionieren wie der Bogen eines Streichinstruments. Die Stemm foltert Rita mit Atemübungen. Sie lässt sie an der Wand stehen und Fersen, Gesäß, Schultern und Kopf gegen die Mauer pressen. Rita ruft »ksst« oder »hoi«, wieder und wieder, und fühlt die Kontraktion der Bauchdecke. Man atmet über Bauch und Zwerchfell oder Brust und Rippen. Die Kapazität der Lungen muss erweitert werden, um der Stimme Kraft und Ausdauer zu geben.

Rita liegt auf dem Boden und hebt auf Befehl die Beine. Dabei darf kein Geräusch im Hals entstehen. Die »fu«-Übung verbessert das Ausatmen. Das F ist ein Atemverzehrer. Wer nicht richtig aus- oder einatmet, stirbt als Sänger einen schnellen Tod. Die Stemm knabbert an Hannas Pralinen und wiederholt ihren Lieblingssatz: »Das Zwerchfell oben halten, den Atem oben, alles schön oben … der Brustkorb erweitert sich wie ein Blasebalg, und dann Buuum! Die Luft geht nach oben und Wuuu …! Die Luftsäule befindet sich schon im Gesicht.«

Rita will Wagner singen und stößt Geräusche aus wie ein Baby, das sprechen lernt, während die Stemm sie unterbricht, ermahnt, beschimpft und bisweilen in theatralischer Stimmlage verkündet, dass sie ihre kostbare Zeit an einen hoffnungslosen Fall verschwende.

Manchmal weint Rita nach innen, und einmal stieß sie aus Verzweiflung einen Schrei aus, der im Bereich des hohen C angesiedelt war und den Kristalllüster zum Klirren brachte. Doch sie ist zäh, vielleicht ein Erbe Hannas, die nie ein Gericht verloren gibt und geplatzte Zwetschgenknödel in einen Zwetschgenauflauf verwandelt, mit Butterbröseln, Zimt und Zucker.

Der Folterkeller ist mit dem Steinway, einem roten Sofa, dem Pralinentisch und Fotos an den Wänden dekoriert. Er riecht nach Schweiß und süßem Parfum. Astrid Stemm zieht verbrauchte Luft jedem kalten Hauch vor, der einer Stimme schaden könnte. Rita kennt die Geschichte von jener Grippe, die *La Donna* daran hinderte, die Gilda mit dem hohen Es in Zürich zu singen. Fünf Wochen Heiserkeit und die Inszenierung eines Selbstmordversuchs, der sie in die Schlagzeilen brachte. Wer interessiert sich für erkältete Sängerinnen?

»Es nützt nichts, eine Stimmbesitzerin zu sein«, sagt die Stemm. »Du brauchst Ausstrahlung, Stehvermögen, Schauspielkunst, Schönheit, einen guten Agenten … und Glück.«

»Was ist Glück?«, fragt Rita.

»Das, was ich letztlich nicht hatte.«

Obwohl ihre Stimme besser gewesen sei als die der Nilsson,

Olivero, Rysanek, Ludwig, Mödl, Varnay. Die Callas konnte sowieso nicht singen. »Sie hatte Essig in der Stimme«, sagt die Stemm mit jenem Anspruch auf Unfehlbarkeit, die sie dem Papst abspricht. Die Callas habe stets versucht, aus Rolle und Stimme das Letzte herauszuholen, und weil das nicht gelingen konnte, habe sie ihre Stimmbänder verbrannt, und zwar an beiden Enden.

Rita weint, wenn sie die Callas als Margherita hört, im dritten Akt von Boitos *Mefistofele*. Sie ist Margareta, sie hat nur den Namen geändert, und sie fühlt diesen Schmerz. Die Kerkerszene, in der alle Kälte, Verlassenheit und Tod in der Stimme eingefangen sind. Sie liebt die Callas, doch sie widerspricht ihrer Lehrerin selten. Astrid Stemm ist eine Diva und duldet keine abweichenden Meinungen. Sie wird wütend, stößt spitze Triller aus, schweigt danach, nur ihr Gesicht verrät eine ungeheure Wut, und Rita bereut – oh, wie sie bereut! –, eine Meinung zu haben und sie gegen das Dogma einer Göttlichen gesetzt zu haben.

Wer unsere Träume stiehlt, gibt uns den Tod. Sie stirbt oft, es sind kleine Tode, und steht wieder auf und kämpft. Wenn du ein Ziel hast, musst du Härte üben, vor allem gegen dich selbst. Kannst der Spieler deines Lebens sein oder der Spielball, rollen wie die anderen, so rund und nachgiebig, ganz leicht und von einer Resignation getragen, die das Leben, wie es sein sollte, verloren gibt.

Hanna fragt sie: »Weißt du, was du tust?« Hanna hat immer gute Fragen gestellt, aber den Antworten selten geglaubt.

»Ich weiß es nicht, aber ich muss es tun.« Diese Auskunft liegt sehr nahe an dem Satz »Ich konnte nicht anders«, den sie so unverständlich findet. Die entscheidende Nuance ist, dass sie die Sklavin ihres Willens ist. Sie muss arbeiten, sparen, Gregors Missbilligung und Astrids Launen ertragen, weil sie singen *will*… Wagner, ausgerechnet Wagner. Die Diva sagt, es sei leichter, in Bayreuth zu singen, weil die Akustik besser sei als in jedem anderen Opernhaus. Nur sei das Schwerste, dorthin zu gelangen.

Rita ist das Kind, das von seiner ehrgeizigen Ersatzmutter nicht geliebt wird. Hässlich und ohne die gefälligen Rundungen guter Erziehung, die Haushunde von Wölfen unterscheidet. So hungrig, sie weckt Erinnerungen an die Astrid, die einmal war. Und irgendwann weißt du, dass es die vollkommene Sättigung nicht gibt. Zu viele Wölfe. Man muss zusehen, dass man genug abbekommt. Und es ist nie genug. Das Kind quält sich. Sie quält es, nicht weil es ihr Freude machte, o nein. Wagner-Interpretinnen müssen durch die Hölle gegangen sein, um *das* singen zu können …

… und dann gibt es zwei Vorhänge, und du gehst nach Hause in ein schäbiges Hotelzimmer, zu Fuß, um Geld zu sparen. Das könnte sie ihr sagen, und dass sie zu jung ist, die Stimme nicht tragend genug, und andererseits hat dieses seltsame Wesen die Qualitäten eines Marathonläufers … man wird sehen. Jeder ist für sein Leben selbst verantwortlich. Außer man wird krank oder Opernsängerin.

Das grausame Urteil, die Einstufung als »Soubrette«, geschah aus ein wenig Wahrheitsliebe, schlechter Laune und ganz ordinärem Sadismus. Rita war unkonzentriert, müde, der ewigen Übungen leid. Draußen war ein schöner Frühlingstag, und die stickige Luft, getränkt von süßem Parfum, nahm ihr den Atem. Sie hasste die Dicke, die Hannas Pralinen in den Mund stopfte, sie ständig kritisierte, lächerliche Liedchen einübte und das Klavier bearbeitete, als wolle sie Ritas Stimme mit Orchesterklängen niedermachen. Da brach Rita Händels *Chìo mai vi possa* ab und sagte: »Ich mache dieses lächerliche Theater nicht mehr mit. Sie bringen mich noch dazu, dass ich das Singen hasse.«

Astrid war nicht überrascht, eher belustigt. So überlegen. Als ob sie nicht auf das Geld angewiesen wäre, das ihr Ritas Stunden brachte. Als ob Karajan, Böhm und Wagner ihr zu Füßen gelegen hätten. Sie *war* Astrid Stemm, und diese Welt schloss alles andere aus, Vernunft, Selbstmitleid, Mitgefühl, Liebe zu Wesen, die real existierten und nicht für die Bühne erfunden wurden. Die Stemm trillerte und trauerte der überirdischen Weichheit ihrer Stimme nach. Sagte: »Wie du willst. Es ist deine Zukunft. Mehr als die Adele oder Despina wirst du ohnehin niemals singen. Wenn's hoch kommt.«

Rita brach in Tränen aus. Weinen ist schlecht für die Stimmbänder, wusste sie das nicht? Nachdem die Tragödie ihren Höhepunkt erreicht hatte, schien Astrid besänftigt. Sie tätschelte mit ringgeschmückten Fingern eine nasse Wange: »Wir arbeiten daran und entwickeln dich bis ins dramatische Fach. Du musst mir vertrauen, Kindchen, vollkommen vertrauen. Wir schaffen das schon.«

Hoffnung ist die Droge, die Rita braucht, um zu überleben. Astrid ist der Dealer. Und sie küsst ihre Hand und unterwirft sich den Gesetzen der Abhängigkeit. Beiße nie in die Hand, die dich mit Hoffnung füttert. »Du bist dieser grotesken Frau hörig«, sagt Gregor, doch sie stellt sich taub, wenn er davon spricht. Rita hört sich nicht selbst singen, sie beurteilt ihre Stimme an Astrids Reaktionen. Sie liest aus ihrer Mimik, noch bevor sie Kritik oder, was selten ist, Lob hört.

La Donna, der sie die geschwollenen Knöchel massiert, während diese aus ihrem Leben erzählt, eine Arie aus Triumphen und Enttäuschungen, und Letztere waren immer fremdbestimmt, denn die Oper ist die vollkommene Komposition der Angst vor dem Versagen. Vor den Männern, die Rollen besetzen. Vor dem Regisseur, der den Erfolgsdruck nach unten weitergibt. Dem Dirigenten, der falsche Einsätze provoziert, zu schnell oder zu langsam spielen lässt. Dem Orchester, das gegen die Stimme anspielt. Den Partnern, die nicht für dich oder das Publikum singen, sondern für ihren Ruhm. Dem großen schwarzen Loch jenseits der Bühne, in dem sie sitzen und darauf warten, zu klatschen oder zu buhen. Das Finale, der Applaus, die Vorhänge, sie sind der Lohn der Angst. Und das Lob der Kritiker, der nächste Vertrag, das Angebot eines bedeutenderen Hauses... Ruhm ist der Stoff des Lebens... und die Fäden des Triumphes und der Niederlage sind nur aus Gier und Angst gewebt. Sie hinterlassen keine Spuren, wenn man davon absieht, dass sie alle anderen Gefühle vernichten.

»Wenn du Geld verdienen willst, Kindchen, dann versuch es mit der Volksmusik«, sagt Astrid Stemm.

»Zu wenig Busen. Und ich *hasse* Volksmusik.« Rita bezahlt zweihundertfünfzig Mark für zwei Stunden Unterricht und fordert nichts für Pralinen, Massagen, Einkäufe und Erledigungen, die Astrid selbstverständlich von ihrer Schülerin erwartet. Dies ist Oper und nicht soziale Marktwirtschaft. Macht über diese jungen Dinger auszuüben, ist die letzte Spielart aller unbefriedigten Eitelkeiten, Demütigungen, Verletzungen. Macht ist das Vergnügen, das bleibt, wenn alles Gute hinter dir liegt. Singt, und ihr werdet erfahren, dass eine menschliche Stimme nicht laut genug ist, alle anderen zu übertönen. »*Sie* ist dein Dornbusch«, sagt Gregor, und er hört nicht auf, gekränkt zu sein. In langen grauen Stunden und Tagen lebt Rita gegen die Missbilligung der Familie und für den Traum, der nur ihr gehört. Das Gespenst des Scheiterns wirft Schatten über die Straße, in der sie wohnt, die Wurstfabrik, die Kneipe, den halbblinden Spiegel im Badezimmer, in dem sie eine sieht, die Brünnhilde so gar nicht ähnelt. Abends, wenn sie nicht arbeitet oder den Italienischkurs an der Volkshochschule besucht, hört sie über Kopfhörer Arien, lernt Wort für Wort auswendig, singt sie mit, natürlich nicht zu laut, um niemanden zu stören.

Und sie stört doch. Sie bekam Annas Zimmer, als diese auszog, eine Entscheidung Hannas, die Laura schmollend akzeptierte, denn als Zweitälteste hätte sie »den natürlichen Anspruch« gehabt. Sie ist eine Zurückweichende, also hat sie nicht dafür gekämpft. Sie ist, bisweilen fühlt sie es, eine Nichtigkeit des Weltgeschehens, das ohnehin auf ein Stadtviertel reduziert ist.

Rita ist anders. Das sagt sogar Hanna, die großen Wert darauf legt, ihre Liebe wie weichen Schnee gleichmäßig auf alle zu verteilen. Niemand musste je frieren, und doch fühlt Laura sich betrogen. Um Anerkennung, denn alle anderen in dieser Familie erscheinen wichtiger, sogar die Tote, deren Grab Hanna jedes Wochenende aufsucht.

Schnee ist nicht gleich Schnee. Und Rita ist die Einzige, die keinen Pfennig zu Hause abliefert, sondern alles, was sie mit ihren Jobs verdient, in diese verrückten Gesangsstunden steckt. Selbst Anna trägt noch etwas bei, obwohl sie nur noch zum Essen kommt, häufig allerdings, und manchmal bringt sie Justus mit, der aussieht wie ein vertrockneter Engel, dem Anna Flügel wachsen lässt. Er hat es am Magen, deshalb kocht Hanna ihm Schongerichte, und während des Essens sind Gregors strenge, priesterlichen Blicke auf seinen Schwiegersohn gerichtet, den Anna umhätschelt, als sei er ihr Baby.

Was der Basis dieser Beziehung vermutlich am nächsten kommt: Anna hat ihr Kind gefunden. Rita hat ihre Musik. Hanna ihre Küche, und Gregor hat Hanna. Und nur sie, Laura, hat nichts. Brot in ihren Händen, und Wechselgeld. Und manchmal einen Schwanz, der zu einem Mann gehört, den sie nicht wirklich will und nur deshalb berührt, weil dieser Funken Hoffnung unzerstörbar ist, dass es den Richtigen geben könnte. Also muss man nicht Nein sagen und daran glauben, dass das Wunder geschieht und sich aus den groben Hüllen der strahlende Held aller Fernsehserien schält.

Lieber Gott, mach mich fromm, auf dass ich einen Mann bekomm. Das sind Nachtgebete von großer Unsinnigkeit, denn das Gegenteil wäre erfolgversprechender. Die Tage sind so lang, und sie wird Krampfadern bekommen vom Stehen in der Bäckerei, und abends ist sie müde, einfach nur müde.

Rita hat das *Ave Maria* gesungen bei Annas Hochzeit. So ergreifend. Hat man ihr, Laura, jemals im Leben applaudiert? Nein, und so hat sie sich umgesehen, während Rita gegen die Orgel anheulte, ob nicht zumindest einer unter den Gästen sei, den sie heiraten könnte. Anna hatte das Seniorenheim geladen: alte Augen, manche lüstern, andere einfach nur glasig, schon verschwommen im Übergang zwischen Leben und Tod. »Sie brauchen so viel Zärtlichkeit«, sagt Anna immer. Aber wer zum Teufel gibt Laura die Zärtlichkeit, die sie braucht, die Anerkennung, Bewunderung, die gottverdammte Liebe, die man nicht kaufen kann wie den teuren Fetzen, den sie zur Feier trug, fast ein Monatsgehalt war er wert, und niemand wusste es zu schätzen. Sie hat Schulden in der Boutique, so hoch, dass sie inzwischen einen Bogen um das Geschäft macht.

»Ein unschätzbares Gut ist es, sein eigenes Eigentum zu werden.« Papa und seine Sprüche. Seine Rede bei der Hochzeit war viel zu lang, einige der Alten schliefen ein und wachten erst wieder auf, als die gigantische Torte in den Saal gerollt wurde. Hanna hatte sich selbst übertroffen, und sie nahm die Ovationen mit der Gelassenheit der großen Künstlerin entgegen. Der Kellner, dem Laura sich nach Mitternacht in der Toilette hingab, vermittelte ihr auch nicht das Gefühl, etwas Besonderes zu sein. Er war sehr hübsch, sprach aber kaum deutsch. Danach fragte sie ihn aus Höflichkeit, woher er käme, und er sagte: »Syrien«. Ein Land jenseits ihrer Vorstellungskraft, und seinen Namen hat sie auch vergessen. Sex ohne Liebe ist traurig, aber das merkt man erst, wenn es zu spät ist.

Laura steht vor dem Spiegel und schminkt sich ab. Ein getränkter Wattebausch, der schwarze Linien über ihre Wangen zieht. Sie würde nie ohne gründliche Reinigung zu Bett gehen.

Selbst nachdem ihr Mann sie geschlagen hatte, wurde dieses Ritual erfüllt. Die Zeitschriften sagen, dass man sich pflegen muss und dafür im Alter belohnt wird. Sie war die Einzige der Schwestern, die überaus lange an den Weihnachtsmann glaubte. Sie war immer ein braves Kind, sagt Hanna, eines, das alle Regeln befolgte. O Gott, wie sie manchmal wünscht, dass sie in das Auto gelaufen wäre. Das Gefühl, sich im Leben verloren zu haben, ist ja auch eine Art von Tod.

»Darf ich reinkommen?«

»Na klar, wir haben ja nur ein Bad.« Sie öffnet Rita die Tür, die sie versperrt hatte. Vater hasst das, er weigert sich sogar, die Wohnungstür abzuschließen. Eine seiner Theorien, dass die Menschen sich allem versperren und deshalb einsam geworden sind. Er hätte doch Priester werden sollen, manchmal glaubt sie, dass diese verlorene Möglichkeit ihm das ewige Grinsen ins Gesicht gegraben hat.

Rita ist nass, sie reibt sich die komischen Haare mit einem Handtuch trocken. Sie joggt, auch wenn es regnet, es scheint nichts zu geben, das ihre Schwester davon abhält, ihren großen Plan einzuhalten.

»Was macht die Kunst?«

Zwei Augenpaare treffen sich in einem halbblinden Spiegel. »Sie frisst mich auf«, sagt Rita. Sie zieht sich aus, und ihr Körper ist weiß und von stählerner Zerbrechlichkeit. Da auch die Schamhaare weißblond gefärbt sind, sieht sie sehr nackt aus. Sie hat Rita nie gefragt, ob sie noch Jungfrau ist, doch sie nimmt es an. Unwahrscheinlich, dass einer es wagen sollte, diesen riesigen Zwerg zu besteigen. »Ich wäre auch lieber Künstlerin«, sagt Laura, während ihre Schwester Annas alten Bademantel um sich drapiert. Er ist viel zu groß und an den Enden ausgefranst.

»Dann tu es doch.«

»Du meinst, ich muss nur sagen *ich will* – und dann geschieht es?«

Rita verzieht ihr Gesicht zu einer Clownsmaske. »Nichts geschieht. Außer dass du beim Joggen auf die Nase fällst, weil du den Augenkontakt zum Boden verloren hast. Ich bin mit einem Schuh in einem Gully hängengeblieben und lag bäuchlings in einer Pfütze. Und stell dir vor, als ich aufblicke, reicht mir jemand meinen verlorenen Turnschuh. Mit der Bemerkung, dass es ein antikes Stück sei.«

Das erste, ursprünglichste Gefühl ist Eifersucht. Wer käme auf die Idee, an einem nasskalten Abend in dieser Straße einen Prinzen zu finden? »Wie sah er aus? Ein Siegfried?«

»Nein, eher Hagen. Aber er war sehr nett. Glaubst du, dass ich absichtlich gestolpert bin? Es war vor dem Haus der Taubenmörderin, an der Stelle, wo … du weißt schon.«

An jedem Jahrestag legt Hanna eine Blume auf den Asphalt. Wir leben von Erinnerungen, denkt Laura, an eine schöne, unbeschwerte Kindheit. Und sie lässt es nicht zu, dass wir vergessen. Damit wir Kinder bleiben. Hanna kocht in großen Mengen, und der hölzerne Esstisch ist ihre Bühne. Wie konnte sie es zulassen, eine Tochter ohne jedes Talent auf die Welt zu bringen? Nur mit Sehnsüchten ausgestattet. »Und – wie ging es weiter?«

Rita steigt auf die Waage und verlässt sie seufzend. Mit diesem Gewicht kann man Pagen oder Zofen spielen, und kein Muskeltraining lässt den Zeiger vorwärts springen. »Gar nicht. Er half mir, den Schuh anzuziehen, und ist das letzte Stück mit mir gelaufen.«

»Sei froh, dass er dich nicht vergewaltigt hat.«

Laura ist eine Frau mit Vergangenheit, auch dafür fühlt sich die Familie verantwortlich, und so schweigt Rita. In der Enge dieser Gemeinschaft birgt jeder Versuch von Nähe das Risiko der Sippenhaft. Wir haben eine Tote zu beklagen und eine Geschlagene. Wir sind fröhlich, aber nicht unbeschwert, und wehe, wenn alte Wunden berührt werden. Und so liegt über allem Lärm eine stille Traurigkeit, undefiniert, und Rita lacht, um ihre Schwester zu besänftigen.

»Man kann die Helden von den Schurken nicht so leicht unterscheiden.« Laura geht voraus in die Küche, in der es nach Thymian und Koriander duftet. Geborgenheit hat einen altmodischen, penetranten Geruch. Sie hasst ihn und ist unfähig, ihm zu entkommen.

»Nach dem Essen könntest du uns was vorsingen«, sagt Hanna. Sie sagt es fast jeden Abend.

Rita setzt sich auf ihren Platz auf der Eckbank. »Ich muss meine Stimme schonen.« Genau das tut sie nicht, und doch ist es ihre Antwort jeden Abend, außer zu besonderen Gelegenheiten.

Familienfeiern. Begräbnisse. Hochzeiten. Hanna hat die Reste des Vortages zu einem kräuterduftenden Auflauf verarbeitet. In dieser Familie wird nichts weggeworfen außer Träumen. Arme Laura. Sie kann sich zwischen ihren Hoffnungen und Ängsten nie entscheiden.

Und er war doch nett. Er hieß Hagen, und er hat eine Schwingung ausgelöst, die sie mangels anderer Erfahrung musikalisch deutet. Mozart entwickelte in der *Zauberflöte* eine besondere Vorliebe für Außenseiter. Rita hörte das Liebesduett von Pamina und Papageno, als sie ihm nachsah, wie er durch den Regen lief.

4

Musik ist Liebe, Wahnsinn, Zerstörung. Sie ist eitel, unvollkommen, ausschließlich. Ein Geschäft wie jedes andere. Nur schöner, sehr viel schöner. Das Geheimnis einer Stimme ist, dass sie einen Kern haben muss wie eine Pflaume. Einen Kern aus musikalischer Intelligenz und Leidenschaft. Ritas Gesang hat an Ausdruck gewonnen, an »Brunst«, wie die Stemm sagt. Es kann sich nur um einen Mann handeln, der diesem kleinen Vogel Flügel verliehen hat.

Die Diva erinnert sich, wenn auch nur vage, an eine Zeit der jubilierenden und kollabierenden Gefühle, und alles floss in die Stimme, wohin sonst, und am Ende trocknete alles aus. Brüchige Töne, umhüllt von Wüste. Der Okavango, im Sand versickert. Sie hat von dem Fluss gehört, doch gesehen hat sie nur Opern- und Konzerthäuser, Bahnhöfe, Flughäfen, Hotels. Die schäbigen Garderoben. Kantinen, in denen der üble Gestank des Neids über das Bratenfett triumphierte. Das Leben als Illusion von Größe, gebrochen in viele kleine Widrigkeiten. Und von Jahr zu Jahr werden sie bedeutender. Sie hört ein bisschen schlecht in letzter Zeit, das macht ihr Sorgen. Ohne das Geld für die Gesangstunden würde sie verhungern.

Alles, was man weiß, weiß man zu spät; die unzeitgemäßen Einsätze waren stets eine Katastrophe. Sie ist alt, krank, übergewichtig, und ihr Arzt, ein Heldentenor ohne Stimme, spricht von Diäten. Wozu die Aufregung, sie ist ja schon gestorben, als Marschallin im *Rosenkavalier*, eine miserable Aufführung an einer Provinzbühne. Astrid Stemm war großartig in dieser, ihrer letzten Rolle, sowohl in Gesang wie auch Darstellung, doch das lokale Schmierenblatt schrieb, dass sie ihre besten Jahre wohl hinter sich habe.

Das ist fünfzehn Jahre her. Heute würde sie diesen Satz akzeptieren. Obwohl, Kritiker sind die Totengräber der Musik. Sie kannte einen, der fast taub war und seine Kritiken aus den Reaktionen des Publikums »herauslas«. Er liebte sich und Beethoven.

Astrid Stemm war mit ihm im Bett. Der Akt ist ihr nicht mehr in Erinnerung, wohl aber das Motiv. Sie sang die Rosalinde in der *Fledermaus*, eine gehasste Rolle mit diesem vulgären Csárdás, den sie nie zu beherrschen gelernt hatte. Später schrieb er, dass sie sich durch die Koloraturen geheult und wie ein Elefant getanzt habe. Nachdem sie seine Kritik gelesen hatte, schlitzte sie ihm die Autoreifen auf, eine Form der Rache, die sie als unzureichend empfand. Man hätte ihm die Augen ausstechen sollen, die blinden.

Und nie wieder schlief sie mit einem Kritiker. Es gab Regisseure, Repetitoren, Sänger, Orchestermusiker. Geiger waren in der Regel etwas besser als Bläser, warum, hat sie nie herausgefunden. Es war auch nicht wichtig, denn vorrangig ging es darum, nach einer Aufführung nicht allein zu sein, über alle Töne und Schritte und Publikumsreaktionen mit jemandem zu reden. Die Oper, das ist eine große Familie aus egomanischen Monstern. Selbst der Kantinenkellner, ihr letzter sexueller Akt, war ein intriganter Schmierenkomödiant. Er senkte den Vorhang für eine Blondine aus dem Chor, die wie ein Vogel zwitscherte und keinen tiefen Ton halten konnte.

Rita studiert die Isolde ein, Wagners Denkmal für den schönsten aller Träume, und er steht für die Liebe, die stärker ist als der Tod. Isolde stirbt wie Kleists Penthesilea, indem sie mit der Gewalt ihres Willens das Leben in sich besiegt. Tod ist Erlösung von allen Zwängen und Nötigungen… *in des Welt-Atems wehendem All – ertrinken, versinken…*

»Du musst den Bogen halten!«, schreit sie, während Rita zu Boden sinkt. Leiser: »Deine Stimme ist gestorben, bevor Isolde es tut.«

Rita hat alles gegeben, sie weiß es, mehr kann sie nicht, und es war perfekt. Fast. Sie sitzt mit gebeugten Schultern am Boden und ringt nach Atem. Sterben ist schwer, doch der Tod ist ihr nahe genug, um ihn fühlen zu können. Hanna hat Brustkrebs, sie ist die statistische Vierte in Deutschland, das ist Pech, Schicksal, ein genetischer Defekt, eine weitere Familienkatastrophe, an der Hanna ihre Stärke messen kann. Auch mit einer

Brust, mit der sie weiterlebt wie eine Amazone, die Männer wie Gregor mühelos bezwingt. Mehr denn je betet er sie an, diese Liebe hat heilige Dimensionen, und Rita und ihre Schwestern fühlen sich ausgeschlossen. War es nicht immer so? In der Hierarchie der Familie ist die Stärke des einen die Schwäche der anderen. Rita klammert sich an Hagen, weil er sie braucht, und niemand sonst es tut.

Die Stemm greift sich an die Brust, ein Zeichen des Abschieds. Sie klagt über Herzbeschwerden, doch das Pathos ihrer Gebärden ist so unübersehbar, dass Rita es nicht ernst nimmt. Dennoch fragt sie, ob sie irgendwie helfen könne? Die Kameliendame ohne Schwindsucht winkt mit matter Geste ab. Sie ist in das rote Samtsofa gesunken, und man könnte sich vorstellen, dass sie ewig da liegt, Tag und Nacht, und bisweilen nach dem Konfekt auf dem Beistelltisch greift oder nach Hannas Johannisbeerlikör, den sie so gerne trinkt. Die Süße des Seins in Kalorien konsumiert: Man bedarf aller Tröstungen, wenn man untröstlich ist.

»Vielleicht ist es für die Isolde doch noch zu früh«, sind ihre letzten Worte an ihre Schülerin, die diese stumm von sich weist. »Zu früh« gibt es nicht, nur »zu spät«. Wer ungeduldig ist, macht Fehler. Sagt Gregor. Aber es gibt eine Form der Geduld, die ein ganzes Leben andauert und zu nichts führt außer Versäumnissen.

Rita zieht die Tür sanft hinter sich zu und schwebt über die Treppen zum Ausgang. Wenn sie den Zug erreicht, wird sie pünktlich zum Abendessen zu Hause sein. Anna wird da sein mit ihrem alten Mann, der sich wie ein Haustier in die Familie eingefügt hat. Manchmal besorgt er Rita Opernkarten, weil er einen Beleuchter kennt, für den er die Steuererklärung macht. Diese Familie lebt in einigen Bereichen vom Tauschhandel; Hannas Pralinen und Torten sind eine harte Währung im Gegenzug zu anderen Naturalien oder Dienstleistungen. Sogar das Klavier wurde auf dieser Basis zumindest so weit gestimmt, dass Rita seinen Klang ertragen kann.

Zu besonderen Gelegenheiten, zum Beispiel als Hanna ihre Brustkrebsdiagnose bekannt gab, beteiligt sich Rita an dem, was Gregor »Hausmusik« nennt. Denn manchmal, selten, gibt es keine Worte mehr für den einen oder anderen Schmerz. Dann flüchtet Laura vor den Fernsehapparat im Kinderzimmer, und Hanna setzt sich ans Klavier. Rita singt. Und Gregor wiegt seinen Kopf im Takt und wünscht sich, die Zeit anzuhalten. Sie arbeitet gegen ihn, sie ist ein Feind des Glücks, dessen vollkommene Augenblicke er wie auf einer Perlenschnur aufreihen möchte. Hanna soll sie tragen und an ihre Töchter weitergeben. Und doch ist es so, dass er Angst empfindet, wenn er Rita zuhört. Mit jedem Ton scheint sie zu schrumpfen, sich langsam aufzulösen, als ob die Anstrengung zu groß wäre für diesen kleinen Körper. Am Ende sieht er sie nicht mehr, hört nur noch ihre Stimme, die leiser wird ... und wenn er es Hanna erzählt, lacht sie ihn aus.

Sie glaubt nur an das, was sie sehen, hören, riechen, fühlen und schmecken kann. Nur an das Leben, wie es ist, die erdenschwere Existenz, und nichts davor und danach, darüber oder darunter.

Religion ist etwas für die Furchtsamen, sagt Hanna. Leben ergebe nur den Sinn, mit dem man es ausfülle. Und so hat sie einen Mann gewählt, der sie braucht und nie in Frage stellen wird. Sie hört ihm aufmerksam zu, wenn er über seine Propheten spricht, und sagt dann, dass sie nur das annehmen könne, was sie verstehe, das Konkrete nämlich. Schließlich sei sie eine ungebildete Frau, und jenseits der Küche und Kinder sei die Welt sehr unbestimmt und nur so weit von Interesse, als sie darauf Einfluss nehmen könne. Alles andere, sagt Hanna, sei wie Fernsehen: amüsant oder schrecklich oder einfach nur langweilig.

Hagen, der aus Prinzip alles in Frage stellt, bezweifelt, dass es das »perfekte Paar« gibt. Die Verneinung als Lebensform ist die Jacke, die ihn vor der Kälte der Enttäuschung schützen soll. Hagen und Rita kennen sich seit zwei Jahren, vielleicht lieben sie sich auch, aber sicher ist sie sich nur, dass sie ihn nicht mit der Familie teilen möchte. Das Spielzeug oder Geheimnis, der Freund oder Geliebte, der nur ihr gehört. Sie glaubt zu wissen, dass die Intimität dieser Beziehung dem Familiensog nicht standhalten würde.

Also treffen sie sich in seiner kleinen Wohnung und verzichten auf gemeinsame Exkursionen, und wenn sie sich beim Joggen begegnen, lächeln sie einander kurz an und laufen weiter. Sie haben wenig Zeit, beide, weil sie keinen Beruf haben und viele Jobs, die diese monetäre Lücke ausfüllen. Sie beschränken die gemeinsame Zeit auf Reden und Sex.

Hagen versteht Ritas Traum, auch wenn er Opern als kulturelitären Selbstzweck und Wagner als unzeitgemäßen Reaktionär ablehnt. Worte sind die leichte Übung eines Belesenen, der sich weigert, sein eigenes Buch zu schreiben. Wozu die Mühe, die Aufregung? Ein Ziel zu haben, ist die horizontale Ausdehnung über bodenlosen Schächten. Er hat keines. Lebt im Untergeschoss des kapitalistischen Elfenbeinturms und nennt sich Lebenskünstler, weil ihm keine bessere Bezeichnung einfällt für das Dahingleiten von einem Tag zum nächsten, erfüllt mit Zeitvertreib, der Geld bringt und ihn weder anekelt noch besonders anturnt.

Hagen repariert Computer und Telefonanlagen für Freunde und Bekannte, renoviert Wohnungen und springt als Discjockey ein oder auch als Türsteher; alle Talente sind provisorisch und flexibel und unterliegen dem Prinzip von Lust und Laune. Die Kunst des Lebens liegt darin, keinen Ernst darin zu suchen.

Die Schattenwirtschaft ist ein Milieu, das ihm zusagt, weil er die Unverbindlichkeit schätzt und sich dem entzieht, was er die Versklavungsmechanismen der Marktwirtschaft nennt. Sein Vater hat vierundfünfzig Jahre gearbeitet und bezieht jetzt eine kleine Rente.

Solche Leute muss es geben, er hat keine grundsätzlichen politischen Vorbehalte gegen das System, nur eine Reihe privater Motive, sich ihm zu entziehen.

Alles ist fremdes Gut, nur die Zeit ist unser Eigen. Die Zeit ist ihm heilig, vielleicht noch die Stereoanlage, der Computer, das Motorrad, die Fliegerjacke aus antikem Leder. Alles andere in seinem Leben ist spartanisch angelegt bis hin zu Dosenfutter und Fastfood, die Rita faszinierend sättigend findet. Was sie an ihm liebt? Sein Aussehen, alles, was schwarz ist, von den Haaren bis zur Kleidung. Er ist so viel schöner als sie, dieser Vorsprung macht dankbar, fast demütig. Sie liebt ihn nicht. Sie bewundert seine Freiheit von Lebensplänen, Bindungen, Besitzständen. Die Art, wie er ihr zuhören kann, aufmerksam und geduldig. Wie er ihren verkrampften Nacken massiert oder die Füße, die sie als Wochenendkellnerin strapaziert. Sein Schweigen. Während alle anderen reden, als ob sie pausenlos etwas zu sagen hätten, kann Hagen über lange Strecken still sein. Er fordert nichts von ihr, nicht einmal Zeit. Sie hat einen Schlüssel zu seiner Wohnung, kann kommen und gehen, wann sie will, und wenn er nicht da ist, hinterlässt sie ihm eine Nachricht. Schreibt »Ich liebe dich« auf kleine Zettel, die sie an die große Pinnwand in der Küche heftet, neben Rechnungen, Mahnungen, Computerausdrucken, Notizen, Fotos von Hagen auf dem Motorrad in verschiedenen Ländern Europas.

Sie fühlt sich nicht mehr allein, das ist das Geheimnis dieser Beziehung. Zwei, die miteinander schweigen können, haben sich etwas zu sagen, und was trennen könnte, wird verdrängt. Abgesehen von ihren Eltern existiert nichts, woran sie diese Beziehung messen könnte, nur Rita und Hagen, vereint in Einsamkeit und einer Form von Sex, die beiden als angemessen erscheint.

Sie berühren einander nicht, wenn sie Sex haben, nur davor und danach. Sie küssen und streicheln sich, das ist das Spiel von Kindern, sie ziehen einander aus und lachen über ihre Ungeduld, und dann sitzen sie sich nackt gegenüber, auf dem Bett oder auch auf dem Teppich, und befriedigen sich selbst und sehen sich an dabei oder schließen die Augen, je nach Stimmung, und es ist eine große Nähe in dieser Distanz, und weiter wollen sie nicht gehen, noch nicht, vielleicht nie, denn Sex ist, sie ahnen es beide, das gewöhnlichste, brutalste, komplizierteste Spiel von allen.

Stillschweigend das Einverständnis, sich vor Missverständnis und Missvergnügen zu schützen, indem man den anderen nur mit den Augen berührt. In dieser voyeuristischen Variante des Beischlafs spielt der Gleichtakt der Lust keine Rolle, und nur beim ersten Mal, als sie auf seinen Vorschlag der Selbstbefriedigung einging, schämte sie sich mit geschlossenen Augen und brauchte sehr lange, um sich auf ihren Körper zu konzentrieren. Danach nicht mehr. Der erregendste Moment ist, in die Augen des anderen zu sehen wie in einen Spiegel der Lust. »Du warst gut«, sagt Hagen manchmal, wenn er fertig ist, doch Komplimente fallen sehr aus dem emotionalen Rahmen, den er sich gesetzt hat.

Die Familie ist in ihrer Welt gefangen. Hanna hat eine Brust verloren und wünschte sich noch ein Kind, um diesen Verlust auszugleichen.

Es ist zu spät, sie hat vollendete Tatsachen geschaffen, und darunter leidet sie, ohne ein Wort darüber zu verlieren. Der zweite Rückzug in die Trauer dringt in heftiger Aktivität nach außen. Hanna redet und kocht, sie lacht sehr laut und oft, und erträgt keinen Augenblick der Stille.

Gregor wird nicht müde, ihr zu versichern, dass sie die

Schönste aller Amazonen sei. Seine Lüge beschämt ihn, denn er fürchtet sich vor dem Augenblick, in dem sie sich entkleidet, vor der vernarbten Ebene, die neben der großen Zwillingsbrust so grausam verloren aussieht. Das Wort, das er nicht zu denken wagt, heißt Ekel, und es macht ihn impotent und zutiefst unglücklich. Sex entzieht sich allen philosophischen Betrachtungsweisen, aller Güte und Liebe und Wahrhaftigkeit. Genitalien sind der Resonanzboden des Gehirns, und er wünschte sich, sie zu verlieren so wie Hanna ihre Brust. Als gerechter Ausgleich für Schuldgefühle. Er ist, wie sie schon früh erkannt hat, ein sehr unvollkommener Masochist.

Anna sieht die Risse in den Familienbanden und erklärt sich für nicht zuständig. Ihr Leben mit Justus ist ruhig und behutsam, und in diesem Kokon will sie bleiben, sich einspinnen, und für den Fall, dass das alte Kind stirbt, möchte sie ein Baby zur Welt bringen. Sie ist insofern nicht wählerisch, als sie sich nicht auf Justus' müden Samen kapriziert. Anna ist bereit, jeden zu nehmen, der sie mit guter Hoffnung erfüllt. Konspirativ natürlich, denn sie will ihren Mann nicht kränken. Sie hat immer gewusst, dass sie stark genug ist, die Fortpflanzungsgeschichte alleine durchzuziehen. Wie Hanna es auch getan hat, auf ihre Art und mit ihren Möglichkeiten.

Rita lebt in der Welt ihrer einsamen Orgasmen, beim Singen und in Hagens Wohnung. Wenn Anna über ihre Pläne sprechen würde, was sie nicht tut, wären sich die Schwestern einig, dass Zärtlichkeit wichtig sei, nicht aber Sex. Der Austausch von Schweiß und Körpersäften, Selbstverleugnung und Heuchelei, so ihre übereinstimmende Meinung, ist eine antiquierte Form der Liebe. Eine für die Fortpflanzung überflüssige Leibesübung, eine Vergewaltigung der Sinne, das große Missverständnis, dass männliche und weibliche Geschlechtsorgane eine natürliche Symbiose der Lust bilden.

Braucht die Oper Sex? Mitnichten. Sie lebt von den großen

Gefühlen, den guten und schlechten, und nicht den kleinen Bewegungen der Triebe. Musik ist die zivilisierte Form des Lebens, daran glaubt Rita, und selbst wenn es nicht so wäre, ist sie der Droge verfallen. *Man liebt zuletzt seine Begierde und nicht das Begehrte.*

»Wer Musik macht, lernt, nicht zu hassen«, sagte Isaac Stern einmal, und Rita fügt für sich hinzu: »Allenfalls sich selbst.« Sie hasst sich, wenn die Spitzentöne ab dem hohen B schrill werden, das Timbre hohl, die Stimme unausgeglichen. Ihr Kampf um das hohe C ist heroisch, aber nicht entschieden. Die Ungeduld ist ihr Feind, den sie braucht, um durchzuhalten. Hagen tötet bisweilen mit dem Speer des Kleinmütigen: Talent und Willen seien ohne Glück nicht durchsetzungsfähig. Und auf das Glück könne Rita nicht bauen.

Es gibt keinen Weg zurück, und wenn, wohin sollte sie gehen?

Zurück in Hannas Bauch wäre die einzige Lösung, die ihr einfiele. Wenn sie die Schritte ihres Lebens zählt, so waren es nicht viele, die von zu Hause wegführten. Siebenundsiebzig Schritte von der Wohnung zu dem Haus, in dem Hagen sich eingenistet hat. Der Weg zu Astrid Stemm, die Fahrt in bemalten Zügen, in denen bleiche Menschen sitzen, die einander nicht oder nur verstohlen ansehen. Der Gasthof am Ende der Straße, die Wurstfabrik. Leute, die sich scheinbar widerspruchslos in ihr Schicksal gefügt haben. Sie spielen Lotto, so viel zum Glück. Und wenn sie in besseren Straßen und Häusern lebten, würden sie anders empfinden?

In einer irrsinnigen Welt vernünftig sein zu wollen, ist schon wieder ein Irrsinn für sich. Sagt Hagen, der Meisterdieb der Zitate und Wächter unverbindlicher Taten. Er verwöhnt sie mit Matetee und massiert ihre Fußballen. Er macht nie etwas falsch, das richtig sein könnte. Hagen ist so abgrundtief traurig, dass sie ständig darüber lachen muss. Es gibt nichts Ernstes, außer man tut es. Wie Rita es versucht, und ihre Niederlage könnte sein Vergnügen sein. Sie weiß es doch: Der Weg in Hannas Bauch ist versperrt, zu viele Schritte führen zurück, sie ist erwachsen und hat keine Ahnung, was sie damit anfangen soll. Sie kann nur singen.

»Frei bist du nur, wenn du keine Wünsche hast«, sagt Hagen, und manchmal erinnert er sie an Gregor, nur ohne Heiligenschein. Seine Liebe zum Schicksal, gewürzt mit Sartre, Nietzsche und Schopenhauer, schmeckt manchmal berauschend und dann wieder nur nach kindlicher Verweigerung. Dann möchte sie ihn aufrütteln, auf den Kopf stellen und nach ihrem Willen formen, aber schon während sie das denkt, verschwendet sie mehr Kraft, als sie aufbringen möchte. Vielleicht braucht sie ihn, liebt ihn sogar, doch dieses Gefühl ist nichts im Vergleich zu dem Wunsch, von vielen geliebt zu werden. Die Isolde so unvergleichlich zu singen, dass Hunderte an ihren Lippen hängen.

»Wer von uns beiden ist das Kind?«, fragt Hagen dann und setzt sich Kopfhörer auf. Wenn sie in hohe Tonlagen gerät, schmerzen seine Zähne, und Wagner macht ihn aggressiv. Nur sanfte Jazzmusik streichelt seine Gehörnerven. Sie haben nichts gemeinsam außer der Einsamkeit, an der sie festhalten, während sie einander küssen und streicheln. Schon Minuten wären verschwendet, würde er in Rita etwas von sich selbst suchen. Sie ist wie ein Gefäß, in das er Worte tropfen lässt, die versickern. Alles an ihr ist porös bis auf die Stimmbänder. Hierhin hat sie alle Kraft, alle Gefühle konzentriert.

Was man bewundert, muss man nicht lieben. Es ist die Verzweiflung in Frauen, die ihn anzieht, ihre Lust am vollkommenen Untergang anstelle eines geordneten Rückzugs ins Exil der Einsamkeit. Seine letzte Freundin verschwand in Richtung Burma. Sie hinterließ ihm einen Zettel, auf dem stand, dass sie nach ihrem Gott suchen wolle. Er hängt immer noch an seiner Küchenwand. Hagens gesammelte Erinnerungen sind ein Protokoll der Sinnlosigkeit, so wie es ihm gefällt. Neunundneunzig Prozent der Materie aller Lebewesen besteht aus Wasserstoff, Kohlenstoff, Stickstoff und Sauerstoff. Worüber soll er sich aufregen? Die Endlichkeit chemischer Verbindungen? Ritas absurden Wunsch, unsterblich zu werden?

Alles! Alles! Alles weiß ich: Alles ward mir nun frei!

Rita winkt den Mannen, Siegfrieds Leichnam aufzuheben. Sie *ist* Brünnhilde, sieht ihn liegen auf Stemms Parkett und kniet nieder, um ihm den Ring vom Finger zu ziehen. Die Koordination von Stimme, Gefühl und Bewegung erfordert absolute Konzentration. Dennoch registriert sie Schokoladenkrümel, dort, wo Siegfried liegen sollte, den Hagen erschlug. Sie singt weiter, scheitert am verdammten hohen C, ihre Stimme überschlägt sich, und als sie aufsieht, hält sich die Diva die Ohren zu und schreit »AUFHÖREN!«.

Ein Stemm-Ton in schrillster Höhenlage, der abrupt abbricht. Ein flacher Atemzug, der kein Leben bringt, und ein Schmerz in ihrer Brust, der alles auslöscht, was sie je erlitten hat. Er währt nicht lang, dann fällt der Vorhang, dies ist das Ende, die plötzliche Dunkelheit, die Astrid Stemm immer gefürchtet hat.

»Ein gnädiger Tod«, sagen die Leute später, die wenigen, die sie kannten und den kurzen Nachruf im Lokalteil der Zeitung lesen. Es gibt gnädige und schreckliche Tode, nichts anderes, und es gibt Schmerz oder Gleichgültigkeit oder Schuldgefühle. Man lebt ja noch.

»Ich habe sie umgebracht«, sagt Rita zu ihrem Liebhaber, als sie von der Beerdigung kommt. Sie glaubt es in gewisser Weise, denn sie hat an dem missglückten Ton festgehalten, als die Lehrerin »Aufhören!« schrie, hat versucht, ihn zu korrigieren, was unmöglich war, und als sie die Augen öffnete, glitt ein gewaltiger Körper im seidenen Hauskleid vom Sofa zu Boden. Astrid Stemm lag da mit offenem Mund und sah, ja, überrascht aus.

Auf der Bühne wäre sie eleganter gestorben, war Ritas erster Gedanke im Angesicht des Todes. Sie war erschrocken, aber nicht erschüttert, so weit war sie noch nicht, den Verlust des wichtigsten Menschen in ihrem Leben zu beklagen. Sie wedelte mit der Hand über den starren Augen, rüttelte an dem gewaltigen Körper, und dann öffnete sie das Fenster, bevor sie den Notarzt rief. Es war völlig unmöglich, doch sie roch den Gestank der Verwesung.

Er gab ihr eine Beruhigungsspritze, als sie ihm sagte, dass Astrid Stemm am hohen C verschieden sei. Er mochte es nicht, wenn er Kunden als Leichen vorfand. Das Ausfüllen des Totenscheins war mühselig, und Tröstungen der Hinterbliebenen waren eine Qual. Er fragte Rita, die auf dem geschlossenen Toilettendeckel im Badezimmer saß, ob es Verwandte gebe, und sie schüttelte den Kopf. »Nein. Sie war ganz allein.« Er erwiderte: »Sind wir das nicht alle«, und dann senkte er seinen Kopf und küsste sie auf den Mund. Es war nichts, nur ein flüchtiger Kuss der beiderseitigen Tröstung, und sie nahm ihn in narkotisierter Gelassenheit hin. Der Notarzt war noch jung, doch sein kahler Schädel und das bleiche Gesicht, sein Aussehen, das sie erst nach dem Kuss wahrnahm, ließen sie hinterher, in ihren Träumen, zittern. Leichenschänder kamen in ihrem Repertoire nicht vor, doch sie träumte, dass sie die Leiche war, die er berührte.

Tod ist Ziel der Natur, nicht Strafe, sagt Cicero aus Hagens Mund. Seine Hand massiert ihren Nacken, und er redet mit seiner sanften Stimme beruhigend auf sie ein. Der Klang ist einlullend, auch wenn seine Worte sie nicht erreichen.

Hanna kocht Hühnersuppe mit Zitronengras und Chillies, ihr Rezept gegen Leben und Tod. Die »Stimme« ist für eine Weile verstummt, und die anderen reden. Sie lässt sich trösten, obwohl das nicht möglich ist.

»Man könnte meinen, deine Mutter sei gestorben.« Hagen

hat sie genau dort, wo er sie haben wollte, doch die Situation beginnt ihn zu langweilen. Er sagt ihr, dass sie den Tod der Lehrerin auch als Chance begreifen müsse. Sich bewerben und vorsingen, den Sprung ins kalte Wasser wagen, statt ewig zu warten. Er spricht gegen all seine Überzeugungen, und es bedeutet ihm nicht das Geringste.

»Du hast noch nie irgendjemandem vorgesungen.« Rita ist aus der Trauer erwacht. Sie kritisiert ihn mit diesem absurden Satz, stellt sein Leitmotiv in Frage. Das ist der Lauf der Liebe, sie beginnt immer mit Bewunderung und endet mit Verachtung. Dazwischen mäandert Selbstverleugnung in allen Erscheinungsformen. Er entscheidet sich in diesem Augenblick für eine Motorradtour durch die Türkei und bringt in Erinnerung, dass sie ihm zweitausend Mark schuldet.

Sie denkt, dass das Leben aus Zahlen besteht: dem Datum der Geburt, der Schritte, die man geht, dem Todestag. Aus Zahlen und Musik, dem einzigen Klang des Lebens, der ihr vertraut ist. Alles andere ist kompliziert, und man verrechnet sich so leicht. Sie möchte glauben, dass sie ohne Schuld ist an allem, was geschieht. Wenn Hanna stirbt, wenn Hagen sie verlässt, ist Rita immer noch ihr Eigentum. Sie kann damit machen, was sie will. Sich die Haare blau färben. In Hagens milde lächelndes Gesicht schlagen. Ihn um sein Geld betrügen. Nach Burma fliehen. Wagner singen. Es kommt doch nur auf ihren Willen an. Natürlich will sie ihm den Kredit zurückzahlen. Nur leider sind diesem Vorsatz ökonomische Grenzen gesetzt. Wie soll sie weitere Gesangstunden bezahlen? Eine Bank überfallen? Die Arbeit in der Gastwirtschaft hat sie verloren. Ein Missverständnis mit einem Gast, der behauptete, sie habe ihn mit dem Wechselgeld betrogen. Der Wirt entschied sich für den guten Gast und gegen die schlechte Kellnerin, und nutzte die Chance, sie um ihren restlichen Lohn zu bringen. Das Leben besteht aus Zahlen. Man zahlt fürs Geld. Auch mit seinem Willen.

Und so sind es nicht Hagen oder Hanna, die Rita auf den Weg bringen, obwohl sie glauben, dass ihr Einfluss schwer wiegt. Die Wahrheit ist, dass Rita beschlossen hat, eine Münze zu werfen, nachdem sie alles Für und Wider abgewogen hat, die Arien, die sie beherrscht, und das hohe C, das ihr nur in den besten Momenten gelingt, der akute Geldmangel gegen den Instinkt, nichts zu übereilen.

Die Münze, die sie wirft, zeigt mit dem Adler nach oben. Sie wird vorsingen. In dem nächstgelegenen Opernhaus, in Frankfurt. Es gibt größere, bessere Häuser, dieses liegt in der Mitte aller Möglichkeiten, und Hanna liefert Sachertorten an eine Kundin, deren Sohn Repetitor in Frankfurt ist und somit eine nützliche Verbindung darstellt.

»Natürlich wirst du es schaffen«, sagt Hanna. Gregor, der sein Lächeln verloren hat, ohne dass die anderen es merken, zündet eine Kerze in der Kirche an, in der er jetzt öfter Zuflucht sucht. Eine Kerze für alle Fälle, denn die Götter sind nicht unbestechlich.

Anna, die schwanger aussieht, es aber nicht ist, bietet an, ihre Schwester zum Termin nach Frankfurt zu fahren, und verbindet diesen Liebesdienst mit einem Termin beim Gynäkologen. Sie braucht ein Kind, das die Vergreisung ihres Seins aufhebt. Manchmal fühlt sie sich älter als Hanna.

Hagen streichelt Ritas Hals, die Goldkehle, an die er ebenso wenig glaubt wie an das Leben nach dem Tode. Oder die Bedeutung dessen, was ihm vorangeht. Die Zeit der Menschheit ist nicht mehr als eine Sekunde, gemessen an der Ewigkeit. Also ist sein Leben viel weniger als eine tausendstel Sekunde. Alles nichts. Er kann ebenso gut für ein paar Wochen in die Türkei fahren. Mit Höchstgeschwindigkeit der Illusion nachjagen, dass es irgendetwas aufzuholen gäbe. Im Übrigen sagt ihm sein Instinkt, dass es besser wäre, zu diesem Zeitpunkt aus Ritas tragischer Oper zu verschwinden.

Rita singt Isoldes Liebestod. So allein auf der großen, leeren Bühne, in ihrem einzigen schwarzen Kleid, das auch zu Beerdigungen dient. Es endet über Knien, die erstaunlich rund sind. Sie trägt hohe Schuhe, um größer zu erscheinen, doch es war falsch, denn sie fühlt keinen Boden unter den Füßen. Die Panik ist vollkommen, also ist sie ganz ruhig. Vom Repetitor am Klavier begleitet, gibt sie alles, was sie an Klang, Fülle, Leidenschaft und Todessehnsucht zu geben hat. Wagners erotische Konzeption der Welt. Isoldes Verlangen nach ewiger Liebe. Ritas Feuerprobe vor ihren Richtern. Sie kann sie nicht sehen, sie sitzen im Dunkeln, dem großen, schwarzen Loch, von dem die Stemm immer gesprochen hat. Sie kann sich nicht hören, nur die Begleitung, und sieht nichts außer dem ausdruckslosen Gesicht des Klavierspielers. Er kommt aus Afghanistan, und vor dem Auftritt hat er ihr erzählt, dass er geflohen sei, nachdem die Taliban die Musik verboten hätten. Er war sehr freundlich, und sie verliebte sich in ihn.

Sie hat Isolde tausendmal gesungen, und es ist das erste Mal. Ewig lange Bogen auf einem Atemzug. »Mild und leise« kommt zu tief, sie fühlt es, ein Augenblick der Verunsicherung, sie fängt den mahnenden Blick des Klavierspielers ein, und dann hört sie ungeduldiges Räuspern aus dem Dunkeln.

Ein Ball rollt auf die Straße, ein roter Ball, und sie läuft ihm nach und weiß, dass sie es nicht tun sollte ... der Klavierspieler aus Afghanistan, der Rafael heißt, hat aufgehört zu spielen. Er sieht sie an, und jetzt erst hört Rita die Stille. Sie ist das schrecklichste Geräusch, das sie je gehört hat, nein, das Quietschen der Bremsen war noch schlimmer. Sie sollte jetzt etwas tun, ein paar Worte sagen oder in Ohnmacht sinken. Oder sterben. Noch besser. Nicht mehr steigerungsfähig.

»Vielen Dank für Ihre Vorstellung.«

Da ist eine Stimme aus dem Dunkeln. Der Klavierspieler ist aufgestanden und schließt sein Notenbuch.

»Wir melden uns bei Ihnen.« Irgendjemand sagt diesen Satz mit mörderischer Beiläufigkeit. Sie kann ihn nicht sehen.

Sie hört Schritte im Dunkeln. Weiß, dass sie jetzt gehen sollte, von der Bühne abtreten. Nur ist es so, dass sie sich nicht bewegen kann. Nicht will, dass die Zeit weiterläuft, sondern zu Ende ist. Isolde stirbt. Vorhang. Applaus.

Rafael nimmt sie sanft am Arm und führt sie durch eine Eisentür in den Gang hinter der Bühne. Es ist gut, dass sie sich noch bewegen kann. Er fängt sie auf, als sie stolpert. Er ist sehr freundlich, schon dafür kann man jemanden lieben. »Wie war ich?«

»Nicht schlecht. Aber die Isolde war eine gewagte Wahl. Wie alt bist du?«

»Dreiundzwanzig.«

»Zu jung, um einen Wagnertod zu sterben.«

Er spricht mit schwerem Akzent, und die Wahrheit ist nie leicht. »Wer war die Stimme aus dem Dunkel?«

»Der GMD, Generalmusikdirektor. Er leidet unter einer Halsentzündung, deshalb das Räuspern. Hast du seinetwegen abgebrochen? Das war unprofessionell.«

Sie war gut. Bis zum Ende. Sie hat alles gegeben, und wie kann dieser Mensch von einer Anfängerin Professionalität erwarten? Wenn sie sprechen könnte, würde sie ihm antworten, doch sie hat das Gefühl, dass ihre Stimmbänder zerschnitten sind.

Der Repetitor führt Rita durch den langen, hässlichen Gang zur Hintertür. Seine Schritte sind länger als ihre. Sie hasst ihn für diese feige Eile und sagt ihm, dass sie allein hinausfinde. Er klopft ihr erleichtert auf die Schulter und murmelt etwas, das sie nicht versteht. Dann sprintet er in die andere Richtung… Er erinnert sie an einen Film, den sie mit Anna gesehen hat. Er war sehr traurig, auch wenn sie viel lachten. Anna wartet in dem Café auf der anderen Straßenseite. Sie wird sie erwartungsvoll ansehen und fragen: »Wie war's? Hast du ein Engagement?«

Mehr als vor allem anderen fürchtet Rita sich vor dieser Frage. Ihr ist übel, sie braucht jetzt vor allem eine Toilette, und sie läuft in die andere Richtung, bis sie die Tür findet. Erbricht Kaffee, Cola und Galle, während ihre Augen tränen. Sie möchte nie wieder aufhören, für immer vor dieser Toilette knien und alles auskotzen. Als sie ein Kind war, sperrte sie sich einmal im Klosett der Schule ein und brachte die Tür nicht mehr auf. Sie wurde unter dem Gelächter der anderen befreit, es war eine lustige Geschichte. Sie war wohl immer eine lächerliche Figur, nur haben Hanna und Gregor, die Stemm und in gewisser Weise auch Hagen es verstanden, sie darüber hinwegzutäuschen.

Sie zwingt sich aufzustehen, aufzuschließen und zum Waschbecken zu gehen. Es ist voller feiner Risse. Sie werden kaum wahrgenommen, und eines Tages bricht alles zusammen. So sieht eine Isolde aus, die kurz vor ihrem Tod verreckt ist. So bleich und voller Risse. Rita lässt kaltes Wasser über ihr Gesicht laufen, bis ihre Haut erfroren ist. Jeder Schmerz ist angenehm. Es ist nichts geschehen, man wird sich bei ihr melden. Nein, sie weiß, was dieser Satz bedeutet. Und dann, als sie den Wasserhahn abdreht, hört sie draußen vor der Tür Stimmen. Sie erkennt eine davon, sie gehört dem Repetitor.

Rita geht auf Zehenspitzen zur Tür. Man darf nicht lauschen, deshalb hat sie es immer getan. Wie anders sollte man hören, was wahr ist?

»Sie ist nicht die Erste, der die Stemm die Stimme ruiniert hat«, sagt Rafael.

Der andere: »Zu mehr als zur Soubrette hätte es ohnehin nicht gereicht. Kein Volumen. Wie kommt die Kleine bloß auf Wagner?«

Rita atmet nicht mehr. Sie steht an der Tür und stirbt, während Rafael spricht. »Das ist doch der Tick von der Stemm: die große Wagner-Sängerin zu gebären. Man sollte der Alten das Handwerk legen.«

»Schon erledigt. Sie ist vor ein paar Wochen beerdigt worden.«

»Gut. Aber das hilft der Kleinen nicht mehr. Kantine? Ich brauche jetzt einen starken Kaffee.«

Schritte, die sich entfernen. Worte, die immer bleiben werden. Rita hat einmal im Fernsehen gesehen, wie ein Mörder sein Todesurteil entgegennahm. Sein Gesicht verriet nichts, keine Angst und keinen Zorn. Sie hat ihn beinahe bewundert, während Gregor ein Plädoyer gegen die Todesstrafe hielt. Sie hat dazu keine Meinung. Sie hat immer nur gesungen. Soubrette mit Wagner-Wahn.

Sie ist sehr gefasst. Trocknet sich sorgfältig ihre Hände und zieht die Lippen nach. Sie sieht grauenhaft aus, doch darüber könnte sie lachen. Sie öffnet vorsichtig die Toilettentür, der Gang ist leer, und sie zwingt sich, nicht zu laufen. Es wäre ohnehin schwierig mit den lächerlich hohen Schuhen, die sie jetzt auszieht. Rita ist klein, und die meisten Menschen können zu ihr herabsehen. Hanna sagt, dass sie zu früh aufhörte zu wachsen. Zu früh, zu spät, woher soll man wissen, welche Zeit die richtige ist?

»Keine«, sagt Rita laut, während sie durch die Tür in den Tag geht, der unangemessen schön ist. Blau, mit durchsichtiger Wolkenschrift. Die Leute laufen über den Gehweg, als ob nichts passiert sei. Sie sieht das Café, in dem Anna wartet. Ihre Schwester wird sagen, dass es zu warm sei für die Jahreszeit, und ihr Lächeln wird erwartungsvoll sein. Rita geht vorüber, ohne einen Blick durch das Glasfenster zu werfen.

Sein Leben muss man vor anderen rechtfertigen, den Tod nur vor sich selbst. Seneca. Hagen, der ihr spöttisch »den Erfolg, den du verdienst« gewünscht hat, bevor er aufs Motorrad stieg. Ob er schon über alle Grenzen ist? Sie vermisst ihn und ist froh, dass er weg ist. Sie hat ihm sein Geld zurückgezahlt und schuldet es jetzt Anna. Zweitausend Mark, das ist viel Geld für eine, die nichts besitzt, nicht einmal eine Stimme.

Vielleicht hat Hagen Recht mit allem, was er sagt. Wie er lebt. Wir bestehen vor allem aus Wasser und Wünschen, und Fließen ist besser als Leiden. Wenn es nur eine Art gibt, in die Welt zu kommen, dann steht zumindest zur Auswahl, wie sie zu verlassen wäre.

Fließen erinnert sie an die Brücke, die sie gesehen hat. Es ist leichter, einen Fuß vor den anderen zu setzen, wenn man ein Ziel hat. Sie hatte eines, daran kann sie sich erinnern. Die Stemm, der Ball, das Auto... und man sollte nicht lauschen, weil es eine Wahrheit gibt, die unerträglich ist. Weil alles einfach nur lächerlich war. Komische Oper mit Rita Bronner und Astrid Stemm. Die eine ist schon tot, und Rita ist das Salzkorn in der Ursuppe, in Auflösung begriffen. Hagen würde jetzt lachen, aber er ist weit weg.

Sie war nie mutig, so wie Hanna, und nie geduldig wie Gregor. Niemals schwindelfrei. Doch jetzt zwingt sie sich dazu, an einem Brückengeländer zu stehen und tief nach unten zu sehen, ins Wasser, das längst nicht so blau ist wie der Himmel, abstoßend wie jede Form von Zukunft. Der freie Wille, in die Enge getrieben. Das Leben besteht aus Zahlen, und jetzt sind es nur noch zwei Schritte, ein großer und ein kleiner. Es ist doch ganz einfach. Wenn es dir gefällt: lebe. Wenn nicht, zähle eins und eins zusammen – und spring.

III
Greta

5

Sie nennt sich Greta. Ein Name wie jeder andere. Ein Leben wie jedes andere. Man muss nur aussteigen an einem fremden Ort, mit leichtem Gepäck und Erinnerungen, die nicht zu schwer wiegen. Sich wieder finden oder neu erfinden und das System unterwandern, das nur ein Leben zulässt. Vielleicht war es die Größe der Stadt, die es leichter machte, die ungebrochene Hässlichkeit des Bahnhofs, die vielen Gesichter, in denen sie etwas wiederfand, dem sie den Namen »Verlierer« gab.

Sind es viele, fühlt man sich nicht mehr einsam. Die Anonymität, geteilt mit anderen, schafft eine Art von brutaler Wärme. Es riecht nach Schweiß, der Abwesenheit goldener Badewannen und Gier nach ein paar Scheinen, die Luxus verströmen. Geld ist das fünfte Element des Lebens, und wenn Greta das Interconti streift auf dem Weg zu ihrer Wohnung, versteht sie, was Menschen antreibt, auf die andere Seite zu wechseln. Vielleicht ist es das Licht. Weihnachtsglitzern an allen Tagen des Jahres, die Verheißung einer Erlösung, die man mit Geld bezahlen kann. Sie steht davor und sieht hinein und fühlt sich ausgestoßen. Licht und Wärme an einem kalten Tag, der wolkenverhangen und grau über der Stadt liegt. Die meisten Tage sind so, und deshalb lieben Stadtmenschen die Nächte, in denen der Neonzauber für alle da ist.

Die Wohnung, die ein Zimmer mit Toilette und Dusche ist, liegt im Tiefparterre, eine galante Umschreibung für einen

Keller mit Lichtschacht. Greta teilt sie mit Zoé. Auch dieser Name klingt zu schön, um wahr zu sein, doch niemand fragt danach, wenn Miete und Strom pünktlich bezahlt werden.

Zoé schnarcht, dies ist ein erotischer Makel und der Grund dafür, warum sie niemals eine ganze Nacht mit einem Mann verbringt. Sie schläft zu Hause, in einem Bett, das unter dem Lichtschacht steht, und wenn Greta aufwacht von Zoés sägenden Geräuschen, sieht sie nach oben auf Füße, die vorübergehen. Sie zählt Schuhe, um wieder einzuschlafen, und versucht, sie ihren Trägern zuzuordnen: die hochhackigen Stiefeletten der Prostituierten; die derben Stiefel der Putzfrauen; die geschlechtsneutralen Turnschuhe der Schüler … schlurfend, weit ausschreitend, trippelnd. Jedes Paar trägt einen Menschen, zu dem sich ein Schicksal erfinden lässt – und jedes ist einmalig, unwiderruflich, kaum wahrgenommen.

Die Zeit schreitet in Schuhen voran, wenn Greta im Bett liegt und fernsieht, denn das Gerät, das andere Bilder liefern könnte, streikt meistens. Es sind mehr Frauen als Männer unterwegs in dieser Straße, was daran liegen mag, dass sie leichter Arbeit finden im Milieu der Lichtlosen. Viele sind, wie Zoé, dem Status der Illegalität unterworfen, den sie mit gewissem Stolz tragen. »Bedrohte Tierart«, sagt Zoé, die aus Äthiopien stammt, wo ihresgleichen von Ausrottung bedroht ist.

Greta hat keinen Anspruch auf Minderheitsbewusstsein. Sie ist deutsch, weiblich, sechsundzwanzig Jahre alt. Keine besonderen Merkmale außer jenem, noch am Leben zu sein. Eine Tatsache, die kaum jemanden interessiert, Zoé vielleicht, denn sie teilt mit ihr die Miete und Auftritte in der »Hölle«. Der Name des Nachtclubs in Tegel, in dem sie von Mitternacht bis fünf Uhr morgens auf der Bühne stehen. Der Schlagzeuger, der Gitarrist, der Saxophonspieler, der Mann am Klavier: Sie wissen, dass es eine Greta gibt, die aus dem Nichts zu ihnen kam an einem Sonntagabend, an dem die Hölle fast leer war und Personal wie Gäste eine Form von Langeweile zelebrierten, die ein Ereignis forderte, irgendetwas, die Invasion von Marsmenschen, als Investmentbanker verkleidet, oder den Auftritt von Engeln, die sich bis auf die Flügel ausziehen. Ein ohrenbetäubender Lärm, der vom Fall einer Mauer kündet, die sich wie eine fette Schlange durch die Stadt zieht…

Doch es erschien nur ein Mädchen, das minderjährig aussah und sein Gesicht unter einer Perücke weißblonder, sehr langer Haare versteckte. Sie trug Jeans und einen schwarzen Pullover und setzte sich nach kurzem Zögern an den freien Tisch neben der Bühne. Sie trank Wodka und hörte aufmerksam zu, als die Band McCoys modalen Jazz imitierte, *Passion Dance* und *Blues on the Corner*, nicht schlecht und nicht gut, in den Sphären jener Klänge, die nicht aufwühlen, nicht wirklich berühren.

Sie trank Wodka in kleinen, vorsichtigen Schlucken, und als die Musiker *Look what I got* spielten, sang sie ein wenig wie Betty Carter, ohne Mikrofon und ohne Scham, und dies war in Abwesenheit von Marsmenschen oder Engeln das Ereignis, auf das alle gewartet hatten, die hier waren, bezahlt oder bezahlend, und so wurde sie auf die Bühne geholt und machte weiter. *The good life.* Als ob sie immer schon vor dem Klavier gestanden und in eine fast leere Bar gesungen hätte.

Zoé war in dieser Nacht ausgefallen, und dies war Gretas Chance, wenn man es so nennen durfte, denn nun teilten sich die Sängerinnen das Honorar von hundert Mark pro Nacht, was für zwei Leben nur reichte, wenn man sie zusammenlegte, und so zog Greta bei Zoé ein und teilte ihr Bett, die schläfrigen Tage und langen Nächte in der Hölle, die von den Klängen des Jazz und Blues erfüllt war, von Zigarettenrauch und Somnambulen, die Musik, Alkohol und Sex brauchten oder auch nur das Gefühl, nicht allein zu sein.

»Melancholie« ist Zoés Lieblingswort in einer Sprache, die sie nur in lebensnotwendigen Sätzen zu beherrschen gelernt hat. »Was kostet das? Verpiss dich! Wann fährt der nächste Bus? Hast du ein Kondom dabei?«

Wozu sollte man in einer Stadt voller Illegaler die Polizisten verstehen lernen? Zoé bringt Greta Englisch bei und entschuldigt sich niemals für ihr Schnarchen. Man teilt, was man hat, auch die Geräusche, und wenn sie nicht einschlafen können, morgens, singen sie sich Wiegenlieder, und immer hofft Greta, dass es ihr als Erster gelingt, in das Nichts zu fallen, um nicht dazuliegen und Schuhe zu zählen und die Säge zu hören, die Zoés Stimme auch sein kann, wenn sie nicht auf der Bühne steht und ihren Blues singt, der an Ma Rainey erinnert.

Die Band liebt Zoé, weil sie schön ist, wie eine Jazzgöttin singt und ihre sexuelle Gunst so großzügig verschenkt, als wäre Geschlechtsverkehr eine andere Art, gemeinsam eine Zigarette zu rauchen. Mit Filter und Kondomen. Und jeder verzeiht ihr, wenn sie an einigen Abenden einfach wegbleibt, weil sie keine Lust hat aufzutreten. Schließlich gibt es Greta, Zoés hellen Schatten.

Sie ist jeden Abend in der Hölle außer montags, da ist Ruhetag. Am Montag läuft Greta durch die Stadt, um einen Ort zu finden, an dem sie sich sicher fühlt. Immer wieder stößt sie an eine Mauer, und erstaunlich ist nur, dass sie diese Begegnung beruhigend findet. Dies hier ist eine Grenze, hier geht es nicht weiter, außer unter Einsatz des Lebens. Dies ist eine gute Mauer, man weiß, woran man ist. Die Leute, die sie bewachen, haben eine Ideologie oder einen Dienstplan anstelle von Gedanken. Das ist auch gut, weil es vor dem menschlichen Makel bewahrt: der Enttarnung jeglicher Selbsttäuschung. Der Melancholie der Verlierer des Lebens. Sie liegt wie dünnes Eis auf der Haut, oder wie Nebel, der sich nie ganz verflüchtigt. Sie bewahrt Greta vor jedem Gedanken an das, was war. Die Scham, die Schuld, und auch das Gute, an das sie sich nicht erinnern kann.

Zoé sagt ihr, dass sie eine hübsche Stimme habe, doch irgendwie fehle ihr das Letzte. »Was ist das Letzte?« Zoé hasst es, wenn man in einen ihrer Sätze einhakt. Vertiefungen sind fader Zeitvertreib. »*Feeling*, *passion*, was weiß ich. Du solltest öfter ficken. Das ist gut für die Stimme, glaub mir.«

Wenn sie auf der Bühne steht, gibt Zoé alles, ein Grundsatz, den sie auch auf Sex anwendet. Sex und Musik sind die Naturgewalten des Lebens, nichts anderes zählt oder ist wert, daran Gedanken zu verschwenden. Natürlich mag sie auch schöne, glitzernde Kleider, und so nimmt sie manchmal Bares für ihre Gunst, ohne System und in dem Bewusstsein, ihr Geld wert zu sein. Schönheit ist das Geschenk Gottes, der sie zum Ausgleich in der Einöde der äthiopischen Berge ausgesetzt hat. Der Blues der versiegten Brunnen und abgemagerten Kühe. Die Trommeln des Hungers, die wehtun. Ingera, das beschissene Fladenbrot, das rationiert wurde, und die Männer durften zuerst essen, während die Frauen und Kinder noch hungrig zusahen. Der Mainstream aller Tage, die darauf hinausliefen, sich irgendwie den Magen zu füllen. Der Funk der Flucht nach Addis Abeba, kurz vor der Beschneidung. Drei Vergewaltigungen auf dem Weg, wenn man es so sehen wollte, denn sie hat stillgehalten, um weiterzukommen. Die Zeit auf der Straße, *hey man, gimme a dollar for a blowjob*, o Mann, war sie preiswert, aber nie billig, und nirgendwo lernst du schneller als dort, worauf alles hinausläuft: Ficken, Essen, Trinken. FET, das Projekt des Lebens.

FET gibt es auch in feineren Versionen, wie sie inzwischen weiß. Zoé fand einen Idioten, der sich ihres Elends erbarmte und sie mit nach Deutschland nahm. FET in einer netten Wohnung mit Stereoanlage und einer großen Auswahl von Jazzplatten. Er gab ihr zu essen und zu trinken, sie bezahlte mit Sex, und nach zwei Jahren hatte sie genug von diesem Deal und haute ab. FET, gepaart mit Freiheit, das ist ihr neues Projekt.

Und es ist gut, jeder sollte so leben können. Was heißt schon illegal? Auch Bullen mögen Sex. Er ist die beste Währung überhaupt, und alle Frauen bezahlen damit, irgendwie.

Selbst Greta verschwindet ab und zu mit einem Kerl und behauptet dann, dass sie nur ein Bett für die Nacht gesucht habe, ohne Schnarchgeräusche. Der überirdische Zwerg mit der Perücke, unter deren Pracht er sich versteckt. Greta behauptet, dass alle Leute ihre Ängste verkleiden müssten, um nicht nackt dazustehen. Sie hat FET nicht verinnerlicht. Da ihre Partnerin der Bühne und Wohnung nie über ihre Vergangenheit spricht, schätzt Zoé sie als Wohlstandspflanze ein, die zu Hause verdorrt wäre. Eine, die das Leben sucht, ohne zu wissen, was das überhaupt ist. Und man hört es, wenn sie singt. Als ob sie nie alles gäbe und eine große Furcht vor allem hätte. Jazz, das ist Gefühl. Schmerz und Triumph in Akkorden. Ma Rainey, Bessie Smith, Billie Holiday. Und es ist schwarze Musik, so verdammt schwarz, dass alle, die mit ihr spielen, in diese Hautfarbe wechseln. Und genau das ist der Punkt bei Greta: Sie singt weiß. Sie riecht weiß, fühlt weiß und bewegt sich weiß.

Hugh, der Saxophonspieler, behauptet, dass sie auch weiß fickt. Alle in der Band, mit Ausnahme von Greta, sind Afrikaner. Franco kommt aus Angola, die anderen aus Mosambik und Sierra Leone. Heimatlose, illegale Bastarde, die nichts als FET und Jazz im Kopf haben. Man raucht auch ein wenig von den illegalen Drogen, weil diese gesetzlose Nuance nun wirklich nicht mehr ins Gewicht fällt. Drogen sind gut für Seele und Sound. Sie heben bisweilen Zeit und Raum auf, aber Greta hält die Bande irgendwie zusammen. Weil sie weiß und clean ist und pünktlich und zuverlässig. Die guten Eigenschaften schließen die schlechten aus, die man für den Wahnsinn des Jazz braucht. Greta verhandelt mit dem Höllenboss und verwaltet das Geld. Sie schleift Franco zum Klavier und legt seine Finger auf die Tasten, wenn er weggetreten ist, und es funktioniert.

Bastarde können auch in der Hölle spielen, und den Leuten fällt ohnehin nicht auf, wenn ein Ton daneben geht. Wenigen. Sie kommen in die Hölle, weil sie FET-Junkies sind und beim Zuhören und Tanzen vergessen, dass sie Sklaven sind. Wobei die europäische Variante der Sklaverei durchaus vorzuziehen ist, ja Baby. *Fear of a black planet.* Zoé kann nicht anders: Sie muss singen, ihren Körper bewegen, fühlen, dass sie lebt.

Greta kann stundenlang auf dem Bett liegen und Füße zählen. Das ist abartig.

Ein Mensch ohne Biografie ist abartig. Sie ist nicht sicher, ob sie sie mag, weiß aber genau, dass sie Greta braucht. Gib mir einen Dollar, und ich liebe dich dafür. Es ist scheißegal, wie die Leute sind, wenn sie einem nützen. Und das Beste daran ist, dass ihr Greta in Schönheit und Kunst nicht das Wasser reichen kann. Sie darf singen, weil sie die Band zusammenhält. Weil Zoé es manchmal nicht schafft, abends aufzustehen. Zu viel Schnaps, das ist ein schönes deutsches Wort. Schnaps ist gut gegen die Kälte, und wenn man den Himmel nicht sieht, muss man Schnaps trinken. Dieses Land ist nicht weiß, es ist grau. Die Sterne sind abgehauen. Im Winter geht Zoé keinen Schritt auf die Straße. Im Winter spürt sie die Melancholie, dieses Luxusgefühl, das es zu Hause nicht gab. Wenn sie kein Geld hat, bezahlt sie mit Sex. Auch Taxifahrer nehmen diese Währung.

Greta behauptet, dass Zoé ohne Geld leben könnte, denn sie würde mit Tauschhandel durchkommen. Segen und Fluch afrikanischer Verhältnisse halten Greta im Gleichgewicht von Bewunderung und Abneigung. Greta ist anders, wo immer sie sich befindet. Und gäbe es zwei Menschen identischer Gedanken, Wünsche und Handlungen, sie würden einander nicht erkennen – oder sich hassen. Du suchst das, was du nicht bist, und findest es in keiner genetischen Landschaft. Das Molekül des Lebens bleibt die abstrakte Größe in allen kleinen Stunden, die abzutragen sind.

Greta bringt die leeren Flaschen zum Müllcontainer und sortiert sie vorher nach Farben. Eine Frage der Erziehung, sie hat sich diesen Müll nicht ausgesucht. Du kannst ein altes Leben abstreifen, doch du gehst in das neue mit dem alten Ich. Dem, was davon übrig ist. Was sie dir lassen, wenn sie dich über das Fließband geschoben haben. Wie viel Freiheit darf es sein?

Sie hat diese Stadt gewählt und diese Existenz. Die Nächte in der Hölle und das Loch, in dem sie schläft oder Schuhe zählt. Die Gesellschaft von Illegalen, die diese Lebensform zur Kunst erhoben haben. Cool Jazz und Hard Bop, World Beat und afrikanischer Blues. Sie leben auf der Bühne, und sie sterben dort. Sie sind laut und vulgär, bekifft oder betrunken, sie schnorren und klauen und halten kein Versprechen, nicht das kleinste. Es ist schwer, sie zu lieben, wenn sie ihre Instrumente zur Seite legen. Doch wenn sie spielen, wenn Zoé singt, dann werden sie zu Göttern. Und weil diese in der Hölle deplatziert sind, wirken sie so verloren. Und Greta mit ihnen; es ist ein Gefühl von großer Freiheit und Schwerelosigkeit.

Nichts zählt außer der Suche nach dem Unsagbaren, das Hugh mit seinem Saxophon zu finden sucht. Francos klirrende Dissonanzen, deren Intensität sich noch steigert, wenn er kurz davor ist, betrunken vom Hocker zu fallen. Amos' Trommeln, die Art Blakey wieder auferstehen lassen oder Afrika und eine Horde verrückter Elefanten, die im Nebel ihren Gott sucht. Zoés wahnsinnige Stimme, die jeden Schmerz und jede Lust zur Ekstase erhebt, die durch die Haut kriecht und sich in Schwingungen im Körper ausbreitet.

Sie ist nicht gefällig, diese Musik. Sie wird schlecht bezahlt. Sie zieht die Massen nicht an, die der Besitzer der Hölle bräuchte, um seinen Traum von der Grunewald-Villa zu verwirklichen. »Ihr müsst etwas spielen, wozu die Leute besser tanzen können«, sagt er zu Greta, die aufgrund ihrer Hautfarbe und mäßigen Suchtgewohnheiten seine bevorzugte Ansprechpartnerin ist. Die anderen sehen ihn nur irre an, wenn er sie ermahnt. Zoé greift ihm zwischen die Beine, eine grässliche Geste, die ihm Angst einjagt. Er würde die Band gerne loswerden, aber er ist zu gutmütig, ja, das ist er. Er könnte nicht in Gretas große Kinderaugen sehen und ihr sagen: »Dies ist euer letzter Abend.« Er könnte die Band beim Ausländeramt anzeigen, auch diese Möglichkeit wurde in Erwägung gezogen und verworfen. Er ist nicht schlecht, und außerdem würde er sich damit selbst denunzieren.

»Du weißt doch, sie lassen sich nichts sagen.« Das ist Gretas Standardantwort. Ein Kind, das Mutter spielt. Nichts gegen Mütter, aber sie haben alle versagt, wenn man sich ansieht, was aus ihrer Brut geworden ist. Fahlgesichtige, ungewaschene, schlecht gekleidete Existenzen, die ihre Erbärmlichkeit mit Bier und Drogen betäuben. Nun, er hat sich diese Hölle geschaffen, um Geld zu verdienen. Es ist zu wenig Geld. »Dann schlaf wenigstens mit mir«, sagt er zu Greta, weil er Kindfrauen mag und sich vorstellt, dass sie unter der Perücke und überall völlig unbehaart ist. Der Rest pubertärer Phantasien von Sex mit androgynen Außerirdischen.

Die Welt jenseits der Welt, das versucht er Greta in den Pausen zu erklären, sei die einzig interessante, und er verschweigt die Lust an irdischen Gütern, die jede Konfrontation mit dem real existierenden Sein doch angenehm abfedern. Es denkt sich leichter in Satinbettwäsche. Vielleicht hat er die Hölle nur eröffnet, um kleine Mädchen wie Greta verführen zu können. Was für ein armes Tier der Mensch doch ist. Sie geht mit anderen, warum nicht mit ihm?

»Du bist zu alt«, sagt Greta und nippt an ihrem Wodka. Die beschissene Wahrheit, die er nicht hören möchte. Die Art von Jugend, die in der Hölle verkehrt, hat einen fatalen Hang zu Ehrlichkeit. Sie ist die unhöflichste aller Umgangsformen, und er möchte in das silbrige Haar greifen und es ihr vom Kopf reißen.

»Vom Himmel kommt dies Loch und frisst den letzten Schutz, der noch übrig ist! Und der Planet wird bald zu Grab getragen, wie schön für mich, nun endlich Recht zu haben.«

Er zitiert Nostradamus, ein von ihm sehr geschätzter Autor, und grinst mephistophelisch. Die äußeren Bedingungen sind doch sehr prägend, und jede Form von Güte würde nur als Schwäche interpretiert. Die Sünder sind nur weniger feige als die Heiligen. Die Welt wird untergehen, zumindest für ihn, denn er ist die einzige Welt, die er hat.

Und Greta lacht: »Das ist auch kein Argument für einen Beischlaf. Warum ausgerechnet ich? Nimm doch Zoé, sie hat heute keine Lust zu singen. Oder die kleine Rothaarige, die allein an der Theke steht.«

Es gibt keine Verbindung zwischen den Generationen abseits von Verwandtschaft, Geld oder Sex. Er weiß inzwischen, dass Greta indifferent gegenüber allen ökonomischen Erwägungen ist. Sie und die anderen leben ohne einen Gedanken an morgen. Alles muss jetzt geschehen: die perfekten Harmonien, der paradiesische Rausch, der ultimative Orgasmus. Als ob es noch etwas gäbe, das zu überbieten wäre und in der endlosen Wiederholung nicht schäbig würde. Sie alle, die in der Hölle herumhängen bis sechs Uhr morgens, haben Angst vor dem Schlaf, der ihnen die Zeit stehlen könnte, die sie nicht brauchen. Ein erbärmlicher Haufen von Zeitdieben, die sich mit Musik und Drogen volldröhnen, um den Klang der Leere nicht zu hören. Gott ist tot, und es gibt keinen Masterplan, nur die Mauer, den Jazz, Sex, das Geld und alle Formen des Nirwana, die man dafür kaufen kann.

Er raucht und trinkt nicht. Er sammelt englisches Porzellan und die Einnahmen aus der Hölle, die von den Steuern gefressen werden, so dass der Traum eines Hauses mit Porzellan in Glasvitrinen auf unbestimmte Zeit verschoben ist. Man begnügt sich mit erotischen Albträumen. Er steckt sie alle erst in die Badewanne. Ihre Freiheit stinkt, aber sie wollen nichts anderes riechen.

»Was findest du an anderen Männern?«

Greta summt Chick Coreas *What game shall we play today* und sieht silberne Figuren auf dem Klavier tanzen. Die Hölle, das sind Fragen wie diese, doch dieser Mann ernährt die Band mit Wodka und Hamburgern und Marihuana und Kokain, was der Mensch so braucht, um Nächte und Tage zu überstehen.

»Ich suche etwas, aber ich finde es nicht.« Sie spielt mit ihren Haaren, das einzig Teure, das sie je gekauft hat. Ein schönes Versteck. Als Kind hat sie sich die Decke über den Kopf gezogen und sich vorgestellt, in Sicherheit zu sein. Nein, keine Vergangenheit, sie ist tot und tief begraben. Und er fragt, was sie sucht, und was soll sie antworten, das nicht vollends kitschig wäre. Liebe? Glück? Geborgenheit? Diese Worte sind mit dem Fluch des Versagens belegt, von Spießigkeit besudelt, in der Sprachlosigkeit aller Gefühle verworfen. Also sagt sie: »Einen mühelosen Orgasmus.«

Die vorhersehbare Antwort ist, dass dies eine seiner leichtesten Übungen sei. Weiß sie es nicht besser? Der alte Mann vor ihr braucht Ewigkeiten, um an sein Ziel zu kommen, das erzählen alle unbehaarten Mädchen, die er in sein kaltes Bett gelockt hat. In der Hölle gibt es keine Geheimnisse, die große Familie der Brennenden und Frierenden, der Perversen, Impotenten, Süchtigen, Jazzfreaks, Tauben und Blinden, Lahmen und Abgebrannten spricht über nichts anderes als Musik, Sex und günstige Bezugsquellen für den Stoff aller Träume.

Was sonst? Politik findet anderswo statt, und wenn einer Marx zitiert, weil er lesen kann, erwidert man ihm, dass er mit einem großen Anlauf den Sprung über die Mauer schaffen könne. Die Stadt vibriert von dummen Witzen, weil der Ernst der Lage, individuell gesehen, eine komische Nummer von

Männern in grauen Anzügen ist, die über ein ansehnliches Repertoire von Sprechblasen verfügen.

Man glaubt an nichts, weil es nichts zu glauben gibt. Und wenn morgen die Russen einmarschierten, würde man sich in der Hölle fragen, ob sie Jazz mögen. Vielleicht nicht. Jazz ist Anarchie. Akkorde, die sich wie Kugeln bewegen, die kein Ziel haben, nur das des perfekten Sounds. Jazz ist Energie in Noten, aber nicht geeignet, die Massen einzulullen und sie zum Marschieren zu bringen.

Zoé behauptet, dass man nur singen könne, wenn man durch metertiefe Scheiße gewatet sei, metaphorisch gesprochen, doch sie fügt anschaulich hinzu, dass es in ihrem Dorf keine Toiletten gab. Ihr Traum vom Luxus sind Toilettenfrauen, und bisweilen entzünden sich kulturpolitische Diskussionen um die Benutzung der Klobürste. Greta möchte weder spießig noch unhygienisch sein, doch die Unvereinbarkeit von theoretischen Positionen und praktischen Handlungen findet Platz in der kleinsten Hütte. Sie wird beherrscht von einem Fernsehapparat der ersten Generation, der bisweilen mit Fußtritten repariert wird. Zoé ist süchtig nach Kinderprogrammen und erklärt dies mit ihrer stromlosen Vergangenheit.

Greta liest selten Zeitungen, aus großer Langeweile und nur, wenn jemand sie in der U-Bahn liegen ließ. Zoé kann nicht lesen und schreiben. Ein Geburtsfehler, den sie mit aller Scham zu verbergen sucht. Mit einem Mundwerk so groß wie Afrika. Mit einem Leben, das Buchstaben und Zahlen umsegelt wie Seeleute gefährliche Klippen. Greta ist die Einzige, die davon weiß, und das verzeiht ihr Zoé nie. »Du kannst Noten lesen, aber ich kann singen«, sagt Zoé.

Jede Scham sucht sich ihre eigenen Wahrheiten, und Zoé hat es darin zur Meisterschaft gebracht.

Doch weil die Welt nicht auf Wahrheit, sondern Betrug eingerichtet ist, überlässt sie die Einkäufe Greta, weil der türkische Gemischtwarenhändler sie mit Zahlenakrobatik verwirrt und stets so glücklich lächelt, wenn sie seinen Laden verlässt. Viel ist es nicht, was zwei Frauen brauchen, die ihre Tage in einem Kellerzimmer verschlafen: Toilettenpapier, Zahnpasta, Seife, Waschpulver, Wodka, Cola, Tampons und Kondome. Ohrstöpsel für Greta; Aspirin für Zoé. Das Leben vereinfacht sich enorm in Abwesenheit von Kaufkraft. FET ist das Leitmotiv, alle anderen Töne werden improvisiert. Sie sind klagend manchmal, leise oder auch sehr schrill, kraftvoll und jubelnd und unterlegt von der Monotonie der Trommeln, mit denen Amos an guten Abenden die Leute verzaubert, so dass sie still sitzen oder beim Tanzen in Trance versinken. Jazz triumphiert. Aber es geschieht nicht oft. »Zu viele Nebengeräusche«, sagt Hugh. »Das Pack ist taub geworden.« Manchmal spielen sie einfach nur schlecht.

Selbstkritik ist ein seltenes Phänomen, das in der Häufigkeit seiner Erscheinungsform der Sonnenfinsternis gleichkommt. Die Band spielt niemals schlecht. Der eine oder andere ist nicht gut drauf. Zoé liegt in einem fremden Bett und lacht beim Orgasmus, was manche befremdlich finden, vor allem die Männer. Greta singt, ohne ihre Seele preiszugeben, und das Publikum will, dass sie sich auszieht.

Draußen liegt Schnee, und die Heizung ist ausgefallen. Das Leben ist nicht tragisch, sondern einfach nur langweilig. Kein Feuerwerk, sondern ein wenig Glut unter sehr viel Asche. Es ergibt keinen Sinn, eine Nacht an die andere zu reihen, außer jenem, den Selbstmord auf den nächsten Tag zu verschieben.

Manchmal sehnt Greta sich nach schwarzen, nerzgefütterten Lackstiefeln. Oder dort zu sein, wo sie nicht ist. Der einzige Wandschmuck des Zimmers besteht aus einem Poster, das eine sonnenbeschienene Insel zeigt, mit Palmen und Meer. Wenn sie dort wäre, würde sie den Schnee vermissen. Die ungepflegte Langeweile, die der Anhäufung des aberwitzigen

Nichts vorzuziehen ist, das Eigentum heißt. Ich habe, also bin ich. Sie hat nichts. Kein Zuhause, das diese Bezeichnung verdienen würde, niemanden, der sie liebt, keine Stimme, die andere zum Schweigen bringt, keinen Plan, der zu erfüllen wäre. Sie hat nichts, was zu bewahren wert wäre oder dessen Verlust schmerzen könnte. Das Leben natürlich. Das, was man als Sache an sich am wenigsten schätzt. Man kann es langsam wegwerfen oder in einem mutigen Anlauf. In Gretas Welt bevorzugen alle die erste Methode, aus Feigheit und aus Neugierde. Der ultimative Sound, der Wahnsinnstrip, der alles übertreffende Orgasmus, der Plattenmanager, der die Band entdeckt und groß macht: Dies alles könnte morgen kommen. Gäbe es dieses Morgen nicht, so wäre das Heute unerträglich: die Pflichtkür von Schwachsinnigen auf ewigem Eis. Geschliffene Seelen ziehen enge Bahnen und sehen dabei nach unten.

Morgen werden an ihrem Kellerfenster nerzgefütterte Lackstiefel vorübergehen. Sie wird ihnen folgen, die Trägerin niederschlagen und sie anziehen. Oder in das Geschäft gehen, in dem sie im Schaufenster glänzen. Eine Bank überfallen und einen warmen Traum kaufen. Oder sparen und warten. Die Wahl hat man immer, nur nicht den Mut. Oder die Geduld. Und verfällt in diesen gedämpften, melancholischen Zustand, nichts zu erwarten, nichts zu tun, nur zu reagieren, und dies mit einem Mindestmaß geistiger Anstrengung.

Wir tun nicht, was wir wollen, sondern wir wollen, was wir tun. Oder? Ist einer in der Hölle, der diese Frage beantworten könnte? Nein, die meisten beschäftigen sich mit der Frage nach dem nächsten Trip oder Sex. Sie trinken Bier aus Flaschen und wischen sich mit dem Handrücken den Schaum vom Mund. Zoé behauptet, dass Samen unterschiedlich schmecke, doch im Prinzip wie flüssige, gewärmte Austern.

Zoé hat noch nie Austern gegessen.

Ein Mann, der an der Theke steht, beobachtet sie. Greta hat

ihn schon wahrgenommen, als sie auf der Bühne stand. Franco spielte Bop-Harmonien, die er vertikale Gefängnisse nennt. Der Thekenmann war anders als die üblichen Höllengäste. Älter und besser angezogen, und er sah aus, als wäre es ihm gleichgültig, dass er aus dem äußeren Rahmen fiel.

Franco war in einer seiner Stimmungen, in der er nichts ertragen konnte außer der Stimme seines Klaviers. Und drosch in die Tasten und spielte alle gegen die Wand, mit Ausnahme des Schlagzeugs. Ein disharmonischer Kampf entbrannte zwischen Amos und ihm, und sie legte ihr Mikrofon zur Seite und ging von der Bühne. Zoé hätte nicht so leicht aufgegeben. Aber Zoé gibt sich bisweilen selbst auf. Legt sich in ein fremdes Bett, inhaliert tief und vergisst, dass sie Sängerin ist.

Wenn Greta singen könnte wie Zoé, würde sie Karriere machen. Der Konjunktiv ist billig zu haben. Vermutlich würde sie im Bett eines Agenten enden, der alles verspricht und nichts hält. Die Stadt ist voll von Lügen und kleinen Mädchen, die daran glauben. Wenn sie in der Hölle enden, haben sie die ersten Lektionen schon hinter sich. Glaube an nichts, und du wirst erlöst werden. Zieh dir einen Joint rein, bevor du dich für einen ausziehst. Er macht dich weicher und stärker. Du glaubst, ein gefallener Engel zu sein, der sich Luzifer hingibt. Und die Farben sind gut. Der Sound dringt in dich ein wie Wellen, und alles ist erhaben und wahnsinnig komisch. Wer hat schon Lust auf normalen Sex mit einem Fremden im Zustand von Nüchternheit?

Niemand, den sie kennt. Und zwei Dutzend waren es schon, die ihr in der Hölle begegneten und mit denen sie ein Bett teilte für eine Nacht. Einige von ihnen hatten sehr ausgefallene Wünsche, und manchmal machte sie mit, aus Neugierde vor allem. Normaler Sex macht impotent. Es ist wie mit allem anderen: Die Lust muss steigerungsfähig sein. Das Leben ist langweilig, also ist Sex von ebensolcher Qualität. Sex muss höllische

Dimensionen haben. So sagen die Männer. Sie wären gerne Freiheitskämpfer oder Folterknechte oder Gipfelstürmer. Die Frauen vermutlich auch, aber sie lassen diese Gedanken nicht zu. Und dann gibt es eben nur den Sex, der jede Gier ausfüllen könnte. Sexsexsex. Zoé redet von nichts anderem. Dem Orgasmus, der sinnlicher ist als jeder Sound. »Er ist in jedem Fall zu kurz«, sagt Greta, »um bedeutend zu sein.«

»Was ist zu kurz?«

Sie hat laut gedacht. Und sie weiß, wem die Stimme in ihrem Rücken gehört. Ein starker Akzent, die Hölle ist voller Illegaler, obwohl er nicht so aussieht, als müsse er in einem dieser teuren Keller wohnen. Armut kostet zu viel Geld, um billig zu sein.

Sie dreht sich um, natürlich hatte sie Recht. Er ist groß und hat glänzende schwarze Haare. »Nicht Ihrer. Meiner.«

Transvestiten sind wohlgelitten im Zirkus der Clowns. Er zögert ein paar Sekunden, bevor er ihrer Handbewegung folgt und sich an Gretas Tisch setzt. Man müsste brüllen, um sich zu verständigen, denn Amos setzt zu einem Trommelwirbel an, der einen verlorenen Kontinent aus der Lethargie reißen könnte. Er tötet alle Despoten und Herrschaftscliquen und Vampire, die Afrikas Geschichte mit Blut schreiben. Alle haben aufgehört zu tanzen. Dies ist ein Krieg, von dem jeder ahnt, dass er verloren ist. Und dennoch klingt er gut, und niemand kann sich seinem Rhythmus entziehen.

Der Ausländer schreibt seinen Namen auf einen Bierdeckel und überreicht ihn wie ein wertvolles Geschenk. Er heißt Oscar. Sie hört die Trommeln und denkt an den kleinen Jungen, der sich zu wachsen weigerte. So einer ist er nicht. Amos war in seiner Heimat im Gefängnis, seither trommelt er und folgt Männern auf Toiletten, auch, weil er den Geruch als vertraut empfindet.

Oscar ist schwul, denkt Greta, und findet das eher normal.

Dass Sex der Fortpflanzung und nicht der Lust diene, ist eine Erfindung klerikaler Unterleibsverleugner. Alles, was Frauen und Männer tun, spricht dagegen. Eine Welt, in der es nur noch Schwule und Lesben gäbe, würde auf sehr natürliche Weise untergehen. Sie könnte sich Amos Trommeln dazu vorstellen. Sie begleiten die letzten Menschen auf ihrem Weg zurück zur Erde.

Greta schreibt auf den Bierdeckel, dass sie durstig sei. Zoé ist im Besitz der letzten fünfzig Mark, die sie besaß. Das Schöne an der Armut ist, dass sich immer einer findet, der reicher ist. Oscar bestellt Bier und Wodka. So lange die Trommeln dröhnen, müssen sie nicht miteinander reden, nur lächeln und trinken. Er wirkt größer, als er tatsächlich ist, vielleicht ist es der Anzug. Ziemlich kräftig und an einer noch attraktiven Schwelle zur Verfettung. Die schwarzen, kurzen Haare wirken lackiert. Greta schätzt ihn auf vierzig, und das ist sehr alt. Aber er riecht gut, besser als die meisten Männer, denen sie in der Hölle begegnet. Nach Zitrone und Zedernholz, und er wird aufstehen und gehen, wenn er merkt, dass sie kein verkleideter Mann ist.

Amos ist über seinen Trommeln zusammengesunken. Ein abruptes Ende, und ein Ton, der noch im Raum schwingt, bevor der Applaus einsetzt. Es gibt Abende, in denen die Musik auf ein Bühnenspiel beschränkt bleibt, und solche, an denen alle sie spüren und lieben.

Greta weiß, dass der Trommler jetzt aufstehen und verschwinden wird, ohne sich vor der Gunst des Publikums zu verbeugen. Er wird einen Joint rauchen und einen Mann suchen und wissen, dass der Krieg verloren ist. Die Herrschaftscliquen gehen unter und neue wachsen heran. Das Gesetz der Gier ist unsterblich.

»Ich täusche mich selten, und Sie sind kein Mann«, sagt Oscar in die Stille nach dem Applaus. Sein Akzent ist komisch, und sie beginnt zu lachen. Wodka stimmt heiter, und sie braucht selten eine höhere Dosis Vergessen. Nur manchmal, wenn sie einem Mann gefolgt ist, der ohne Betäubung unerträglich wäre. Greta überlegt, ob sie das Spiel weiterspielen soll. Wenn sie ihm zustimmt, wird er aufstehen, und das möchte sie nicht. Andererseits könnte er auch beiden Geschlechtern zugeneigt sein. Zoé sagt, man müsse für alles offen sein. Und manchmal ist sie bloß noch eine Wunde, die nicht aufhört zu bluten.

»Ich bin gar nichts«, sagt Greta. »Ich singe nur.« Was ja auch stimmt in gewisser Weise. Er soll aufstehen und gehen, sie hat die Lust an diesem Spiel schon verloren.

»Diese Haare sind wunderschön.« Oscar hebt eine Hand, als ob er sie berühren wollte, und sie weicht zurück. Sie könnte jetzt dieses Gespräch beenden, indem sie die schönen Haare abnimmt und ihre kurzen, vom Schweiß verklebten Federn präsentiert. Die Wahrheit ist hässlich, und man müsste sie jedem zumuten, um nicht am Ende als gemeiner Betrüger dazustehen. »Geh zum Teufel, Oscar.« Sie wird einen finden, der den nächsten Wodka bezahlt und dessen Meinung ihr vollkommen gleichgültig ist.

»Da bin ich schon. Sollen wir spazieren gehen, bevor die Musik einsetzt?«

»Ich muss singen.« Das ist eine Lüge. In der Stimmung, in der Amos und Franco sind, brauchen sie keine Stimme. Alle lügen. Der Mann, der sich Oscar nennt, ist vermutlich ein Drogendealer aus Kolumbien. Er wird sie in einem U-Bahn-Schacht vergewaltigen und in der Kälte liegen lassen. Erfrieren, sagen viele, die in der Wärme sitzen, sei ein schöner Tod. Greta trinkt ihr Glas leer. »Gut, ich hole nur meinen Mantel.«

6

Gegen die These des freien, unbedingten Willens spricht unter anderem, dass Ursache auf Ursache folgt. So beginnt jeder Krieg mit einem aggressiven Akt, und jede Liebe mit einem ersten Schritt und dem folgenden, sich einzulassen.

Greta geht mit Oscar in die kalte Winternacht. Sie lässt zu, dass er seinen Arm um sie legt. Sie friert und fragt sich, worüber sie mit einem Menschen reden soll, den sie nicht kennt. In der Hölle gibt es die vorgegebenen Themen in den Musikpausen. In der Stille der Nacht, durchbrochen nur von Polizeisirenen oder grölenden Passanten, ist die Sprachlosigkeit ein befremdliches Geräusch. Auch er sagt eine Weile nichts. Dies lässt immerhin die Vermutung zu, dass er sie schweigend vergewaltigen könnte. Es gibt keine Liebe mehr, denkt Greta, auch, weil die Leute aufgehört haben, diesem Wort zu vertrauen.

Die Scheiben der parkenden Autos sind zugefroren. Der glitzernde Frostbelag im Schein der Straßenlampen scheint ihm zu gefallen, denn manchmal berührt er ihn mit dem Handschuh. Er trägt einen dicken Mantel, und Greta ihre einzige Winterjacke, und sie ist nicht nerzgefüttert. Die Perücke wärmt. Vielleicht auch sein Arm, der um ihre Schulter liegt. Er ist einen Kopf größer als sie, also ziemlich klein für einen Mann. So fremd, wie sie alle sind. Er tut so, als ob er wüsste, wohin er geht. Sie hat keine Ahnung. Die Ziellosigkeit könnte beunruhigend sein, doch sie wollte immer schon das Schönste und Schrecklichste erleben. Um zu wissen, wo sie steht, während sie ausschreitet. Die Sache mit dem Drogendealer sollte dennoch geklärt werden, also fragt sie ihn, woher er komme.

»Aus Buenos Aires.«

»Und wohin gehen wir?«

»In mein Hotel. Es ist warm und leise.«

»Gut. Übrigens tragen auch Frauen Perücken.«

»Ich weiß. Ich nehme dich nur mit, um zu sehen, wie du ohne Haare aussiehst.«

Sie lachen, und Greta liebt ihn für einen Augenblick, weil er Oscar heißt und sein Lachen einen warmen Klang hat. Die perfekte Antwort auf die Kälte, und sie kann seinen Atem sehen, der sich mit ihrem vermischt. Es ist nicht viel, aber in eisigen Zeiten ein beruhigendes Zeichen von Gemeinsamkeit. Also geht sie weiter mit ihm. Vorsichtig, denn die Gehsteige sind mit einer dünnen, gläsernen Schicht überzogen. Er hält sie fest, wenn sie rutscht. Gegen den Gedanken, allein umzukehren, zurück in die Hölle, stehen praktische Erwägungen konjunktiver Natur. Sie könnte straucheln und hinfallen und sich das Bein brechen. Die nächtlichen Straßenmenschen würden sie ausrauben und keinen Krankenwagen rufen. Obwohl, es gibt nicht viel zu holen außer der Perücke. Sie ist nicht versichert und hasst Krankenhäuser.

Vielleicht aus diesem oder anderen Gründen teilt sie Oscars Bett in seinem schönen, großen Zimmer im warmen, leisen Hotel. Sie darf in seiner Wanne baden und sich mit einem sehr weichen, weißen Handtuch abtrocknen, während ein Etagenkellner Wodka und Bier bringt und Würstchen im versilberten Topf. Der Argentinier liebt Berliner Würste mit süßem Senf, und er liebt sie, als sie schon sehr müde und betrunken ist und eher pflichtschuldig auf seine Bewegungen an und in ihrem Körper reagiert. Sie nimmt noch wahr, dass er schwer ist, sie gewissermaßen mit seinem Fleisch zudeckt, und er küsst angenehm, ohne ihren Mund mit seinem Speichel zu überfluten. All das, ihre Vorlieben und Abneigungen, kann er nicht wissen, also macht er seine Sache ordentlich, auch wenn Zoés ultimativer Orgasmus Lichtjahre entfernt ist. Wir werden ihn nie haben, denkt Greta schläfrig, weil alles eine Erfindung der

Märchenerzähler ist. Der Himmel ist das große blaue Nichts jenseits der Hölle. Man muss dankbar sein, dass er keine Peitschen auspackt, Klistiere, Plastiktüten, Dildos... und was es sonst noch gibt auf dem Fleischmarkt aller impotenten Phantasien. Sie ist ihm dankbar, dass er ihr spanische Worte ins Ohr flüstert und sie einschlafen lässt in seinem Bett. »Danke, Oscar«, sind Gretas letzte Worte, und er missversteht sie geschmeichelt, deckt sie mit dem dicken Federbett zu und denkt, dass ein guter Liebhaber ein fragiles Wesen wie dieses nicht überfordern sollte.

Ohne Perücke sieht sie wie ein altes Küken aus, das zu spät aus dem Nest geschlüpft ist. Sie ist ganz und gar nicht sein Typ, doch es gibt Nächte, in denen man nicht allein sein kann. Greta erinnert ihn an seine deutsche Großmutter, die ihn eine fremde Sprache gelehrt und gewissermaßen erzogen hat. Am Ende verlor sie ihre Haare und schrumpfte zu einer embryonalen Mumie. So hinfällig, dass man sie nicht mehr anfassen mochte aus Angst, sie könnte in sich zusammenfallen. Das war der Zeitpunkt, an dem er aufhörte, sie zu lieben und zu fürchten. Mitleid ist ein Gefühl, das er nicht schätzt, weder an sich noch an anderen.

Er nimmt sich vor, Greta einen Geldschein auf den Nachttisch zu legen. Sie passt nicht zu ihm, doch ihr Lachen gefällt ihm, und die sanfte Art, wie sie sich unter ihm bewegt. Und so legt er sich zu ihr und schläft ein und vergisst, den Weckruf zu bestellen. Und wacht mit ihr auf und erinnert sich nicht mehr daran, dass er sie bezahlen wollte.

Schläfriger Sex am Morgen ist eine angenehme Form des Erwachens neben einem Fremden, dem man nichts zu sagen hat. Er riecht nach Bier und Zigarren und nimmt davon Abstand, sie zu küssen. So rücksichtsvoll, und zum Teufel mit allen orgiastischen Träumereien, wenn es so etwas wie Wärme gibt, einen gemeinsamen Rhythmus und Laken, die weich und frisch sind. Seine Bartstoppeln scheuern an ihrer Haut, der Schmerz ist erträglich, und sie hält die Augen geschlossen, weil das Licht blendet. Greta malt mit ihren Fingernägeln Zeichen auf Oscars breiten Rücken. Beschwörungsformeln. Tu mir nicht weh. Verlass mich nicht, bevor ich dich verlasse…

Er küsst ihre Brustwarzen und sagt: »Alles an dir ist so klein.«

»Ich weiß.« Das sagt sie immer, obwohl sie wenig weiß. Alles an ihrem Leben ist klein. Ein Wunder, dass sie überhaupt existiert, aber nur, weil sie mit ihm schläft, muss sie ihm nichts Intimes erzählen. Sie steht auf und geht ins Bad und versinkt noch einmal in der Badewanne. Die Dusche in der Kellerwohnung versprüht im besten Fall lauwarmes Wasser, und manchmal ist es eiskalt. Die tägliche Reinigung ist eine Qual, kein Vergnügen, und Zoé kreischt unter der Dusche. Greta schreit, wenn sie Kakerlaken sieht. Sie hat sich dieses Leben ausgesucht, aber nicht das Ungeziefer.

Greta wünscht sich, für sehr lange Zeit in dieser Lage zu bleiben, in diesem gut beheizten Zimmer, und weil sie nichts Besseres zu tun hat, verbringt sie zwei Tage und zwei Nächte mit Oscar, und wenn sie nicht miteinander schlafen, essen oder trinken, erzählt er ihr Filetstücke aus seinem Leben, und sie ihm von einem Ort, den sie erreichen wollte, doch das Geld hatte für den langen Weg nicht gereicht: Why.

»Warum wolltest du nach Why?«, fragt Oscar.

»Why not? Ich kannte einen, der hat mir davon erzählt. Why liegt zweihundertzehn Kilometer südlich von Phoenix und hundertneunzig Kilometer westlich von Tucson, mitten in der Wüste, sozusagen am Ende der Welt.«

Sie ist verrückt, vielleicht war das der Grund, sie mitzunehmen, obwohl sie nicht sein Typ ist. Er mag Frauen mit großem Busen, am liebsten aus Silikon, weil er makellos ist und wie ein Kunstwerk getragen wird. Vielleicht hatte seine Mutter so wenig Zeit für ihn, weil sie der Schönheitschirurgie verfallen war. Er möchte von Greta wissen, was denn Besonderes am Ort Why sei?

»Nichts. Hitze, Kakteen, ein Spielcasino, zwei Bars, zwei Tankstellen, ein paar Häuser, vermutlich eine Kirche. Es muss sehr still dort sein. Unendlich weit. Und sehr hell.«

Er könnte ihr von Patagonien erzählen, einem Land, dessen monotone Weite, dieses unendliche Nichts jeden, der aus Buenos Aires kommt, in den Wahnsinn treibt. Gottes großes Gähnen, ausgebreitet über Tausende von Kilometern. Greta könnte gegen den Wind ansingen.

»Und was wirst du in Why tun, wenn du jemals ankommst?«

»Kakteen berühren. In die Wüste starren. Im Casino mein letztes Geld verspielen. Mit Indianern Tequila trinken. Nach dem Warum fragen. Vielleicht findet man an Orten wie diesen bessere Antworten.«

Frauen reden überwiegend Bullshit. Er liebte seine Mutter ganz besonders nach den Operationen, wenn sie kaum sprechen konnte. »Warum?«

Greta sieht ihn an, als ob sie diese Frage langweile, dann presst sie ihr Gesicht in das Kissen. Von hinten sieht sie besser aus. Argentinische Frauen haben trotz ihres Diätwahns überwiegend breite Ärsche. Er malt mit dem Fingernagel ein Fragezeichen auf ihren Rücken. »Du würdest diesen Ort nach einer Woche hassen.«

»Vielleicht. Aber um das herauszufinden, müsste ich erst einmal hinfahren. Ich war noch nie in einem anderen Land als diesem. Im Grunde verbringe ich mein waches Leben in der Hölle. Oder ich liege mit Zoé im Bett und beobachte Schuhe. Wie ein schlafloser Maulwurf. Manchmal gehe ich mit einem ins Bett, nur um fremde Orte kennen zu lernen.«

Den letzten Satz findet er beleidigend. Argentinische Frauen, zumindest die, die er kennt, sagen Männern niemals die Wahrheit, und das ist beinahe weise, denn keiner will sie hören, auch er nicht.

Seine Großmutter war eine Ausnahme, doch sie war schon so alt und krank, dass sie wie ein Kind sprach und ihr verziehen wurde. Warum wünscht er sich jetzt, dass Greta sagt, bei ihm sei alles anders? Why?

Soll sie doch in dieses verdammte Kaff fahren und auf eine Klapperschlange treten.

Nichts sagt sie. Sieht ihn nur an mit ihren großen Augen, die als Spiegel der Seele nicht taugen. Seltsame Augen. Sie ist ein Freak, und er sollte sie so schnell wie möglich loswerden. »Und was hast du vorher gemacht?«

»Nichts. Ich wollte nur immer woanders sein.«

Auch diese Worte missfallen ihm, doch er lächelt und nimmt sie in die Arme. Sagt ihr, dass sie zum Essen gehen sollten und vielleicht ins Kino, alles, was von unheimlichen Orten ablenkt, die Why heißen.

In seinem Leben, in seiner Familie existieren Regeln, die nur zu besonderen Gelegenheiten gebrochen werden. Eine wichtige ist, keine unnötigen Fragen zu stellen. Das Schweigen, gebrochen von Geräuschen der Konversation, harmonisiert das Zusammenleben ungemein. Ablenkung ist das halbe Leben. Das andere ist Arbeit und die Verfolgung von Zielen. Gefühle werden in Gütern gehandelt, und die Familie hat dieses gute Leben perfektioniert.

Natürlich gibt es Ausrutscher, und Oscar denkt für einen unangenehmen Augenblick an seinen Vater, der im Rollstuhl sitzt. Dann schiebt er dieses Bild weg und wendet sich dem Mädchen zu, das er in der fremden Stadt aufgelesen hat. Es gibt sie an jedem Ort.

Sie sind wie Vögel, die aus dem Nest gefallen sind und zu niedrig fliegen. Man fängt sie ein und lässt sie wieder frei. Und zieht weiter.

Das Leben ist so verdammt einfach, wenn man es aus der richtigen Perspektive betrachtet. Von oben.

Greta löst sich aus seiner Umarmung.»Ich sollte in die Hölle zurück.«

Das sagt sie nach zwei Tagen und Nächten mit einem Fremden. Sie ist verrückt, und er sollte froh sein, dass sie den letzten Zug macht.

»Wie du meinst.« Oscar folgt ihr ins Badezimmer, einen Ort, den sie zu lieben scheint, mehr als ihn. Sie putzt sich die Zähne, sie hat gute Zähne. Weiß wie ihre Haut, die an manchen Stellen fast durchsichtig ist. Merkwürdig, dass sie ihm ohne Perücke besser gefällt, obwohl es die Haare waren, die ihn ursprünglich anzogen. Haare sind wichtig, und er pflegt seine mit Sorge und Sorgfalt. Sie sind schwarz und glatt, und er trägt sie sehr kurz, weil er daran glaubt, dass sie dann besser wachsen. Oscar zählt die Haare in seiner Bürste, bevor er sie entfernt.

Greta erzählt von Orten, die wie Träume sind, verrät aber nicht, warum eine Person, die so bar jeder Eitelkeit erscheint, eine Perücke trägt. Nun setzt sie die Haare auf wie eine Kappe und verwandelt sich in eine andere Gestalt. Sie schminkt sich nicht, das ist ungewöhnlich. Sie ist nicht schön. Er steht hinter ihr und weiß, dass er sie nur anziehend findet, weil sie anders ist als das, was er normalerweise einfängt.

»Bleib doch. Die haben dich ohnehin schon gefeuert.«

Greta sieht ihn im Spiegel an. »Nein. So funktioniert das nicht. Es gibt keine Regeln. Jeder kommt oder bleibt weg, wie er Lust hat. Alles ist improvisiert, ein illegales Geschäft. Deshalb ist die Bezahlung auch so schlecht. Ich glaube, ich habe mich in dein Badezimmer verliebt.«

Greta lächelt, als habe sie ihm das Kompliment seines Lebens gemacht. Wenn er sie jetzt erwürgen würde, müsste er lediglich die Leiche entsorgen. Wer würde nach diesem komischen Vogel forschen?

»Dann bleib doch hier«, sagt Oscar, den man gelehrt hat, mit gespaltener Zunge zu sprechen.

»Warum?«

Oscar spricht aus, was er ihr erst sehr viel später sagen wollte. Er sagt selten die Wahrheit, doch es gibt Augenblicke, in denen sie wie eine gute Lüge erscheint: »Weil ich morgen zurückfliege.«

Greta streichelt das Handtuch. Dinge sind nicht wichtig, aber sie sind schön, wenn sie so weich sind. Wie Oscar. Merkwürdig, dass sie ihn jetzt schon vermisst. Es ist die Einsamkeit. Zoés Schnarchen. Die Kälte draußen, die sie fürchtet. Man richtet sich ein, um es warm und bequem zu haben, und dann friert man doch. Weiß sie es nicht?

Wäre es nicht besser, keine Vergangenheit zu haben, kein Gedächtnis? Dann wären alle Entscheidungen leichter. Sie könnte diesen nackten Mann ansehen und aus einem gänzlich unverbrauchten Gefühl heraus die Wahl treffen zu gehen oder zu bleiben. So wollte sie leben, als sie in diese Stadt kam. Aber es ist ziemlich schwer, sich immer wieder neu zu programmieren. Ein Gehirn, das sechsundzwanzig Jahre gespeichert hat, lässt sich nicht löschen. Es arbeitet für dich, gegen dich, und du stehst in einem Badezimmer und sagst: »Danke für alles. Aber es ist Zeit zu gehen.«

Warum? Oscar unterdrückt das Wort im letzten Augenblick. Man hat ihm beigebracht, keine unnötigen Fragen zu stellen. Und Emotionen für sich zu behalten. Er ist sich nicht sicher, was er fühlt. Den vagen Schmerz der Niederlage. Die Einsamkeit eines Hotelzimmers in einer fremden Stadt. Das Unbehagen vor einem Ende, jedem Ende, das auslöscht, was man vielleicht bewahren will.

Wie soll man es in der Sekunde wissen, in der eine Entscheidung zu treffen ist? Als seine Großmutter starb, weigerte er sich, ihre Hand loszulassen, bis man ihn mit Gewalt wegzog.

Niemand bringt einem bei, den Tod, den Abschied zu akzeptieren.

Er macht einen Schritt zur Seite und eine Handbewegung, die er von Stierkämpfen kennt. Das elegante Zurückweichen vor der Bestie, um deren Verblüffung auszunutzen und wieder anzugreifen.

Sie reicht ihm die Hand, als sie vorbeigeht. Eine deutsche Geste, die er immer lächerlich gefunden hat. Man streckt die Hand aus, um den anderen festzuhalten, nicht, um sich zu verabschieden. Und jetzt wäre der Augenblick gekommen, ihr seinen Willen aufzuzwingen. Es geht doch immer nur darum, Macht über andere auszuüben. Durch Gewalt, Geld, Liebe, alle Spielarten von Gefühlen, deren Menschen fähig sind. Ihre Hand in seiner ist winzig, doch sie zeigt keine Furcht, als er den Druck verstärkt. Er benutzt diesen Griff bisweilen, um Geschäftspartner einzuschüchtern. Es wäre durchaus möglich, ihr einen Finger zu brechen, so viel Kraft hat er. Man behandelt Frauen mit Respekt. Man vögelt sie. Das eine schließt das andere aus, und darin liegt ein Teil der Tragödie.

Greta sieht ihn an, als ob sie wüsste, was er denkt. »Lass mich los, Oscar.«

Er öffnet seine Hand. Es war ein dummer Gedanke. Sie ist nichts weiter als eine kleine Schlampe, die ein heißes Bad nötig hatte. Wenn sie arm sind, sind sie gierig, und wenn sie reich sind, auch. Er wird Rosa heiraten, die in Buenos Aires auf ihn wartet. Vermutlich beim Friseur. Argentinische Frauen von Rosas sozialem Zuschnitt verbringen sehr viel Zeit bei Friseuren, Kosmetikerinnen, Chirurgen und Psychiatern. Sie schlagen die Zeit mit perfekt manikürten Fingern tot. *Arroyos* heißen in seiner Sprache die wasserlosen Flussläufe. Manchmal erinnern ihn Rosa und ihre Freundinnen an *arroyos*. Die Vortäuschung üppiger Vegetation ist perfekt. Man lässt sich gerne täuschen.

Wenn sie jetzt geht, ist es zu Ende. Greta steht an der Tür in ihrer viel zu dünnen Winterjacke. Sie wird frieren. »Warte.«

Er drückt ihr einen Geldschein in die Hand und sagt, sie solle ein Taxi nehmen. Er möchte nicht, dass sie glaubt, er wolle sie für ihre Dienste bezahlen.

Greta schließt ihre Finger um den Schein. Demütigung und Dankbarkeit halten einander die Waage. Sie könnte ihn zum Abschied küssen. Ihm sagen, dass sie manches, das sie an ihm kennt, mag. Dass es schade ist, so wenig Zeit gehabt zu haben. Ihm einen guten Flug wünschen. Bei ihm bleiben. Er könnte sie noch einmal bitten, nicht zu gehen. Ihr seine Adresse geben. Sie aufs Bett zerren und ihr zeigen, dass er ein besserer Liebhaber ist, als sie glaubt. Vor ihr auf die Knie sinken und um die Gunst ihrer Gegenwart betteln … Viele Konjunktive schweben im Raum für ein paar Sekunden … und verschwinden in dem großen, schwarzen Loch von Zeit und Raum.

Sie schlägt die Tür hinter sich zu. Das kann sie besser als vieles andere.

7

Die Musik ist das, was sie am Leben hält und zerstört. *So what.* Das Trompetensolo von Miles Davis, nur zwei Töne, der zweite eine Oktave tiefer – und der Augenblick der Ewigkeit. Sie wissen, dass sie nicht gut genug sind. Sie versuchen den Gott des Jazz, der sich ihnen verweigert, und Amos beißt in den Trommelschlegel, bis ein Stück von seinem Zahn abbricht. Er spuckt ihn aus und trommelt weiter. Sie merken nichts, sie sind taub. Dies hier ist die Hölle.

Greta sieht aus wie ein gefallener Engel. Sie sitzt an ihrem Tisch vor der Bühne und wartet auf ihren Auftritt. Zoé ist krank, sie ist schon fast tot, so könnte man es sehen. Zoé ohne Musik ist ein Schatten in der Dunkelheit. Greta sagt, dass Menschen nicht sterben. Sie verschwinden nur aus dem Blickfeld. Also ist Zoé tot.

Zoé liegt in der Wohnung, und Greta verlässt manchmal ihren Platz, um nach ihr zu sehen. Greta hat einen Medizinmann organisiert, einen Studenten aus Ghana. Er glaubt an eine Lungenentzündung, die er mit Antibiotika behandelt, von deren Wirkung er keineswegs überzeugt ist. Gott würfelt, wie alle wissen, die mit ihm zu tun haben. Also stiehlt er die bunten Pillen und verkauft sie billig an die afrikanische Gemeinde des Viertels. Den weißen Patienten im Krankenhaus gibt er Placebos, so funktioniert sein Umverteilungssystem, und er begründet es mit Marx und Mandela und nimmt billigend in Kauf, dass die Einnahmen einen Teil des Studiums finanzieren. Er ist kein Robin Hood, nur ein Grenzgänger zwischen den Rassen und Klassen, den reichen und armen Kranken. Er sagt, dass Zoé ins Krankenhaus müsse, doch Illegale haben einen guten Grund, diesen Ort zu meiden. Entweder sie sterben dort, oder sie werden nach Hause verfrachtet, und Zoé verweigert sich dieser Alternative.

Greta hat sich in die Mitte aller Wünsche und Forderungen begeben, und es ist kein guter Platz. Amos sieht durch seinen Trommelwirbel, wie sie aufsteht und die Hölle verlässt. Es ist gut, dass sich jemand um Zoé kümmert. Als Sängerin ist Greta entbehrlich. Kunst ist alles, und Mitleid ist nichts. Ein Gefühl, das nach Lebertran schmeckt. Er hat eine Abendgage für Zoés Medizin gegeben, und der Stoff, aus dem der Sound kommt, muss ebenfalls finanziert werden. Der Dealer gibt keinen Kredit, und es ist überall das Gleiche, an jedem Ort der Welt: Die Dealer sitzen oben und handeln mit dem, was du brauchst. Sie bestimmen den Preis. Sie lassen dich sterben, wenn du nicht bezahlen kannst. Also existieren nur zwei Sorten von Menschen, und die einen sind Dealer, die Herrscher der Welt.

Die anderen sind als Individuen kaum wahrnehmbar. So viele Mädchen mit hungrigen Mündern und zappelnden Beinen, leicht zu verführen und durch nichts zu gewinnen. Sie tanzen nach einer Musik, die sie nicht hören, und reden mit Worten, an die sie nicht glauben. Er ist nur der Trommler ihrer Trauer und deshalb der Teufel, dem sie folgen. *Quelques minutes*… die Zeit ist nichts, und er spielt sich in sein Dorf, in dem alles rund war, die Häuser, die Frauen, das Brot und der Himmel, und nichts war gut, doch alles besser, nur man weiß es nicht und folgt einer Spur, die im Kreis führt, und wenn er nicht bald an Stoff kommt, wird er in einer eckigen Kiste enden, und er hasst diese Form, alles, was Kanten hat, scharfe, spitze Winkel, und alles Quadratische, das er von oben sah, als er mit dem Flieger kam, und er wusste, dass er verloren war, noch bevor er ausstieg und mit genormten Formularen zugedeckt wurde, bis er die Legalität verließ und die Hölle fand. In seinem anderen Land sind die Särge oval, und der Zimmermann ist der reichste Mann des Dorfes.

Man muss auf seine Füße achten. Sagt Greta. Die Hälfte der Zeit weiß man nicht, worüber sie redet. Weiße Worte. Sie legt wenig Wert auf verbale Kommunikation. Sie steht auf keiner Seite. Sagt von sich selbst, dass sie niemand für niemanden sei. Eine Unberührbare, und wenn man sie fickt, so sagt sein schwarzer Bruder, fühlt sie sich an wie weiches Glas. Man kann nie tief genug in sie eindringen. Aber man könnte sie lieben, wenn sie lacht. Die Art, wie sie ihren Kopf zurückfallen lässt und ihren Hals entblößt: eine kleine Giraffe, die für Augenblicke ihre Feinde vergisst, und ihr Lachen klingt wie die zärtlichsten Töne von Chets Trompete. Du spielst nicht, was du weißt, sondern was du vermutest. Hoffnung auf irgendwas, von dem du sicher bist, dass du es nicht kriegen kannst. Chet nahm das Heroin, um der Sache näher zu kommen. Jazz ist der Sound der Verlorenen.

»Musik« brüllen die Irren, und Franco, der Mann am Klavier, spürt, dass Amos seine Zeit der Trance braucht, und er lässt Schweiß auf die Tasten regnen, bearbeitet sie wie ein Bildhauer den Marmor, geht über die Harmonien wie Jesus über das Wasser, der Drive ist wahnsinnig, und Hugh findet Gefallen daran und folgt ihm mit dem Sax, sie sind gut, o Mann, sind sie gut, die Musik gibt ihnen alles, was das Leben wegnimmt, und du hast Angst vor der Stille, vor den ovalen und eckigen Kisten, dem nächsten Morgen, deinem Nächsten, dem Dealer, der dir die Finger brechen könnte. Amos hat Angst, dass sie nicht wieder kommen, Zoé und Greta, einfach wegbleiben, aus seinem Blickfeld verschwinden.

Greta ist wie ein Baum ohne Wurzeln, der einfach so in der Landschaft steht und auf den Regen wartet, um zu wachsen. Und alles gleitet an ihr ab, während sie ihn aufsaugt. Greta sagt, sie sei frei. Er misstraut diesem Scheißwort. Sie könnte den Jazz aufgeben, ja, das könnte sie, und Krankenschwester werden oder auf den Strich gehen, weil sie ja so frei ist, an nichts ihr Herz zu hängen und trotzdem gut zu sein. Dafür kann man sie hassen, und für den Satz »Wir hören nur uns selbst«. Sie wäre gut, wenn sie es zulassen würde. Sich hingeben, so wie Zoé es tut, die aus ihrer Stimme alles herausholt, alles vergisst, die bei jedem Song krepieren oder triumphieren kann. Wenn du das nicht fühlst, bist du tot, ja das ist es: Greta ist tot. Sie spielt allen etwas vor, der Gedanke erheitert Amos, und er beginnt, sehr leise zu trommeln, in den Sound hineinzugleiten, und seine Füße stampfen auf den Bretterboden, und er sieht Francos Lächeln, das ist Liebe, und sie dauert nur einen Song lang…

Quelques minutes…

Man sagt, dass Jazzmusiker schneller altern, aber das ist nicht wahr, sie sterben nur rasanter als andere…

Greta schält sich aus den drei Schals, die sie über ihre Jacke geschlungen hat. Es ist kalt im Zimmer, obwohl der elektrische Ofen Tag und Nacht läuft, sie werden die Rechnung nicht bezahlen können, aber das ist ein Problem von morgen, und daran will sie nicht denken.

Zoé schläft, alle Lichter sind eingeschaltet, alles, was Wärme geben kann, und es ist nie genug. Das Zimmer hat sich verändert seit Zoés Krankheit. Es ist zu einer Welt geworden, die nur noch schäbig und klein ist, ein Universum, das nach Krankheit und Tod riecht. Das Poster mit der Insel sieht obszön aus, und sie widersteht dem Impuls, es abzureißen. Dahinter könnte die Wand abbröckeln, es ist alles morsch in diesem Raum, und Zoé röchelt, sie bekommt nicht genug Luft, und Greta setzt sich an den Bettrand und fühlt sich schuldig, weil sie so leicht atmet, weil sie sich kalt anfühlt und Zoé so heiß. Das Fieber bleibt konstant hoch, trotz der Essigumschläge und der Pillen, die der Medizinmann vorbeibringt. Nachschub aus dem Krankenhaus, in dem Zoé liegen sollte.

Sie verglüht mit jedem Tag und jeder Nacht, die vergehen, und hier, in diesem Zimmer, ist die Zeit angehalten, sind Stunden nur noch eine Addition aus Schmerz und Angst. Der Fernseher läuft, Zoé schreit, wenn Greta ihn ausschalten will, obwohl nur der Ton zu hören ist und die Bilder Schneegestöber transportieren. Zoé erträgt die Stille nicht. In ihrer Welt ist Stille ein bedrohliches Gespenst. Es fühlt sich weiß und kalt an. Sie ist am falschen Ort, war es immer, und nur der Jazz ist richtig, ein Zuhause für die Heimatlosen, und nun lässt ihr Körper sie im Stich, nimmt sie gefangen, lässt sie nicht los in seiner Hinfälligkeit. Greta ist die Wärterin ihres Schmerzes, und sie hasst sie mit der Intensität einer Abhängigen.

Wenn Sommer wäre, würde Greta auf der Parkbank schlafen, um diesem Raum zu entgehen. Doch es wird nie mehr Sommer sein, und sie kauert, in Decken gehüllt, auf dem Boden neben dem Bett, und die Kissen halten der Kälte nicht stand, die von unten kommt, aus der Erde, die heiß wäre, könnte man tiefer in sie eindringen.

Die Bettwäsche riecht nach Urin. Sie hat einen Nachttopf gekauft, doch Zoé schafft es nicht immer aufzustehen. Scham ist zu einem Fremdwort verkommen. Zoé besteht aus Fieber, Schmerzen und einer Mischung aus Wut und Furcht. Wenn es ihr besser geht, und es gibt diese Momente, tobt sie und will aufstehen, sich anziehen und schminken, in die Hölle gehen und singen. Oder auch nur dasitzen, trinken und der Musik zuhören. Alles ist besser als das, was ist. »Ich will nicht sterben«, schreit Zoé in vielen Sprachen, die niemand versteht, der die Macht hätte, diese Forderung zu erfüllen.

Greta schämt sich dafür, dass sie diese Zeit des Aufbegehrens zu hassen begonnen hat. Wenn Zoé im Bett liegt und stöhnt, wenn sie sie füttert oder die Umschläge wechselt, ist Mitleid ein gutes Gefühl, das den Ekel umhüllt, die Monotonie des Grauens, die Hilflosigkeit – und die Frage nach dem Warum.

Warum Zoé? Sie hatte so viele Gelegenheiten, den Ahnen zu folgen, warum muss sie es hier und jetzt tun? Alles, was Greta aus Zoés Leben weiß, ist von Risiko getragen und dem Satz »Ich bin unverletzlich«. Sie hätte während der Hungerzeit in ihrem Dorf sterben können, auf der Flucht nach Addis Abeba, dem Straßenstrich, mit jedem Junkie und Dealer, mit dem sie sich einließ. Vielleicht ist es so, dass sich der Schrecken auf die Lauer legt, geduldig wartet, bis du vorbeikommst und dich sicher fühlst. Nicht wenn du sterben willst, geschieht es, sondern dann, wenn du das Leben liebst. Ein schlechter Witz, bei dem die Pointe zu früh oder zu spät kommt.

Der falsche Einsatz, bei dem Franco einmal aufstand und mit einer Bierflasche nach Zoé warf. Sie trug eine Platzwunde davon, die sie mit Gin ausspülte, und eine Stunde später spielten sie weiter, als sei nichts geschehen. Franco, der so voller Zorn ist auf alles, was nicht perfekt ist. Also auf alles. Er brüllt rote Fußgängerampeln an und prügelt sich mit Gästen, die applaudieren, wenn er weiterspielen will. Er sagte zu Greta, dass nur Unbegabte ihr Talent verschleudern.

Franco ist klein und schmächtig, doch in diesem Körper ist ein wütender Riese eingesperrt. Er hat Zoé nur einmal besucht und sie angeschrien, sich über ihre verdammte Krankheit zu erheben. Dem Studenten drohte er mit Blutrache, falls Zoé sterben sollte.

Nur im Krankenhaus hat sie eine faire Chance, sagt der Medizinmann. Er betrachtet den Übergang zwischen Leben und Tod als sportlichen Wettkampf, bei dem Geld eine nicht unerhebliche Rolle spielt. Das fünfte Element: Greta hat alle Quellen ausgeschöpft, alle Vorschüsse und Spenden, die in der Hölle und bei Zoés Bekannten zu holen waren.

»Ich will nach Hause«, murmelt Zoé und greift nach Gretas Hand, die einzige, die verfügbar ist. Sie holt tief Luft, sie quält den Atem in ihren Körper, auch wenn es schmerzt. Sie hat Durst. Sie will Medizin, die ihr die Schmerzen nimmt. Sie will Luft, mehr Luft, mehr Licht in dieser verfluchten Dunkelheit. Sie will singen. Und sie hasst Greta und den Ausdruck ihres Gesichts, diese weiße Leidensmiene, diese Schlampe leidet doch nicht, das ist ihr Monopol, und sie presst ihre langen Fingernägel mit aller Kraft, die sie noch hat, in Gretas Handballen.

Die Schwester schreit. Das ist schön. Der Schmerz müsste universal sein, dann würde man sich nicht so ausgestoßen fühlen. In Zoés Dorf wurden die Leute, wenn sie im Sterben lagen, ins Freie geschafft, unter einen Baum gelegt, damit sie den Himmel sehen konnten. Und die Ahnen in den trügerischen Wolken, die sich da oben den Wanst voll schlugen und trotzdem nicht für Regen sorgten. Aberglauben gedeiht prächtig auf hungrigem Magen, sie hat den Hokuspokus schon immer abstoßend gefunden. Wenn sie um Gnade winselt, dann nur, um diese beschissene Krankheit zu besiegen.

Gretas Hand blutet. Die Krankheit ist nicht ansteckend, doch in gewisser Weise ist sie es doch. Manchmal wünscht sie sich, dass es ein Ende hätte, irgendeines. Sterben allein genügt nicht. Man muss rechtzeitig sterben. Sartre für Zoé. Und die Wahrheit ist, dass Zoé sie töten würde, wenn sie dafür leben könnte. »Wir haben kein Geld mehr. Ich kann nichts mehr auftreiben. Du hast keine Wahl. Du musst ins Krankenhaus.«

Sie schreit, auch wenn sie flüstert: »Nein. Sie entnehmen den Illegalen dort Organe, verstehst du. Sie schlachten sie aus. Eine Schwarze, die keiner vermisst, auf so was warten die doch. Bitte, Greta, lass es nicht zu.«

Greta zieht ihre schmerzende Hand weg. Zoé ist nicht abergläubisch, doch sie glaubt alles, was andere ihr erzählen. Ihr Versuch, sie zu überzeugen, endet mit einem Wutanfall, der Zoé nach Luft ringen lässt.

Es wäre so leicht. Sie müsste nur das Kissen nehmen und auf ihr Gesicht pressen. Den Qualen ein Ende bereiten, ihrer beider Schmerz, der Tod ist nichts im Vergleich zum Leben, und sie wäre frei, woanders hinzugehen, diesen Raum zu verlassen und diese Stadt. Jede Fessel, die du dir anlegst, verursacht den schleppenden Gang. Der Tod als auflösender Akkord einer Melodie, die nur noch Dissonanzen kennt.

Zoé weint. Sie sollte nicht weinen, sich nicht aufregen. Die Krankheit hat ihre Schönheit ausgelöscht, es ist, als ob ihr Gesicht zurückkehre in das Land, das ausgedörrt auf Regen wartet. Die Augen sind zu groß geworden, und ihre Haare verfilzen. Sie riecht wie unberührte Erde, sie stinkt nach Urin. Greta sollte die Bettwäsche wechseln. Oder Zoé mit einem Kissen beruhigen, für immer beruhigen.

Sie kann es nicht. Sie liebt sie nicht genug, um es zu tun. Sie liebt sich nicht genug, um dieses Zimmer für immer zu verlassen. Sie ist niemand für niemanden. Auf der Flucht vor diesem Leben. Greta steht auf und sagt: »Brauchst du noch etwas? Ich muss zurück in den Club.«

»Ich hasse dich«, sagt Zoé mit ihrer stärksten Stimme. »Sag ihnen, dass ich sie vermisse.«

Greta flieht zur Tür. »Sie vermissen dich auch.« Es ist eine Lüge. Das halbe Leben besteht aus Lügen, und die schlimmsten sind die, die einem ganz leicht über die Lippen kommen. Sie dreht den Schlüssel zweimal um. Zoé hat Angst, dass man sie überfallen könnte, obwohl es nichts in diesem Raum gibt, das die Mühe lohnte. Selbst durch die geschlossene Tür hört sie Zoés Röcheln, es gibt Geräusche, die sie nie verlassen werden. Selbstmitleid ist ein widerliches Gefühl, sie versucht, es abzuschütteln, während sie die Schals um den Hals windet. Sie muss eine Entscheidung treffen, richtig oder falsch, und Zoé wird dafür einstehen müssen. Das ist falsch. Würde sie Zoé deshalb ins Krankenhaus bringen, weil sie zu feige ist, ihr ein Kissen aufs Gesicht zu drücken?

»Wenn es so weit ist, hätte ich Interesse an ihren roten Stiefeln.«

Die Bewohnerin des Nachbarkellers. Greta begegnet ihr auf der Treppe und sagt: »Es geht ihr besser.« So hört es sich nicht an. Nein, aber so lange sie schreit und heult, lebt sie noch, nicht wahr? Es ist ihr immer leicht gefallen, Zoé vor anderen zu verteidigen. Selbst vor Oscar, der FET für ein albernes Lebenskürzel hielt. Sie vermisst ihn nicht, doch manchmal denkt sie an zwei warme Tage und Nächte und an sein ungläubiges Gesicht, als sie das Hotelzimmer verließ.

Auf dem Weg in den Club begegnen ihr die üblichen Gestalten der Nacht. Ihre Haltung ähnelt den Ästen, die sich unter der Last des Schnees zu Boden neigen. Man sollte den Blick senken in dieser Nachtstunde und in diesen Straßen, doch sie schafft es nicht, sich an die einfachsten Regeln zu halten. Man muss auf seine Füße achten. Wohin sie treten. Hundescheiße, in Schnee verpackt. Zerbrochene Flaschen, und ein Penner, der vor einem erloschenen Feuer eingeschlafen ist. Er wird erfrieren, sie sollte den Krankenwagen rufen, doch vielleicht hat er beschlossen, es auf diese Weise zu vollenden. Dann bräuchte er die dicke Daunendecke nicht, in die er gehüllt ist. Nein, sie ist keine Diebin, nur eine Meisterin der Unterlassung. Sie geht weiter. Die Tränen gefrieren auf ihren Wangen. Die Zehen sterben langsam ab, und der Gedanke umzukehren und sich an ihn zu schmiegen, birgt eine gewisse Versuchung. Besonders die, nicht mehr darüber nachzudenken, was falsch und richtig ist. Sie sagen es einem, doch nur im Allgemeinen, nicht im Besonderen. Und jedes Leben ist besonders. Vergiss es Greta, geh weiter. Du bist bald in der Hölle. Die Lichter sind schon zu sehen. Sie sind rot. Sie leuchten im Dunkeln wie die letzte Zuflucht. Sie beginnt zu laufen.

Sie steht auf der Bühne und beginnt zu singen, doch es dauert nicht lange, bis Franco mitten im Akkord abbricht, von seinem Hocker aufspringt und auf sie zustürmt. Amos trommelt weiter, während Hugh sein Saxophon vorsichtig zur Seite legt. Was immer geschieht, er möchte nicht, dass sein Heiligstes verletzt wird. Francos Reizbarkeit ist in einem gefährlichen Stadium des Entzugs. Sie sind alle pleite, und daran ist Zoé schuld. Oder Greta, die diesen Feldzug für die Kranke führt und in dieser Nacht ihr Schlechtestes gibt.

»Sie ist die beschissenste Sängerin, die ich je gehört habe«, schreit Franco ins Publikum. Ein paar tanzen weiter nach Amos' Trommeln, andere lachen, sie halten das Ganze für einen Gag, die lustige Einlage des kleinen Schwarzen, der tatsächlich mit den Augen rollt. Jazz ist vieles, aber nie komisch, aber sie nehmen nur das wahr, woran sie glauben.

Franco umfasst mit beiden Händen Gretas Hals, ohne fest zuzudrücken. Er hat das Mikrofon umgeworfen und trampelt darauf herum wie ein kleiner, wütender Junge. »So kann man mit Jazz nicht umgehen, so ganz ohne Herz, du weiße Schlampe.« Er schüttelt sie, doch er tut ihr nicht weh, und Greta lässt es geschehen, weil sie keine Angst vor ihm hat. Franco prügelt ausschließlich Männer, Frauen demütigt er nur, wenn er in Rage gerät. Sie hat Noten und Worte gesungen, keinen Jazz, und sie hätte wissen müssen, dass er es nicht durchgehen lässt.

Es ist nur das Adjektiv, das die Schlägerei auslöst. Ein paar junge Männer im Publikum, die es hingenommen hätten, wenn er sie »Schlampe« genannt hätte, das ist der Jargon, den sie kennen, doch sie sind weiß, und der kleine tobende Mann ist schwarz. Drei von ihnen stürmen auf die Bühne und schreien, dass man dem Nigger eine Lektion erteilen müsse. Es gilt nicht, irgendjemandes Ehre zu verteidigen, vielmehr haben sie auf den erlösenden Moment gewartet, ihrem Hass auf alles, was unverständlich ist, eine Form zu geben.

»Scheiße«, sagt Amos und nimmt seine Stöcke in die Hand, um sie als Waffe zu missbrauchen. Hugh versucht, mit seinem Sax die Bühne zu verlassen, doch der Ausgang ist von der nachdrückenden Menge blockiert, und er flüchtet sich an die Ziegelwand, sein Instrument im Rücken. Nur eine Hand ist frei, um sich zu schützen oder zuzuschlagen.

Franco lässt Greta los. »Hau bloß ab hier«, sind seine letzten Worte, bevor er sich auf den ersten der Angreifer stürzt, denn es gibt nichts mehr zu tun, außer zu schlagen, zu treten und zu beißen. Er beherrscht alle Kampfsportarten, die dem Überleben dienen, und er hat nie daran gedacht, seine Hände zu schützen. Sie sind für vieles zu gebrauchen, doch im Prinzip zieht er es vor, die Tasten oder den Körper einer Frau zu streicheln. Nicht jetzt. In unübersichtlichen Kampfhandlungen gilt die Losung, dass jeder der Feind ist und man zuerst zuschlagen muss. Wohin auch immer. Jemand tritt ihn in den Rücken, doch er spürt den Schmerz kaum, das ist das Gute an seiner Wut, sie lässt ihn alles vergessen, sogar den eigenen Körper.

Amos wirft mit Stöcken und zuletzt mit Trommeln nach den Angreifern. Die Musiker sind hoffnungslos unterlegen, auch wenn ein paar Brüder auf ihrer Seite kämpfen. Hugh boxt mit einer Hand, um sein Sax zu schützen, und Greta bombardiert die Feinde beidhändig mit Gläsern und Flaschen. In dieser Situation ist sie so gut wie Zoé, doch worum geht es hier eigentlich, warum schreit keiner »Aufhören!«. Die Geschichte artet in eine Schlacht aus. Amos spürt sein Blut, das von der Wange läuft, und er sieht Franco zu Boden gehen und eine Menge weißes Fleisch über ihm. Dieser verdammte Idiot, er ist die Selbstzerstörung in Noten und Fäusten, diese Szene ist nicht mehr cool, und er möchte den Schauplatz verlassen, er hasst das Instrument der Gewalt, auf dem nur die Verblödeten spielen, und er will den Mann töten, der mit den Füßen seine Trommel bearbeitet...

Amos hört als Erster die Polizeisirenen, und als sie lauter werden, zu laut, da ist es, als ob einer »Stopp!« gerufen hätte, denn die stampfende, schlagende Masse erstarrt, für ein paar Sekunden gefriert sie zu einer Skulptur, unwirklich und beinahe schön, bevor alle in Richtung Ausgang laufen, rette sich, wer kann. Und die Boote gleiten hinaus in die Nacht der Eisberge, die kaum bedrohlicher erscheinen als die grünen Männchen. Hier hat jeder etwas zu verbergen, und sei es nur die Furcht vor der Übermacht.

Greta kniet über Franco, dessen Gesicht eine blutige Fratze ist. Gott, er hasst diesen Bastard, und er hört sie sagen: »Sind deine Hände okay?« Keine Zeit für Samariterdienste, er bedeutet den anderen, dass sie verschwinden müssen. Hugh und Amos zerren den Klavierspieler über die Bühne durch den

Notausgang in den Hinterhof. Greta folgt ihnen. Sie trägt Hugh's Sax und humpelt beim Laufen, weil ihr jemand in die Hüfte getreten hat.

Ihre Perücke hängt schief, und Amos beginnt zu lachen. Seine Trommeln sind hinüber, er blutet wie ein Schwein, und Francos linke Hand sieht aus, als ob sie gebrochen wäre. Hugh hat ein blaues, zugeschwollenes Auge und blinzelt mit dem anderen immer noch erschrocken. Sie stehen in einem Hinterhof und erfrieren oder verbluten, und wenn die Bullen sie finden, wandern sie ganz legal in die Zelle. Komischer kann es nicht mehr werden.

Greta sagt: »Ich habe wirklich grauenhaft gesungen.« Amos lacht noch mehr, sein fetter Körper wabbelt im Rhythmus seines Zwerchfells. Er steckt Greta und Hugh an, es ist, als ob sie daran glaubten, dass ihnen nichts mehr geschehen könne, so lange ihr Gelächter anhält.

Franco stöhnt in Gretas Armen. Er spuckt einen Zahn aus und tastet nach seiner linken Hand, die sich merkwürdig anfühlt. Schief. Er sieht die weiße Schlampe über sich und murmelt: »Warum singst du nicht, wie du kämpfst?«

Amos zieht ihn vorsichtig hoch. »Halt endlich die Klappe. Wir müssen hier weg, bevor wir zu Schneemännern werden.«

Dicke weiße Flocken tanzen vom Himmel, und Greta fängt den Schnee mit der Zunge auf. Er schmeckt nach nichts, nur nach Kälte. Ihre Hüfte schmerzt, und sie hat Schnittwunden an den Händen. Am Taxistand steht ein Wagen mit laufendem Motor und surrenden Scheibenwischern, die gegen den Schnee ankämpfen. Sie haben kein Geld, doch der Fahrer weigert sich ohnehin, sie zu transportieren. Er will kein Blut auf seinen roten Plastiksitzen.

Wenn Franco dazu in der Lage wäre, würde er den Fahrer zusammenschlagen. In diesem Fall schneidet er nur Grimassen und belegt ihn mit Flüchen ewiger Verdammnis. Dann schlägt er vor, den verdammten Kurden zu enteignen. Sie diskutieren das Für und Wider, als gäbe es keine andere Entscheidung zu treffen, während der Fahrer nach seinem Funkgerät greift. Wer nachts in diesem Viertel arbeitet, übt sich in Furchtlosigkeit, doch er ist weder Held noch Idiot, was im Zweifelsfall auf dasselbe hinausläuft.

Zuerst halten sie den Mann, der aus dem Schneegestöber auf sie zukommt, für einen Polizisten. Greta erkennt Oscar erst, als er vor ihr steht. Amos will nach dem Sax greifen, der letzten verfügbaren Waffe, doch Greta hält ihn fest.

»Es ist nur Oscar.« Ein Schneemann aus der Vergangenheit. Es war ein anderer Winter. Dann kam der Sommer, doch der Boden blieb hart. Dann wurde Zoé krank. Amos verschwand für ein paar Wochen, und Franco feuerte eine Reihe von Drummern, nachdem er sie auf der Bühne bedroht hatte. Greta folgte ein paar Männern an Orte, die nicht Why hießen.

»Es ist nur Oscar«, wiederholt der Mann aus Argentinien. »Vor der Hölle steht ein Polizeiwagen, deshalb habe ich ein Taxi gesucht.«

Der Mann ist Ausländer, doch er riecht nach Geld, und der Fahrer öffnet eine Wagentür.

»Kann ich euch mitnehmen?«, fragt Oscar.

»Nein«, sagt der Kurde.

Greta schiebt ihre verrutschte Perücke zurecht. »Doch, das wäre nett. Wir sind verletzt und pleite.«

Franco stöhnt, um ihren leichten Satz zu beschweren. Er bereut seine Taten, doch er möchte nicht darüber nachdenken. Der Argentinier zieht Scheine aus seiner Brieftasche, und sie knistern in der Kälte, ein angenehmes Geräusch, das Franco in dieser Lage zu schätzen weiß. Geld ist stärker als Blut, und alle Türen werden geöffnet. Franco sitzt vorne, und er nennt die Adresse eines Dealers in Kreuzberg. Sie fahren schweigend, Gretas schmerzende Hüfte reibt sich an Oscars Mantel, und Hugh mit seinem Sax sitzt halb auf Amos' breiten Schenkeln.

Es ist die müde Stunde zwischen Nacht und Morgen, die wie ein leeres Glas ist oder eine aufgerauchte Zigarette. Die Straßen sind einsam, und die Häuser dunkel, das Licht erscheint farblos, und die Zeit fließt zäh wie Lava. Greta ist an Oscars Schulter eingeschlafen. Amos sagt leise, um die Kleine nicht zu wecken, dass er vor Hunger sterbe. Er hat immer Hunger, nach allem, und er kann sich nicht erinnern, je das Gefühl der vollkommenen Sättigung erreicht zu haben.

Nachdem sie ausgestiegen sind, erbricht Franco Bier und Galle. Er würde gerne sterben, wenn er nicht Klavierspieler wäre, und er wird einen Arzt finden müssen, der seine Hand flickt, die höllisch schmerzt. »Ist Zoé schon tot?«, fragt er Amos. Der Trommler stützt ihn. »Vielleicht. Spielt das eine Rolle?« Er sucht nur einen Ort, an dem er seinen Hunger stillen kann.

Oscar streicht über Gretas falsches Haar und nennt dem Fahrer die Adresse seines Hotels. Sie hat Schnittwunden an der rechten Hand, aus denen Blut auf seinen Mantel tropft. Es war keine gute Idee, sie wieder sehen zu wollen. Beim ersten Mal ist alles leicht und unverbindlich, doch jede Wiederholung birgt die Gefahr der Nötigung. Er wird sie verarzten müssen, und vermutlich wird sie einschlafen, bevor es zum reizvollsten Teil der Nacht kommt. Er muss verrückt sein, sich mit diesem schrägen Vogel einzulassen. Es wird nicht gut gehen. Seine Großmutter glaubte, die Gabe der Vorsehung zu besitzen. Sie war eine gnadenlose Pessimistin, und sie hatte meistens Recht.

»Ich kann nicht ins Hotel. Ich muss nach Hause.« Greta tippt dem Fahrer mit der heilen Hand auf die Schulter.

»Why«, sagt Oscar. Alles liegt in der Wüste von Gefühlen, die abweisend sind wie Kakteen. Er wird also allein ins Hotel fahren und sich eine Prostituierte kommen lassen. Eine, die nicht blutet und nur Geld kostet. Doch im Prinzip hasst er die

Frauen mit den harten, überschminkten Gesichtern. Er nimmt sie nur, wenn er das Alleinsein nicht erträgt.

»Jemand wartet auf mich.« Greta sagt dem Fahrer die Adresse, er bremst scharf, und der Wagen gerät ins Schlingern, bevor er ihn vor einem Laternenmast zum Halten bringt. Keine Winterreifen, nichts in seinem Leben ist auf diese Jahreszeit eingerichtet. Und alle Fahrgäste der Nacht sind betrunken, obszön oder beides. Die Scheine in seiner Jackentasche sind ein Trost, der einzige.

»Das ist schade«, sagt Oscar. Er würde sie gerne fesseln und in sein Zimmer schaffen und so lange foltern, bis sie ihm verrät, wer auf sie wartet. Aber er kann sie nicht fragen.

Sie will nicht nach Hause. Nichts bereitet ihr größeren Schrecken als die Vorstellung von Zoés fiebrigem Atem. Der Fremde an ihrer Seite fordert nichts von ihr, das sie nicht geben könnte. Greta streichelt Oscars Wange und berührt Bartstoppeln, die sich wie ein frisch gemähtes Maisfeld anfühlen. Es ist lange her, doch sie weiß es noch. Nichts kann vergessen werden, obwohl sie die Stadt nicht verlassen hat, seit sie hier angekommen ist. Keine Landpartien und keine Erinnerungen an Familienausflüge. Die grellen Farben blenden, wenn man im Neonlicht lebt.

Er riecht anders als früher, nach Orangenschalen, die auf Herdplatten schmoren, und sein Profil zeigt den leichten Ansatz eines Doppelkinns, er wird sich später einen Bart wachsen lassen. Oscar besitzt die Schönheit eines Bären, der graziös zu altern versteht. »Wie lange bist du hier?« Sie wollte etwas anderes sagen, etwas Wundervolles, doch die Worte laufen durch den Filter der Berührungsangst und verwandeln sich in Phrasen.

»Ich weiß nicht. Ein paar Tage. Aber ich werde nicht noch einmal versuchen, dich zu finden.«

Der Kurde ist zu schnell gefahren, und als er vor dem Haus hält, bleibt Greta sitzen. Sie kann nicht aussteigen. Sie ist gelähmt, der Fußtritt hat ihr das Rückgrat gebrochen.

»Kann man hier wohnen?«, fragt Oscar und beugt sich über sie, um die Tür zu öffnen. Jazz ist Schmerz, immer nur Schmerz. Francos Satz. Ihre Hüfte schmerzt. Sie war nie eine gute Sängerin, was immer sie versucht hat. Nicht gut genug. Und alles überträgt sich auf alles, und jetzt, in diesem Taxi, hat sie das Gefühl, dass achtundzwanzig Jahre nur ein einziger langer Moment des Sterbens waren. Hilf mir, Oscar. Nicht weil du etwas Besonderes bist. Nur einfach da in einem Augenblick, in dem ich so nicht weiterleben möchte.

»Aber ja. Möchtest du es sehen?«

Oscar betrachtet das Haus, den Eingang, die Graffiti an den Wänden. Jemand wartet auf sie in dieser Ruine. »Ich glaube nicht.«

»Vielleicht hast du Recht. Danke für den Transport der Kampftruppe.«

»Ihr habt keine Chance auf irgendeinen Sieg.«

»Ich weiß«, erwidert Greta und küsst ihn auf die Wange. Sie weiß nichts. Doch sie schafft es auszusteigen, die Tür mit einem Fußtritt zu schließen und sich nicht umzudrehen. Sie hinkt beim Gehen, und sie dreht den Schlüssel sehr langsam um. Er könnte noch etwas rufen, mit einem Satz die Welt verändern, doch sie hört nur das Motorengeräusch. Es klingt krank, dieses Auto wird nicht mehr lange fahren. Das freut sie, während sie vorsichtig die Treppe hinabsteigt, jede Stufe ist ein neuer Schmerz. Das Licht funktioniert nicht, sie bewegt sich im Dunkeln und findet die Tür. In den letzten Wochen konnte sie Zoé durch die Tür atmen hören, doch es ist ganz still. Das Schloss ist aufgebrochen, sie sieht es nicht, sie fühlt es nur. Auch, dass jemand hinter ihr steht. Oscar. Greta dreht sich um.

Die Bewohnerin des Nachbarkellers hält eine Kerze in der Hand. Die Frau, die Zoés rote Stiefel begehrt. Sie sagt: »Die vom Notdienst haben die Tür aufgebrochen. Sie hat so furchtbar geschrien, es war nicht mehr auszuhalten. Da habe ich die

Hausmeisterin informiert, und sie hat den Krankenwagen gerufen. Das hätte schon längst passieren müssen, wenn Sie mich fragen.«

Niemand sollte diese Phrase ungestraft gebrauchen dürfen. Greta stößt die Tür auf und betrachtet ihre Hände. Sie sind blutverschmiert. »Und wo ist sie jetzt?«

Die Stiefel stehen unter dem Poster, das sie beide so mochten. Ein schönes Bild, das Einzige, woran man sich in diesem Raum festhalten könnte. Sie ist sehr müde und würde jetzt gern in Oscars Bett liegen.

»Sie hat noch gebrüllt, während sie sie die Treppe hochtrugen. Es war nicht mehr menschlich. Und wenn Sie mich fragen …«

Gretas Hände packen den Kragen einer grünen Wolljacke. »Ich frage Sie nichts. Nur, wo Zoé ist. Alles andere interessiert mich einen Dreck.«

Die Frau hat grüne Augen, passend zur Jacke. Sie hat Angst. »Haben sie mir nicht gesagt. Im nächsten Krankenhaus, oder?«

Greta lässt sie los. »Hast du Geld für ein Taxi?«

Geld ist ein Reizwort in diesem Haus. Die Frau weicht zurück zur Tür: »Nein, woher denn. Ich muss jetzt zur Arbeit. Tut mir wirklich Leid. Das Schloss ist auch hin …«

»Hundert Mark für die Stiefel.«

Sie sind rot mit schwarzen Nähten und wechseln für fünfzig Mark den Besitzer. Greta hat Zoé mit diesem Handel begraben, sie weiß es, doch nichts mehr in dieser Nacht, an diesem Morgen ergibt irgendeinen Sinn. Jimmy Blanton starb mit dreiundzwanzig, und Lee Morgan mit sechsunddreißig. Legionen von Musikern krepierten in ihrem ganz persönlichen Krieg. Jazz ist ein begnadeter Killer. Greta wird in den Morgen gehen und das Krankenhaus suchen, in dem Zoé sich zu Tode schreit. Und am Ende werden alle froh sein. Weil sie noch leben. Der Frohsinn der Lebenden ist das Traurigste, das sie sich in diesem Augenblick vorstellen kann.

8

»Was hast du zu verlieren?«, fragt Oscar.

Nicht viel. Die Hölle. Den Jazz. Die Band, die eine Bande ohne Instrumente ist. Einen Klavierspieler mit gebrochenem Handgelenk. Niemand hat Geld, doch alle außer Greta haben Freunde und Verwandte, das Volk der Illegalen, das zusammenrückt und Platz macht, weil es jeden jederzeit treffen könnte und das soziale Netz der Verlierer aus begründetem Pessimismus geknüpft ist.

Franco gibt den Kindern seiner Cousine einhändig Klavierunterricht. Hugh spielt vorübergehend in einem anderen Club mit Musikern, die in gefälliger Weise den Swing beerdigen. Amos schleppt Kisten in der Großmarkthalle, um für Trommeln zu sparen, und er stiehlt alles, was sich ihm anbietet, um den Vorgang zu beschleunigen. Sein Clan hat begonnen, mit Obst und Gemüse zu handeln, das System der freien Marktwirtschaft funktioniert nach allen Regeln der Überlebenskunst.

Zoés Körper ist ein Chemiebaukasten auf dem Weg der Besserung, und am sechsten Tag ihrer Einlieferung denkt sie an die Flucht aus dem Krankenhaus. Doch sie weiß, dass sie Zeit hat, denn mit dem ersten klaren Gedanken entwickelte sie die Strategie des Gedächtnisverlustes, der allen Befragungen zu Herkunft und Papieren standhält. Sie weiß nichts über ihre Vergangenheit, und sie verbot Greta und den anderen, sie zu besuchen, um das Geheimnis um ihre Person zu wahren. Sie ist wieder geboren in der Anonymität eines Krankenzimmers, und hierin liegt die Chance, das Spiel von neuem zu beginnen. Das Zimmer, das sie mit sechs anderen Frauen teilt, ist angenehm und sicher, und sie kann warten, bis sie stark genug ist, gegebenenfalls eine Schwester, die sich ihr in den Weg stellt, niederzuschlagen.

Oscars Flug geht in drei Stunden. Greta sitzt in seinem Hotelzimmer und sieht zu, wie er den Koffer packt. Er ist auffallend ordentlich im Transfer seiner teuren Habseligkeiten von einem Ort zum anderen. Seine Konzentration auf das, was er gerade tut, erscheint ihr von großer Ausschließlichkeit. Er spricht wenig beim Essen und schließt die Augen, wenn er ein Glas Wein zum Mund führt. Oscar strebt nach Vollkommenheit, und Greta ist das Objekt, das seine Phantasie reizt. Hat er ihr jemals gesagt, dass Frauen, die »Nein« sagen, begehrenswerter sind als alle anderen?

Er bat sie, mit ihm zu gehen, als er den Koffer aus seinem Schrank zog. Er hat sie ein paar Tage geliebt und gefüttert und ihren Schlaf bewacht. Er hat ihr Geld gegeben, damit sie Zoé finden konnte. Er war gut zu ihr, was ihm keine Mühe bereitete. Oscar findet in Greta das Kind, das er nie war, und eine Anspruchslosigkeit, die seinem Wesen fremd ist. Doch sie ließ es zu, dass er ihr einen warmen Mantel und Stiefel schenkte. Jede andere Frau, die er kannte, hätte nach Pelz geschrien. Greta nicht.

Sie war am Morgen der nächtlichen Taxifahrt im Hotel aufgetaucht und hatte ihm eine Botschaft aufs Zimmer geschickt. Sie bat Oscar um ein paar Scheine für ihre Suche nach einer Freundin. Sie versprach, am Abend wiederzukommen, als er ihr Geld in die Hand drückte. Sie war eine arrogante Bettlerin, denn sie bedankte sich nicht, sondern verschwand sofort, das Geld in der geballten Faust, mit der sie winkte, ohne sich umzudrehen.

Sie kam zurück, als die Abendnachrichten liefen. Er hatte sein Zimmer nicht verlassen, obwohl er sich wie ein Idiot fühlte, der an Wunder glaubt. Jede Minute des Wartens steigerte sein Begehren und seinen Zorn auf dieses Gefühl. In dem Augenblick, als er die Tür öffnete und sie im Flur stand, in einem dieser Hotelflure, die überall auf der Welt gleich sind, als sie ihm schweigend das Restgeld in die Hand drückte, erinnerte sie ihn an ein Märchen aus seiner Kindheit, und er fühlte etwas, das er Liebe nannte.

Er gab sich fünf Tage Zeit, über dieses Gefühl nachzudenken. Er verglich sie mit anderen, was beinahe unmöglich war. Er registrierte, was er an ihr mochte und was ihn störte, addierte die Punktzahlen und schloss die Rechnung knapp zu ihren Gunsten ab. Doch bis zuletzt, bis zu dem Augenblick, als er den Koffer aus dem Schrank holte, war Oscar nicht sicher. Es wäre besser gewesen wegzugehen und aus der Distanz über Greta nachzudenken. Als er sie auf dem Bett sitzen sah, sie kämmte ihre Perücke und ließ mit keiner Geste erkennen, dass sie ihn zurückhalten wollte, in diesem Augenblick erschien es ihm unmöglich, sie jemals wieder aus dem Blick zu verlieren. Also fragte er sie, ob sie mit ihm gehen und ihn heiraten wolle. So etwas fragt ein Mann von Ehre, alles andere wäre unter seiner Würde gewesen.

Greta geht zum Spiegel und setzt sich die Perücke auf. Tarnkappen sind nur bedingt wirksam. Wie kann sie auf eine Frage, die ihr noch nie gestellt wurde, die richtige Antwort finden? Die Entscheidung ist zu springen oder dazubleiben, wo man ist. Das Bekannte gegen das Unwägbare einzutauschen. Wer oder was definiert, was falsch oder richtig ist? Ihr Instinkt, ihr Gefühl, die klägliche Summe der Erfahrungen, Feigheit, Neugierde, Schwäche oder Eitelkeit, denn sie ist nichts, und es ist ein Wunder, dass Oscar sie haben möchte. Liebe wäre die einfachste Erklärung, doch sie kommt ihr nicht in den Sinn. Oscar behauptet, dass sie die einzige Frau sei, die nach sich selber rieche, und das auch noch gut. Sie mag die künstlichen Düfte, die von seinem Körper ausgehen. Ist das ein Grund, jemanden zu lieben?

Gretas Blick trifft Oscars Augen im Spiegel, er sieht ungeduldig aus, als ob er ihre Langsamkeit nicht verstehen könne.

Was sie zu verlieren habe? Nur eine provisorische Existenz mit einer Familie aus Fremden, die sie auf eine Weise liebt, die er nicht nachvollziehen kann. Vielleicht, weil sie auf ihre Art das haben, was ihr fehlt: Größe. Das Talent, den Wahnsinn, die zerstörerische Kraft, alles für eine Sache zu geben. Sie weiß es, weil sie einmal so war, vor langer Zeit, in einem anderen Leben. Die Erfahrung des Versagens hat sie ausgelöscht, nicht gänzlich, was zu bedauern wäre, wenn sie nicht wüsste, dass es irgendwie weitergeht auf einer anderen, unbedeutenden Straße. Die Richtung, sie muss sich für eine entscheiden.

»Sag etwas. Du machst mich wahnsinnig.« Früher hat er mit den Füßen getrampelt, wenn man ihm etwas verweigerte, und seine geräuschempfindliche Mutter reagierte stets in gewünschter Weise. Wenn sie da war; die Dienstboten begegneten seinen Wutausbrüchen mit einer Mischung aus Furcht und Verachtung. Sie hatten die Begabung, ihm zu dienen und über ihn hinwegzusehen. Dass er sie durchschaute, war ihnen völlig gleichgültig.

Oscar schließt seinen Koffer und stellt die Zahlenkombination ein. Sein Geburtsjahr, er hat Greta sechzehn Jahre voraus, und noch viel mehr als das. Sie ist ein Kind, ein verlorenes Wesen, das er aus unerfindlichen Gründen begehrenswerter findet als jede andere Frau, die er kennt. Es Liebe zu nennen, ist absurd, doch ihm fällt keine andere Bezeichnung ein.

Er geht auf Greta zu, die vor dem Spiegel sitzt, kniet vor ihr nieder und legt seinen Kopf in ihren Schoß. Große Gesten sind leichter als Worte, und wie erwartet streicht sie über seine schwarzen Haare, die zu lang geworden sind. Er wird nach seiner Rückkehr zu seinem Friseur in Buenos Aires gehen, dem Einzigen, dem er sein Haar anvertraut. Er ist abergläubisch wie Picasso. Wer dein Haar besitzt, hat Macht über dich, und er bleibt immer so lange, bis man sie vom Boden gefegt und ihm in einer Plastiktüte überreicht hat. Oscar sammelt seine Haare in einem Karton, der auf dem Dachboden steht. Er kann es nicht leiden, wenn man sein Haar in Unordnung bringt, doch das wird er ihr später sagen.

»Ich habe einen gültigen Pass, aber sonst keine Papiere, die man so braucht für eine Heirat.«

Hat sie das gesagt? Greta zieht ihre Hand zurück. Ja ist leichter als Nein, das war schon immer so, und sie erziehen dich fürs Leben. Ja bedeutet, nicht in den Keller zurückzukehren. Jemanden zu haben, der dir etwas abnimmt, und sei es nur die Sorge um das nächste Essen. Wer ist Oscar? Sie kennt ihn kaum, und er weiß wenig von ihr, und über allem Unbekannten und Unerkannten thront das Wort Liebe. Sie kennt seinen Körper, sein Lachen, seine Großzügigkeit, ein paar Eigenarten wie jene, dass er leise schläft, bewegungslos wie ein Toter, und stets um sieben Uhr aufwacht und aus dem Bett springt, um ins Bad zu gehen. Geht es nur darum, nicht alleine aufzuwachen und keine Angst vor dem einsamen Tag zu haben?

Manchmal ist es schwer, von niemandem geliebt zu werden. Kein Talent zu besitzen, das dich über alles hinaushebt. Die Hölle ist wegen Renovierung geschlossen.

»Ich werde dich auf Händen tragen«, sagt Oscar.

Das ist komisch. Und rührend. Liebe ist wie Jazz. Die Kunst der Improvisation auf der Suche nach Vollkommenheit. Sehnsucht nach allem, das größer ist als du. Wenn sie mit ihm geht, wird sie dem Ort Why näher kommen. Vielleicht. Und er könnte sie auf Händen tragen, denn sie sind groß und breit, und sie kann sich sehr klein machen.

»Ja. Das wäre schön.« Greta setzt ihre nackten Füße auf Oscars geöffnete Hände, und er stemmt sie hoch, bis sie mit ihren Fingerspitzen die Decke berührt. So, genau so stellt er sich die Liebe vor. Dafür hat er seinen Körper trainiert, der zur Schwere neigt. Ein Familienfluch, den seine Mutter zum Todfeind erklärte und erbittert bekämpfte. Argentinische Frauen sind sehr körperbewusst. Sie möchten aussehen wie die Models, die sie in den Zeitschriften sehen. Und sie hungern bis zur Bösartigkeit und gehen zum Psychiater, um satt zu werden.

»Du bist so leicht.« Er reicht Greta die Hand, und sie gleitet fast schwerelos aufs Bett. Sie wird nie schwer werden, in keiner Beziehung.

»Das gibt mir manchmal das Gefühl, unsichtbar zu sein«, erklärt seine zukünftige Frau, die ihm sechsundzwanzig Jahre ihres Lebens schuldet. Er will alles über sie wissen, und er wird ihr das über sich erzählen, was ihm am besten gefällt.

Greta berührt seine Nase mit ihren Fingerspitzen: »Und wenn ich doch ein Geist bin?«

»Du bist alles, was ich besitzen möchte«, sagt Oscar, und es ist eine seiner besten Lügen, an die er in dem Augenblick, in dem er sie ausspricht, selbst glaubt. Sex wäre jetzt gut und richtig, doch die Zeit drängt, und er hasst es, durch Flughäfen zu hetzen. »Wir haben noch eine knappe Stunde. Du solltest nach Hause und packen. Und vergiss deinen Pass nicht.«

Sie trägt ihn immer bei sich, für alle Fälle, zum Beispiel jenen, ein altes Leben zu verlassen. Und es gibt nichts, das mitzunehmen wäre. Keine Erinnerungen, dies ist die stärkste Formel gegen jeglichen Schmerz. Sie breitet die Hände aus und sagt: »Ich kann so gehen, wie ich bin.«

»Keine Familienfotos? Papiere, Briefe?«

»Ich habe keine Familie«, sagt Greta. »Der Pass ist in meiner Handtasche.«

Sie lügt. Sie hat etwas zu verbergen. Greta hat ihr Leben in ein Geheimnis gehüllt, das er erforschen wird mit allen Höhen und Tiefen. Und wenn sie ihm zu steil sind? Er sollte sie wegschicken. Er glaubt, dass er es nicht kann. Seine Mutter wird einen Nervenzusammenbruch erleiden und nicht aufhören, sie nach Angehörigen auszuhorchen. »Nun, jetzt hast du eine Familie. Wir könnten auf dem Weg zum Flughafen bei deinen Leuten vorbeifahren. Wenn du Abschied nehmen willst.«

»Wozu? Sie werden mich nicht vermissen. Sie hängen nicht an Menschen, weißt du, nur an der Musik.«

»Sie sind gut. Aber nach oben kommst du nur mit Disziplin, und die fehlt ihnen vollständig.«

Greta ordnet die Blumen in der Vase. Sie hat nie, nicht ein einziges Mal, Blumen gekauft in dieser Stadt. Und er hat ihr etwas Warmes geschenkt, obwohl er ihren Wunsch unromantisch fand. »Was ist *oben*, Oscar?«

»Wo ich bin. Magst du Rosen?«

»Nein. Lieber Mohn und Margeriten. Und nicht in einer Vase.«

»Wir wissen wenig voneinander, aber das wird sich ändern.«

Wird es das? Es ist doch unmöglich, eine Beziehung von Anfang bis Ende zu durchdenken wie eine mathematische Gleichung. Sie zu planen wie ein Haus auf dem Reißbrett. Häuser können einstürzen. Dem anderen alle Wahrheiten über sich zu erzählen, kann kein gutes Fundament sein. Manche sind aus schäbigem Material. Die aus Lügen gebauten Wahrheiten haben den Vorteil, Mängel zu verdecken. Es funktioniert immer, aber nie in der Musik. Sie ist die einzige Wahrheit, die Greta kennt. Sie ist erbarmungslos.

Sie wird ihm viele Lieder singen, und viele werden falsch sein. Es macht nichts, denn Oscar hört nur sich selbst.

Greta zieht ihre Stiefel an und bringt alle Stimmen zum Schweigen, die von einer falschen Entscheidung tönen. Weitergehen. Auf einer anderen Spur und im Gefolge von Gefühlen, die zu widersprüchlich sind, um als Kompass zu taugen.

»Das ist die verkehrte Richtung.«

Oscars Stimme in ihrem Rücken. Hotelflure sind Labyrinthe, die nur ein Geheimnis bergen: den kürzesten Weg zum Lift. Sie geht instinktiv falsch, eine Orientierungsschwäche ohne Bedeutung.

IV
Margarita

9

Es ist Sommer in Buenos Aires. Die Fensterläden sind geschlossen, um die Hitze des Tages fern zu halten. Tausende von Klimaanlagen blasen künstliche Kälte in hektische Räume, um die Tangotänzer in Form zu halten. Im finsteren Paarungsakt von Geld und Macht arbeiten die *porteños*, die Bewohner der Hauptstadt, für ein leichtes, hochmütiges Leben, das sie von den Millionen Ameisen abgrenzt, die zu Schweiß und Dreck und einem Leben in den ungepflasterten Vorstädten verdammt sind.

Der Obelisk an der *9 de Julio*, der breitesten Straße der Welt, ist das Symbol des ewigen Strebens, und wenn sie die Jalousien ihrer Büros hochziehen, sehen sie die Erektion eines Landes, das nach vergangener Größe giert. In der *Casa Rosada*, dem Regierungspalast, spielt Carlos Menem mit dem zerbrechlichen Goliath Südamerikas. Die Farbe der Fassade, so sagt der Volksmund, stamme von Schweineblut. Das Volk ist grausam, denn es fordert Gerechtigkeit und Wohlstand. Der Narziss im rosa Haus lächelt breiter als seine Vorgänger, das ist der ganze Unterschied.

Flora behauptet, dass ein kleiner Penis das größte Problem argentinischer Männer sei. Flora ist Margaritas Schwägerin, und sie lebt und arbeitet in Palermo, einem Stadtteil der gehobenen Mittelklasse, auch *Villa Freud* genannt, weil die Psychiater sich hier zusammengerottet haben, um die argentinische Melancholie zur Depression zu erniedrigen. Floras Klientel besteht ausschließlich aus Frauen, deren Seelen ihr näher sind. Sie verkörpern die Revolution, die nie stattgefunden hat, und sie leiden an der unerfüllten Gier, die vor der Berührung mit dem Leben zurückschreckt.

In der Sprache der Yaghan, einem Indianerstamm, der wie alle anderen in Argentinien beinahe vollständig ausgerottet wurde, wird »Monotonie« als die »Abwesenheit männlicher Freunde« bezeichnet. Flora schätzt die Metaphern der Yaghans, deren Sprache vor allem aus Verben besteht. *Wejna* bedeutet »locker oder leicht zu biegen sein wie ein gebrochener Knochen oder eine Messerklinge« oder einfach »sein«.

Flora hat in den USA studiert und eine Weile in Paris gelebt, so dass sie aus einem Gewirr von Sprachen, auch dem Deutsch ihrer Großmutter, diejenigen Wörter zu finden sucht, die ihrer Wahrheit am nächsten kommen. Viele verstehen sie nicht, wenn sie meint, besonders authentisch zu sein, doch ihre Patientinnen lieben sie ganz besonders, wenn Flora unverständlich wird. Einige bezeichnen sie als Heilige, die auf Erden gekommen sei, um sich beschädigter Seelen anzunehmen. Die *porteños* lieben Mythen, alles, was ein Stück jenseits der Realität liegt. Schein regiert den Geist, und die Form richtet den Inhalt hin. Monumente, Denkmäler, Grabstätten, Gebeine. Was ist von einem Land zu halten, das sechzehn Jahre lang eine mumifizierte Leiche verborgen oder gesucht hat, je nachdem, auf welcher Seite man stand? Der Peronismus ist ein Mythos, aus dem jeder seine Geschichte verklärt oder verteufelt, kein Programm, sondern ein Vehikel der populären Hysterie, das die Golems der Macht zu nutzen verstanden.

Carlos Menem, der Peronist, ist ein kleinwüchsiger Mann, der den *guapo* gibt, den argentinischen Inbegriff eines Mannes, der mit Messer und Frauen gleichermaßen gut umzugehen versteht. Evita Perón hat eine Art Frieden in der Totenstadt von Recoleta gefunden, im europäischen Viertel von Buenos Aires, wo eine Luxuswohnung ebenso teuer ist wie eine Grabstätte auf dem Friedhof der Oligarchen. Flora bezeichnet den *Cementerio de la Recoleta* als das wahre Argentinien: steinerne Pracht über Verwesung gegossen. Über den Gräbern stelzen graziöse Tänzer mit starrem Blick und gefrorenem Lächeln.

Das Erste, was Margarita in Buenos Aires auffiel, war die Blicklosigkeit dieser Stadt. Niemand sieht dem anderen ins Gesicht. Es gibt keinen Augenkontakt, kein Lächeln, und jede Straße ist ein Minenfeld, das es möglichst schnell zu überqueren gilt. Dein Nächster könnte dein Räuber sein oder ein Bettler, jemand, dem es schlechter geht als dir, und sieh nicht hin, dann siehst du nichts. Die Neugierde, die Liebenswürdigkeit, der Flirt mit einem Unbekannten, sie leben nicht in Buenos Aires. »Wovor haben die Leute Angst?«, fragte Margarita ihre Schwägerin, und Flora antwortete: »Davor, in einen fremden Spiegel zu sehen.«

Wenn dir jemand in die Augen sieht und gar lächelt, weißt du, dass es ein Tourist ist, ein Neuankömmling oder ein Verrückter. Flora übernahm es, ihre Schwägerin in die Verkehrsregeln von Buenos Aires einzuweisen: Geschäfte, in denen man einkauft; die Cafés und Restaurants, in denen Damen ohne Begleitung nicht unangenehm auffallen; die Viertel und Straßen, die zu meiden sind wie jene Taxen, in denen Fahrer ihre Gäste bevorzugt ausrauben. Einfachste Überlebensregeln in einer Stadt, in der zu viele nichts besitzen und deshalb soziale Gerechtigkeit in individueller Form gestalten. Die Polizisten tragen hübsche Uniformen über dünnen Brieftaschen. Sie träumen von Generalswürden und echten Blondinen, die goldenen Schmuck tragen.

Margarita hat ihre Perücke in den Schrank im Schlafzimmer gelegt am Tag ihrer Ankunft. Sie hat sich neu erschaffen, und ihre Haare wachsen, so dass sie nicht mehr wie der gerupfte

Vogel aussieht, den Oscar in das Haus in Recoleta brachte, ein altes, schmales Gebäude mit einem Tor aus Schmiedeeisen und den abblätternden Farben der Vergänglichkeit. Im Innenhof stehen steinerne Bänke, mit Moos bewachsen, und ein Brunnen, aus dem barocke Engel faulig riechendes Wasser ausspeien. Man müsste die sanitären Anlagen von Grund auf erneuern, sagt Oscar, doch so lange Wasser aus Hähnen und Engeln fließt, wird nichts geschehen, denn jede größere Renovierung bedarf des einhelligen Beschlusses der Familie, und sie ist selten vollzählig.

Oscar und seine Mutter sind oft auf Reisen. Pepe, sein jüngerer Bruder, lebt überwiegend auf der Estancia und besucht Buenos Aires nur an hohen Familienfeiertagen. Flora ist vor langer Zeit ausgezogen. Der Hausherr geistert als Gespenst auf Rädern durch die Räume; für ihn wurde ein Lift eingebaut, mit dem er die vier Stockwerke im Rollstuhl überwinden kann. Margarita zählt nicht. Sie lebt in Oscars Wohnung in der zweiten Etage. Sie wurde in die Familie aufgenommen wie ein Findelkind, das man nicht liebt, aber aus Anstand nicht abweisen kann.

In den ersten Wochen, als Margarita kein Wort verstand, sprach ihre Schwiegermutter mit Oscar ausschließlich spanisch. Gelegentlich wandte sie sich Margarita zu und sagte: »Wir sprechen nicht über dich«, und die Lüge war so offensichtlich, dass alle im Raum die Augen niederschlugen. Selbst Evita, die einer alten Kopie jener Frau gleicht, die unweit des Hauses begraben liegt. Sie, die unsterblich schön ist, obwohl sie es nie war, lächelt in Ölfarben verewigt über dem großen Esstisch im Parterre. Für eine Weile, während der Militärdiktatur, verschwand das Bild im Keller, und die Spuren an der Tapete erinnerten in schmerzlicher Weise an bessere Zeiten und Mythen.

Evita Romero war nie Peronistin. Sie gehört zu den Frauen, die Politik nicht zur Kenntnis nehmen, doch sie bewundert die

Schauspielerin, die es bis in die *Casa Rosada* geschafft hatte, und seit sie denken kann, ahmt sie ihren Stil nach, die übertriebene Eleganz, gepaart mit der Arroganz einer Aufsteigerin.

»Argentinische Frauen werden dazu erzogen, einen Mann zu kriegen, also kultivieren sie Äußerlichkeiten bis zu dem Punkt, an dem sie ihre Persönlichkeit verlieren. Sie wollen aussehen wie europäische Schönheitsköniginnen, deshalb brauchen sie einen Mann, der diesen Kult finanzieren kann. Ergo heiraten sie aus Kalkül. Ein ewiger Kreislauf des Missmuts, und am Ende landen sie auf meiner Couch.« Sagt Flora, die sich diesem Kreislauf entzog, ihren dunklen Haaren jede Farbe gab, aber niemals blond, und seit Jahren Männeranzüge zu flachen Schuhen trägt.

Sie sei aus der Art geschlagen, sagt Floras Mutter, und führt dies auf den Zustand der Ehelosigkeit zurück, der Frauen zu gesellschaftlichen Außenseitern macht. Flora ist neununddreißig und lebt allein. Um diesem unnatürlichen Zustand die Krone aufzusetzen, behauptet sie auch noch, glücklich zu sein. Das Wort hat einen obszönen Klang in Buenos Aires. Man ist glücklich bei der Hochzeit und der Geburt des ersten Kindes. Wenn die Preise für Rindfleisch steigen. Die Nationalmannschaft ein Fußballspiel gewinnt. Glück: Das Wort birgt keine Herausforderung, sondern den Schatten der Vergänglichkeit. Flora bedient sich der Sprache eines Volkes, das in der argentinischen Geschichte verloren ging: Das Wort *yamana* bedeutet »leben, atmen, glücklich sein, von einer Krankheit genesen oder gesund sein«.

Oscar vermutet lesbische Neigungen, doch er würde dieses Wort nie aussprechen. Eine Familie hat ihre Geheimnisse zu wahren, besonders unter sich, denn sie ist in ihren Grundfesten so fragil wie das alte Haus. Er fürchtet, es könne bei indiskreter Berührung seines Innenlebens auseinander brechen.

Seit Victor, sein Vater, an den Rollstuhl gefesselt ist und sich in Verbitterung zurückgezogen hat, führt Oscar die Familiengeschäfte: den Juwelierladen und die fünf Mietshäuser sowie die Estancia in der Pampa, auf der sein Bruder Pferde und Rinder züchtet. Die Schaffarm in Patagonien hat Oscar verkauft; Stück für Stück schmilzt das Vermögen der Familie im Schwelbrand der Wirtschaftskrisen, die seit Peron als einzige Kontinuität erscheinen. Man hätte mehr Generäle in der Familie züchten müssen, auch das ist wahr. Dann wäre die Geschichte mit seinem Vater nicht geschehen. Oder vielleicht doch, es waren dunkle Zeiten, und bei Menschenjagden dieser Dimension sind Irrtümer eben nicht auszuschließen.

Der Alte wird Margarita seine Geschichte nicht erzählen, denn er hat sich in die Sprachlosigkeit zurückgezogen, unterbrochen nur von befehlenden Brummlauten, mit denen er Evita und das Personal terrorisiert. Oscar kann sich kaum erinnern, dass in diesem Haus einmal zwei Sprachen gesprochen wurden. Das Gelächter der Kinder ist verhallt. Seine Mutter hat seit Margaritas Ankunft die Lust verloren, sich in der Sprache ihrer Vorfahren auszudrücken. Ihre Art, Missfallen auszudrücken, ohne die Formen der Höflichkeit zu verletzen. Konnte er sich nicht eine reiche Frau suchen? Eine mit Landbesitz oder korrupten Verwandten aus Politik oder Militär? Nein, es musste eine Deutsche sein, ein »Kolibri«, wie Mutter sie nennt. Ein Unglücksvogel nach Indianerglauben: Seine schnellen Flügelschläge, seine Unruhe gelten als Vorzeichen böser Ereignisse. Kolibris sterben keines natürlichen Todes, so behaupteten die Ureinwohner, die heute nur noch ein Prozent der Bevölkerung ausmachen. Flora mit ihren ausgeprägten Neigungen zu bedeutungslosen Minderheiten hat die Familie jahrelang mit ihren Indianergeschichten belästigt. Victor schlug sie sogar einmal dafür; er war in seinen besten Zeiten ein stolzer und jähzorniger Mann, und auch daran kann Oscar sich kaum erinnern: dass er ihn einst fürchtete.

Er wird den Tag, an dem sie seinen Vater zurückbrachten, nie vergessen. Als sie ihn ins Haus trugen, waren Evitas erste Worte, dass er grässlich stinke. Und sie ging zum Fenster und öffnete es zur Straße hin.

Es war sehr ruhig zu dieser Zeit in Buenos Aires. Recoleta, die ganze Stadt war ein großer Friedhof. Haben sie damals aufgehört, auf der Straße Tango zu tanzen? Oder war es später, als plärrende Transistorradios und Straßenbanden die Bandoneons und Tänzer vertrieben? Früher war alles besser, sagt Evita, die ihr Gedächtnis auf wundersame Weise manipulieren kann. Sie verachtet den schmierigen, kleinen Mann, der das Land regiert, doch wenn er bei einem Empfang ihre Hand küsst, schwitzt sie vor Entzücken. Seine Mutter hatte nie einen Standpunkt, auf den man sich verlassen konnte. Flora sagt, dass ihre einzige Rettung war, das Haus und die Familie zu verlassen. Sie bezeichnet Evita als welke Blume mit süßlichem Duft, der Freunde und Feinde gleichermaßen vergiftet. Flora neigt zur Übertreibung. Gefühle zwischen Liebe und Hass, so etwas wie Verpflichtung oder diffuse Zuneigung, lässt sie nicht gelten. Immerhin schätzt Flora seine Frau, vielleicht übertreibt sie es sogar, um Evita zu ärgern.

Er hätte Margarita warnen können auf dem langen Flug, doch stattdessen erzählte er ihr von seiner Kindheit und Jugend, Pralinenstücke der Vergangenheit, und irgendwann schlief sie neben ihm ein und wachte erst auf, als die Stewardess sie vor der Landung weckte. Margarita schläft ungewöhnlich viel, es ist, als ob sie ihre durchwachten Nächte in der Hölle nachholen müsste. Sie liebt die Siesta, manchmal liegt sie bis zum Abend im Bett, und er muss sie aufwecken, wenn er nach Hause kommt. Morgens besucht sie die Sprachschule, und mittags trifft sie sich oft mit Flora zum Essen oder Flanieren. Die Dienste des Familienfahrers nimmt sie nicht in Anspruch, ganz im Gegensatz zu seiner Mutter, die niemals zu

Fuß geht, aus Angst, überfallen und beraubt zu werden. Die Straße ist ihr Feind. Die Straße ist laut, vulgär, respektlos. Das Aroma der Armut wird aus den Vorstädten nach Recoleta getragen, wo Taschendiebe und andere Verbrecher sich auf Touristen spezialisiert haben.

Margarita scheint dies alles nicht wahrzunehmen, vielleicht schützt sie das, und der Umstand, dass sie keinen Schmuck trägt, es also nur das Taschengeld zu holen gäbe, das er ihr täglich auf den Nachttisch legt. Sie ist wunderschön, wenn sie schläft, und er liebt es, sie aus dem kleinen Tod ins Leben zurückzuholen. Sein Gesicht ist das Erste, was sie sieht, wenn sie die Augen aufschlägt. Und dann lächelt sie, und er weiß, dass er richtig gewählt hat.

Man lebt allein und stirbt allein, das ist wahr. Aber in den Pausen der Einsamkeit braucht man jemanden. Früher war es sein Hund, dann das Pferd und eine Reihe von flüchtigen Berührungen mit Frauen, die er vorüberziehen sah, noch während er um sie buhlte. Zu durchsichtig war die Maske der Erotik und die Intention, die dahinter stand. Margarita ist undurchschaubar, und es könnte daran liegen, dass sie nicht spielt. Sie ist. Sie lebt jeden Tag, als wäre es ihr erster oder letzter, und wenn er sie nach ihren Wünschen oder Plänen fragt, sieht sie ihn an, als habe er ihr eine wunderliche Frage gestellt. Die Form, in die sie ihr Leben gegossen hat, ist unsichtbar, im Grunde weiß er nichts von ihr, nur, dass es *ihre* Form ist, keine Performance. Durchaus angreifbar in vielen Äußerlichkeiten, doch er ahnt, dass er vorsichtig sein muss in seinem Bestreben, sie nach seinen Wünschen zu verändern. In einem hat Evita recht: Margarita ähnelt einem Kolibri, denn wenn sie wach ist, ist sie ständig in Bewegung, nicht zu fassen und festzuhalten. Irgendwo oben, links, rechts, unter ihm. Selbst wenn sie Sex haben, sieht sie durch ihn hindurch an einen Punkt des Universums, zu dem er ihr nicht folgen kann. Hat sie Heimweh? Leidet sie unter seiner Familie? An Langeweile? An der Hitze?

Nein, es geht ihr gut. Sie hat alles, was sie braucht. Sie liebt ihn. Sie findet seine Familie komisch. Dieser Aspekt an Evita und Victor, Flora und Pepe ist ihm nie aufgefallen. Flora ist ein Freak und Pepe ein verschämter Intellektueller, der den Bauern spielt. Evita verkörpert das in die Jahre gekommene Monster und sein Vater das Wrack eines Patriarchen. Worin liegt die Komik?

In den Rollen, die ihr euch ausgesucht habt, sagt Margarita. Und dass man stets sich selbst wähle, die Hülle, in der man sich am sichersten fühle. Weil jedes Gefühl eine Quelle habe, und die speise sich aus Angst.

Manchmal redet sie wie Flora. Es stört ihn, dass die beiden Frauen so oft zusammen sind, er fühlt sich ausgeschlossen, doch andererseits braucht Margarita Gesellschaft, wenn er im Büro oder Geschäft ist. Wenn ihr Spanisch einmal perfekt ist, könnte sie Juwelen verkaufen. Nein, dafür ist sie nicht geschaffen. Wofür dann? Oscar Romeros Frau kann nicht in einem Nachtclub singen. Seine Mutter hat ausnahmsweise eine Meinung, die sie offensiv vertritt: »Sie hat nichts und kann nichts. Sie liebt dich nicht. Und sie wird fortfliegen. Aber sag dann nicht, dass ich dich nicht gewarnt habe.«

Hat er ihr je geglaubt? Als er Kind war, ließ er Evita Schwüre leisten für die geringsten Versprechungen, und auch dies war keine Garantie. Es gab nichts, woran man sich festhalten konnte außer an den vielen schönen Dingen, die sie ihm gaben als Ersatz für ihre Zeit und Zuwendung. Irgendwann gewöhnte er sich daran und hörte auf, Evita mit Ansprüchen zu verfolgen, denen sie nicht gewachsen war. Als er achtzehn wurde, wusste er eines genau: Seine Frau darf nicht die geringste Ähnlichkeit mit seiner Mutter aufweisen.

Also hat er Greta gefunden, die er zu Margarita machte.

Seine kleine Blume, das Schmuckstück, dessen Schönheit und Wert auf den ersten Blick nicht zu erkennen ist. Sie liebt ihn, und das ist für den Anfang genug. Und er wird sie beschäftigen: mit Sex, Geld und, zu gegebener Zeit, mit Kindern. Gelangweilte Frauen werden mürrisch und boshaft, wie seine Mutter so deutlich demonstriert. Er wird Margarita auf Händen tragen, sie ist ja so leicht. Und sie wird nicht fortfliegen, weil er es nicht zulassen wird. Wohin auch? Orte, die Why heißen, sind zu weit entfernt, als dass sie die Distanz überwinden könnte.

Oscar nimmt Margaritas schlaffe Hand und streichelt sie. Kein Widerstand. Kein Ring. Sie hat den Ehering vom Finger gezogen. Sie atmet so ruhig und gleichmäßig, dass man glauben könnte, sie wäre tot. Der Mund ist leicht geöffnet, und auf den feinen Haaren über ihrer Oberlippe zittern kleine Schweißperlen. Die Nasenflügel schwingen ganz leicht im Rhythmus ihrer Atemzüge. Diese Nase ist eine Spur zu groß für ihr Gesicht, man könnte sie korrigieren oder mit ihr leben.

Schönheitschirurgen leben komfortabel in dieser Stadt, doch es ist auch ihre Schuld, dass so viele Frauengesichter zu einer Einheitsmaske verschmelzen, die dem gängigen Schönheitsideal entspricht, aber starr und hochmütig nur eine besondere Form der Hässlichkeit ausstrahlt. Die Frauen marschieren im Gleichschritt, und sie mögen die glänzenden Uniformen der höheren Ränge ebenso wie die gelackten Haare der Tangotänzer. Wenn sie die Wahl haben, heiraten sie Geld. Es ist alles, was zählt. Kein anderer Glaube lässt sich so einfach definieren. Wo ist der Ring? Er ist wertvoll, ein Kunstwerk von Victor Horta aus der Zeit des Jugendstils.

Margarita atmet flach und unschuldig, und er möchte sie wachrütteln und fragen, wo der verdammte Ring ist. Misstraue den Armen, weil sie ein Motiv haben, dich zu berauben. Seine Mutter hält jeden Dienstboten für einen potentiellen Dieb, es ist das Los der Begüterten, auf Menschen angewiesen zu sein, deren Kriechspuren auch den Kriegspfad bedeuten könnten.

Vielleicht hat sie ihn unter das Kopfkissen gelegt. Man kann nicht so lange Zeit mit Evita verbringen und jegliche Ansteckung vermeiden. Flora hat mit achtzehn das Haus verlassen, und Pepe ist in die Pampa geflüchtet, zu den Rindern und Pferden, der unendlichen Weite des Nichts, die ein Versprechen ist, das niemand einlösen kann. Das Gras singt nicht, und der Wind pfeift Melodien von erbarmungsloser Härte. Die Depressionen der Stadt verwandeln sich in der Pampa in lähmende Schwermut. Länger als eine Woche hat Oscar es auf der Estancia nie ausgehalten, seit er erwachsen ist. Nur Kinder und alte Leute ertragen das Hinterland als einen Ort des sonderbaren Überlebens; die einen, weil sie voll blinder Hoffnung sind; die anderen, weil ihre Resignation den natürlichen Schutz gegen äußere Einflüsse bietet.

Auch sein Bruder ist nicht zum Viehzüchter geboren, und seit der Verwalter gekündigt hat und die Fleischpreise fielen, schreibt der Betrieb rote Zahlen. Die Estancia, die lange Zeit das Rückgrat des Familienvermögens war, sollte besser verkauft werden, doch Oscar weiß, dass er diesen Plan gegen Pepes und Evitas Willen nie durchsetzen wird. Flora wäre auf seine Seite zu bringen, sie ist für alles, was gegen Tradition steht, doch eine Verbündete ist nicht genug. Sein Vater zählt kaum: Der alte Mann ist nur noch ein Gespenst, das an eine Vergangenheit mahnt, die alle vergessen möchten.

Das Juweliergeschäft und die Mieteinnahmen halten den Mythos des Reichtums aufrecht. Oscar kauft und verkauft Jugendstilschmuck, doch Angebot und Nachfrage hielten sich nie die Waage, weil die alten Stücke immer rarer wurden und in Museen oder Privatsammlungen verschwanden. Also entschloss sich Oscar, zwei Goldschmiede einzustellen, deren besonderes Talent in der Kunst der Nachahmung besteht. Lalique, Fouguet, Fabergé, Mascaró, Ballvé, Vávra, Horta, Klimt und Peche ... wer vermag schon, zwischen Original und perfekter Fälschung zu unterscheiden? Schönheit und Illusion sind ein Wert an sich, und ein falsches Zertifikat ist nur ein Stück Papier, das unschuldig im Safe ruht.

Natürlich verkauft er auch alte Stücke, und ja, ihre Berührung erfüllt ihn mit Ehrfurcht, er gibt sie sogar ungern aus den Händen, doch mit Antiquitäten allein könnte er das maßlose Maul der Familie nicht stopfen. Und das Risiko ist gering, denn Europa ist weit, und an Touristen und Kunden, die sachverständig sind, verkauft er grundsätzlich nur Originale. Sie alle sind süchtig nach dem, was alt ist und aus der Alten Welt kommt. Auch Evita liebt ihre Fälschungen aus Diamanten und Smaragden, und ihr Favorit ist ein Klimt-Armreif aus Gold, Perlen und Amethysten. Jahrgang 1904 laut Zertifikat. Ihren Sherry trinkt sie aus einer Blumendekorflasche von Fabergé, ebenfalls gefälscht.

In gewisser Weise findet Oscar Gefallen an der Rolle des Illusionisten. Sie fügt sich blendend in diese Familie, in diese Stadt, die glänzende Oberflächen verehrt, tote Generäle und falsche Heilige, einen fußballspielenden Junkie oder den korrupten Zwerg in der *Casa Rosada*. Sie ist so etwas wie seine kleine Rache an der Gesellschaft, die er sich nicht ausgesucht hat und die ihm nur die Wahl lässt zwischen Pampa und falschem Prunk. Pepe geht da draußen vor die Hunde. Es heißt, dass er mit Bauernmädchen herumhurt. Nun, es gibt Schlimmeres, aber Gerüchte besagen auch, dass er den Leuten, die für ihn arbeiten, einen Teil des Landes versprochen hat, und bei Eigentum hört der Spaß auf.

Flora findet das alles wundervoll. Seine Schwester behauptet, dass die alten Familien ausgerottet werden müssten, damit ein neues Argentinien entstehen kann. Nur dass sie selbst nicht am Gemetzel teilnehmen, geschweige denn Opfer sein möchte und sich stattdessen mit den armen Nerven reicher Frauen beschäftigt.

Margaritas Horta-Ring ist keine Fälschung. Er ist eines der schönsten Stücke, die er je erstanden hat, wenn auch nicht der wertvollsten. Nur Gold und ein Diamant, so schlicht und genial verarbeitet, dass er aus dem Jugendstilrahmen fällt. Sein Hochzeitsgeschenk an eine Frau, zu der dieser Ring passt. Man könnte auch sagen, dass er die Frau zu diesem Schmuckstück gesucht hat.

In der Hölle gefunden, und sie ist ein Ort wie jeder andere, um das Außergewöhnliche zu entdecken: ein Mensch, der nicht den Himmel auf Erden sucht, sondern ein Refugium, das Why heißt. Sie dehnt ihre Arme und stöhnt, als ob sie nicht aus diesem Traum erwachen wollte. Er küsst sie auf den weißen Hals, die Stelle unterhalb des Kehlkopfs. Margarita schlägt die Augen auf und schließt sie wieder.

Der frühe Abend ist ein perfekter Zeitpunkt für Sex, eine lustvolle Schnittstelle zwischen Tag und Nacht, in der Müdigkeit und Gier einander vollkommen ergänzen. Er zieht sich aus, während seine Zunge ihren Mund erforscht, der klebrig und süß schmeckt, weil sie immer Schokolade isst, wenn sie zu Bett geht. Sie wird eine alte, dürre Frau mit dritten Zähnen werden. Mit vielen Kindern und Enkeln und eine der wenigen Damen in Buenos Aires, die echten Jugendstilschmuck tragen.

»Oscar, mein Lieber«, murmelt Margarita, als er seinen Körper mit ihrem verknüpft und ihr seinen Rhythmus aufdrängt. Er ist schwer, und bisweilen drängt sie ihn zur Seite, um nicht erdrückt zu werden. Sie mag die seitliche Stellung am liebsten, weil sie nicht an einen einsamen Ritt über fruchtbares Land erinnert. Das Gefühl der Liebe ist am stärksten, wenn er mit ihr im Bett liegt, weil es alles ausschließt, was fremd und unbegreiflich ist. Man kann an vieles denken während des Beischlafs, sogar an eine Schokoladencremetorte, die sie Flora zum Geburtstag backen will. An Tango und die schönen Augen des Bandoneonlehrers. An eine Hochzeit, die Woody Allen inszeniert haben könnte. Alles war ein wenig daneben und von großer, komischer Trauer. Sie dachte ans Weglaufen und blieb an Oscars Seite stehen, bis die Zeremonie vollzogen war. Der Priester trug braune Schuhe mit Gummisohlen, und sie wusste, dass dies ein böses Omen war.

Er fragt nach dem Ring, nachdem er sie geliebt hat. Das, was er dafür hält. Manchmal ist es gut und dann wieder nur eine träge Hingabe an seine Wünsche, die Antwort ihres Körpers auf seinen, das falsche Gesicht der Lust. Er glaubt, dass sie immer bereit sei. Oscar hat ein schiefes Bild von Frauen. Irgendwann wird sie ihn aufklären. Vielleicht nie. Zärtlich ist er nur vor und nach dem Sex, und das genießt sie sehr. Margarita streichelt im Gegenzug die sanfte, stetige Wölbung seines Bauchs. Schwarze, gekräuselte Haare ringeln sich um ihren Mittelfinger. Sie ekelt sich ein bisschen und umhüllt dieses Gefühl mit Scham.

»Der Ring ist im Badezimmer, er liegt neben den Zahnbürsten. Wenn ich zu Fuß unterwegs bin, möchte ich ihn lieber nicht tragen.«

»Richtig. Aber dann solltest du ihn im Safe aufbewahren. Dieser Ring ist unersetzlich.«

Na und? Er ist schön. Er ist nur ein Ding. Sie hat nie etwas besessen, das zu verlieren geschmerzt hätte. Doch. Einen Traum. Der ewige Schmerz der Niederlage. Man müsste die Fähigkeit besitzen, Erinnerungen zu löschen wie Seiten im Computer. Dann wäre alles weiß, und man könnte sich neu finden – oder erfinden. Was viel spannender wäre, als alles mit sich herumzutragen: Erfahrungen, Entscheidungen, Verletzungen, Ängste, begrabene Hoffnungen… und sie würde neben einem Mann liegen, der sie zum ersten Mal liebt, und denken, dass alles offen ist. Dass es nichts gibt jenseits dieses Betts, dieses Zimmers. Keine Zeit außer jener, in der man ist. Das ist Margaritas Vision von Glück. Sex kommt ihm nahe, der Geschmack von Schokolade, der Schlaf, aus dem man erwacht und in den ersten Sekunden nicht weiß, wer und wo man ist.

»Fluchten«, sagt Flora. Es ist eines ihrer Lieblingswörter, und sie sagt es in Deutsch. Es ist die Sprache der Psychoanalyse, so wie Oscar ins Englische flüchtet, wenn er über Geld redet. Das Spanische ist für die Liebe geschaffen, den Tango, die Trauer, die großen, ungeordneten Gefühle. Sie reden in drei Sprachen und können sich doch nicht verständigen. Oscar behandelt Evita wie ein kostbares und dennoch abscheuliches Schmuckstück, das unverkäuflich ist. Evita spricht die meiste Zeit über Themen, die niemanden interessieren. Oscar und Flora pflegen den spöttischen Ton der Unverbindlichkeit. Margarita sagt nicht viel und kommt damit dem alten Mann am nächsten. Die meiste Zeit verbringt Victor im Patio mit Zeitungen und Büchern. Ein alter Plattenspieler steht neben ihm, und jeden Nachmittag, exakt zwischen fünf und sechs, hört er die Musik der alten und neuen Garde – Arolas, Troilo, Piazzolla. Tangoklänge, beherrscht vom Bandoneon, dessen heisere, scharfe und herzzerreißende Töne durch die geschlossenen Fensterläden dringen wie der Geruch des Feuers.

Es ist die Zeit des Feuers und der alten Lieder. Margarita fand die klagenden, wenig rhythmischen Melodien anfangs verstörend, doch sie beginnt, daran Gefallen zu finden. Sie kann die Augen schließen und sich tragen lassen in das Nichts, das sie so liebt, die kostbare Zeit zwischen den Stunden, die einer Beschäftigung dienen, deren Sinn fraglich ist. Aufstehen, waschen, frisieren, ankleiden, die Treppen hinuntergehen und mit Evita den Sherry vor dem Essen trinken. Donnerstag ist Asado-Tag.

Drei Abende in der Woche wird im Patio gegrillt, und es

kommen Freunde oder Bekannte zum Essen, das sich über viele Stunden hinzieht und am Ende zum Fest der Dienstboten und streunenden Hunde wird. Ein Ritual, von Männern vollzogen, denn wenn es um Fleischeslust geht, sind sie den Frauen überlegen.

Oscar schneidet eine Grimasse. »Ich hasse seine Musik.«

»Wenn das Fleisch auf den Grill kommt, hört er auf. Er meint, dass die Geräusche von brennendem Fett sich nicht mit dem Bandoneon vertragen.«

»Redet er mit dir?«

»Nein. Ich kann seine Gedanken lesen. Oder sein Brummen interpretieren.«

Margarita springt aus dem Bett, selbst diese Entscheidung kostet sie große Willenskraft. Zehn Schritte bis ins Badezimmer, das mit seinen handbemalten italienischen Kacheln einem sehr alten, steinernen Rosengarten gleicht. Die Dusche ist wie immer anfangs zu kalt und wenig später zu heiß. Oscar hat Haare auf dem Boden hinterlassen, das ist widerlich, und sie spült sie weg. Der Argentinier ist mit Dienstboten aufgewachsen; seine Ordnungsliebe endet in diesem Haus, in dem er keinen Finger rührt.

Als sie nackt aus dem Badezimmer kommt, sagt Oscar: »Wann hast du aufgehört zu wachsen?«

Margarita zieht sich an, und er beobachtet ihre Bewegungen. Sie wirkt achtlos in allem, das sie nicht gerne tut. Und sie hasst seine Fragen.

»Ich weiß nicht. Ich habe nicht darauf geachtet, ich hatte andere Dinge im Kopf.«

Die Musik bricht abrupt ab, und man hört Evitas Stimme, die den peruanischen Hausmädchen Anweisungen gibt, wie sie den Tisch zu decken haben. Jeder Asado-Abend unterliegt dem gleichen Ritual, doch sie liebt es, Befehle zu geben. Es ist, als ob dreimal pro Woche ein Stück aufgeführt wird, mit einer

Stammbesetzung und wechselndem Publikum. Fleisch spielt die Hauptrolle: Blutwürste und Innereien, gefolgt von *asado de tira*, die dicke Rippe, und *vacio*, das fettere Stück aus dem Bauch. Dazu werden Brot, Saucen und Salate gereicht, viel knoblauchhaltiges *chimichurri* und gegrillter Käse.

Man trinkt argentinischen Rotwein aus Karaffen, Bier und Wasser, und isst und trinkt, als stünden Hungersnöte vor der Tür. Die Völlerei dauert Stunden, in denen der Hausherr über das Feuer wacht, die fertigen Stücke zu Tisch bringt und sich schließlich verbeugt, wenn die Gäste seiner Kunst applaudieren. Asado ist die argentinische Form der Fleischvernichtung. Schwere Verdauungsarbeit. Solange es Asado gibt, werden Diäten und Revolutionen immer unvollkommen bleiben.

Fleisch und Spiele sind die Ersatzbefriedigung für eine impotente Wirtschaftspolitik. Der an den Dollar gebundene Peso ist zur Fremdwährung der Investoren und Reichen geworden. Die Inflation ist gestoppt, doch die steigende Arbeitslosigkeit bedeutet nur eine andere Form der Geldentwertung. Am Wochenende wird es vielleicht eine kleine Demonstration auf der breiten Straße geben, wenig Lärm um viel, ein Fußballländerspiel und Asado in den Patios und Hinterhöfen. Die Schlangen vor den Geschäften und Arbeitsämtern werden länger. Die Gewerkschaften sind zerstritten und geschwächt, und ihre Bonzen wohnen dort, wo die Armen nichts zu suchen haben.

Es wird viel über Politik geredet während der Zeit des Fressens. Oscars Freunde, die zu Gast sind, gehören zur linken Szene, doch sie stammen aus guten Familien und können es sich leisten. Menem ist ein Scharlatan, der das Land in den Ruin führt, so wie Perón es getan hat. Aber, Gott bewahre, jede Revolution würde unweigerlich zur Militärdiktatur führen. Man hat alles schon erlebt, nur das *asado de tire* ist einmalig, auf den Punkt gegrillt und unglaublich saftig.

Margarita bemüht sich, der spanischen Konversation zu folgen, und es macht sie schläfrig. Die Männer bestimmen den politischen Ton, während die Frauen in den gleichgeschlechtlichen Dialog flüchten: Kinder, Personal, Friseure, Mode, Diäten. Asado und die schlanke Taille stellen die Quadratur des Kreises dar. Man schlemmt oder hungert, beides macht übellaunig und führt zu Depressionen, die unter anderem Floras Konto füllen.

Sie kommt wie immer sehr spät und verzieht ihr Gesicht beim Anblick der Fleischmengen, die noch auf dem Grill liegen. Flora ist Vegetarierin, seit sie vierzehn ist und die Macht des Wortes »nein« erkannte. »Aus der Art geschlagen«, wie ihre Mutter zu betonen nicht müde wird. Nie würde Flora jemandem verraten, dass sie heimlich Blutwürste isst, fetttriefend und mit Senf beschmiert. Ein infantiler Rückfall in die Kindheit, in der Geheimnisse das einzige Schutzschild gegen die Diktatur der Erwachsenen waren.

Flora setzt sich neben ihre Schwägerin, nachdem sie alle mit Wangenküssen begrüßt hat. In der Dämmerung glänzen ihre Gesichter wie kannibalische Lampions. Irgendwann werden sie, gefüllt mit Fleisch und Alkohol, erlöschen für eine Nacht, um am nächsten Tag das Spiel von vorne zu beginnen.

Oscar sieht zufrieden aus, eine Hand liegt auf Margaritas Oberschenkel, in der anderen hält er sein Rotweinglas. Er doziert über Menems Wirtschaftspolitik, die nichts weiter sei als ein Labyrinth halbherziger Reformen. Die Reichen werden immer reich sein und die Armen arm. Nur an der Befindlichkeit des Mittelstands wird sein Scheitern abzulesen sein.

Wie kommt es, dass die Wohlhabenden so gerne über Geld reden? Sie, die Einbrüche am leichtesten verschmerzen könnten, stehen an vorderster Front der Märtyrer jeder Politik. Denkt Flora. Und das Gemeine, nie gänzlich zu Überwindende ist, dass sie als Teilchen dieses Systems überlebt.

Margarita sieht gelangweilt und verloren aus. Flora küsst sie auf den nach Knoblauch riechenden Mund, um ihre Mutter zu schockieren. Es ist kindisch, aber es macht ihr Freude. Wenn Evita jetzt tot umfiele, vermutlich mit großem Geklirre, weil sie mit Schmuck behangen ist, würde auch dies ihr Herz erwärmen. Die Liebe der Kinder zu ihren Müttern ist einer der Mythen, die künstlich am Leben erhalten werden. Nach der Desillusionierung und der Phase der Ablehnung folgt die große, schuldbeladene Pflichtnummer. Mütter erinnern an das, was man einmal war und zu werden droht. Und dieser ganze verdammte Ballast versperrt die Sicht auf das, was man sein könnte. Margarita scheint sich davon befreit zu haben, und dafür könnte man sie bewundern.

»Geht es dir gut?« Flora greift nach dem Brotkorb und lässt sich Wein einschenken. Brot und Wein sind ideale Partner für lange Abende mit langweiligen Menschen. Ihre Schwägerin ist das einzig interessante Studienobjekt. So schwer zu durchschauen, und das reizt ihren professionellen Ehrgeiz. Sie würde sie gern auf ihre Couch ziehen, so oder so.

»Ich wünschte, es würde schneien.« Margarita lächelt und sieht in den Himmel, als würde sie ernsthaft glauben, dass ihr Wunsch wahr wird. Er ist nur groß und schwarz, dieser Himmel, und er verrät nichts. Nichts und niemand gibt etwas preis, alles ist nur ein großes, langweiliges Geheimnis. Flora sieht sie an, als wäre sie ein seltenes Exemplar eines Insekts, das sie gerne aufspießen möchte. Oscar diskutiert mit seinem Freund über Politik, wie er es immer tut, wenn er zu viel Rotwein getrunken hat. Ihr Schwiegervater döst in seinem Rollstuhl, und Evita weckt ihn auf, als der Nachtisch serviert wird. Es gibt Eis von *Freddo*, und sie preisen es, als ob sie es zum ersten Mal serviert bekämen. Das Zitronensorbet schmeckt wunderbar, doch wie alles verliert es seinen Reiz in der Wiederholung, was niemand aufzufallen scheint. Keine Improvisationen und keine Höhepunkte. Der Tango ist verklungen, und es lebe die Dinnermusik, dieses sanfte Geplätscher aus Tönen, die das Meer der Langeweile füllen.

Die Gespräche drehen sich im Kreis, und Flora macht die üblichen destruktiven Bemerkungen, die Evita mit hochgezogenen Augenbrauen quittiert. Margarita bewundert die Standhaftigkeit ihrer Schwägerin, als ewiges Contra in die Familiengeschichte einzugehen. Kein Thema, zu dem Flora nicht eine andere Meinung hätte. Ihre Tochter, so Evita in einem ihrer seltenen Anflüge von Ironie, sei mit dem Schrei »ich protestiere« zur Welt gekommen. Gefolgt von Pepe, so klug und begabt, ein potentieller Nobelpreisträger, und ausgerechnet er habe sich in die Pampa zurückgezogen, als ob ein zivilisierter Mensch dort überleben könnte.

Nur Oscar, ihr Ältester, habe sie nicht enttäuscht. Bei diesem Satz sieht Evita durch Margarita hindurch, über sie hinweg, an ihr vorbei. Das Leben enttäuscht, und je älter man wird, desto weniger versteht man all die Anstrengungen, die man unternahm, es nach den Prinzipien des Glücklichseins auszurichten. Sie hat sich redlich bemüht, doch alles blieb an einer Oberfläche haften, die nun rissig ist wie die steinernen Figuren des Brunnens. Pepito ist als kleiner Junge darauf herumgeklettert, damals war das Wasser noch klar und stank nicht wie die Abwässer von La Boca. Nur Victor, ihr Mann, scheint unberührt von allen Gerüchen und Gesprächen. Er lebt in seiner alten Welt, die aufhörte zu existieren, als ihn das Unglück traf. Das Dumme ist, dass sie sich nicht erinnern kann, ob sie ihn liebte, bevor es geschah. Es ist zu lange her, die Zeit verschlingt die Erinnerungen an große Gefühle und hinterlässt vor allem die Spuren von Niederlagen. Alle haben sie enttäuscht, selbst Oscar, den sie am wenigsten von allen beachtete, weil er nie etwas Besonderes an sich hatte, kein Talent außer jenem, seinen Willen durchzusetzen.

Der verschlagene Zwerg, den er mitbrachte, trägt ein weißes

Kleid, das im Dunklen zu leuchten scheint. Als ob sich jemand durch die Farbe der Unschuld täuschen ließe. Margarita bringt Unglück, Evita fühlt es bis in die gichtigen Fingerspitzen. Ihre Hände verkrüppeln, sie werden zu Klauen, und es gibt wenig, das sie dagegen tun kann. Die Schmerzen ertragen, den Schmuck verdoppeln, um vom Verfall abzulenken. Heroisch sein wie Evita Perón, die den Krebs, der ihre Schönheit zerstörte, mit Make-up bekämpfte, bis zuletzt. Haltung zu bewahren ist das Credo der argentinischen Frau, und auch wenn dieses Mädchen aus der Unterschicht kam, so lernte sie schnell, worauf es im Leben ankommt: nicht auf das, was du bist, sondern auf das, was die anderen in dir sehen. Und diese Einstellung lenkt auf angenehme Weise davon ab, sich mit Gefühlen zu beschäftigen. Würde es irgendjemanden interessieren, wenn sie sagte, dass der alte Mann, der im Zuge seiner Vergangenheitsbewältigung auch seine Essmanieren vergessen hat, sie anekelt? Dass sie es hasst, sein Bett zu teilen? O nein, sie alle bewundern sie dafür, wie liebevoll sie mit Victor umgeht.

Mit Ausnahme von Margarita natürlich. Als Einzige in der Familie spürt sie ihre Verachtung, nein, diese vollkommene Gleichgültigkeit, die hinter ihrem sanften Wesen liegt. Dieses Mädchen ist wie eine missratene Puppe, die auf Knopfdruck lächelt oder Töne produziert, und immer die falschen. Und sie hütet ein böses Geheimnis, dessen ist sie sicher. Eine Mörderin, eine Verrückte, die in Argentinien Zuflucht suchte?

Warum soll es schneien? Es ist dreißig Jahre her, dass man in Buenos Aires Schneeflocken sah. Es gibt nur den Regen. Als sie Victor nach Hause brachten, damals, hinterließen ihre Schuhe feuchte Spuren auf dem Parkettboden, und es regte sie furchtbar auf. Daran kann sie sich erinnern, das ist komisch. Und dass sie das Fenster aufriss, um den Gestank zu vertreiben.

»Ich werde ihr Argentinien zeigen und sie dann schwängern«, sagt Oscar zu seinem Freund Carlos, dem Journalisten.

Margarita kann ihn nicht hören, sie ist zur Toilette gegangen. Ein Ort, auf dem sie lange ausharren kann, zweimal schlief sie dort ein, und er musste an die verschlossene Tür hämmern, um sie herauszuholen. Sie schwebt ein wenig über dem Leben, doch die Schwangerschaft wird sie schwer und bodenständig machen. Und Evita wird ihre Abwehr aufgeben, wenn es den ersten Enkel in der Familie gibt. Darum geht es letztendlich: die Chronologie der Ereignisse. Leben und Sterben und der Fortbestand der Familie. Ein Tango, ewig getanzt, und wenn du deine Schritte machst, vergisst du die Trauer, die über allem liegt.

Von Flora ist in dieser Hinsicht nichts zu erwarten, und Pepe wird in der Pampa kaum eine Frau finden, die als Heiratskandidatin in Frage kommt. Man sagt den Gauchos nach, dass sie, wenn keine Frauen zur Verfügung stehen, auf Kühe ausweichen. Fleisch zu Fleisch … er ist dankbar, dass die Dienstboten begonnen haben, die Reste von Grill und Tisch zu entfernen.

Sie bewegen sich wie Katzen, die gerne aufsässig wären, sagte Margarita kurz nach ihrer Ankunft. Inzwischen hat sie begonnen, mit den beiden Mädchen zu sprechen, als ob diese Kommunikation irgendeinen Wert hätte, der darüber hinausgeht, ihre Slangkenntnisse zu vertiefen. Was will sie erfahren? Dass sie je vierhundertfünfzig Dollar verdienen und sich ein Zimmer unterm Dach teilen, das im Sommer sehr heiß wird? Es ist kaum schäbiger als die Kammer, in der Margarita hauste, so, wie sie sie beschrieben haben. Nur eben heißer. Und im Winter sehr zugig.

Als Kind verbrachte er viel Zeit mit den *empleadas*, den Hausmädchen, und er lernte daraus nur, dass sie auf eine andere, fundamentalistische Art verzweifelt sind. Und nicht die Muse haben, darüber zu reden. Flora hat keine *empleada*, sondern eine Freundin, die für sie putzt, eine arbeitslose Chemikerin. Sie färbt auch Floras Haare, es ist jeden Monat ein anderes Rot. Seine Schwester experimentiert mit Verwandlungen, als ob sie sich selbst entfliehen wollte. Zur Zeit schimmert ihr Haar violett, es sieht irgendwie krank aus.

Die peruanischen Hausmädchen tragen Teller und Flaschen ab, sie sind müde. An langen Abenden wie diesem fühlen sie sich ausgebeutet, was den Tatsachen entspricht. Sie werden, während sie in der Küche die Reste essen oder für Verwandte beiseite schaffen, über Männer sprechen, die sie heiraten und von ihrer Trübsal erlösen werden. Doch nichts wird sich ändern bis zum nächsten Morgen, an dem sie um sieben Uhr aufstehen, um das Frühstück zu bereiten.

Margarita sitzt auf der Toilette, dem einzig störungsfreien Ort des Hauses. Sie ist fast so groß wie das Zimmer, das sie mit Zoé teilte, in einem anderen Land. Eine künstliche Palme steht vor dem Fenster, das zum Hof führt. Zu Weihnachten wird sie mit bunten Lichtern geschmückt, das hat ihr Flora erzählt. Margarita hat eine Familie, die katholisch ist und sonntags zur Kirche geht. Die Palmen in Toiletten illuminiert und diese mit Marienbildern schmückt.

Sie trägt Oscars Ring, das Band der ewigen Liebe, wie er es nennt. Er ist schamlos sentimental. Er verkörpert all das, was ihr zu fehlen scheint, dieses großbürgerlich eingebettete Selbstvertrauen, nicht von geringsten Zweifeln befallen. Wenn sie einmal sagte, dass ihr alles Blonde verhasst sei (womit sie auch sich selbst meinte), dann ist es so, dass der Argentinier das Blonde in ihrem Leben verkörpert. Und sie ist die dunkle Seite, das Leben ist in seinen Äußerlichkeiten eine einzige Täuschung. Und man will, dass es schneit, wenn man weiß, dass es unmöglich ist. Margarita auf der Toilette wünscht sich, dass Oscar mit allem, woran er glaubt, Recht haben möge. Und dass es dennoch schneit. Und während sie die Spülung in Gang setzt, fällt ihr ein, dass jede Liebe einen Anfang und ein Ende hat und dass es nur auf die Zwischenräume ankommt.

Von draußen dringen die Geräusche der Tischgesellschaft herein. Ihre Familie und die Freunde ihrer Familie. Oscars dunkle, weiche Stimme und Floras Mezzosopran. Evitas Heldentenor, begleitet vom Klimpern ihres Schmucks. Niemand hat einen Plan. Das ist das Erstaunliche. Sie alle fügen sich widerstandslos in das Stück, das sie aufführen und in dem sie eine Rolle spielen, die sie nicht kennen. Die Texte verändern sich um Nuancen, und die Szenenfolge bleibt mehr oder weniger gleich. Kurz vor Mitternacht wird Evita die Tafel aufheben und den Rollstuhl mit ihrem schlafenden Mann zum Lift schieben. Sie ist so tapfer, und sie hält sich bewundernswert, werden die Gäste sagen und zum Aufbruch drängen.

Oscar, der nie aufhören kann, wird ein paar zum Bleiben bewegen und noch eine Flasche öffnen. Wenn Margarita gähnt, wird er sagen, dass sie ruhig schon das Bett wärmen könne, eine Oscar-reife Phrase im Sommer von Buenos Aires. Flora wird mit zunehmendem Alkoholgehalt boshafter werden und als letzter Gast das Haus der ungeliebten Kindheit verlassen und betrunken nach Hause fahren. Sie behauptet, nie mehr als vier Stunden zu schlafen. Vielleicht hat sie Angst vor dem Alleinsein. Der Tür mit den beiden Sicherheitsschlössern und der Stille des Reihenhauses in Palermo. Den Albträumen ihrer Patientinnen und den eigenen, die sie analysieren kann, aber nicht besiegen. Flora trägt eine kleine, silberne Pistole in der großen Handtasche.

Es ist halb zwölf, und der Mond hat sich hinter eine Wolke zurückgezogen. Vielleicht wird es morgen regnen. Es wird den Pflanzen im Patio gut tun und den Gräsern, auf denen die Rinder weiden, die dieses Land groß gemacht haben. Nicht groß genug, um der nationalen Arroganz standzuhalten. Und wenn alle sich inszenieren, dann kann sie es auch tun. Margarita ist Oscars liebende Frau, die schläfrige Fremde, die Heuchlerin, die sie nie werden wollte. Der Zwerg, der Asados hassen lernt, den Frieden einer Toilette genießt und sich zwingt, zur Tischgesellschaft zurückzukehren. Mit einem Lächeln.

Oscars Freund Carlos erzählt ihr von Ricardo Klement, der in einem kleinen Haus ohne Wasseranschluss im Stadtteil San Fernando lebte, schon damals ein hässlicher, armer Vorort und heute eine Müllhalde, eines der wuchernden Krebsgeschwüre des Elends, die Buenos Aires umarmen wie ein ungeliebtes Kind, das man vernachlässigt, aber nicht loswird.

Ricardo Klement lebte ein bescheidenes Leben als Arbeiter mit Frau und vier Söhnen, bis er im Mai 1960 auf dem Weg von der Bushaltestelle zu seinem Heim gekidnappt und nach Israel gebracht wurde. Er starb als Adolf Eichmann. Das armselige Zwischenspiel in San Fernando war nur das Fegefeuer.

Kann sie sich die Hölle vorstellen?

Oscars Frau schüttelt den Kopf. Ihre sehr hellen, fransigen Haare wirken für ein paar Sekunden wie ein Heiligenschein. Sie hat unglaubliche Augen, und sie sagt in ihrem sonderbaren, gedrechselten Spanisch: »Wir leben doch darin, oder?«

Aber in der Loge, nicht wahr, wo es nicht ganz so heiß ist. Journalisten gehören zum Mittelstand, und dieser kämpft in Argentinien gerade um die wenigen guten Plätze. Alles ist teuer geworden, selbst das Fleisch, das aus der unendlich weiten Pampa kommt. Einige seiner Kollegen arbeiten tagsüber als Taxifahrer. Was weiß sie schon, sie ist nur eine Frau, die Jazz gesungen hat, wie Oscar erzählt. Frauen müssen schön sein, aus reicher Familie stammen oder ein Kunststück können. Bei Margarita muss es Letzteres sein, und sie hat etwas an sich, das ihn reizen könnte.

Er ist Jude, aber was heißt das schon in einem Land, in dem jeder nach einer Identität fahndet. Seine Frau ist polnischer Abstammung, und ihr Nachbar ist ein Chinese, der Gauchostiefel trägt. Ob sie Deutschland vermisse?

»Nein«, sagt sie sehr schnell und bestimmt. »Ich schaue nie zurück.«

Er widerspricht ihr mit der Behauptung, dass ein Mensch nur aus seiner Vergangenheit heraus existiere, dass er sie permanent lebe und alle Entscheidungen nur aus diesen Erfahrungen treffe. Während er ihr zugewandt auf sie einredet, spürt er Oscars Blicke in seinem Rücken. Sein Freund teilte nie gern sein Spielzeug, nicht einmal die Schokolade, die er in die Schule mitbrachte. Ein liebenswerter Typ, so lange man nichts berührt, das ihm gehört. Man sagt, dass er sich höchst ungern von seinen Schmuckstücken trennt, von deren Verkauf er doch so angenehm lebt.

Buenos Aires ist ein großes, schmutziges Dorf. Man sagt auch, dass er sein Geld mit Fälschungen verdiene. Die Damen lieben seinen Schmuck, sie tragen das alte Europa an ihren Hälsen, Handgelenken und Fingern. Glauben sie jedenfalls. In einer Stadt, in der jeder betrügt, so gut er kann, ist das nicht weiter aufregend. Carlos wendet sich von Margarita ab und seiner schönen, schwarzhaarigen Frau zu, die ihn nach fünf Ehejahren tödlich langweilt. Sie erzählte Flora von ihren frigiden Träumen und beginnt zu stottern, als sie merkt, dass er zuhört. Er lächelt sie an und denkt, dass er sie nicht mehr liebt, aber auch nie verlassen wird. Das Leben ist nichts weiter als eine Falle. Jude zu sein in Buenos Aires, das ist ein Pakt mit der Melancholie, den niemand zerschlagen kann. Er würde Margarita gerne umlegen, um für ein paar Minuten zu vergessen.

Oscar hat den Arm um seine Frau gelegt. Sie gehört ihm, und er wird sich nie mehr so einsam fühlen wie als Kind. Evita ist zu Bett gegangen, sie ist die alte, böse Königin, die um Mitternacht verschwindet und keinen Schlaf findet. Oder die Hexe, die kleine Kinder frisst. Margarita ist die andere Frau. Sie wird ihn glücklich machen. Nie so werden wie Flora, die in dem Versuch, fremde Seelen zu sezieren, ihre eigene zerstört.

Eine unbescheidene Familie, jeder auf der Suche nach dem Gott in sich selbst, der nicht existiert. Und er ist der Einzige, der den Königsweg gefunden hat: die Liebe zu seltenen Schmuckstücken, die kalt und schön funkeln oder sich warm anfühlen wie Margaritas Haut. Der Besitz, den man im Lauf des Lebens sammelt, ist das, was zählt, und man sollte ihn mit ins Grab nehmen dürfen.

»Warum willst du nicht mit ins *Teatro Colón*?«, fragt der Journalist Margarita. »Es hat die beste Akustik der Welt, ein absolutes Muss für jeden Opernliebhaber.«

Oscar registriert ein unwilliges Zögern, jenen Gesichtsausdruck, den er provoziert, wenn er nach ihrer Vergangenheit forscht. Sie führt ihr Weinglas zum Mund und trinkt so hastig, dass rote Flüssigkeit über ihr Kinn läuft. Sie wischt sie mit dem Handrücken weg und stellt das Glas vorsichtig auf den Tisch. Sie hat spitze Zähne. Oscar ist erstaunt über seine Entdeckung, es ist ihm bisher nicht aufgefallen, und als sie ihren Mund öffnete, bevor sie das Rot entfernte, sah sie aus wie ein verstimmter Vampir. Nun, selbst wenn es so wäre, würde er sie lieben. Sie riecht nach Knoblauch, sie ist ein einziger Widerspruch, der ihn über alle Maßen reizt.

»Vielleicht, wenn es eine Ballettaufführung gibt. Ich mag Opern nicht besonders.« Margarita lächelt Carlos an, als müsse sie ihn für diesen Satz um Verzeihung bitten.

»Wagner, ich bitte dich.« Der Journalist bittet seinen Gott um Vergebung für diese kulturhistorische Inkonsequenz.

»Ich hasse Wagner.«

Margarita hinterlässt Schweigen, als sie aufsteht und den Patio verlässt, ohne sich zu verabschieden. Oscar folgt ihr nach einer Minute ratloser Stille.

»Ist sie etwa Jüdin?«, fragt der Journalist Flora, die ihre zwanzigste Zigarette des Abends anzündet und sich vor sich ekelt.

»Keine Ahnung. Sie spielt die Geheimnisvolle. Spricht nicht

über ihre Vergangenheit. Oscar findet das sehr reizvoll. Weißt du noch, wie er als Kind einen Tag verschwunden war, weil er die Pampa erforschen wollte? Als man ihn schließlich fand, heulte er vor Erleichterung. Mein Bruder ist ein furchtsamer Abenteurer, das ist eine gefährliche Mischung.«

»Ich finde sie sehr merkwürdig«, sagt Carlos' Frau. Sie ist müde und betrunken, und sie hat ihre Diät mit fetten Fleischstücken unterwandert. Sie wird ihrem Psychiater beichten und Buße tun. Morgen. Morgen ist heute, und nichts wird sich ändern. Man bereist seinen Schmerz mit einem Koffer von Sehnsüchten, und die Krankheit des Lebens ist der Mangel an Liebe. Sie beneidet Margarita und findet Trost darin, das Ende zu ahnen. Die Liebe ist wie ein Feuer, das kleiner wird, immer kleiner. Am Ende bist du ein Stück Fleisch, das keiner mehr will. Außen hart und innen roh und blutend. Sie hätte sich dem Asado verweigern sollen, dann ginge es ihr besser. Sie fühlt sich so schwer, und sie sieht den Blick ihres Mannes auf das erleuchtete Fenster gerichtet, hinter dem Margarita und Oscar zu vermuten sind. Sie weiß, was er denkt. Er möchte in einem anderen Leben sein, in einer anderen Haut, in einer anderen Frau. Und er wird traurig sein, wenn er mit ihr nach Hause fährt und sich in das Bett legt, das sie teilen, jeder für sich. Und wenn sie miteinander reden, werden sie über Dinge sprechen, die nichts mit dem gemein haben, was sie fühlen. Morgen wird sie ihn und die Kinder verlassen und nach Paris fliegen. Oder zu ihrer Mutter nach Belgrano ziehen, was näher wäre.

»Soll ich euch mitnehmen?« Flora hat die restlichen Gläser und Flaschen in die Küche getragen und dem Impuls widerstanden, in ihr altes Zimmer zu gehen, um dort den Rest der Nacht zu verbringen. Die Puppen ihrer Kindheit würden sie angrinsen, und der Schlaf käme noch widerwilliger als zu Hause auf der Couch aller Albträume. Sie entschuldigt sich für den Gastgeber mit den Worten, dass er ein verliebter Tölpel sei.

Beneidenswert, dieser Zustand, aber doch von vergänglicher Natur. Wie das Haus, dessen Tür klemmt, und sie ruft nach oben, dass Oscar zumindest hinter ihr abschließen solle.

Als sie auf die Straße gehen, beginnt es zu regnen. Sie fahren in getrennten Wagen, nachdem sie sich zum Abschied auf die Wangen küssten, links und rechts, und Floras violetter Lippenstift hinterlässt Spuren im Gesicht des Mannes. Sie hat einmal mit ihm geschlafen, vor langer Zeit, alles mutiert zu Vergangenheit, und die Zukunft ist ein großes, schwarzes Loch, vor dem sie sich fürchtet. Eines Tages wird sie Evita ähneln, und es wird keine Revolutionen gegeben haben, keine Leidenschaften, keine Trophäen des Glücks.

Margarita hat ihr erzählt, dass sie einen Ort sucht, der Why heißt. Und Flora revanchierte sich mit der Erzählung von *Alemán Muerto*, wohl die einsamste Bahnstation Argentiniens, über 4000 Meter hoch in den Anden, ein verfallenes Gebäude, umgeben von kalter Wüste. Warum sie »Toter Deutscher« genannt wird, weiß niemand mehr zu erzählen. Die Legenden sterben, wenn sie nicht in Tangotexten beerdigt werden. *Va a comenzar la eterna y triste fiesta de los que viven un ritmo y un afán.* Es beginnt wieder das traurige Fest derer, die im Rhythmus einer Begierde leben.

Der Polizist, der sie aufhält, begnügt sich mit einer Packung Zigaretten.

10

Was ist das Tier, das bei Tagesanbruch vier, um die Mittagszeit zwei und abends drei Füße hat, fragte die Sphinx Ödipus, und er antwortete, es sei der Mensch.

Er tanzt in einem schwach beleuchteten Raum, in dem zwei

Scheinwerfer die Bühne beherrschen. Sie schwenken nur selten auf die Männer, die dahinter sitzen und selbstvergessen spielen, ihre Instrumente liebkosen, die für den Tango geschaffen wurden, so und nicht anders sehen sie es, denn es ist ihre Musik, ihr Leben, ihr Brot und Fleisch und Wein, und gäbe es nicht die Lotterie, das Glück in Scheinen, auf das sie hoffen, so lange sie atmen, dann bliebe nur dieser Ort, diese Luft, dieses Licht, die einzig mögliche Existenz, der Anblick von Lackschuhen und schwarzen Pumps, den *cortes* und *quebradas*, jene essentiellen Tangoschritte, bei denen sich Körper und Beine der Tanzenden umschlingen, aggressiv, lüstern und gleichgültig, als ob die Berührung zwischen Technik, Gier und Widerwillen angesiedelt wäre.

Der Tänzer heißt Edipo, ein Name, für den er seine Mutter ewig hassen wird, und der ihn gleichsam zwang, einen künstlerischen Beruf zu ergreifen. Er ist jung, mit dem gelackten Scheitel des Tangotänzers, dem stechenden Blick des *guapo*, den erotischen Bewegungen der Hüften in speckglänzenden Beinkleidern. Er sieht über seine Partnerin hinweg ins Publikum, das er als Masse ohne Unterleib wahrnimmt. Sie bezahlen dafür, ihn tanzen zu sehen. Er liebt sie alle, besonders die Frauen, deren Schamhaare blond sind, echt oder konsequent gefärbt. Seine Partnerin trägt den schwarzen Dutt; *Qué vachaché* heißt das Stück, »Was ist da zu machen?«

Ihre Oberschenkel sind zu dick, und ihr Busen ist zu klein. Der Bandoneonspieler ist voller Koks, er hinkt den anderen um eine Achtelnote hinterher. Sein Buchmacher wird ihn umbringen, wenn er seine Schulden nicht bezahlt. Der Tango als kunstvolle Flucht ins Melodram war immer schon eine soziale Tragödie, die die Wohlhabenden beklatschten. Edipo verbeugt sich mit steinernem Gesicht, und seine Partnerin, das talentierte Flittchen, grinst ins Publikum.

Es ist ein Uhr morgens, die Zeit für das Weinen der Instrumente, den Tanz der Geschlechter, die Texte von Liebe, Hass und Trauer, Armut und Gewalt. Der Tango, so erklärte Oscar seiner schwangeren Frau, entwickelte sich im letzten Drittel des neunzehnten Jahrhunderts aus spanischen, italienischen und kubanischen Elementen, aber auch aus der traditionellen Musik der Candombe und Milonga. Margarita sieht Parallelen zum Jazz in Melodik und Harmonik, und seit Wochen zwingt sie Oscar oder Flora, sie in die Tangoschuppen von Palermo, La Boca oder San Telmo zu begleiten.

Sie sind, sofern sie nicht für Touristen geplant wurden, von schäbiger Tristesse, eng, verraucht und beherrscht von der Bühne, um die kleine Tische und unbequeme Holzstühle in drangvoller Enge stehen. Speisen und Getränke werden von verhinderten Tangotänzern transportiert, die Dienstleistung als Demütigung begreifen.

Kein Ort für die Mutter seines Kindes, und Oscar hasst es, wenn sie von anderen zufällig berührt wird oder begafft in ihrem weißen, weiten Kleid, in dem sie aussieht wie eine schwangere Jungfrau.

»Sitzt du bequem? Wie kannst du diese Luft ertragen?«

»Lass mich in Ruhe, Oscar. Ich möchte zuhören.«

Der Sänger, der Carlos Gardel gleicht, weil sie alle nach seinem Ruhm gieren, schluchzt Flores' Lied vom Brot. *Pan*: das Elend der Vorstadt, der Einbruch, ein weinender Mann und ein Stück Brot, das Gefängnis …

Margarita weint. Es ist nicht die tragische Poesie des Tangos, sie kann es nicht erklären, was sie seit sechs Monaten zu Tränen reizt, wobei die einfachste Erklärung die Schwangerschaft wäre. Oscars übertriebene Fürsorge reizt sie über alle Maßen. Er hat ihr einen Nerz gekauft, damit ihr Bauch nicht friert im milden Winter von Buenos Aires. Das Gefühl, tote Tiere am Leib zu tragen, ist ekelhaft. Ja, natürlich liebt sie ihn. Sie weiß nicht, was das ist: Liebe. Die Entwicklung von Gefühlen vom Siede- bis zum Gefrierpunkt? Die Musik, die den Ton eines Leierkastens annimmt? Sie hat manchmal Schwierigkeiten, die Texte zu verstehen, vieles klingt nach dem Slang der kleinen Leute, den sie *lunfardo* nennen. In ihren Vierteln wuchs der Tango auf, vor allem in den Cafés und Bordellen von La Boca und im Süden der Stadt, in denen die Emigranten, die Arbeiter und die Söhne reicher Eltern nachts das Vergnügen suchten, das die Tage nicht bieten konnten.

Margarita fühlt sich angezogen vom Sog der Musik und dem Ernst des Tanzes. Die Kälte und Hitze des Paarungsaktes in Bewegung gegossen, die scheinbare Monotonie der Schritte und Figuren und die Führungsrolle des Tänzers, dem die Partnerin *como dormida*, wie im Schlaf, zu folgen scheint. Aber diese Frau, die auf der Bühne steht, hat ihre Bewegungen vollkommen unter Kontrolle. Sie führt ihn, indem sie sich führen lässt, und manchmal glaubt Margarita ein triumphierendes Lächeln im Gesicht der Tänzerin zu erkennen. Sie vollführt eine *rueda*, einen Kreis, synchron zum Partner ausgeführt. Ihre Schuhe klacken auf dem Holzboden wie Pistolenschüsse. »Groll, mein alter Groll, ich will diesen endlosen Schmerz nicht weiter erdulden.« Es sind immer Liebe und Verrat, die besungen werden. Tangotexte sind Tragödien auf der Bühne der Armen, und sie spielen selten mit der Ironie, die den Schmerz verfremden könnte.

Flora, die in dieser Nacht mitgekommen ist, flirtet mit einer Frau, die einen Smoking trägt und eine Zigarre raucht. Klischees blühen in dieser Stadt üppiger als anderswo. Die Frauen sind vor allem blond, und die Männer tragen goldgelbe Hemden aus Seide oder Kunststoff. Arm und Reich begegnen einander mit der Verachtung von blinden und bewegungslosen Klassenkämpfern. Die Sinnlichkeit des Tangos ist wie schweres Parfum, das betäubt, bevor es zum Akt kommt. Oscar kann das »schwüle Gewabere« nicht besonders leiden, zumindest behauptet er das, seit Margarita schwanger ist. Sie ist in den Stand der Heiligkeit erhoben, er streichelt seit Monaten nur noch ihren Bauch, legt ihr Kissen auf die Stühle, und sein Gesicht ist in ewige Besorgnis gehüllt. Manchmal geht sie ins Kino, um zu lachen.

An den unverputzten Wänden hängen Schwarzweißfotos und Poster von Tangolegenden: der dicke Troilo mit seinem Bandoneon, Violloldo, Mendizábal, Pugliese, Pepita Avellaneda, Tita Merello, Vacarezza, Piazolla und immer wieder Carlos Gardel. Die alte und neue Garde und die *tercera guardia*, die dritte Garde, hängen friedlich Seite an Seite. Ihre Musik hat sie alle überlebt, die Präsidenten und Generäle, die goldenen Zwanziger, Perón und die »infame Zeit« der politischen Verfolgung, in der auch der Tango ein subversives Element war.

Guerra a la burguesia – die Frau im roten Kleid singt den Anarchotango, und Flora flüstert: »Es sterben immer die Falschen.« Flora und Rotwein sind eine Kombination, die schwere Sätze gebiert, die zu nichts führen. Doch zumindest behandelt sie Margarita nicht wie ein Monument der Fortpflanzung.

Flora hat Margarita gewarnt vor ein paar Tagen, als sie im Café Homero waren zu einer Tangoshow, die verspätet anfing, lange nach Mitternacht. Sie ist der Meinung, dass die kleine Deutsche ihren großen Bruder sträflich unterschätzt. Oscar ist der *guapo*, er trägt das Messer, und er gebraucht es auf seine Art, wenn man ihn reizt. Die Katastrophe ist absehbar, und doch möchte Flora sie verhindern, aus Resten von Familiensinn und einer vagen Zuneigung zu einer Fremden, die sie aus einer Vielzahl von Gründen schätzt. Der sexuelle Aspekt ist nicht zu leugnen, doch vor allem mag sie das, was man »Freiheit« nennen könnte. Die Freiheit, nichts zu tun oder zu sagen, um von anderen geliebt zu werden. Wenn es geschieht, nimmt Margarita es als selbstverständlichen Tribut, doch sie verweigert sich allen Normen der Höflichkeit, die sie als erzwungene Heuchelei im zwischenmenschlichen Umgang bezeichnet. Einige von Oscars Freunden und Bekannten halten sie für eine *cualquiera*, ein leichtes Mädchen, und tatsächlich scheint Margarita das Schwere und Bodenständige zu fehlen, das Erkennungsmerkmal aller Vernunftgesteuerten, die das Unbegreifliche bewundern und gleichzeitig ausschließen. Das Leben zu ertragen, bleibt ja doch die erste Pflicht aller Lebenden. Der Freudsche Satz, den Margarita zu unterwandern versucht.

Evita wird ihre Schwiegertochter nie lieben, und mit einem Mindestmaß an Fairness, das Flora aufbringen kann, ist ihr dies sogar verständlich. Margarita nimmt keinerlei Rücksicht auf die Gefühle anderer. Sie ist wie ein Kind, das sich zu lernen weigert, dass es Spielregeln gibt, dass man Liebe erkaufen muss: durch Wohlverhalten oder Schmeichelei, die üblichen Gesten der Zuneigung und Unterwerfung.

Für Männer gelten andere Vorgaben als für Frauen, und genau dies zu akzeptieren, ist Flora immer schwer gefallen. Sie mag die Frauenregeln nicht und vielleicht, aber nur vielleicht, ist Margarita eine Seelenverwandte. Möglich wäre aber auch, dass sie keine Regeln akzeptiert. Das ist einfach verrückt, es kann nicht gut gehen. Flora neigt zu den Lehren der Entlarvungsphilosophen, die Menschen als Objekte ihres Schicksals und ihrer Geschichte sehen, undurchschaubaren Mächten unterworfen, als deren Vollstrecker sie mehr oder weniger bewusstlos agieren.

Nur Oscar, blind vor Liebe, sieht die Bedrohung nicht. Er ist Herr seines Schicksal, diese Illusion lässt er sich nicht nehmen. Wollte sie Margarita schützen oder ihn, als sie ihrer Schwägerin die Geschichte von Susana und Vicente erzählte? Bevor die Tangosänger kamen mit ihren Texten von Herz und Schmerz, die ja irgendwie auf jedes Leben passen, nur sind sie in den Wohlstandslogen leichter zu ertragen.

Was für Susana und Vicente nicht ganz zutraf. Es ist so

lange her. Susana war Oscars Verlobte, er hatte ihr den Ring geschenkt, den Margarita jetzt trägt. Sie war sehr schön, sie stammte aus einer guten Familie, wenn auch nicht einer der wirklich reichen des Landes. Sie war jung, sie studierte Literatur an der Universität von Buenos Aires, sie liebte Oscar, und er betete sie an. Das junge Glück war kaum zu ertragen, sie hielten sich an den Händen und warteten nach altmodischer Sitte auf die Hochzeitsnacht, in der alles erfüllt werden sollte, wovon sie träumten.

Flora fand es damals schon kitschig, sie kam aus New York und einer Welt, in der Jungfrauen das Thema von Komikern waren. Diese Jungfrau, die Borges verehrte und stets ein klein wenig über der Erde zu schweben schien, gab Oscar vier Wochen vor der Hochzeit den Laufpass. Es tat ihr schrecklich Leid, doch sie hatte sich in einen anderen verliebt: in Vicente, der einen Verlag führte und ihre Leidenschaft für Literatur teilte. Auch ein schönes Paar, doch natürlich war der Skandal perfekt, und Oscar litt, wie er es zum letzten Mal getan hatte, als man sein Pferd erschießen musste.

Erwähnte sie Margarita gegenüber, dass das Pferd Oscar beim Polospiel abgeworfen hatte, dass er sich verletzte und seine Mannschaft verlor und das Tier durchaus hätte gerettet werden können, wenn Oscar nicht in seiner ersten Wut das Todesurteil gefällt hätte? Nein, diesen Teil hat sie ausgelassen. Es hat ihm ja auch Leid getan, später, als er schluchzend neben seinem toten Hengst stand. Die Helden der schnellen Messer neigen durchaus zur Weinerlichkeit. Grausamkeit und Sentimentalität sind ein schreckliches Paar, aber niemand konnte Oscar einen Vorwurf machen, weil das Pferd ja tatsächlich schwer verletzt war, als er seine Entscheidung traf.

Oscar litt, der Skandal geriet in Vergessenheit, und Susana heiratete Vicente irgendwo in der Pampa, was für ihre Sensibilität in Bezug auf Oscars Gefühle sprach. Und Flora erzählte ihrem Bruder von dem Juden in New York, der das erfolgreichste Investigationsbüro der Welt leitet, besetzt mit ehemaligen Geheimagenten und Computerspezialisten, nur den Besten der Branche. Sie kannte die Story aus New York, es war nur eine Geschichte, die sie beim Asado erzählte, und dass es Filialen überall auf der Welt gebe, auch in Buenos Aires.

Für sehr viel Geld würden die Jungs der Agentur alles über einen Menschen in Erfahrung bringen, selbst seine Träume, erzählte Flora lachend. Oscar lachte nicht. In dieser Nacht holte er sein Messer aus der Tasche, und er begann, die Klinge zu schärfen. Aber das erfuhr Flora erst sehr viel später, als er seinen Triumph mit jemandem teilen wollte, mit Flora und Pepe, auf deren Loyalität er bauen konnte.

Oscar beauftragte die Niederlassung in Buenos Aires mit der Beschattung Vicentes. Er wollte alles über ihn wissen, von der Geburt bis zur Gegenwart, und er musste eines der Mietshäuser verkaufen, um seinen Krieg zu finanzieren. Es war ein Vernichtungsfeldzug, und nach drei Monaten, als Oscar seinen Gegner kannte, besser als sich selbst, plante er mit diesem Wissen Vicentes finanziellen und gesellschaftlichen Ruin. Die perfekte Rache an Susana.

»Wäre es nicht ökonomischer gewesen, einen Killer zu heuern?«, fragte Flora ihren Bruder, als Oscar ihr davon erzählte.

Sie hat seine Antwort nicht vergessen: Er wollte nicht, dass Susana um ihren Mann trauern konnte. Sie sollte Vicente verachten und ihre Entscheidung, ihn zu heiraten, bereuen. Sie sollte wissen, dass dieser Mann ein Schurke war und nicht die Lichtgestalt, für die sie Oscar verlassen hatte.

Viele der Details hat Flora vergessen. Vicente war ein ehrenwerter Mann, doch er hatte seine kleinen Geheimnisse. Das illegale Kind mit einer *empleada*, dem ehemaligen Hausmädchen der Familie. Das Nummernkonto in der Schweiz. Ein paar nicht ganz legale Börsenspekulationen und Steuerhinterziehung, die üblichen Kavaliersdelikte der Oberklasse, die in der Regel ungesühnt blieben aus Mangel an Klägern und von der Oligarchie unabhängigen Richtern. Doch Oscar dosierte seine Angriffe, die schließlich zur öffentlichen Hinrichtung führten, und er begann sie mit der Lancierung einer alten Geschichte.

Vicente hatte das unvollendete Manuskript eines Autors, der während der »infamen Zeit« von der Junta umgebracht wurde, eigenhändig zu Ende geführt und veröffentlicht. Damit war er als Verleger erledigt. Oscar setzte eine Pressekampagne in Gang, die zur strafrechtlichen Verfolgung führte, und er sorgte dafür, dass Vicente alle Kredite gekündigt wurden. Zwar verfehlte er sein Ziel, den Familienclan in den Ruin zu treiben, doch Vicente verschwand in den Weiten Patagoniens. Er war ein toter Mann in Buenos Aires. Und Susana verkaufte Oscars Ring an Oscar, weil sie Geld brauchte nach der Scheidung. Er zahlte lächerlich wenig dafür und verzieh ihr großmütig, dass seine Rache den Wert eines Mietshauses hatte.

Nein, er wollte sie nicht zurückhaben, die Blume, die ein anderer gepflückt hatte. Und während er seine Geschichte erzählte, lächelte Oscar, und er schloss sie mit den Worten, dass er nichts zu beichten habe, weil er keine einzige Sünde begangen habe. Nichts weiter sei geschehen als Gerechtigkeit.

Gerechtigkeit ist ein Wort, dem Flora von dieser Nacht an misstraut. Jeder führt es im Mund, der Pöbel und die Politiker, die Rechten und Linken, die Oligarchie und die Gewerkschaften. Gerechtigkeit und Freiheit, sie haben in diesem Land den faulen Geruch der *villas miserias* angenommen, der Vorstädte, der Slums, des Elendsgürtels, der diese Stadt umschnürt, bis ihr die Luft zum Atmen ausgeht. Es war so viel einfacher, revolutionäre Thesen zu vertreten, als sie noch in New York lebte.

Flora beobachtet Margarita, deren Gesicht sich verändert, wenn sie diese Musik hört. Es wird lebendiger, weicher, als ob die Töne sie aus dem künstlichen Schlaf weckten, in den sie sich jederzeit versetzen kann. Es ist gar nicht so abwegig, sie mit einer Tangotänzerin zu vergleichen. Sie vollführt die eingelernten Schritte mit Perfektion, sie folgt Oscars Bewegungen, doch sie ist es, die den Tanz bestimmt. Und er merkt es nicht in seiner großen Blindheit. Und sie sieht nicht, dass er ein Messer trägt.

Es war natürlich dumm von Pepe, zu Susana zu gehen, um sich für die Familie zu entschuldigen. Die gedemütigte Schöne rächte sich auf ihre Weise, auf die einzige, die ihr noch blieb: Sie begann eine Affäre mit Oscars kleinem Bruder. Und sie legte Wert darauf, dass es bekannt wurde, wahrlich kein Kunststück in Buenos Aires. Es folgte die große Familienszene, in der Oscar vor Zorn raste und Pepe einen Verräter hieß. Man muss Evita zugute halten, dass sie sich schützend vor ihren Jüngsten stellte. Und sich eingestehen, dass Feigheit einen widerlichen Nachgeschmack hinterlässt. Manchmal glaubt Flora, ihn immer noch zu spüren: schleimig und ein wenig bitter. Wie ranzige Hafergrütze.

Sie sagte nichts, als Oscar seinem Bruder »nahe legte«, sich für einige Monate aufs Land zurückzuziehen. Mit dem Begleittext, dass er ihm die Konten fürs Studium sperren würde. Evita hielt dagegen, der Alte sagte wie immer nichts, und Flora saß da, als hätte es die Jahre des Erwachsenwerdens nie gegeben, das Studium in New York, die Emanzipation von allem, das sie gleichermaßen verachtete wie fürchtete.

Natürlich war Pepe mit neunzehn Jahren alt genug, sich seiner Haut zu wehren. Evita hätte ihn hinter Oscars Rücken mit Geld unterstützt. Doch Pepe wusste an diesem Abend, dass Susana das Land verlassen hatte. Schönheit findet immer einen Weg, und wenn es der ist, einen glatzköpfigen Zahnarzt aus Miami Beach zu heiraten. Also erklärte sich Pepe einverstanden, sich auf die Estancia zurückzuziehen. Für ein paar Monate, wie alle glaubten … doch er kam nicht zurück.

»Mein Sohn ist ein Bauer geworden – und es ist deine Schuld«, sagt Evita manchmal zu Oscar, wenn sie ein Glas Rotwein zu viel getrunken hat. Es ist schwer zu sagen, ob sie wirklich leidet oder nur sentimental ist. Gefühle, wenn sie ständig unter Kontrolle gehalten werden, verschwinden im Labyrinth der Verhärtungen. Flora nennt es die argentinische Krankheit, und vor allem Frauen sind davon befallen: Sie verdörren an ihren unerfüllten Sehnsüchten, die immer nur mit Liebe zu tun haben.

Lo que siento lo sabemos sólo yo y mi corazón… was ich fühle, das wissen nur mein Herz und ich… Verdammte Tangotexte, die nichts als Trauer verkünden. Sie sollte nach New York zurückgehen. Weg von Oscar und Margarita und dem Rest der Familie. Den ewigen Problemen der Damen mit den Herren. Den *empleadas*, den Dienstmädchen, die von Herren oder Habenichtsen geschwängert und verlassen werden, sich aber keine Couch leisten können. Dem ganzen verdammten Dreck dieser Stadt.

Vielleicht hat Pepe es richtig gemacht mit seinem Rückzug in die Pampa. Gottes großes Gähnen, das dem Menschen jede Flucht vor sich selbst verweigert. Margarita war begeistert, als sie von ihrer Landpartie zurückkam. Sie schwärmte von den Farben des Feuerlands, als ob es etwas Besonderes wäre, in dem großen Nichts die funkelnden Halbedelsteine zu entdecken. Oscar zeigte ihr die weiße Wüste der Antarktis und den Gletscher Le Martial, die Pinguin-, Robben- und Königskormoran-Kolonien, die Baumriesen der Lenga-Wälder und den »Leuchtturm am Ende der Welt«, den Jules Verne unsterblich machte. Das Strandhaus der Familie in Cariló, dem exklusivsten Badeort an der Küste. Und natürlich die Estancia, in der Nähe von Azul gelegen, das schöne, klassizistische Gemäuer, das sich ohne große Gegenwehr dem Verfall hingibt, dem Wind, der Sonne und dem Regen, die seine glanzvolle Vergangenheit erbarmungslos auslöschen.

Pepe sagt, dass er kein Geld übrig habe, um das alte Haus von Grund auf zu renovieren. Es bedeutet ihm nichts, er wohnt nur darin, und er lässt ein paar neue Ziegel legen, wenn das Dach undicht wird.

Irgendwann auf dieser Reise wurde Margarita geschwängert, denkt Flora und schämt sich ihrer Eifersucht. Ein dummer Gedanke, dass es Pepe war, er würde es nicht noch einmal wagen, in Oscars Revier einzubrechen. Er brächte den Kleinen um. Oscars Favorit unter den Schriftstellern ist Alfredo le Pera. *Sólo quiero que comprendas el valor que representa el coraje de querer...* ich will nur, dass du den Wert begreifst, den der Mut zu lieben darstellt.

Er legt Greta sein argentinisches Herz zu Füßen. Es ist groß und üppig wie der Caldénbaum der Pampa. Pompös. Porös. Krank. Niemand ist unbeschädigt, aber diese Liebe sollte verboten werden. Zumal Margarita sie annimmt wie den Schmuck, den Oscar ihr schenkt: erstaunt, unbeeindruckt, mit einem Lächeln, das sowohl Dankbarkeit wie auch Gleichgültigkeit ausdrücken könnte. Sie sei niemandes Eigentum, sagte sie, nachdem sie Susanas und Vicentes Geschichte gehört hatte. Nicht moralisch entrüstet, nein, diese Kategorie ist auf Margarita nicht anwendbar. Eher schien sie sich von Oscars Vergangenheit belästigt zu fühlen.

Flora ist noch nie jemandem begegnet, der so konsequent im Jetzt verloren ist. Sie spielen *El ciruja*, den Tango des »Knochensammlers«, den Margarita liebt und leise mitsingt. Ihre Hände spielen ein unsichtbares Instrument, und ihre Schuhe bewegen sich im Takt. Oscar existiert nicht, wie zum Teufel bringt sie es fertig, ihn darüber hinwegzutäuschen? Es müssen die Nächte sein, denkt Flora, die sich über Sex mit Schwangeren noch nie Gedanken machte. Warum sollte sie auch?

Die Frau im Smoking, die sie manchmal ansieht, aber nicht lächelt, wird es niemals wagen, sie anzusprechen. Und Flora, die Furchtsame, würde nicht wagen, den ersten Schritt zu tun. Einmal, ein einziges Mal, ging sie mit einer Frau ins Bett. In New York natürlich. Es war himmlisch, aber nie wieder betrat sie dieses Lokal, aus Angst, sie zu treffen, oder vor den Blicken der Fremden, die davon wussten. Würden die liebeskranken Ehefrauen von Buenos Aires zu einer lesbischen Psychoanalytikerin gehen? Nein.

Natürlich gibt es sie in einer Elf-Millionen-Stadt. Aber sie leben weitgehend in der Anonymität, in kleinen, unauffälligen Cafés, in der einen oder anderen Tangoschule, in der es an männlichen Tänzern mangelt, womit die Fassade gewahrt bleibt. Ein Jahr ihres Lebens würde Flora für einen Tango mit der Smoking-Frau geben und fünf weitere für eine Nacht mit ihr. Doch sie bringt es nicht fertig, ihre Blicke zu erwidern, nicht einmal das, und alle Wünsche, die unerfüllt bleiben, sind von Panzern aus Furcht umgeben. Sie könnte Oscars Bemerkungen nicht ertragen, Evitas vorwurfsvolles Gesicht, das Geflüster im Wartezimmer der Praxis. Die traurige Wahrheit ist, dass sie es nicht einmal wagt, ohne männliche Begleitung eine öffentliche Veranstaltung zu besuchen. Und so bleiben die roten Haare und die eigenwillige Garderobe eine Verkleidung, die Chimäre der Emanzipation von Erziehung, Gesellschaft und Kirche.

Es war ein Fehler, New York den Rücken zu kehren. Man muss sich konsequent von der Vergangenheit lösen, um neue Bedingungen zu schaffen. Margarita hat es getan, aber wo steht sie jetzt? Sie ist schwanger und an Oscar gekettet, und sie besitzt nichts außer dem Taschengeld, das er ihn gibt, großzügig, aber nicht ausreichend für ein Leben ohne ihn. Sie hat nichts, sie tut nichts, sie repräsentiert die typisch argentinische Frau, die als Schmarotzerin der Eltern oder des Ehemanns lebt. Welchen Grund gäbe es, diese Frau zu beneiden?

Es ist einer jener blinden Zufälle, dass Flora in diesem

Augenblick das Lächeln registriert, das Margarita und die Frau im Smoking tauschen. Nicht mehr als ein Heben der Mundwinkel, die Begegnung eines Blickes, die Kommunikation zwischen Fremden, die in Buenos Aires so rar ist wie in keiner anderen Stadt der Welt.

Während Oscar mit dem Kellner streitet, weil er nicht akzeptieren kann, dass Dienstleistung eine lästige Pflicht, aber kein Anliegen ist, und während Margarita sich wohlmeinend einmischt und von beiden Männern dafür verabscheut wird, erkennt Flora den Grund ihrer vagen Ablehnung oder des Neides, was im Grunde auf dasselbe hinausläuft: Macht.

Margarita hat Macht über andere, weil sie nichts von ihnen fordert: weder Respekt noch Bewunderung oder Zuneigung. Im alten Spiel des Gebens und Nehmens verstößt sie gegen die Regeln, ohne sich darum zu sorgen, ob sie gewinnt oder verliert. Sie verschenkt ein Lächeln, das völlig sinnlos ist, und sie beschimpft Oscar, weil er – ihrer Meinung nach – einen Kellner ungerecht behandelt. In Deutsch immerhin, aber dies sicher nicht aus Rücksichtnahme, sondern weil sie in die Muttersprache zurückfällt, wenn sie wütend ist. Ein seltener Anblick, der Flora aus der Depression einer Selbsterkenntnis befreit. Die Probleme anderer Leute sind ihr Metier, und darauf kann sie bauen und sich sagen, dass es immer noch Schlimmeres gibt.

Oscar sieht aus wie ein gereizter Bär, der seine Tatzen widerwillig unter Kontrolle hält. Er gibt dem Kellner ein viel zu hohes Trinkgeld, um den Mann zu demütigen, und nimmt Margaritas Gähnen (sie hält ihre kleine, ringgeschmückte Hand vor den Mund und spreizt die Finger, so dass ihre Vampirzähne sichtbar sind) zum Anlass aufzubrechen.

Flora widerspricht nicht, nachdem sie festgestellt hat, dass die Frau im Smoking verschwunden ist. Vielleicht sitzt sie auf der Toilette und befriedigt sich mit Margaritas Lächeln vor

Augen? Der Gedanke ist so widerwärtig erregend, dass sie sich nach dem Ausgang zu den Toiletten umsieht. Er liegt rechts neben der Tür, und vielleicht ist Flora die Erste, die jene drei Männer sieht, die, ohne Eintritt zu bezahlen, das Lokal betreten. Sie tragen Masken und Gewehre, wie man sie zur Jagd verwendet, und die Waffen sind auf die Gäste des kleinen Raums gerichtet, die in ihren Bewegungen erstarren, als sie die Situation begreifen. Es sieht nach einem bewaffneten Überfall aus, und der Patron geht als Erster in Deckung und trauert vorausschauend um die Abendkasse, die ihm keine Versicherung ersetzen wird; denn er hat keine, da die Prämien kriminell hoch sind.

Der Kellner, der Oscar in Rage brachte, lässt sein Tablett fallen, und Gläser und Flaschen zerschellen auf dem Steinboden. Er hebt seine Hände, die jetzt frei sind, und die anderen folgen seinem Beispiel. Der Ton eines Bandoneons klingt nach, dann ist es sehr still.

Die Stille der Todesangst hat eine besondere Qualität: Sie klingt wie unterdrücktes Schreien. Oscar knirscht mit den Zähnen, und Margarita denkt, dass es besser wäre, wenn das Orchester weiterspielte. Das Schweigen ist wie der Tod, sie ist ihm schon einmal sehr nah gewesen, und es war nichts erschreckend daran bis auf die Lautlosigkeit, die Einsamkeit, in die man fällt.

Wild card. Das Unvorhergesehene birgt viele Möglichkeiten, und eine davon ist das Aufregendste, das einem im Leben zustoßen kann: Sterben. Eine Wahrsagerin sagte Margarita vor langer Zeit, dass sie nicht alt würde. Nie Kinder haben werde. Es würde also passen. Sie glaubt nicht an Prophezeiungen. Wohl aber daran, dass es keine Kontrolle über das Leben gibt. Es gefällt sich in Unvorhersehbarem, und das hat sie als reizvoll empfunden. Bis jetzt. Warum sollte ein Ungeborenes, ihr Mann und ihre Schwägerin sterben, nur weil sie, Margarita, auf diesem Ort bestanden hat? Nichts für niemanden zu sein ist eine gute Grundlage für Absolution, doch sie schließt nicht aus, dass man in andere Leben eingreift. Warum fällt ihr jetzt ein, dass sie Oscar nicht liebt? Sie liebt es, von ihm geliebt zu werden, das ist etwas anderes. Es ist Schwäche. Das Bezahlen einer Schuld mit Falschgeld.

Wenn sie jetzt also aufstünde und auf die Männer zuliefe, würde das bedeuten, dass sie nie wieder den Satz hören müsste: Erzähl mir aus deinem Leben, Margarita.

Es gibt nichts zu erzählen, Oscar. Es fand statt. Es war merkwürdig, schrecklich, schön … und oft von aufdringlicher Gleichförmigkeit. Das Beste war immer die Musik, denn sie ist Bewegung in Klängen, geordnete Anarchie, die Summe aller ungelebten Lieben, sie ist Verzweiflung und Vollkommenheit. Das Leben in Noten. Der alte Mann am Klavier, er würde sie verstehen. Er sieht so traurig aus, ein Wrack mit Zähnen, die verfaulen, und Augen, die sich tief in die Höhlen zurückgezogen haben. Doch wenn er spielt, ist er ein Gott, ein glückliches Wrack im Olymp der Unsterblichen …

Es gibt etwas, das sie Oscar nicht erzählen kann. Niemandem, nicht einmal sich selbst.

»Wir wollen nur Ihr Geld und Ihren Schmuck, also bleiben Sie ruhig«, sagt der Mann mit der Nixon-Maske. Die beiden anderen bewegen sich auf die Tische zu, ihre Gewehre drohend auf die Masse gerichtet, die zu einem Klumpen Furcht geschmolzen ist. Margarita hört Oscars Zähneknirschen, und es macht sie unglaublich wütend.

»Wir wollen Musik!«, schreit sie in Richtung des Orchesters, und Oscar wendet sich ihr zu, als wolle er sich schützend oder im gerechten Zorn auf sie werfen. Margarita legt die Hände auf ihren Bauch, dort, wo etwas wächst, das sie lieben könnte, obwohl diese Geste völlig sinnlos ist, und dann hört sie die zarten Töne des Klaviers, zaghaft, bis die Geigen folgen, dann das

Bandoneon … sie spielen ein altes Stück von Romeros: *Se viene la maroma* – Bald ist hier dicke Luft.

Es ist so komisch, dass sie leise zu lachen beginnt. Und dann hört sie es auch von anderen Tischen, alle, die das Lied erkennen, applaudieren dem Pianisten mit ihrem Gelächter. Es ist ein paradoxer, wunderbarer Augenblick von Rebellion. Die Reichen werden von den Armen geplündert, und sie lachen darüber.

»Sie werden uns alle umbringen«, flüstert Flora.

»Ruhe!«, schreit der Nixon-Mann an der Tür, doch er bedeutet dem Orchester mit einer Geste seines Gewehrs, dass es weiterspielen darf. Der Mann am Klavier schenkt Margarita ein fauliges Lächeln, und sie lieben einander über Raum und Zeit hinweg.

Margarita schiebt den Ring in die Tasche ihres Kleides. Er bedeutet Oscar so viel, dieser Ring. Eine letzte gute Tat vielleicht, sie war nie eine gute Pfadfinderin. Sie legt ihre ringlose Hand auf seinen Unterarm, um sich für etwas zu entschuldigen, das sie nicht im Mindesten bereut. Die kleinen Gesten der Unterwerfung sind unbedeutend, noch.

»Schmuck, Uhren und Bargeld auf die Tische«, befiehlt der Mann mit der Nixon-Maske. Die anderen haben sich als Carter und Bush getarnt, dies ist ein antiimperialistischer Überfall mit Tangobegleitung, und zwei Maskierte tänzeln von Tisch zu Tisch, um ihre Plastiktüten zu füllen.

Sie nehmen nur Gold, kein Silber, und sie verschmähen Kreditkarten. Sie sind nervös, denn sie tragen Waffen, und es ist schwierig, die Beute mit einer Hand einzusammeln. Die Leute sind so ungeschickt beim Abnehmen der Armbanduhren. Ihre Hände zittern. Nein, kein Kleingeld, nur die Scheine. Sie sind höflich, so weit es die Situation zulässt, abgründig überlegen, und sie überprüfen nur oberflächlich, ob ihre Opfer alles geben, was sie mit sich tragen.

Jeder kennt die Geschichte von Butch Cassidy, Sundance Kid und Etta Place. Sie waren in Patagonien, in Cholila, wo sie eine Farm und einen Krämerladen kauften. Banditen gehören zu den geliebten Legenden, selbst wenn sie Gringos sind, und niemand glaubt daran, dass die Polizei sie nach ihrem letzten Coup erwischte und ihnen die Köpfe abtrennte. Nein, sie tauchten in Mexiko wieder auf, und jetzt rauben sie ein Tangolokal in Buenos Aires aus, und die Dramatik liegt in der Musik, nicht in der Realität. Der Tango ist unsterblich, sie alle sind es, und dies hier ist die Inszenierung des argentinischen Traums von Freiheit, Gleichheit und Brüderlichkeit, den die Oligarchie in einer Kunstform nachvollziehen kann. So ließe sich die Stimmung beschreiben, und sie ist von einer gewissenlosen Heiterkeit getragen, die kein Polizeireporter, der später darüber schrieb, in Worte fassen konnte.

Carter küsst Margaritas Hand, nachdem er ihre Uhr konfisziert hat, und Oscar bewegt seine Zähne. Flora denkt, dass sie die Frau im Smoking jetzt anlächeln könnte. Angstüberwindung in Todesnähe ist nicht auszuschließen, denn sie fühlt sich jetzt auf seltsame Art frei und glücklich. Oscar nimmt sich vor, Margarita ein wenig konsequenter zu erziehen. Der Patron preist den Herrn dafür, dass er sein Lokal unsterblich macht, und überreicht die Abendkasse mit einem Diener, den er das letzte Mal in Wien geübt hat, bevor Steuerschulden ihn zum überstürzten Rückzug aus Europa zwangen.

Die Räuber verschonen das Orchester von ihrem Beutezug, es ist eine Frage der Ehre, und als die Veranstaltung zu Ende geht, die Tische leer und die Tüten gefüllt sind, spielt die Band *Tres esperanzas*, »Drei Hoffnungen« für die Bande, die eine Form von Solidarität demonstriert, die man bei manchen Gewerkschaften schmerzlich vermisst.

Nixon, Carter und Bush verbeugen sich an der Tür, drei Clowns, die vergeblich auf Applaus hoffen, das Stück ist zu

Ende und der Rausch des Absurden verflogen. Das Publikum wird sich seiner leeren Brieftaschen und Handgelenke bewusst. Hoffnungen und Wunder sollten in Buenos Aires nicht strapaziert werden.

Der junge Mann, der, als es schon fast vorüber ist, aufspringt und seine Waffe zieht, die in der Innentasche seines Jacketts steckt, hält sich für romantisch und verwegen. Er schätzt die Situation falsch ein, verführt von Musik und Gelächter, und er möchte zum wahren Helden dieser Nacht werden, zum Retter seiner Rolex-Uhr und der Ehre aller Männer, die sich von drei Banditen demütigen ließen. Eine spontane Entscheidung, die zu bereuen ihm keine Zeit bleibt.

Nixon, der den Rückzug deckt, legt den Zeigefinger an den Abzug. Wenn er überrascht ist über die plötzliche Wendung der Geschichte, sieht man es ihm nicht an. Es fallen Schüsse, die hart und scharf klingen. Der Pianist spielt unbeirrt weiter, er hat den Tod zu lange überlebt, um ihn zu fürchten. Doch gehen die Gäste zu Boden, und viele schreien, während sie unter den Tischen Deckung suchen.

Oscar hat sich über Margaritas Bauch geworfen. Sie liegt auf dem Rücken, weil er sie zu Fall brachte. Ihr Rücken schmerzt. Er war immer so schwer, nur hat sie das anfangs nicht gestört. Er murmelt etwas, das sie nicht versteht. Eine fremde Sprache. Ein fremder Mann. Sie hört das Schreien, doch es ist, als ob sie durch eine gläserne Wand von den anderen getrennt wäre. Sie hört die Musik nicht mehr. Sie haben den Pianisten erschossen, denkt Margarita, und dass Flora Recht hat: Es sterben immer die Falschen.

Was geschehen ist, könnte ihre Schuld sein. Sie hat es nicht gewollt. Das sagen alle, sogar die Massenmörder. Die armen Idioten mit ihren altmodischen Gewehren. Nun mussten sie schießen, obwohl sie doch nur glänzendes Brot wollten. Ihre Lippen bewegen sich nach der Melodie, die verklungen ist.

Drei Hoffnungen hatte ich im Leben, zwei waren weiß und eine leuchtend rot…

»Sie blutet«, sagt Flora.

11

Sie hat sich so auf das Kind gefreut«, sagt Evita zu allen, die ihr Beileid bekunden. Es ist eine Lüge, eine barmherzige, und nur, wer sie sehr gut kennt, könnte dahinter den schmerzbetäubenden Zorn wahrnehmen. Niemand, nicht einmal sie selbst erlaubt sich so viel Wahrheitsfindung. Immerhin bringt sie im familiären Kreis zum Ausdruck, dass Margarita Mitschuld trage an dem Geschehen. Eine Hochschwangere, die sich in *lugones* herumtreibt, darf sich nicht wundern, wenn sie zu Schaden kommt.

»Es war kein Bordell, sondern ein Tangolokal«, widerspricht Oscar, obwohl er an einem sehr geheimen Ort seines Herzens ihrer Meinung ist. Hat er Margarita nicht beschworen, sich zu schonen, und sagte sie nicht immer wieder: »Ich sterbe, Oscar, wenn du mir die Musik wegnimmst.« Unbelehrbar, unnachgiebig setzte Margarita ihren Willen durch, unterstützt von seiner Schwester, die jetzt ihre Hände in Unschuld wäscht. Flora ist das feige Kind der »infamen Zeit«, die sie so angenehm überlebte.

Sie studierte in New York, als General Videla und seine Clique die Macht übernommen hatten. Der *Circulo Militar* und die *Sociedad Rural*, die Eliteclubs der Armee und der Großgrundbesitzer, verbündeten sich gegen Isabel Peron, und das Volk ging in Deckung, als die »Säuberungen« begannen, die Entführungen, Folterungen und Morde an Linken, Gewerkschaftern und Intellektuellen. Flora schrieb besorgte

Briefe aus Amerika, und er antwortete ihr nur, dass eine große, graue Wolke über Buenos Aires hinge und dass sie noch bleiben solle bis zur Besserung des Klimas. Es erschien ihm damals schon subversiv, über das Wetter zu schreiben.

Es war Floras Idee, dass Margarita sich auf der Estancia vom Verlust ihres Kindes erholen sollte. Wann immer es ein Problem zu lösen gibt, kommt das Land ins Spiel. Dem weiten, öden Nichts wird Heilkraft zugesprochen, zumindest für jene, die in Buenos Aires bleiben. Wie könnten Freunde und Verwandte verstehen, dass seine Frau nicht weint und klagt nach allem, was geschehen ist?

Sie hat sein Kind verloren nach dem Überfall, und er weiß noch genau, wie er schrie, als er das Blut zwischen ihren Beinen sah. Er glaubte, dass ein Schuss sie getroffen habe, aber das war es nicht. Eine Fehlgeburt, wie die Ärzte sagten, verursacht durch den Schock und den Sturz sowie das allgemeine Chaos, das dazu führte, dass sie zu spät ins Krankenhaus kam. Das Zusammentreffen unglücklicher Umstände: Findet nicht jede Tragödie ihre passende Phrase? Wenn Evita noch einmal erwähnt, dass Kolibris mit einem Fluch beladen sind, wird er ihren Truthahnhals mit beiden Händen umfassen und zudrücken.

Doch er hält ein Stück Fleisch in der Hand, und Blut und Saft rinnen über seine Finger, als er hineinbeißt. Eine mindere Form des Kannibalismus, so nennt Margarita das Asado-Ritual. Ihr Talent zu kleinen, spöttischen Sätzen ist sehr viel ausgeprägter als ihre Fähigkeit, große Gefühle auszudrücken. Sie weinte nicht, als die Ärzte ihr sagten, dass sie, wenn kein Wunder geschähe, nie mehr ein Kind austragen könne.

»Ich glaube aber an Wunder.« Sprach es und drehte den Kopf zur Seite, als Oscar ihre Wange streicheln wollte. Vielleicht hätte er ihr leichter verzeihen können, wenn sie seinen Schmerz geteilt hätte. So kam er sich verlassen vor, von Margarita um seine Lebenspläne betrogen. Keine Kinder: Warum sind die Armen nie mit diesem Fluch beladen? Sie gebären, als sei dieser Reichtum ein angemessener Ausgleich. Und wie lächerlich von ihr, ihm diesen Satz als Trost zuzuwerfen. Fange ihn auf und lebe in der Hoffnung auf das Unwahrscheinliche.

Er warf ihr vor, dass sie das Kind nicht wirklich gewollt habe. Denn wenn es so wäre, hätte sie besser auf sich aufgepasst.

Warum sprach sie nicht aus, was zwischen ihnen stand? Dass er sich auf sie geworfen und sie damit zu Fall gebracht hatte. Seine Schuld. Ihre Schuld, denn sie hatte diesen Ort ausgewählt. Drei Verbrecher und ein Vollidiot, der den Helden spielen musste. Zwei Tote, sein Kind mit eingerechnet. Warum lag sie nur da und starrte die Wand an?

»Schmerz kann man nicht teilen«, sagte sie schließlich, und, o ja, sie hatte nie etwas mit ihm geteilt außer Tisch und Bett. Sie war eine Fremde, die ihm Sex gewährte, sogar Zärtlichkeit, die Gunst von Anwesenheit und Abhängigkeit, aber niemals hat sie ihm das Gefühl gegeben, sie wirklich zu besitzen.

»Ich bin niemand für niemanden.«

Margaritas Berliner Satz fiel ihm ein, als er an ihrem Krankenbett saß. Und er hatte den Wunsch, sie zu erschießen. Leider war sie kein Pferd, sondern seine Frau. Und natürlich liebte er sie. Obwohl sie alt aussah, als hätten dreißig Jahre sich in einer Nacht auf ihr Gesicht gelegt. Nie war sie schöner gewesen als in der Schwangerschaft. Ihre Augen strahlten, und danach erschienen sie zu groß für das kleine Gesicht.

Seine Schwester hatte Blumen gebracht. Der rote Mohn stand auf ihrem Nachttisch, während seine Rosen auf das Fensterbrett verbannt waren. »Ich mag gelbe Rosen nicht«, sagte Margarita.

Es war der falsche Satz zur falschen Zeit, denn er warf die Vase mit den Mohnblumen gegen die Wand, eine Ersatzhandlung für den Gnadenschuss, den sie zweifellos verdient hatte. Und endlich hatte er es geschafft, sie aufzuwecken. Seine Frau nahm die Rosenvase vom Fensterbrett und ließ sie fallen. Sie war aus Plastik und zerbrach nicht. Margarita hatte das abscheulichste Gefäß für seine Blumen gewählt. Er trampelte mit den Füßen auf gelben Blüten und fühlte sich besser.

»Du solltest damit aufhören, den ungezogenen Jungen zu spielen. Dafür bist du zu alt.«

»Und du die Rolle des unschuldigen Kindes, dafür bist *du* zu alt. Die Wahrheit ist, dass dir die Gefühle anderer völlig egal sind. Auch meine, Margarita, auch meine.«

»Sie sind anders. Ich bin anders, Oscar. Hast du im Ernst erwartet, dass du mich nach *deinen* Wünschen formen kannst?«

»O nein. Ich habe nur erwartet, dass du mir Kinder schenkst. Aber nicht einmal dazu bist du im Stande.«

Es war ihr erster lautstarker Streit. Er schrie in Spanisch und sie in Deutsch. Sie verstanden einander und auch, dass die Flügel der Liebe nicht ewig tragen. Sie fallen ab, Feder für Feder, oder werden ausgerissen, und niemals ist es möglich, sich wieder nach ganz oben aufzuschwingen.

Oscar sieht Margaritas erschrockenes Gesicht vor sich, wie sie ihn anblickte, während sie sich anbrüllten, nein, er brüllte, während ihre Stimme relativ leise blieb. War ihr erst in diesem Moment klar geworden, dass sie etwas verloren hatte? Und dass es Worte gab, die man nicht aussprechen sollte? Den Satz: »Ich dachte, dass ich dich lieben könnte.«

Es war das Stichwort für den Auftritt der Krankenschwester, eine Peruanerin mit Schnurrbart, die den Arzt holte, der Oscar aus dem Zimmer wies. Die Genesende dürfe sich nicht aufregen! Was für ein Witz. Sie war es, die ihn krank machte: mit ihrem Schweigen, ihrer Unhöflichkeit und den verletzenden Konjunktiven. Margarita verdiente diese Familie nicht. Selbst Evita hatte sie einmal im Krankenhaus besucht und Kuchen aus der deutschen Bäckerei mitgebracht. Ihr, nicht ihm, hatte Margarita den Ring gegeben, der jetzt im Safe liegt. Sie hat ihn nicht mit aufs Land genommen, auch diese Geste sollte ihn verletzen.

Victor sabbert in die Serviette, die Evita ihm um den Hals gebunden hat. Jeder bemüht sich, den alten Mann nicht anzusehen während des Essens. Margarita war die Einzige, die ihn ab und zu ansprach. Dass sie nur Gemurmel erntete, hinderte sie nicht daran, es immer wieder zu versuchen. Ihr besonderes Talent, die falschen Dinge wichtig zu nehmen. Sein Vater ist nur noch die unappetitliche Hülle dessen, was er einmal war. Es war nicht fair, ihn erst zu zerbrechen und dann der Familie zum Fraß vorzuwerfen.

Es war ein großes Missverständnis. Das verleiht der Tragödie die lächerliche Note. Victor war unschuldig, zumindest im Sinne dessen, was zu seiner Verhaftung während der »infamen Zeit« führte. In ihrer blinden Jagd auf alles, was als links galt, verwechselten sie ihn mit seinem Cousin, der als Gewerkschaftsführer auf der Liste der Todeskandidaten stand. Die Familie hatte nicht gewagt, ihn zu verstecken, also war er nach Tucumán geflüchtet, und als sie kamen im Morgengrauen, nahmen sie Victor mit. Die Familienähnlichkeit konnte er nicht leugnen, und vergebens beteuerte er, dass sie den falschen Mann in eine Zelle sperrten. So dicke Mauern. Nichts drang nach draußen, und die, die davon hätten erzählen können, schwiegen in Furcht und Gehorsam. Draußen war alles ruhig und ordentlich. Ein paar Mütter, deren Kinder verschwunden waren, demonstrierten auf der *Plaza de Mayo*, doch ihr Lärm war zu unerheblich, um die Generäle zu vertreiben. Die Diktatur der Stille für die Blinden und Gehörlosen. Wozu auch Oscars Familie zählte mit Ausnahme jenes Cousins, von dem man wusste, dass er ein korrupter Gewerkschaftsführer war. Was wäre geschehen, wenn man ihn versteckt hätte? Wären sie alle abgeholt worden? Sie nahmen auch die Frauen, die den zusätzlichen Reiz der Vergewaltigung boten. Flora sagte hinterher, dass die Familie versagt habe. Der gute Mensch in guten Zeiten gelangt nie zur Quelle der Erkenntnis seines wahren Charakters. Er spielt nur damit, aber darin ist Flora gut.

Sie war in New York, Evita in Paris und Oscar in Amsterdam, als es geschah. Und der Mann, den sie folterten, brüllte vergeblich, dass alles nur ein Irrtum sei. Er war auf ihrer Seite, nein, er war nicht wie sie, nur ein rechtschaffener Bürger dieses Staates, und sie hatten kein Recht, ihn so zu quälen. Doch, sie hatten die Macht, Victor, und vielleicht auch die Lust, sie in dieser Form anzuwenden.

Gerechtigkeit und Gnade waren außer Kraft gesetzt, und niemand war unschuldig. Wusste er das nicht? Auch jene, die in der »infamen Zeit« ihren Geschäften nachgingen, ihr Asado mit Appetit verzehrten und dem Sieg der argentinischen Mannschaft bei der Fußballweltmeisterschaft zujubelten, waren Teil des Grauens. Als Oscar von der Verhaftung seines Vaters erfuhr und die Familie an den richtigen Stellen intervenierte, brachten sie ihn zurück. Lebendig, aber auch wieder nicht. Mit der Entschuldigung, dass eine Verwechslung im Zuge der großen Säuberung bedauerlich, aber nicht auszuschließen sei.

Dem Cousin gelang es, in Montevideo unterzutauchen und die Zeit der Generäle unbeschadet zu überstehen. Nach dem verlorenen Malvinenkrieg verschwanden sie so unauffällig, wie sie gekommen waren. Und sein Vater versank in Schweigen. Er war kein Märtyrer. Er war ein Irrtum. Vielleicht war dies die schlimmste Folter und der Grund, warum er nie darüber sprach und sich weigerte, ins Leben zurückzukehren.

Flora traktierte ihn nach ihrer Rückkehr mit Psychiatern, und Evita brachte Priester ins Haus, doch niemandem gelang es, zu dem Mann im Rollstuhl vorzudringen, denn er gab keine

Antworten. Er könne seine Beine bewegen, sagten die Ärzte, aber er weigerte sich, ihnen diesen Befehl zu geben. Und so wurde Victor ihr aller Opfer, die infame Zeit auf Rädern, die unerträglich leise quietschen.

Etwa dreißigtausend Menschen hatten die Generäle umbringen lassen, und die Toten wurden von ihren Familien betrauert. Die Mütter der *Plaza de Mayo* suchten nach ihren verschwundenen Kindern. Die Generäle Videla, Viola und Massera wurden verurteilt und später von Menem wieder in die Freiheit entlassen. Diese Familie lebt mit dem sabbernden Gespenst der Vergangenheit. Sie haben nie darüber gesprochen, doch es ist möglich, dass die anderen wie Oscar empfinden: Mitleid ist in Ekel umgeschlagen, und Liebe in verschämten Hass. Wie mag es sein, einem alten Mann die Windeln zu wechseln? Evita überlässt es nicht den Dienstboten, sondern kümmert sich selbst darum. Eine Frage der Würde, die sie für ihn in Anspruch nimmt. Misst man daran Liebe? Oscar fragt sich, was Margarita für ihn tun würde, und er findet keine beruhigenden Antworten.

Er vermisst sie. Er hätte Floras Idee nicht nachgeben dürfen. Was soll Margarita auf dem Land, wo es nichts gibt außer Gras, Kühen und Pferden. Ein Haus, das verfällt, und ein Fernsehapparat in der Bibliothek, in der Bücher verschimmeln, die nie gelesen wurden.

Vielleicht hat Pepe sie manchmal aufgeschlagen, wenn er nicht damit beschäftigt war, Bauernmädchen zu besteigen. Er ist kein Herrenreiter, nur ein geiler Intellektueller, der Sex mit Gleichheit und Brüderlichkeit verwechselt. Die Leute lieben ihn, weil er die höchsten Löhne in der Region bezahlt. Anfangs fälschte Pepe die Bücher, um seine edlen Taten vor der Familie zu verbergen. Aber nicht einmal darin war er besonders geschickt. Sein Bruder hätte die Estancia längst ruiniert, wenn nicht der Verwalter das Schlimmste verhindern würde. Die

Rinder fressen das Pampagras, werden zum Schlachthof gefahren und in Geld aufgewogen. Daran kann Pepe nicht drehen. Doch er hat zu hohe Personalkosten und investiert zu viel in die Pferdezucht. Sie streiten immer, wenn sie zusammentreffen – und mit einer Ausnahme ging es immer um Geld. Pepes Nachgiebigkeit hat die Konsistenz von Gummi: Er lenkt ein, beugt sich ökonomischen Argumenten – und setzt das Gegenteil in die Praxis um.

Der Typ, den Frauen mögen und Männer gering schätzen. Evita, die ihn immer vorgezogen, und Flora, die ihn stets gegen den großen Bruder verteidigt hat. Wie konnte man einen lieben, an dem alles leichter und hübscher war? Es hätte der Geschichte mit Susana nicht bedurft, um diese These zu erhärten. Sollte Pepe es wagen, Margarita nahe zu treten, wird er ihn umbringen.

»Was wirst du mit ihr anfangen?«

Evita hat den Alten zu Bett gebracht und ist, gegen ihre Gewohnheit, zurück in den Wintergarten gekommen. Flora hält sich an der Rotweinflasche fest. Sie kann, wie er, kein Ende finden. Es ist die Angst vor dem kalten, einsamen Bett, die er seit kurzem mit ihr teilt. Seine Mutter schenkt sich ein Glas ein und sagt: »Eigentlich mache ich Diät.«

Ein eigentliches Leben von spezifischer Härte. Anders gewollt, aber so wird sie es zu Ende bringen. Mit Glacéhandschuhen über gierigen Fingern und Schonbezügen auf allen wilden Gefühlen. Er hätte sie geliebt, wenn sie es zugelassen hätte. Erst als Pepe kam, wurde sie eine Art Mutter, und dann war es für Oscar zu spät. »Wie meinst du das?«

Evita setzt sich auf den großen Stuhl am Ende der Tafel und betrachtet ihre Hände, die mit Ringen und Altersflecken geschmückt sind. Flora zündet sich eine Zigarette an, sie nimmt dazu die Kerze, weil sie ihr Feuerzeug ständig verlegt. Eine Marotte, die sie kultiviert, um ihre Schlampigkeit zu verbergen. »Sie meint, dass du dich von einer unfruchtbaren Frau trennen solltest. Schließlich müssen wir uns fortpflanzen, das ist der Sinn einer Familie.«

Eines der beiden Hausmädchen räumt den Tisch ab. Sie bewegt sich langsam, aus Müdigkeit und Neugierde. Sie und ihre Schwester kennen alle Familienaffären, weil in ihrer Gegenwart stets gesprochen wird, als seien sie nicht vorhanden. Es ist nichts Besonderes: den anderen Peruanerinnen, die in Recoletas Haushalten arbeiten, geht es genau so. Wenn man einander trifft, werden die Herrschaften entblößt und miteinander verglichen. Das Palaver ist tröstlich, weil es enthüllt, dass niemand Freikarten fürs Paradies besitzt. Geld und Familie, Sex und Kinder: Darum geht es doch immer und überall. Die anderen, sie haben nur mehr Zeit, sich darüber aufzuregen.

Die alte Henne, die ständig ihren Schmuck verlegt und die Mädchen danach suchen lässt, will die Blonde aus dem Haus treiben. Die Rote ist, wie immer, ein wenig dafür und ein wenig dagegen. Der Herr, dessen Gesicht rot angelaufen ist, brüllt jetzt wie ein Stier, dass er sich von den Weibern nichts sagen lasse. Er ist unbeherrscht und manchmal auch ungerecht gegenüber den Dienstboten. Und dann wieder kann er sehr großzügig und freundlich sein, und immerhin ist er keiner, der den Hausmädchen an die Wäsche geht. Da war der Alte ganz anders, so erzählten die Vorgängerinnen, bevor sie ihn abholten und als Baby im Rollstuhl zurückbrachten. Zwar suchte die Henne die hässlichsten Mädchen aus, doch das hinderte ihn nicht, ihnen nachzusteigen. Eine Art Sport, bei dem die Verliererin immer feststand. Sie wurde entlassen. Wenn es einem zu oft passierte, landete man dann doch auf der Straße, um das zu tun, wovor alle Mütter ihre Töchter warnen.

Die Rote redet jetzt davon, dass man ja Kinder adoptieren könne. Die Babys armer Leute. Sie glauben, dass sie alles kaufen können, und meistens haben sie ja Recht. Menschenfleisch ist in Peru für fünfhundert Dollar zu haben, je nachdem, wo man es kauft. In der Stadt ist alles teurer, aber selbst in Lima ist das Leben preiswert im Vergleich zu Argentinien. Als ob die Geschäfte nur für die Reichen öffneten.

Wenn die wirklich ein Kind wollen, könnte sie die Sache abwickeln, für eine Provision natürlich. Doch es scheint, als ob der Herr dagegen wäre. Er sagt, dass ja auch ein Wunder geschehen könnte. Schließlich hätten die Ärzte sich nicht hundertprozentig festgelegt.

Sie muss mit dem Tablett in die Küche und versäumt den Fortgang des Gesprächs. Das ist ärgerlich, genau so, als ob man aus einem spannenden Film rausmüsste. Und es wäre wirklich an der Zeit, dass die Herrschaften eine Spülmaschine anschafften. So ist es mühsam, und die Hände gehen kaputt vom Spülwasser.

Die Blonde, die sie vor einer Woche aufs Land schickten, hat ihr Plastikhandschuhe besorgt. Sie hat einen Blick für Dinge, die wichtig sind. Sehr nett war sie immer, aber auch seltsam.

Wer interessiert sich schon für die Arbeit von *empleadas*? Was sie tun, wenn sie mal nicht arbeiten? Sie erzählte ihr, dass sie sonntags in die Kirche ginge und nachher mit Freundinnen spazieren oder ins Kino. Weil sie ja nie mit ihrer Schwester gleichzeitig frei habe. Wer würde sonst auf- und abdecken? Die Essensreste beiseite schaffen? Einräumen und die Küche putzen?

Irgendwie war die Blonde lästig mit ihren vielen Fragen. Manchmal hatte man das Gefühl, dass sie lauschte. Dann stand sie plötzlich vor einem wie eine Spionin und fragte etwas – und verschwand oft, ohne die Antwort abzuwarten. Seltsam eben.

Wenn sie nicht schlief oder unterwegs war, hörte sie Musik, nie Discosongs, sondern die alte Tangoleier, und manchmal tanzte sie dazu oder sang so laut, dass man es unten in der

Küche hörte. Sie hat eine starke Stimme, erstaunlich für diese kleine Person, und hat sie nicht zu ihrer Schwester gesagt, dass es ein Wunder wäre, wenn diese Frau ein Kind austragen könne?

Wunder gibt es nicht, aber das hindert sie und ihre Schwester nicht daran, in der Lotterie zu spielen. Man kann doch Glück haben, das ist weniger als ein Wunder und mehr, als vom Leben zu erwarten ist. Einen anständigen Mann in dieser Stadt zu finden ist schwer, wenn man nicht blond ist, sondern Spuren des indianischen Erbes im Gesicht trägt. Es ordnet dich ganz automatisch der Klasse von Habenichtsen zu, den Dienstmädchen, fliegenden Händlern, Pizzaboten oder Müllsammlern. Sie ist schon fünfundzwanzig und noch Jungfrau. Das kommt davon, wenn man arm und anständig erzogen wurde. Es bringt einen nirgendwo hin – nur in die Putzkammer, die neben der Küche liegt.

Sie hört laute Stimmen, sie streiten immer noch um die Blonde, die dem alten Mann Pornohefte mitbrachte, als die Henne ein paar Tage im Krankenhaus war. Die Señora lässt sich immer Gift spritzen, um die Falten zu glätten, obwohl es ein Kampf ist, den sie längst verloren hat. Reine Geldverschwendung, aber das Gefühl dafür haben sie auch verloren.

In Abwesenheit der Henne wechselt der Alte seine Windeln selbst. Das kann er nämlich, er kann noch viel mehr mit seinen Händen und anderen Körperteilen. Sie hat es gesehen, als sie ins Schlafzimmer kam, um sauber zu machen. Er lag da mit dem Pornoheft in einer Hand und der anderen an seinem Schwanz, und er grinste sie an und machte weiter, so als ob sie nicht da wäre. Es war widerlich, und sie ging schnell hinaus und ließ ihn in seinem Dreck liegen. Sie erzählte es nur ihrer Schwester, und die wiederum wusste, dass die Pornohefte von der Blonden stammten. Magazine mit Bildern von nackten Frauen. Mit gelben Haaren natürlich. Er versteckt sie unter der

Matratze, wo die Henne sie nicht finden wird, weil sie nicht im Traum daran denkt, die Betten selbst zu beziehen. Und vor den *empleadas* schämt er sich nicht, die kommen in seiner Welt nur als Schatten vor. Oder als Roboter, wie in dem Film, den sie im Fernsehen gesehen hat.

Von dem Tag an hat ihr der Alte nicht mehr Leid getan. Was immer sie mit ihm anstellten, als er im Gefängnis war, er wird es wohl verdient haben. Wenn er jetzt im Schlafzimmer klingelt oder seine Hand hebt oder etwas brummt, reagiert sie immer sehr, sehr langsam. Soll er sich doch beschweren, die Henne ist froh, jemand im Haus zu haben, der ihr nicht das Silber oder den Schmuck klaut, den sie ständig verlegt. Sie haben ja alle solche Angst, bestohlen zu werden. Die Reichen hängen an ihren Dingen wie die Kirche an den zehn Geboten.

Vor Gott sind alle Menschen gleich. Es klingt gut, wenn der Pfarrer es sagt, aber vorstellen kann sie sich das nicht. Die reichen Männer und die blonden Frauen werden auf höheren Wolken sitzen, nur bedienen muss man sie nicht mehr. Was ja schon ein Fortschritt wäre.

Die Rote mit den Froschaugen kommt in die Küche, um noch eine Flasche Wasser aus dem Kühlschrank zu holen. Sie sagt: »Du siehst müde aus, Lidu. Geh doch ins Bett.« Und Lidu lächelt und antwortet, dass sie fast fertig sei. Bietet irgendjemand an, den Herd für sie zu putzen? Ihre Schwester behauptet, dass die Rote eine Kommunistin sei. Wer Geld hat, kann alles sein.

Auch eine Hure. Wie die Blonde, die eigentlich die Netteste in der Familie ist. Lidu hat sie mit dem Bandoneonlehrer gesehen, als sie einkaufen war. Die beiden umarmten sich schamlos auf offener Straße. Und dieser Freund des Herrn, der Journalist, der mit ihr im Flur stand und ihren Bauch streichelte, als ob es sein Baby wäre, das ganz vergeblich zu wachsen versuchte. Man sieht doch sehr viel, wenn man unsichtbar ist.

12

Margaritas Art zu reiten bringt die Männer zum Lachen. Sie klettert wie ein Affe auf das Pferd, bringt es mit dem Druck ihrer Schenkel in Gang – und versucht dann nur noch, sich oben zu halten. Das Pferd reitet sie, es bestimmt Richtung und Gangart, und sie konzentriert sich ausschließlich darauf, die Zügel festzuhalten und im Sattel zu bleiben.

Was nicht immer gelingt. Im gestreckten Galopp, wenn das Tier die Freiheit ahnt, die es einmal verloren hat, wirft es die leichte Last ab, und die Reiterin landet im feuchten Gras und fühlt schmerzhaft die schwere, harte Erde. Sie flucht, manchmal lacht sie auch über ihr Unvermögen und ruft gegen den Wind einen Namen, der nicht weit trägt. Angel kommt zu ihr zurück, wann es ihm passt, aber er trägt sie immer wieder nach Hause in den warmen Stall, wo das Heu wartet und die Männer, die für ein paar Pesos die Pferde hüten und ihnen Geheimnisse ins Ohr flüstern.

»Du musst ihm deinen Willen aufzwingen«, sagt Pepe zu Margarita, die sich den einfachsten Regeln der Reitkunst verweigert und dafür mit Stürzen, Prellungen und Hautabschürfungen bezahlt. Als wolle sie diese Form der Fortbewegung neu erfinden, beharrt sie auf ihrer Methode des zufälligen Überlebens auf dem Pferderücken und behauptet auch noch, dass es viel mehr Spaß mache, nicht zu wissen, wohin und wie lange man reite.

Sie ist anstrengend. Er verflucht den Tag, an dem Flora sie nach *Las Floras* brachte. Die zweite, die von der Familie in die Verbannung geschickt wurde, und als sie ankam, hatte er noch Mitleid mit ihr. Wehe dem, der Oscars große Erwartungen nicht erfüllt.

Sie ist klein. Ein schläfriges Kind mit großen Augen, das zurückwich, als er es auf die Wangen küssen wollte. Stattdessen hielt sie ihm ihre Hand hin, und er dachte, dass sie in einem fremden Land gestrandet war, in dem sie alles falsch machte. Möglich auch, dass Margarita überall eine Fremde wäre.

Flora zeigte ihr das Zimmer und das Haus und begleitete den Rundgang mit spöttischen Bemerkungen über den Verfall der Familie, der sich in Gemäuern manifestiere. Sie schien sehr beunruhigt, die große Schwester der kranken Seelen, die alle Mitglieder ihrer Familie als hoffnungslose Fälle einstuft. Es gibt Tage, an denen er ihr Recht gibt, doch überlebte jeder die infamen und folgenden Zeiten auf seine geschickte Weise. Selbst der alte Mann, der nur das Unrecht verdammt, das ihm zugestoßen ist. Er war ein unwürdiges Opfer der Verhältnisse, aber was sind jene, die weder Opfer noch Täter waren?

Sie sind die Schatten ihrer Vergesslichkeit. Flora war in New York, das ist ihr Alibi, und Evita beruft sich auf die Formel der politisch abstinenten Weiblichkeit. Er macht eine gute Figur auf dem Pferd und weiß, wie man ein Whiskyglas hält. Drei Eiswürfel, die dezent klimpern, wenn der Alkohol mit Wasser verdünnt wird. Es kommt darauf an, dem Chaos die Balance der einfachen Dinge entgegenzusetzen. *Las Floras* ist der ideale Ort, jeder Konfrontation mit Vergangenheit oder Zukunft auszuweichen. Die Rosen, die seine Großmutter züchtete, sind längst alle verdorrt. Es wächst nur noch Unkraut im Garten, und das erscheint ihm ganz normal.

Man könnte auch sagen, dass er zu einem ländlichen Alkoholiker wurde. Wen kümmert es? Nicht seinen Schatten oder die Mädchen, die er wahllos damit zudeckt. Die Einsamkeit ist so groß, dass er manchmal abends in den Stall geht und mit seinem Pferd spricht. Aus den Hütten der Landarbeiter, nicht so großzügig angelegt wie die Ställe, dringt das kalte Licht der Fernsehapparate. Die kleine, weite Welt, die zu ihnen kommt, wenn sie die Raten für ihr Gerät pünktlich bezahlen. Der bunte

Schein, der sich vor das blasse Leben drängt. Sie nennen sich immer noch Gauchos, obwohl sie Knechte sind, für dreihundert Dollar im Monat und eine tägliche Fleischration.

Sie, die einst die Indianer verdrängten, um die Pampa zu erobern, wurden von den Viehbaronen domestiziert. Mit den Zäunen, die gezogen wurden, verschwand jede Illusion von Freiheit, die nur noch in den sentimentalen Liedern der Gauchos nachklingt.

Pepe war schon immer ein Romantiker, doch nur als Kind schien dieses Gefühl zu passen. Er bezahlt ihnen mehr als die anderen Großgrundbesitzer und besteht nicht darauf, nur mit dem *capataz*, dem Vorarbeiter, zu reden. Es ist so: Sie verachten ihn dafür.

Flora behauptet, dass er sie mit seinem sozialen Gewissen nur demütige. Sie blieb nur eine Nacht, bevor sie nach Buenos Aires zurückfuhr. Sie erzählte Margarita Geschichten aus der Kindheit, von den ewig langen Ferien, die sie auf der Estancia verbrachten, und viele von ihnen klangen so falsch, dass er sich fragte, ob er dabei gewesen war. Sie vergaß zu erwähnen, dass sie das Landleben schon immer gehasst hatte und vor jeder Abreise aus Buenos Aires mit Selbstmord drohte.

Beim Abendessen sagte Flora, dass die Welt nur aus Städten bestehen sollte. Das Land gehöre dem Wind, der Sonne und dem Regen, aber nicht dem Menschen. Der habe Zäune gezogen und Straßen gebaut, die nur aus Schlaglöchern bestünden. Und mit den Stacheldrähten sei ohnehin die Poesie der Pampa verschwunden. Sie trank sehr viel Wein, seine Schwester, und rauchte, als ob sie die Zigaretten zum Atmen brauchte.

Margarita sprach nicht viel an diesem Abend. Sie trug ein weißes, zerknittertes Kleid und sah müde aus. Als er sie fragte, wie lange sie bleibe, antwortete sie: »Spielt das eine Rolle?«

Sie sagt oft das Unerwartete. Sätze, die keinen Sinn ergeben oder mit einem Fragezeichen enden. »Soziale Inkompetenz«

wäre ein anwendbarer Begriff aus Floras Vokabular, aber andererseits verbringt Margarita Stunden mit der Köchin, Maria, einer älteren Frau, die irgendwann aus Feuerland in den Norden gezogen war und in *Las Floras* andockte.

Manchmal hört er sie reden, wenn er in die Küche kommt, und sie verstummen, wenn sie ihn sehen. Die Alte sieht ihn dann an, als ob sie ihn mit ihrem Tranchiermesser aufschlitzen wollte. Sie verabscheut ihn, und er hat keine Erklärung dafür.

Vielleicht hasst sie alle Männer – oder nur die kleinen Söhne von Großgrundbesitzern? Er hätte sie längst hinauswerfen sollen, doch solche Entscheidungen sind ihm immer schwer gefallen. Es ist unerheblich, was die Dienstboten denken. Sein Vater hat sie nur dann zur Kenntnis genommen, wenn sie nicht in seinem Sinne funktionierten. Dafür hat er ihn früher angegriffen, doch sicher ist es der einfachere Weg, mit ihnen zu leben. Liebe *und* Respekt sind schwer zu haben, und vielleicht liegt sein Problem darin, beides zu wollen?

Margarita verweigert sich solchen Gedanken durch instinktlose Annäherung an alles, worauf sie neugierig ist. Sie sagt, dass sie die Gerüche mag, die in der großen, alten Küche vorherrschen. Das Chaos an Töpfen und Pfannen und Tongefäßen, in denen die Alte ihre Gewürze züchtet. Maria kocht mit sehr viel Kräutern, die keiner kennt, doch die Männer mögen es, so lange genug Fleisch auf dem Teller ist.

Oscars Frau, die er nicht Schwägerin nennen kann, ohne sich die Zunge zu brechen, hat das Transistorradio aus ihrem Zimmer in die Küche gestellt, und den ganzen Tag läuft der Sender mit Tangomusik. Und es kam die Stunde, an dem das Wesen, in dem er nie etwas anderes als verhärmte, runzelige Hässlichkeit sah, lächelte. Als Maria merkte, dass er sie ansah, nahm sie diesen Gesichtsausdruck sofort zurück.

»Warum magst du sie?«, fragt er Margarita, als sie zusammen ausreiten. Er schreit immer in den Wind, er kann sie nicht ansehen, wenn sie auf dem Pferd sitzt. Ihre Haltung ist erbärmlich, und es grenzt an ein Wunder, dass sie es schafft, so lange oben zu bleiben. Was würde Oscar mit ihm anstellen, wenn sie sich das Rückgrat bräche bei einem ihrer Stürze?

Wer weiß, vielleicht wäre er froh, diese seltsame Unfruchtbarkeit los zu sein. Er ruft jeden Abend an, aber das bedeutet nicht viel. Oscar legt Wert auf Kontrolle über das Leben anderer. Und in diesem, seinem Ordnungssinn, könnte er beides sein: Faschist oder Kommunist. Erstaunlich, dass er sich damit begnügte, ein betrügerischer Juwelier zu werden.

Er zügelt sein Tempo und wiederholt die Frage. Margarita, die während des Galopps fast auf dem Pferd lag, rutscht zurück in die Sitzstellung, die nur wenig besser aussieht.

»Maria ist eine interessante Mischung aus Kannibalin und Vegetarierin. Gibt es so was? Ich suche immer in anderen, was ich in mir selbst nicht finde.«

»Und was suchst du?«

»Das Unbekannte.«

Die dumme Antwort reizt ihn. »Und deshalb liebst du Oscar?«

Margarita treibt ihr Pferd an und verschwindet hinter den Dornenbüschen. Manchmal bleibt sie Stunden weg, und immer dann, wenn er ein paar Arbeiter losschicken will, sie zu suchen, taucht sie schmutzig und verschwitzt wieder auf. Die Furchtlosigkeit im Blick, die natürlich auch Wahnsinn sein könnte. Es muss an dem Langmut der Criollo-Rasse liegen, dass sie ihre Ausritte überlebt.

Erst am Abend, als sie in der Küche sitzen, bei Wein und Huhn und Reis, greift Margarita seine Frage auf. Sie sitzt auf dem Stuhl, der für Großmutter reserviert war, als sie noch lebte, trägt eines ihrer weißen, langen Kleider und hat die Füße angezogen, die sie mit den Armen umschlingt. Ihr Kopf ruht auf den Knien, die übliche Stellung.

»Ich weiß nicht, ob ich Oscar liebe. Ich mag ihn. Diese perfekte Lebensplanung, der er all seine Entscheidungen unterordnet ... das beeindruckt mich. Ich habe keine Begabung außer der, Katastrophen auszulösen.«

»Vulkanausbrüche? Überschwemmungen?«

Sie lacht. Man muss Frauen lachen hören, bevor man mit ihnen ins Bett geht. Aber nein, es ist zu gefährlich, denkt Pepe, und an zwei Rinder, die in dieser Woche starben. Noch weiß niemand, woran, doch der Vorarbeiter hat den Tierarzt verständigt, um Seuchengefahr auszuschließen. Die Kadaver liegen im Kühlhaus. Hat er jemals jemandem erzählt, dass er Rinder nicht ausstehen kann? Ihre zweckbestimmte Existenz, die in ihren dummen Visagen verewigt ist. Ihr blökender Gehorsam, wenn sie in die Lastwagen getrieben werden. Irgendwann wird er beim Asado kotzen, und dann werden sie ihn vollends verachten.

Margarita wischt mit ihrem Zeigefinger die Sauce auf. Das Kindliche hat manchmal etwas Obszönes, und er ist sich nicht sicher, ob sie sich dessen bewusst ist. Sie wird nicht alt werden, denkt Pepe, und er weiß nicht, wie dieser Gedanke entstand. Die Katastrophen? Nun, Margarita hat sie überlebt. Bis jetzt.

»Na ja, immerhin eine Schießerei, eine Schlägerei, und da war noch etwas Schlimmeres, aber das ist lange her ... Oscar wird mir nie verzeihen, dass sein Sohn nicht zur Welt kam. Er hatte schon die Einrichtung für das Kinderzimmer bestellt und seine alte Wiege aus dem Keller geholt. Und dann kamen diese Männer mit den Masken, und ich habe gerufen, dass sie weiterspielen sollen. Weil es so still war. Es war die Musik, verstehst du? Der Typ hätte nicht geschossen, wenn nicht alles so unwirklich gewesen wäre. Oscar hätte sich nicht auf mich geworfen. Ich wäre nicht gestürzt. Niemand wäre zu Schaden gekommen. Vielleicht. Evita glaubt fest daran, dass ich Unglück bringe.«

Er schenkt nach und bringt ihr Glas in Sicherheit. Sie kann sehr ungeschickt sein, doch Maria räumt immer klaglos Margaritas Scherben weg. Er hingegen ist ungeschickt darin, andere zu trösten. »Vielleicht war dein Musikwunsch der Auslöser, das ist aber nur eine mögliche Variante. Du wirst es nie wissen. Wenn wir alle denkbaren Folgen unseres Handelns abwägen, würden wir vor jeder lächerlichen Entscheidung zurückschrecken. So was geht nur bei Geschäften: Du bedenkst alle möglichen Risiken – und wählst das aus, was deinem Wesen am ehesten entspricht. Im Leben funktioniert das nur bedingt.«

Margarita spielt mit ihrem Weinglas, während er redet. Pampa-Philosophie für die Frau, die Oscar ihm auftischte mit dem stummen Befehl, sie nicht zu essen. Oder doch? Vielleicht sucht er einen Vorwand, sie loszuwerden? Der große Stratege in Buenos Aires würfelt mit Pepes Sexualtrieb. Vielleicht versucht er auch nur, einer Entscheidung zu entkommen: Margarita oder Kinder? Die Erben seines betrügerischen Imperiums. Nun, Pepe könnte mit zwei Bastarden aufwarten, die allerdings ein wenig dunkelhäutig sind. Sie haben die Farbe von Pferden, ein sehr hübsches Braun.

»Ich habe meine Erwartungen nie erfüllt«, sagt Margarita, »geschweige denn die anderer Leute.«

Na und? Wenn man keine mehr hat, gelangt man an den Punkt des wahren Unglücklichseins. Und damit lässt sich Zeit ganz hervorragend totschlagen. Er möchte etwas Nettes sagen, doch seine Zunge ist zu schwer von Rotwein und Whisky. »Stört es dich?«, bringt er hervor, und Margarita lacht, als habe er einen Witz gemacht.

»Nein. Doch. Ich wollte mit Oscar einmal etwas richtig machen. Es zu einem guten Ende führen. Ganz normal leben und das Chaos vermeiden. Die meisten Leute leben so, warum kann ich es nicht?«

Und doch, jetzt erfüllt sie seine Erwartungen. Die Handbewegung, die ihren Satz begleitete, traf das Glas. Es kippt um, der Wein färbt das Holz rot, und dann rollt es langsam, ja fast widerwillig zur Tischkante – und zerspringt auf dem Steinboden. Ein eigenwilliges Geräusch, das die leise Musik aus dem Radio für einen Moment übertönt. »Scherben bringen Glück«, würde Evita sagen. Es gab viele Scherben. Weniger Glück. Weniger von allem, das hätte sein können. Das vage Gefühl eines Verlustes zersetzt das Gehirn mit quälender Langsamkeit. Alkohol beschleunigt den Vorgang.

Es gibt Augenblicke, in denen er Nüchternheit preisen könnte. Der Anblick von Gretas nackten Beinen. Sie hat das Kleid hochgeschoben, um Rotweinflecken zu vermeiden. Andere Frauen würden Schaufel und Kehrbesen nehmen, sie macht es mit den Händen. Sie legt die Glasstücke auf eine Serviette, knüllt sie zusammen und wirft sie in den Mülleimer. Wann ist der richtige Zeitpunkt, um auszusteigen, Margarita? Jetzt? Bevor Oscar dir den Gnadenschuss gibt? Er wünschte, er könnte mit ihr sprechen, doch hier hat er verlernt, mit Frauen zu reden. Die Mädchen mit der braunen Haut legen keinen Wert auf Konversation. Sie wissen alles über dich. Sie ziehen dich in ihr Bett und öffnen sich für eine Zeit. Keine Erwartungen. Wenn ihr Bauch zu wachsen beginnt, öffnen sie die Hand, und du legst Scheine hinein. Sie entscheiden, wofür sie es verwenden.

Sie sind so verschieden von den Mädchen in der Stadt, die ihre Jungfräulichkeit wie einen Schatz hüten, der meistbietend versteigert wird. Um danach mit der Unschuld alles zu Grabe zu tragen, was heiter und schön war. Weil auch das Austernleben nichts weiter ist als eine glitschige Talfahrt, bei der man vor Furcht vergeht und dort landet, wo die moderne Priesterschaft auf sie wartet: in der Villa Freud.

Nun, er ist in *Las Floras* gestrandet und betrachtet seine

Schwägerin bei der Beseitigung von Scherben zu den Klängen von Piazzolla. Sie ist ein Tangofreak, während er sich nach der musikalischen Hurerei der Jugendjahre Beethoven zugewandt hat. Die »Fünfte« ist zu seinem Schlaflied geworden, wenn er nach oben stolpert und hehre Begleitung für schmutziges Selbstmitleid braucht. Ein warmer Körper ist natürlich besser, aber oft ist er zu betrunken, um die Gier in seinem Kopf nach unten zu lenken. Die Mädchen mit der braunen Haut können sehr gemein lachen, wenn man klein bleibt. Impotenz kommt einem Sturz vom Pferd gleich in diesem Teil der Welt. Bei Margarita amüsieren sie sich; Frauen haben andere Vorgaben.

»Was ist normal?«

Sie tanzt durch die Küche. Barfuß natürlich. Sie ist nie betrunken. Aber nüchtern ist auch kein Wort, das zu ihr passt.

»Wenn man auf der Spur bleibt. Ein Leben ohne Ausbruchsversuche. Die gerade Linie, die in kalter Zwietracht zum Himmel führt. So in der Art. Du weißt schon, was ich meine.«

Manche Sätze spricht sie nicht, sie singt sie. Und tanzt dazu. Die Bewegungen sind in keiner Tangoschule einstudiert worden, ihnen fehlt die berechnende Laszivität. Für Pepe war der Tango immer der perfekte Ausdruck sexueller Verklemmung. Wenn du es nicht tun darfst, dann tanze es. Zwinge deine erotischen Phantasien in eingeübte Schritte und forme dein Gesicht zur steinernen Maske. Liebe ist ein Massaker auf dem Schlachtfeld der Eitelkeit. Er war in einer Tangoschule, vor langer Zeit. Als er noch glaubte, dass es für ein Leben ausreicht, normal zu sein.

Unnormale Zeiten verbiegen die Linien, bis sie gerader nicht sein könnten. Das argentinische Fiasko war nicht der Malvinenkrieg, sondern die Zeit davor. Und der Student wurde zum Seiltänzer. Einer, der überleben wollte wie die anderen. Nichts Unehrenwertes war daran, nur eben das Eingeständnis der alles überragenden Furcht. Sie teilte sich mit und teilte seine Freunde: Einige wurden religiös und begruben ihr Gewissen im Schoß der Kirche; andere wurden zu Zynikern, Biedermännern, Blinden, Tauben und Lahmen. Ein paar verschwanden, die gab es auch. Ob sie die Helden der Geschichte waren oder nur ihre Opfer, blieb ungeklärt. Man vermied es, darüber zu reden, er tat es nicht, und wenn die Mütter der *Plaza de Mayo* demonstrierten, sah er weg.

Die Väter waren nicht so leicht zu übersehen. Sie blieben in ihren geringfügig modifizierten Rollen, und sein Vater in einem Stuhl, dessen Räder anklagend quietschten. Es schien ihm zu gefallen, denn er weigerte sich, sie ölen zu lassen. Die kleinen Sadisten in ihrer großen Zeit hätten besser daran getan, ihn im Gefängnis umzubringen. Evita, Flora, Oscar und er wären eine Familie geworden, die trauern könnte. Vielleicht.

»Hör auf zu tanzen, Margarita.«

Sie bleibt stehen, ein Bein in die Luft gestreckt wie eine Marionette, die vergessen wurde. Es sieht grotesk aus.

»Oscar hat oft mit mir getanzt. Er ist gut.«

»Mein Bruder ist in allem gut, was er tut. Aber *gut* ist er nicht. Niemand in der Familie verdient dieses Prädikat.«

»Ich war ein Einzelkind«, sagt sie, und er könnte schwören, dass sie lügt. Sie steht neben ihm und stützt sich mit den Händen auf dem Tisch auf. In ihrem Nacken kleben feuchte Haare. Sie hat keine Frisur, niemals, einfach nur Haare. Und er kann sie riechen, es ist eine Mischung aus wilden Kräutern und Knoblauch, den Maria so großzügig in ihr Essen streut.

Zum ersten Mal fallen ihm die beiden spitzen Zähne auf. Es erklärt, warum sie beim Lachen so oft die Hand vor den Mund hält. Und ihn kaum öffnet, wenn sie spricht. Er hat Vampirfilme immer sehr erotisch gefunden. Wer immer den Mythos in die Welt setzte, muss voller sexueller Obsessionen gewesen sein. Er kann Margarita nicht leiden. Er ist betrunken. Zu feige, um sich umzubringen, und für das Leben nicht mutig genug. Frauen sind stärker als Männer, doch sie ahnen es nur und wagen nicht, diesen Vorteil auszuspielen. In Margaritas Augen liegt ein Versprechen, das sie nicht einhalten wird. Nimm mich in den Arm und sag mir, dass ich ein Mensch bin, den es zu lieben lohnt.

»Meine Eltern waren Schauspieler und meist unterwegs. Es war immer viel Geld da, aber als sie plötzlich starben, blieb nichts übrig. Sie haben nicht voraussehend gelebt. Kein Plan.«

»Was in Anbetracht des plötzlichen Todes wohl ziemlich vernünftig war, oder? Lass mich raten: Flugzeugabsturz?«

»Lawine.«

Sie lügt. Er lügt. Alle lügen. Gott, wie er sich nach einem Menschen sehnt, zu dem er aufrichtig sein könnte. Die Mädchen sind die Einzigen, bei denen er es manchmal versucht. Aber sie hören nicht zu. Die Sprache ist als Kommunikationsmittel zwischen den Klassen völlig ungeeignet. »Es tut mir Leid, dass du dein Kind verloren hast.«

Tut es nicht. Es ist ihm vollkommen gleichgültig. Nein, schlimmer noch, er hält es für eine angemessene Bestrafung seines Bruders. Oscar beliebt, Gott zu spielen: den liebenden, aber lieber noch den strafenden. Wahr ist aber auch, dass er ihn fürchtet. Der große Bruder ist das Klischee, an dem er seine Schwäche messen darf. O ja, Oscar hat ihm den Verrat mit Susana verziehen in seiner großen Güte. Es wurde Buße getan. Doch wie viel Demütigung erträgt der Mensch, bevor er in die Hand beißt, die ihn füttert?

»Es ist schon in Ordnung. Ich kann noch viele Kinder kriegen. Die Ärzte wissen nichts, und Oscar dramatisiert die Sache. Er kann es nicht leiden, wenn seine Pläne durcheinander geraten.«

Die Untertreibung des Jahres. Sie ist entweder unglaublich naiv oder durchtriebener, als er sich vorstellen kann. Wenn sie mit Oscar am Telefon spricht, wirkt sie ein wenig untertänig. Sie hat eine schöne Stimme, die den noch starken Akzent vergessen lässt. Die Slangwörter, die sie gern benutzt, stammen offensichtlich aus Tangotexten. Evita behauptet, dass sie wie eine Hure redet. Alle Frauen ihrer Söhne waren und sind Huren. Sie hat ein groteskes Weltbild, doch dafür, dass sie immer versuchte, ihn vor Oscar in Schutz zu nehmen, wird er sie ewig lieben. Sie hat die Qualitäten einer Löwin, nur hat sie alles, was gut ist, vor langer Zeit in sich begraben.

Wie derjenige, der sich jetzt einen Whisky einschenkt. Die Hand zittert nicht, und Margarita holt ihm Eiswürfel aus dem alten Kühlschrank, der von Maria auf wundersame Weise in Gang gehalten wird. Die Alte, von der Margarita sagt, dass sie erst vierundvierzig sei, repariert alles, was das Haus an Altersschwäche hergibt. Sie hat ein Talent, das Unvollkommene in Gang zu halten, ohne es jemals wirklich zu richten. Sollte er sie jemals feuern, würde er alle Geräte des Hauses erneuern müssen. Was nicht sein kann, denn Oscar ist der Meister des Geldes, und er lässt ihm gerade so viel, den Verfall von *Las Floras* in erträglichen Grenzen zu halten.

»Was hältst du von unserer Familie?« Er meint sich, immer nur sich, und er sieht ihr zu, wie sie in den Apfel beißt, eine von den vielen schrumpfköpfigen Pampafrüchten, die Maria im Keller lagert und zu Kuchen oder Kompott verarbeitet. Niemand außer Margarita käme auf die Idee, sie so zu essen. Sie sehen hässlich aus, die Schale hindert daran, bis zum Kern vorzustoßen. Seine Schwägerin zermalmt sie mit ihren spitzen Zähnen und schluckt auch die Kerne.

»Sie ist nichts Besonderes. Ich mag deinen Vater. Es gehört ein starker Wille dazu, nicht mehr zu gehen und zu sprechen. So hat er sich allem, was euch an Schuld und Sühne umtreibt, entzogen.«

»Als altes, krankes, ekelhaftes Kind?«

»So sieht er sich nicht. Ihr seht ihn so.« Sie bietet ihm ein Stück Apfel an. Das sollte sie nicht tun. Die Hand ist voller Schrammen von ihrem letzten Sturz. Vielleicht hat Margarita beschlossen, sich der Familie durch einen Reitunfall zu entziehen. Zwei Rollstuhlfahrer, die in aller Heimlichkeit Tango tanzen.

»Du redest mit Pferden und rollst auf Whiskyflaschen. Evita sammelt Schmuck und Operationsnarben. Flora wechselt ständig ihre Haarfarbe und schreibt ihre Träume auf, ohne sie je umzusetzen. Und Oscar … betäubt sich mit Geschäftigkeit und der Ausarbeitung des perfekten Lebens. Er will alle Bedingungen manipulieren und alle Unwägbarkeiten ausschalten. Das ist ein sehr interessanter Ansatz, findest du nicht?«

»Es klingt, als sei er deine Laborratte. Es ist wohl eher umgekehrt.« Das war zu ehrlich, er sieht es an ihrem verletzten Gesichtsausdruck. Sage einer Frau nie die Wahrheit, und vielleicht wird sie dich in ihr Bett lassen. Und daran glauben, dass Sex eine körperliche Variante der Romantik sei. Er wünscht, sein Schwanz würde ihn in Ruhe lassen. Wäre er dann ein besserer Mensch? Worum geht es, Margarita: Ob wir es tun oder nicht tun? Ich schwanke zwischen Furcht und Gier. Welche anderen Gefühle sollte es noch geben in Abwesenheit eines großen Plans, der nicht Oscars krankem Hirn entspringt?

»Aber du bist eine sehr hübsche Ratte.« Nein, das war auch nicht gut. Sie geht zum Fenster und öffnet es. Der Wind trägt die Klänge und Gerüche aus den Baracken bis an das alte Haus. Asado und Musik, die sentimentalen Gaucho-Lieder, an denen sie sich berauschen bei Bier und Schnaps.

Margarita steht auf Zehenspitzen, sie hat das Radio leiser gedreht. »Der Junge spielt die Gitarre gut, obwohl er sich nicht die Mühe macht, sie richtig zu stimmen. Sie haben heute ein Kalb für den Spieß vorbereitet. Gibt es etwas zu feiern?«

»Nur die Tatsache, dass ein dummes Tier sich im Zaun verfangen hat und ihnen einen Grund gab, es zu schlachten.«

»Maria erzählte, dass eine der Frauen Zwillinge geboren hat.«

Pepe hält sein Glas gegen das Licht. Die bernsteinfarbene Flüssigkeit bewegt sich nicht, denn er hat jede Art von Zittern unter Kontrolle. Immerhin. Diese Farbe ist die schönste von allen. Wenn die Zwillinge von ihm wären, hätte er dafür zahlen müssen. »In diesem Fall haben sie das Kalb einem höheren Zweck geopfert. Sie wussten, dass ich keine Zeit hatte, ihre Geschichte zu überprüfen.«

»Du hattest keine Lust.«

»Jetzt redest du mit seiner Zunge. Ich unterwerfe die Zeit meiner Lust, ist dir das noch nicht aufgefallen? Mit ein wenig gutem Willen könnte man das auch einen Lebensplan nennen. Er kollidiert natürlich mit Oscars Vorstellung eines guten Estancieros. Wenn du das Fenster nicht schließt, werden wir erfrieren. Und bitte schlag die Kühlschranktür nicht so heftig zu. Die Maschine ist empfindlich, und ich bin es auch.«

Das sagt jeder von sich. Margarita hat zugesehen, wie sie das tote Kalb auf die Eisenstange spießten. Es sah menschlich aus im Tod, so nackt, eine gekreuzigte Kreatur mit abgesengtem Fell, damit die Haut besonders knusprig wird. Maria, die den Männern die Sauce brachte, bekreuzigte sich. Ihr Mann und ihre Tochter waren bei einem Autounfall ums Leben gekommen. Sie verbrannten, sagte Maria, und der beißende Geruch des Asado würde sie stets daran erinnern. Seither könne sie kein gegrilltes Fleisch mehr essen. Ihre Stimme klang wie immer, und ihr kleines, hartes Gesicht verriet keinen Schmerz, nur Ekel.

Während sie mit Maria zurück zum Haus ging, dachte Margarita daran, was sie mit ihrem toten Kind gemacht hatten? Sie hat nie gefragt im Krankenhaus, aber sie weinte, als sie der Köchin beim Schneiden der Zwiebeln half. In jedem Leben hat sie vergessen, rechtzeitig die richtigen Fragen zu stellen.

Maria dachte, dass ihre Geschichte sie so aus der Fassung gebracht habe. Sie setzte in der Küche Mate auf, ihre Droge gegen allen Kummer, und erzählte Margarita, dass ihr Mann ein schlechter Mensch gewesen sei, um den niemand – auch sie nicht – getrauert habe. Das andere, das war eben Schicksal. Und ihre Tochter wäre ohnehin aus ihrem Leben verschwunden. Sie hatte die Absicht, nach Buenos Aires zu gehen. »Die großen Dinge liegen in Gottes Hand«, sagte Maria, und dass man sich um die kleinen kümmern müsse. Es klang für Margarita irgendwie richtig und dennoch falsch. Sie trank sehr viel Mate und vergaß das Kalb und andere Kleinigkeiten.

Margarita schließt das Fenster. »Sollen wir rübergehen? Sie haben bestimmt schon gegessen. Wir könnten Schnaps mitbringen.«

Sie ist der Musik verfallen, jeder, auch der verstimmten Gitarre. Pepe hasst es, wenn sie betrunken werden und ihn daran erinnern, dass er ein Säufer mit guter Kinderstube ist. »Nein. Sie haben uns nicht eingeladen, und sie mögen es nicht, überrascht zu werden. Spontane Ideen gelten in diesem Teil der Welt als abartig.«

»Gut. Dann möchte ich mit dir Tango tanzen.«

Margarita dreht die Musik laut und baut sich vor ihm auf, als wäre sie groß und einschüchternd. Sie knickst wie eine spöttische Hofdame, und für einen Augenblick erinnert sie ihn an Susana, die Schöne, die den glatzköpfigen Zahnarzt in Miami geheiratet hat. Möge sie und ihre Brut von Krokodilen gefressen werden. Er hat sie nicht geliebt, doch zumindest begehrt, und sie benutzte ihn, um sich an Oscar zu rächen. Frauen taugen nur als Matratzen oder Mütter. In jeder anderen Form verkörpern sie das Versprechen, das nicht eingelöst wird.

So wie der Tango. Genauso gut könnten sie sich auf den

Tisch legen, Margarita und er, und das tun, was als verblichenes Gespenst der Sünde in katholischen Köpfen haust und sich nur mit dem Segen der Kirche zum Auszug bewegen lässt.

»Glaubst du an Gott?«

Sie legt ihre Hand aufs Herz. Sie hat kleine, feste Brüste, die weit auseinander liegen. Sie sagt: »Was hat er mit Tango zu tun?«

»Er gab uns Talente, und mich hat er vergessen. Ich kann nicht tanzen.«

Margarita nimmt seine Hand. »Es kommt ganz von selbst. Du musst nur der Musik zuhören.«

Sie ist so anmaßend. Betörender als Oscar versucht sie, allen ihren Willen aufzuzwingen. Maria kocht zu Tangoklängen, und weil Margarita es so wollte, pflanzte sie Mohn hinter dem Haus. Sie wird vergessen, die Pflanzen zu gießen, und nichts wird wachsen in der trockenen Erde. Sie ist für hartes Gras geschaffen, für dumme Kühe und robuste Pferde. Und für einen wie ihn, der allem seinen Lauf lässt und in nichts mehr eingreifen möchte. In der Statik liegt die einzige Größe, die er noch finden könnte.

»Nein. Ich interessiere mich nur für Pferde, Sex und Whisky. Das solltest du langsam begriffen haben.«

Sie stampft mit dem Fuß auf, es sieht beinahe komisch aus.

»Du bist ein Idiot, Pepe. Einer, der nie über seinen Schatten springt.«

Der Idiot hält sich an seinem bernsteinfarbenen Glas fest. Das Eis ist geschmolzen. Er hat Lust, sie zu schlagen. Hier draußen gehört es zu den Ritualen der Männlichkeit, Hände und Fäuste zu gebrauchen. Und manchmal trifft es auch Frauen. Margarita lädt irgendwie dazu ein, doch seine Wünsche lassen sich selten mit Handlungen vereinbaren. »Ich bin ein Schatten. Und du bist blind. Es lohnt nicht einmal zu tanzen.«

Er steht auf und tötet die Musik, und als er sich umdreht, ist sie aus der Küche verschwunden. Das ist schön, und trotzdem horcht er auf ihre Schritte. Sie geht nicht nach oben, sondern aus dem Haus. Zu dem Gitarrenspieler. Dem abgenagten Kalb und den leeren Bierflaschen. Dem betrunkenen Gelächter, das durch das geschlossene Fenster dringt. Es liegt eine gewisse Grazie in ihrer Art, alles verkehrt zu machen. Aber das sollte Oscars Problem bleiben.

Sein Problem ist, dass der alte Kühlschrank rasselt, als würde er um sein Überleben kämpfen. Er wird, mit Marias Hilfe, vorübergehend gewinnen. Aber jetzt ist kein Eis da. Eine Katastrophe, die nicht gering zu schätzen ist. Wo ist der Gefrierpunkt des Selbstmitleids? In der Macht des Faktischen oder der Ohnmacht des Imaginären? Egal. Er wird nach oben gehen und sich zu den Klängen der Schicksalssymphonie befriedigen.

13

Dieses Haus braucht Menschen: die große, sich liebende und hassende Familie, die alle Räume ausfüllt, mit ihrem Atem die Scheiben beschlägt und die verschlissenen Teppiche begeht, die steinernen Treppen beschmutzt oder die Zimmer mit den von der Sonne gebleichten Damastbezügen bewohnt, die einmal rosa schimmerten und die undefinierbare Farbe der Pampa angenommen haben. Wenn Häuser sterben, beginnen sie nach Moder und Mottenpulver zu riechen, und feiner Staub senkt sich auf glatte Flächen, Ritzen und Risse.

Es ist Staub, den sie bewegen. Zwei Menschen tanzen im Salon, Margarita und Pepe, nach der Musik aus einem alten Plattenspieler, den Maria in Gang gebracht hat, unwillig, denn sie missbilligt die Tangoorgien in den letzten Stunden des

Tages. Es gehört sich nicht, denkt sie, unbeirrt davon, dass in ihrem Leben vieles geschah, das ungehörig war.

Wenn Maria in ihrem Zimmer liegt bei geöffnetem Fenster (so hat sie immer geschlafen, und kein Prinz kam, um sie zu erwecken), dann hört sie die Klänge aus dem großen Raum im ersten Stock, ein Saal ist es fast, geräumiger als das Haus, in dem sie wohnte mit Mann und Kind. Auf einer Schaffarm in Patagonien, die ihre Besitzer bescheiden ernährte, bis ihr Mann alles verspielte mit den Karten. Wie sagte er immer? Eines Tages werde ich das goldene Blatt haben und alles gewinnen. Nun, er irrte sich.

Er war der Fleisch gewordene Irrtum seines und ihres Lebens, und eines Nachts verspielte er die verschuldete Farm. Einfach so. Es tat ihm Leid, aber das war zu wenig und nichts im Vergleich zu ihrem Schmerz, das Land zu verlieren. Ihren Besitz. Die Schafe. Den Schweinestall. Den Kräutergarten. Das Haus, so schäbig es war. Sie hatten vier Wochen Zeit, um auszuziehen, und sie wussten nicht, wohin. Natürlich prahlte er, dass er überall Anstellung finden könne auf einer der großen Farmen. Er hatte eine Hand für Schafe. Und eine für schlechte Karten. Wenn er nicht spielen konnte, zitterte diese Hand, und manchmal schlug sie auch zu. Wofür er sich hinterher entschuldigte, komisch, dass es die Minuten der Sühne waren, die sie am meisten an ihm verabscheute.

Vielleicht hätte es den Unfall nicht gegeben, wenn sie ihm nicht die Kräuter ins Essen gemischt hätte. Nicht dass sie ihn vergiften wollte. Sie experimentierte mit wilden Kräutern, und es konnte gut sein, dass einige unbekömmlich waren. Manchmal klagte er über Übelkeit oder Kopfschmerzen. Sie schrieb alle Symptome in ihr Buch, sozusagen als Randbemerkung zu den Rezepten, und sie fragte ihn immer aus, wie es ihm geschmeckt habe. Es ging ihm auf die Nerven, er war mit den Jahren ein mürrischer und jähzorniger Mann geworden, und es überraschte sie nicht, als ihre Tochter eines Tages erklärte, sie wolle nach Buenos Aires gehen. Sie erklärte ihr zwar, dass es keinen Ort der Welt gäbe, in dem Menschen ohne Geld, Talent oder Schönheit ihr Glück fänden. Doch sie verstand, dass man ihn dennoch suchen muss.

Die Señora, die jetzt unten tanzt, versteht das auch sehr gut. Maria, unter dem Dach, hört das Klacken ihrer Schuhe auf dem Parkett. Sie haben den Teppich weggerollt. Jetzt geht sie zum Plattenspieler, um die Musik zu wechseln. Auch das Klirren von Gläsern ist zu hören. Vielleicht hat sie wieder eines umgestoßen. Sie ist ungeschickt wie ein kleines Kind, was daran liegt, dass sie auf ihre Umgebung nicht achtet. Sie bewegt sich in leeren Räumen, und das wird auf die Dauer nicht gut gehen.

Maria hat ihr nichts von den Kräutern gesagt, obwohl sie es gern jemandem erzählen würde. Um eine zweite Meinung zu hören.

Es waren die kleinen, schwarzen Beeren, die sie in das Schafleberragout mischte. Eine Indianerin hatte sie ihr gebracht, zusammen mit anderen Wildkräutern. Sie hatte sich alle Namen, die ihr die Frau nannte, aufgeschrieben, nur den der Beeren nicht. Wenn es ein Zeichen war, so hat sie es nicht verstanden. Sie vertraute einfach ihrem Instinkt, wie immer beim Kochen. Nur fragt sie sich heute, welche Art Instinkt es war.

Der Mann aß schnell und ungeduldig wie immer, ihm war ganz gleich, was man ihm vorsetzte, so lange die Portion groß und fleischig war. Danach schien er sehr müde zu werden, und seine Augen waren irgendwie glasig. Trotzdem stand er auf, um mit der Tochter zur Nachbarsfarm zu fahren. Sie wollten eine Zeitung holen und mit Buenos Aires telefonieren, mit einer Tante, die in La Boca wohnte und bei der ihre Tochter vorerst unterkommen wollte.

Ging er schleppend zum Wagen, den er noch nicht verspielt hatte, weil niemand das alte Wrack haben wollte? Sie weiß es nicht mehr, nur dass sie den beiden nachwinkte. Der Wind blies ihr die Schürze ins Gesicht, und als sie sich befreit hatte, war das Auto verschwunden. Sie ging zurück ins Haus und schüttete das Essen in den Eimer für die Schweine. Hätte sie das getan, wenn sie ihren Mann vergiften wollte?

Der Mann in Uniform sagte später nur, dass es seltsam sei, auf gerader Straße so ins Schlingern zu geraten. Der Wagen raste schließlich in das einzige Hindernis weit und breit, einen Strommast, der den Zusammenprall fast unbeschädigt überstand. Sie konnte bestätigen, dass ein Reservekanister im Wagen war, der die Explosion und den Brand ausgelöst hatte. Mehr war nicht zu erklären, und so wurde es hingenommen als eines der vielen Rätsel, die Leben und Tod aufgeben.

Nach der Beerdigung räumte Maria das Haus und fuhr mit zwei Koffern nach Norden. Sie wollte zu der Tante nach La Boca, doch irgendwann war sie des Reisens müde, und als ihr der Fahrer sagte, dass man in *Las Floras* eine Köchin suche, stieg sie aus. Ob es gut war oder schlecht, hängt davon ab, was sie in Buenos Aires erwartet hätte. Sie wird es also nie wissen. »Es gibt immer was Besseres«, sagte ihr Mann oft, aber die Wirklichkeit strafte seine Worte Lügen. Sie wünscht ihm eine Hölle, in der vor dem Spielsalon der Satz »Eintritt verboten« steht.

Während sie auf ihre Weise betet, hört sie den Patron lachen. Es klingt anzüglich, gefährlich. Er ist nicht mehr jung genug, um nicht zu wissen, was er tut, und ihm fehlt die Reife, stets Herr der Situation zu sein. Er ist ein Idiot. Sie hörte, wie der ältere Patron es zu seiner Mutter sagte. Aber der, vor dem sie Respekt haben könnte, kommt nicht oft auf die Estancia. Wofür man dankbar sein muss, denn es gibt immer Krach. Er läuft durchs Haus und die Stallungen und mäkelt an allem, das verbessert werden sollte. Immer geht es um Geld, das ist bei den Reichen nicht anders als bei den Armen. Der Ältere hat eine Art, alles klein zu machen, und manchmal kommt es ihr vor, als ob die Leute in seiner Gegenwart schrumpften. Margarita ist eine Ausnahme. Vielleicht liegt es daran, dass sie so klein ist?

Marias bescheidene Bemühungen, die Dinge am Laufen zu halten, nennt der Señor Improvisation. Sie weiß nicht, was das Wort bedeutet, aber es hörte sich verächtlich an, als er es zu seinem jüngeren Bruder sagte. Köchinnen hören alles, weil sie der Schatten sind, der das Essen serviert. Früher gab es ein Hausmädchen, das diese Pflichten übernahm, aber es wurde entlassen.

»Man müsste das reiche Pack erschießen und ein neues Argentinien erschaffen.« Der das sagte, war ihr Mann, der auf alle wütend war, die mehr Geld hatten als er. Ein linker Peronist, der sich während der Zeit der Generäle auf seiner Schaffarm verkroch. Für ein gutes Blatt hätte er jeden Kameraden verraten. Nein, es ist nicht schade um ihn, aber sie wüsste gern, ob sie schuld war oder nicht. Denn wenn es so wäre, könnte sie Gott um Vergebung bitten. So unklar, wie es ist, hat sie ihm nur das Versprechen gegeben, mit den Kräutern vorsichtiger umzugehen.

Die Señora, die eine gute Nase hat, ist stets dafür, alles zu probieren. Sie ist schamlos in ihrer Neugierde, und so ungestüm wie die jungen Pferde, die von den *peónes* gezähmt werden. Am Ende werden sie gesattelt und den Sporen unterworfen, und irgendwann gehen auch sie den Weg der Rinder: in den Schlachthof. Viel besser, das Ende nicht zu wissen und das zu leben, was einem an Freiheit geschenkt wird. Besser, nicht daran zu denken, wie das Treiben der beiden enden wird.

Margarita und Pepe tanzen *La Bordona* im stilisierten Rhythmus der Paarung. In enger Umarmung und weit voneinander entfernt. Jeder Körper ist in sich versunken und auf die Bewegung des Unterkörpers konzentriert. Der schönste Tango der

Welt ist die Einsamkeit, gepaart mit der Disziplin der Schritte: schlurfend, schleppend, verzögernd, innehaltend und im Stakkato sich bewegend, als wollten die Schuhe Initialen in den Boden ritzen.

Der schönste Tango der Welt ist die Illusion der vollkommenen Harmonie zwischen Mann und Frau, das stillschweigende Einverständnis gemeinsamer und entgegengesetzter Bewegung, nur der Druck einer Hand auf dem Rücken und die fordernde Begegnung ihrer Schenkel; ein Versprechen, das einzulösen wäre, wenn die Musik nicht weiterspielte; die sanfte Diktatur der Melodie in Schritten und Figuren, die alt sind und stets neu erfunden werden. Nur die Gedanken sind frei, und sie drehen sich im Kreis. Ihre Körper werfen Schatten an die Wand, die an bewegliche Skulpturen erinnern.

Ein Teil ihres Körpers vollführt die *medialuna*, den Halbmond, und die *rueda*, den Kreis. Alles ist Tanz, nichts anderes hat sie gelernt in einunddreißig Jahren als dies, ihren Körper im Takt zu führen. Die *cortes* überraschen ihn, der abrupte Abbruch ihrer Schritte, die Improvisation von Figuren, die nicht im Lehrbuch stehen. Der Ausfall führt zu Sekunden des Stillstands, und sie lächeln einander an wie Verschwörer, deren Attentat gescheitert ist. Es tut nichts zur Sache, denn der Kampf geht weiter in Konzentration und Hingabe, und wenn sein Ausgang völlig offen ist, so geht es einfach nur darum, ihn zu tanzen. Tango als das Pathos der Vergeblichkeit.

Sie hat ihm alles beigebracht, was der Tango ist, und wenn er aufhört, seine Schritte zu zählen und nur dem Bandoneon folgt wie ein Blinder seinem inneren Auge, spürt er die Leichtigkeit seines Körpers, der mit ihrem zusammenwachsen und fortfliegen könnte. In ein anderes Land als dem Exil einer nichtigen Existenz. In Borges' Bibliothek, um sie auswendig zu lernen. In die Lust, deren Orgasmen ewig dauern. In einen Himmel, der kein Sargdeckel ist. Er ist fast nüchtern und trunken von der Musik und der Berührung ihres Körpers, der sich stark und unnachgiebig anfühlt. Er könnte sie genauso gut lieben, und in gewisser Weise tut er das auch, denn er ist ein Meister des Universums.

Doch er wagt nicht, sie nochmals anzusehen. Das Individuum stirbt an seinen inneren Konflikten. Floras Freudsche Formeln, die sie großzügiger verteilt als einfache Zuneigung. Seine Hand, an ihren Rücken gepresst, als wäre sie angeleimt, ist nass vor Verlangen. Ihre Brustwarze an seinem Hemd fühlt sich an wie der Lauf einer Pistole. Piazzollas *Violentango* spielt die Melodie erotischer Phantasien, die den Kopf nicht verlassen. Alles ist Unterdrückung, nur die Füße bewegen sich. Um im Takt zu bleiben, muss man dies akzeptieren. Hat er es nicht immer getan?

»Entspann dich«, flüstert Margarita und führt ihn in einen synchronen Kreis. Die Schritte sind so natürlich wie ein Spaziergang, sie ist schlafwandlerisch sicher und über jeden Fehltritt erhaben. Im Mittelpunkt der Welt bewegen sich die Tänzer in der Schwerelosigkeit ihres Verlangens, jeden Kummer mit Füßen zu treten und alles zu vergessen, was jenseits des Tanzes liegt.

Raum und Zeit sind im schleppenden Rhythmus des Bandoneon gefangen, den warmen Klängen des Violoncello und den scharfen Tönen der Oboe. In Margaritas Körper, der sie aufgegeben hat und seine eigene Balance findet. Er fühlt sich nackt an, und seine Hand auf ihrem Rücken wie fünf Schwänze, die in sie eindringen. Alle Feuchtigkeit ist Lust, und noch nie war der Liebesakt so vollkommen, der ewige Punkt, an dem man sich selbst am nächsten ist.

Sie hat einmal die Vergangenheit verloren und wieder gefunden, und jetzt weiß sie, woran die Erotik des Tanzes sie erinnert. Es ist lange her, und dies hier ist besser, viel besser. Es gibt keine Wiederholungen, nur immer wieder Neues, Gutes,

Schlechtes, und es kommt nur darauf an, alles zu durchtanzen, als wäre es das erste und letzte Mal. Was immer wichtiger wäre, sie kann es nicht wissen, denn sie setzt nur die Töne, die sie hört, in Bewegung um. Der Tango *Infamia* ist das Lied von einem langen Selbstmord, der ein Leben war, und es ist so schön, dass es niemals enden sollte.

Es ist vorbei. Der Höhepunkt. Die Musik. Sie hört sie noch, doch es ist still im Saal, und sie spürt ihre Füße nicht mehr, nur Pepes Lippen, die von ihren Augen zu ihrem Mund wandern wie hungrige Blutegel. Er versteht nicht, dass Lust dem Augenblick unterworfen ist, dem, was Oscar *timing* nennt. Aber Oscar ist ein Kosmopolit, der zufällig in Argentinien geboren wurde. Er hat seinen Schnurrbart abrasiert. Er ist ihr Mann, und Pepes Barthaare bürsten über ihre Oberlippe.

Sie gräbt ihre spitzen Zähne in seine Zunge, und Pepe schreit auf in ihrem Mund und weicht zurück. Seine Zunge blutet. Er holt das weiße Taschentuch seiner Herkunft aus der Hosentasche und presst es gegen seinen Mund. »Verdammt, Margarita ...«

»Es tut mir Leid. Ich wollte dir nicht wehtun. Sagt man das nicht immer? Brauchst du Eis?«

Nein. Er will die Schmerzen spüren, um zu begreifen, dass sie eine Hure ist, die gerne Tango tanzt. Ihr Preis ist der Ehering, und den hat sie schon. »Tanze ich besser als Oscar?«

»O ja.«

»Ich ficke auch besser als er. Hat Susana zumindest gesagt.«

»Das sagen sie alle. Die Liebe ist eine große, schöne Lüge.«

Pepe hat sich auf die Fensterbank gesetzt, sein Taschentuch ist rot von Blut, und so sind seine Worte: »Du weißt gar nicht, was das ist. Du spielst dein Leben nur. Kein Anfang, kein Ende. Nur eine Art dazwischen, darüber, daneben. Nie stehst du in der Mitte dessen, was geschieht.«

Doch, wenn sie tanzt. Und ihm wäre es egal, wo sie stünde,

wenn sie nur unter ihm liegen würde. Jetzt sieht sie wieder wie ein beleidigtes Kind aus, und seine Zunge hat aufgehört zu bluten. Es ist nichts geschehen. Sie haben im aufrechten Gang einen Akt vollzogen, der irgendwo zwischen Sex und Tod angesiedelt war. Vollkommen unschuldig. Fast.

Seit sieben Nächten tanzen sie, Margarita hat ihm alle Schritte und Figuren beigebracht. Eine Frau aus Deutschland, die den Argentinier den Tango lehrt. Oscars Frau. Sein Bruder will, dass sie nach Buenos Aires zurückkommt. Doch er hörte sie am Telefon sagen, dass sie noch eine Weile bleiben will. Sie sagte, dass sie Städte im Winter nicht leiden könne. Und dann stritten sie am Telefon, und er lauschte an der Tür, bis Maria ihn ertappte und mit diesem Blick ansah, den er an ihr hasst.

Margarita zündet eine Zigarette an. Wenn etwas zu Ende ist, muss man Neues beginnen. Wie immer hält sie das Streichholz schief, fast gerät eine Haarsträhne in Brand. Als ob es so schwierig wäre, eine Zigarette und eine kleine Flamme an den Punkt der Berührung zu führen. Sex ist ein verzweifelter, ewig misslingender Versuch der Kommunikation zwischen zwei Menschen. Tango ist die getanzte Variante des Scheiterns. Er hat keine Ahnung, was sie fühlt. Manchmal glaubt er, dass es Zuneigung sein könnte. Als er sie küsste und bevor sie zubiss, dachte er das. Seine Zunge fühlt sich taub an, wie ein fremdes Teil in seinem Mund.

»Sag was. Ich möchte verstehen, was du von mir willst.«

Du bist, was du sprichst. Also achte auf deine Worte. »Nichts, was du mir nicht geben kannst«, sagt Margarita, und hüllt sich in eine Wolke von Rauch. Einer dieser leichten Sätze, die nichts verraten, nichts zerstören, nichts versprechen. Sie hat gelernt, dass diese Wortfolgen besser sind als die anderen, die wie Pfeile treffen. Die Wahrheit ist so unpopulär. Und die Wahrheit ist, dass Pepe zwar tanzen, aber nicht küssen kann.

»Ist es Oscar?«

»Nein. Ich habe keine Angst vor ihm, wenn du das meinst. Es ist viel leichter, Leute zu betrügen, als ihnen die Wahrheit zu sagen.«

Über die Maske des behüteten Trinkers läuft der Angstschweiß des Versagens. Er ist eine zarte Ausgabe von Oscar, der ihn einen gescheiterten Intellektuellen nennt. Alle Menschen sind Brüder, die einander beneiden oder verachten, und manchmal hebt Liebe dieses Muster auf, aber nur für kurze Zeit. Ihrem Versuch, die Grausamkeit in sich selbst zu suchen und nicht in anderen, sind Grenzen gesetzt.

Vielleicht liegt es daran, dass sie so klein ist. Es fehlt an Größe. Wenn man liegt, spielt es keine Rolle. Der Bandoneonlehrer und Carlos waren nur zwei von vielen Möglichkeiten zu wachsen. Sich Oscars Diktat der Liebe zu entziehen, deren erstes Gebot die Treue ist. Es waren bloß Augenblicke, kein Betrug. Die Trennung von Körper und Geist, vollzogen in dem Bewusstsein, dass die Sünde nur daraus erwachsen könne, ihn zu belügen. Wozu es nicht kam, denn er ist so ahnungslos. Und würde es ihn trösten, wenn sie ihm sagte, dass eine winzige Möglichkeit besteht, dass es nicht sein Kind war?

»Die Wahrheit interessiert keinen. Es geht doch nur um Sex.«

Pepe wirft sein leeres Glas über die Schulter. Nach Gutsherrenart. Oder der eines verletzten Kindes, das nach Zerstörung verlangt. Der eigenen, aber es gab immer jemanden, der die Scherben beseitigte.

Margarita tut es. Sie kniet nieder und sammelt sie auf. Das hat sie schon oft getan und daran gedacht, dass man Fehler vermeiden sollte, die zum Unglück führen. Und gleichzeitig das tun, was gut und richtig erscheint. Wie ein Pfadfinder im Dunkeln, ohne Taschenlampe. Man verirrt sich oft.

»Ich gehe nach oben, um mich zu erhängen. Löschst du bitte das Licht?«

Margarita richtet sich auf und sieht ihm nach. Eine seltsame Einladung zum Sex. Denn darum geht es. Aber weil sie kaum gewachsen ist, weiß sie, dass es nicht stimmen kann.

14

Durch die Koppelung des Peso an den Dollar hat die Regierung die Inflation gebremst und eine Art künstlicher Stabilität geschaffen, die ausländischen Investoren zusagt. Die Politik des Geldes wird von den Interessen Washingtons gesteuert, während die Löcher im argentinischen Staatshaushalt so tief werden, dass niemand sich hineinzuschauen traut. Das Land hat außer Rohstoffen nichts zu bieten, das die Welt gebrauchen könnte. Argentinien ist eine in sich geschlossene Welt, in der Anspruch und Wirklichkeit in Fehde liegen. Die Rechnung wird nie von den Reichen bezahlt.

Die Mittelschicht leidet an der Schwindsucht hoher Preise und eingefrorener Löhne. Aber vielleicht hat es sie nie gegeben? Vielleicht war alles nur ein Traum? Die Größe, der Reichtum, der europäische Lebensstil, gespeist aus den fruchtbaren Quellen der Pampa?

Die Milliardenkredite versickern schneller, als Zinsen getilgt werden. Ein Staat von sechsunddreißig Millionen Menschen hat nicht genug für jedermanns Gier. Dieser Staat ist das künstliche Gebäude, in dem Individuen ihre Interessen und ihr Eigentum wahren. Vermehren, wenn sie können. Die Kriminalität im Großen und Kleinen, der gewaltigste Wachstumszweig der Wirtschaft, wird leider nicht an der Börse notiert. Und nur in minderen Fällen geahndet. Denn die Justiz ist verschwägert mit der Politik und der Oligarchie, sie ist von bestechlicher Loyalität, und das Wunder, das Einzige, liegt in der Bewahrung des Möglichen durch die Kunst der Improvisation.

»Die Korruption frisst ihre Kinder«, sagt Carlos, der Journalist, der Ehebrecher, zu seinem Freund Oscar. Dass er mit dessen Frau geschlafen hat, führt bisweilen zu spontanen Schweißausbrüchen. Doch Sex entzieht sich allen Kriterien von Anstand und Moral, ja sogar der Angst.

Er dachte nicht an Oscar, als er Margarita zufällig traf vor der Tangoschule und sie ins Café Tortoni einlud. Nur daran, dass er sie haben wollte. Nicht für immer, nur für die Zeit seines Begehrens. Und er umhüllte seine Gier mit schönen Worten und süßem Kaffee, bis sie sagte, so überraschend, dass es nun an der Zeit sei, ins Bett zu gehen.

»Wenn es so weiterläuft, werde ich die Estancia verkaufen müssen. Die Kosten wachsen, und die Gewinne schrumpfen. Ich sollte es tun, so lang das Geld noch was wert ist.«

Oscar sitzt mit Carlos bei McDonalds, ein Ort des Grauens für Menschen, die an die Liebkosung von Stoffservietten gewöhnt sind. Ein Ort wie jeder andere, um über die argentinische Krankheit zu reflektieren, die Staatsbankrott heißt und mit Krediten behandelt wird. Die Ursachen und Symptome sind bekannt, nicht aber die Wege der Heilung. Die Reichen retten ihr Geld auf Auslandskonten, und die Armen ahnen, dass es gefährlich ist, sich in die Privatangelegenheiten des Staates zu mischen.

Carlos denkt an Margaritas makellosen Rücken und an Gerüchte, dass seine Zeitung geschlossen wird. Es gibt nichts, das er verkaufen könnte, abgesehen von der Eigentumswohnung, die mit Krediten belastet ist. »Tue es nicht. Die Estancia hat eure Familie groß gemacht.«

»Nicht groß genug, mein Lieber. Und niemand braucht das Gemäuer, abgesehen von meinem kleinen Bruder. Im Sommer nutzen wir ohnehin das Haus in Cariló. Wenn *Las Floras* nichts mehr hergibt, ist es bloß noch ein sentimentales Symbol. Ein Rastplatz für Kühe.«

Oscar beißt in seinen Hamburger und erkennt in ihm die Verkommenheit des Systems. Wie können stolze Argentinier solche Fleischlappen essen?

»Ist deine Frau noch da? Du solltest sie nicht zu lange der Langeweile des Landlebens aussetzen.« Und einem Bruder, der seinen Trieb noch nie unter Kontrolle hatte. Die Eifersucht ist geringfügig im Vergleich zu allen anderen Sorgen. Mit dem, was er als Taxifahrer verdient, lässt sich keine Familie ernähren, wenn der Ernstfall eintritt und er seine Stelle verliert. Wie gerne würde er Oscars finanzielle Sorgen teilen. So großzügig von seinem Freund, Carlos' Einladung zu McDonalds zu akzeptieren. Sein Gast sieht angewidert aus. Es muss das tückische Leben sein, das seine Planungen durchkreuzt.

»Du glaubst es nicht, aber es gefällt ihr dort. Sie reitet. Lernt kochen. Und liest Borges bis zum Einschlafen. Margarita verfügt über die wunderbare Fähigkeit, sich jeder Situation anzupassen. Es hat ihr geholfen, über den Verlust des Kindes hinwegzukommen.«

Oscar schiebt seinen Teller zur Seite. Man muss in diesem Etablissement seine Reste selbst entsorgen, das ist abartig. Carlos trinkt Cola aus einem Strohhalm, der zu einem Pappbecher führt.

»Vielleicht sollten wir alle aufs Land gehen und wieder von vorne anfangen. Buenos Aires und Europa vergessen. Zurück zu den Wurzeln, du weißt schon.«

»Du spinnst, Carlos. Ich werde Margarita zurückholen. Und irgendwie werden wir aus dieser Krise in die nächste geraten und auch sie überleben.«

Du vielleicht, denkt Carlos. Er neigt zu Kulturpessimismus in ökonomischen Zusammenhängen. Sex ist das Einzige, was bleibt. Das Stück Fleisch, das man braucht. Margarita war ein besonders wohlschmeckendes Exemplar. Vielleicht, weil sie so unkompliziert ist. Sex nicht mit Gefühlen überfrachtet, die lusthemmend wirken. Möglich aber auch, dass es daran lag, dass er die ganze Zeit daran dachte, Oscars Eigentum zu vögeln.

Danach stand sie auf, ging ins Bad und zog sich an. Bevor sie ging, fragte sie ihn, ob er das Hotelzimmer bezahlen könne? Rücksichtsvoll und sehr demütigend. Weiß sie nicht, dass Männer geben und Frauen nehmen? Und dass er eine Kreditkarte besitzt? Er wollte sie nochmal ins Bett ziehen, doch Margarita wehrte ihn ab. Sie war mit Flora verabredet. Und sagte zum Abschied, dass es gut war. Nicht sehr gut: gut. Diese Bewertung erscheint ihm bis heute unzulänglich. Vielleicht liegt es an der für sie fremden Sprache, nur diese Vermutung tröstet.

Sie hat ihm nie wieder Gelegenheit gegeben, ihr nachzugehen. Und wurde schwanger. So kam es nie zu einer Affäre, deren Entdeckung eine Männerfreundschaft zerstört hätte. Und seine fragile Existenz, wenn Oscars Rachsucht über ihn gekommen wäre. Er sollte froh sein, doch irgendwie schmerzt ihn die Flüchtigkeit ihres Betrugs. Die Art, wie sie ihm ihre Wangen hinhält zur Begrüßung, als ob nichts zwischen ihnen geschehen wäre. In anarchistischen Sekunden, derer es in seinem Leben viel zu wenige gab, möchte er sie umschlingen und vor den anderen auffressen. Ohne Rücksicht auf Verluste.

Doch man bedenkt sie immer, die Konsequenzen, und es führt zu nichts außer der geraden Straße durch die Einöde, die eine große Wiederholung kleiner Dinge ist. Dachte er. Wenn die Zeitung schließt, muss er noch einmal darüber nachdenken.

Die Erinnerung an Margarita kommt und geht, und seine Gefühle für sie bleiben verworren. Jenseits dessen, was sie mit ihren Körpern trieben, war die Nähe ein sehr entferntes Miteinander. Auch wenn sie zärtlich oder leidenschaftlich ist, trägt sie eine Distanz in sich, die sie nicht aufhebt. Sie hätte ihm zumindest die Illusion schenken können, dass Liebe im Spiel sei.

Margarita ist unmoralisch. Das Kind, das sich nimmt, was es will, um es später achtlos in die Ecke zu stellen. Genauso kam er sich vor, als sie ging, obwohl er es andererseits nicht mag, dass seine Frau nach dem Sex wie eine Klette an ihm hängt. Wie sie ihn ständig fragt: »Liebst du mich noch?« In das Wort »noch« fließen alle Zweifel ein, um die sie wissen, ohne sie jemals auszusprechen. Diese Straße ist die sichere, das ist ein gemeiner Trost, aber besser als keiner. Armer Oscar, der nicht um seinen Job, jedoch um seine Frau bangen muss.

Oscar sieht den Mädchen und Frauen nach, die an der Terrasse vorbeiflanieren. Sie tragen hohe Schuhe und blonde Haare. Nerzjäckchen, obwohl es ein warmer Wintertag ist. Sie sind alle so hübsch und gleichförmig, und sie verbergen ihre Gesichter unter der Schminke des Hochmuts.

Er vermisst Margarita, obwohl er mit dem Gedanken spielt, sie zu verlassen. Wenn sie hier wäre, würde sie in ihrem Tangospanisch mit den Kellnerinnen reden und sie zum Lachen bringen. Carlos mit dummen Fragen aus seiner melancholischen Schweigsamkeit holen. Oder still dasitzen, den Kopf zurückgelehnt und die Sonne genießend. In ihrem Kopf ist immer Musik. Sie scheint sie auch dann zu hören, wenn nur Straßenlärm an sein Ohr dringt.

Sie ist oft an Orten, an denen sie nicht ist. Das erschien ihm anfangs reizvoll, aber immer öfter irritierte es ihn, und ja, sie hat seine Erwartungen nicht erfüllt. Er wünscht sich eine Familie, den Entwurf für die Ewigkeit. Einen Sohn, der die Geschäfte übernimmt, und einen, der in die Politik geht. Zwei Töchter, die reich heiraten. Er sollte *Las Floras* doch behalten, denn es ist ein idealer Platz für eine große Hochzeit.

Er schlägt Carlos vor, noch ein wenig spazieren zu gehen, bis die Siesta vorbei ist und die Geschäfte wieder öffnen. Sie entledigen sich ihrer Tabletts und gehen über die Straße in den Park, der vor dem Recoleta-Friedhof liegt. Im Sommer sind hier viele Touristen, die zu Evita Peróns Grab pilgern. Jetzt sind es trübe Zeiten für die Straßenhändler, die ihre Billigwaren anbieten. Sie sehen gelangweilt aus, eine Frau spricht mit ihrem Hund, der sich am Ohr kratzt und Oscar anbellt, als sie vorübergehen.

»Alle Hunde hassen mich«, sagt Oscar, der exakt in der Mitte des Weges geht, um unerwünschten Kontakt mit Straßenmenschen und ihren Kötern zu vermeiden. Carlos antwortet nicht, er denkt über die Hölle der Arbeitslosigkeit nach und dass es gut sein könnte, reiche Freunde in der Not zu haben.

Zwei alte Männer, die auf einer Parkbank Schach spielen: Der eine trägt eine geflickte Strickjacke über einem Hemd, das aus dem Ersten Weltkrieg stammen könnte. Ein gutes Gesicht, er könnte Jude sein. Jeder ist hier irgendwas, nur nicht Argentinier. Wie also könnte das Land den permanenten Schlamassel überwinden, den alle tolerieren, weil sie mehrheitlich liberal und zynisch und immer noch satt sind? Und die Armen können sowieso nichts tun. Aschermittwoch an jedem Tag des Jahres, und es war ihm egal, so lange er nicht fürchten musste, seine Arbeit zu verlieren.

Oscar, der den Hunden von Buenos Aires niemals gänzlich ausweichen kann, bleibt vor der Kirche stehen. Sein Herz tut weh, aber es ist vermutlich nur ein Phantomschmerz. Er lässt sich zweimal jährlich untersuchen, und ihm fehlt nichts. Ein wenig Übergewicht und erhöhter Cholesterinspiegel, doch das ist das Los aller Fleischfresser. Friedhöfe und Kirchen mahnen an die Sterblichkeit, die nicht in seinem Plan liegt.

Margarita würde jetzt hineingehen und eine Kerze anzünden. Sie nennt es Aberglauben. Er kennt so viel von ihr, aber nicht genug, um sie zu besitzen. Das ist unheimlich, und manchmal hat er ihr eine Vergangenheit angedichtet, nur, um sie aus der Reserve zu locken. Und dann lachte sie und sagte, dass sie versuche, sich immer wieder neu zu erschaffen, wie ein

Künstler, der an einem Werk arbeitet, von dem er weiß, dass es nie vollendet sein wird. Und dazu passe keine Biografie. Er versteht sie nicht, aber vielleicht ist das ein wesentlicher Teil seines Begehrens.

»Was macht man mit einer unfruchtbaren Frau?«

Carlos, der den Nonnen nachgesehen hatte, wendet Oscar seinen unzüchtigen Blick zu. »Ist sie das? Ich weiß nicht, ihr könntet doch Kinder adoptieren.«

»Nein. Ich will keine fremden Kinder im Haus. Es würde nicht passen.«

Nein, natürlich nicht. Carlos vermeidet einen Hinweis auf Pepes Bastarde in *Las Floras*. Und da ist sie wieder, diese Eifersucht auf alles, worauf Margarita gerade Lust haben könnte. »Dann musst du dich für das eine oder das andere entscheiden, ganz einfach.«

Nein. Deshalb hat er sie nach *Las Floras* geschickt. Um nachzudenken. Mit dem hässlichen Hintergedanken, dass ihn eine Art Gottesurteil der Entscheidung entheben könnte. Wobei nicht klar ist, was Gott damit zu tun haben könnte, wenn Pepe und Margarita … Nein, nicht daran denken. Sie ist eine Heilige. Sie ist absonderlich und störrisch und über jeden Zweifel erhaben. »Was würdest du tun?«

Einen Augenblick lang glaubt Carlos, dass sein Freund alles weiß und ein Spiel mit ihm treibt. Ein Königreich für einen Hund, der Oscar anfällt und zu Tode beißt. Die Schuld ist süß, aber zur Sühne fehlt ihm die Neigung.

Wer nicht zum Henker geboren ist, möchte zumindest davonkommen und nicht zu den Opfern zählen. Und welche Antwort wäre jetzt unschuldiger? »Ich kann mir ein Leben ohne meine Kinder nicht vorstellen, Oscar. Aber ich muss jetzt los in die Redaktion. Ruf mich an, wann immer du mich brauchst.«

Sie umarmen sich flüchtig, wie sie es immer tun. Dies ist eine Freundschaft, die allen Jahren und Ereignissen standgehalten hat. Carlos ist der Einzige, der von seiner Schuld weiß. Wenn man es so nennen will. Es ließe sich auch als menschliche Schwäche in einer kritischen Situation deuten.

Oscar wusste frühzeitig von der Verhaftung seines Vaters; Carlos rief ihn an, nachdem er ihn in Amsterdam ausfindig gemacht hatte. Er kann sich sogar daran erinnern, dass Carlos stotterte bei diesem Telefonat, er war von Angst und Sorge getrieben, auch und vermutlich vor allem um sein eigenes Wohl. Jeder, den sie als Intellektuellen einstuften, konnte in den todbringenden Verdacht der Subversion kommen. Sie sprachen nicht mehr von Menschen, sondern von subversiven Elementen. Auch die Sprache stirbt in der Diktatur. Als es fast vorbei war, ging das Volk auf die Straße und trommelte für die Demokratie. Doch lange vorher saß Oscar in seinem Hotel in Amsterdam, trank Genever und verfluchte den Freund für diesen Anruf.

Natürlich war sein erster Impuls gewesen zurückzufliegen. Und dann dachte er daran, was er in Buenos Aires tun könnte: Freunde in Ministerien anrufen oder einen Leutnant, mit dem er in einer Polomannschaft gespielt hatte; sinnlos alles, so dachte er, denn niemand war informiert oder zuständig. Als ob Außerirdische in der Stadt gelandet wären, um sie zu säubern. Also konnte er seinem Vater gar nicht helfen, und die Vermutung lag nahe, dass sie es gar nicht auf Victor, sondern den Cousin abgesehen hatten, der so gerne den Helden der Arbeiterbewegung spielte. Und wer würde die Schweine daran hindern, alle männlichen Familienmitglieder festzunehmen?

Er war nicht im Stande, die primitive Angst als Entscheidungsgrundlage zu akzeptieren. Doch alle Annahmen dessen, was geschehen war und geschehen könnte, wirkten lähmend, und der Schnaps brannte in seiner Kehle wie Säure. Immerhin versuchte er, Pepe anzurufen, dessen Kommilitone ihm sagte, dass der Bruder verschwunden sei. Aufs Land, wie man später wusste, und auch, dass Victor einer Verwechslung zum Opfer gefallen war. All das erfuhr Oscar, als er nach Abwicklung seiner Geschäfte aus Europa nach Argentinien zurückkehrte.

Bald nach seiner Ankunft brachten sie seinen Vater nach Hause, und kurz vor dem unrühmlichen Ende des Malvinenkrieges tauchte auch Pepe wieder auf. Evita pflegte ihren Mann, von dem alle glaubten, dass er wieder auf die Beine kommen würde, und anfangs tat sie es noch in freudiger Märtyrerpose. Es gab keine Anklagen und keine Verteidigungsreden. Sie wussten, dass sie keine Familie von Helden waren. Die Geschichte hatte eine Version geschrieben, die den Titel »Überleben« trug.

Oscar schrieb an seine Schwester nach New York, dass sich die Verhältnisse normalisiert hätten. Und dass er alles getan habe, um Vater aus dem Foltergefängnis zu holen. Das war eine Lüge. Doch alles andere ist Spekulation: Vermutlich hätte es nichts geändert, wenn er nach Carlos' Anruf das Hotel in Richtung Flughafen verlassen hätte. Nur Carlos weiß, dass Oscar die Wahl hatte, und es ist ihr Geheimnis geblieben. Kein schmutziges, nur einfach ein Stück Wahrheit, das niemandem nützt – und schon gar nicht Victor, der eine Art von masochistischem Gefallen an seiner Opferrolle gefunden hat. Er könne, so sagen zumindest die Ärzte, gehen und sprechen. Sie haben seine Kniescheiben nicht zertrümmert. Nicht seine Zunge herausgeschnitten.

Elektroschocks waren üblich, Schläge, Schlaf- und Nahrungsentzug. Scheinerschießungen. Man hat es nicht gewusst oder wagte nicht, es zu denken. Es ist vorbei. Die Sonne scheint über Recoleta, und sie zerstören nur noch die Wirtschaft, nicht mutwillig, sondern in einer Melange aus Hochmut und Leichtsinn. Er wird Carlos Geld borgen, falls die Zeitung schließen sollte. Kein Vermögen, nur so viel, um seine Schulden zu begleichen. Geld gegen Wahrheit, das ist ein uralter Deal, der nie aus der Mode kommt.

Oscar geht zu seinem Wagen und beschließt, nicht ins Geschäft zu fahren, sondern nach *Las Floras*. Eine spontane Entscheidung, die seinem Wesen fremd ist und ihn fröhlich stimmt. Er wird Margarita sehen und alles andere hinauszögern. Sich aus der Lähmung lösen, einen Entschluss zu fassen. Vernunft ist alles, doch auch sie wird von Gefühlen getrieben. Manchmal ist es besser, den Dingen ihren Lauf zu lassen. Aufs Gaspedal zu treten und auf ein Wunder zu hoffen. Er wünschte, er könnte wie sie daran glauben.

Anders als Flora liebt er die langen Fahrten durch die Pampa, die Endlosbilder von Feldern, Weiden, Büschen und Bäumen, und die kleinen Orte mit niedrigen Häusern, die sich an die Straße schmiegen, aus der Dunkelheit in den Lichtern seiner Scheinwerfer auftauchen und wieder verschwinden. Er hört Margaritas Musik im Radio und flucht auf die Schlaglöcher, die sich von Jahr zu Jahr vermehren wie die Bettler auf den Straßen. Er ruft Evita an, die ihn fragt, ob er die Unfruchtbarkeit endlich zum Teufel schicken wolle? Er antwortet ausweichend und simuliert ein Funkloch. Seine Frau sagte einmal, das Interessante am Leben seien die Löcher, und wie so oft verstand er sie nicht.

Oscar fährt fünf Stunden, von der Helle des Tages über die Dämmerung bis in die Nacht hinein, und er hält nur einmal an, um zu tanken und Kaffee zu trinken. Es ist kurz vor Mitternacht, als er durch das Tor fährt und über die Auffahrt zum Herrenhaus, ein Schotterweg, der neu befestigt werden müsste. Alles verkommt, doch in der Dunkelheit erscheint das Haus so groß und prächtig, wie es einmal war. Im ersten Stock, im Salon, ist Licht, und als er den Wagen parkt, hört er das schluchzende Duett von Bandoneon und Geige. Er sperrt die Tür auf, nachdem auf sein Klopfen niemand reagierte. Oscar, der manchmal wie ein Bär wirkt, kann sich sehr leise bewegen. Wie ein Tanzbär, den Ketten zu graziösen Bewegungen zwingen.

Die Marmortreppe führt bis zur Tür, die mit goldenen Ornamenten verziert ist. Die Farbe blättert ab. Er hält einen Moment inne, bevor er die Hand auf die Klinke legt. Die Freude ist einer undefinierbaren Wut gewichen. Denn er wollte sie schlafend antreffen, eine Weile betrachten und dann mit einem Kuss aufwecken. Musik ist ein lächerlicher Rivale, doch seine Eifersucht umfasst alle Bereiche ihres Lebens. Sehr leise öffnet er die Tür.

Oscar sieht ein Paar, das tanzt. Tango natürlich, und er erkennt an ihrer beider Rücken, dass sie ein Körper sind, eine gleitende Bewegung, ein Akt der Vulgarität. Er sieht Margaritas blondes Haar, das sich mit schwarzen Locken paart. *Jamás lo vas a saber* – niemals wirst du es erfahren, singt eine schmelzende Frauenstimme. Das ist komisch. Oscar könnte lachen, wenn er nicht so zornig wäre. Sie vollführen eine Drehung, und er sieht sich in ihren Augen. In Pepes, die erschrocken blicken – und überaus schuldbewusst. Margarita wirkt nur überrascht, doch sie kommt aus dem Takt und stolpert, und sie wäre gefallen, wenn Pepe sie nicht aufgefangen hätte. Er hält sie mit beiden Armen fest wie ein Liebender, der eine Neigung zu kitschigen Posen hat.

Es ist diese Geste, die letzte, die das Messer öffnet, das unsichtbare, das auf jede Demütigung sofort reagiert. Oscar stürmt auf beide zu und stößt Pepe zur Seite. Was immer er sagen könnte, nun liegen seine Worte in den Fäusten. Sie schlagen auf Margarita ein, während Pepe brüllt, dass er aufhören solle. Sein Bruder, der nicht eingreift, weil er es nicht wagt. Das feige Kind, das zu einer Art Mann wurde. Und Oscar schlägt noch einmal auf sie ein, als sie schon am Boden liegt. In ein Gesicht, das nie den Ausdruck der Unterwerfung fand. Sie soll schreien, etwas sagen, ihn um Gnade bitten. Doch sie bleibt stumm, sieht ihn nur an, als sei er das Monster, vor dem sie immer davongelaufen ist. Was sie nicht tat. Nie hat sie getan, was er von ihr erwartete. Pepe schreit: »Du bringst sie noch um.«

Dieser Satz erreicht ihn. Er hält seine rechte Faust mit der linken Hand fest und steht über ihr. Sie sieht schrecklich aus, und auf dem weißen Kleid ist Blut. Er wollte sie nicht umbringen, nur bestrafen. Er ist Herr der Situation. Er war es immer. Nur erträgt er es nicht, enttäuscht zu werden. Von niemandem. Nicht von ihr.

»Du bist ein solcher Idiot. Wir haben doch nur getanzt.« Pepe will neben Margarita niederknien, doch Oscar hindert ihn mit einer beinah sanften Handbewegung.

»Ruf den Arzt an. Sie ist verletzt.«

Margarita sieht nach oben auf zwei Männer, die sehr groß wirken. Es tut weh. Und es erstaunt immer wieder, dass man für die Verbrechen bestraft wird, die man nicht begangen hat. »Ich brauche keinen Arzt. Vielleicht Eisbeutel. Und jemand, der mir aufhilft.«

Es ist einfach nur Schmerz. Nicht größer im Stehen. Sie schüttelt Oscars Arm ab und geht zum Plattenspieler, um die Musik zu beenden. Das sentimentale Lied. Liebe und Gewalt, darum geht es immer. Ein Zahn fehlt, er müsste irgendwo am Boden liegen. Oscar steht da wie ein Tier, das sich nun erinnert, dass es einmal gezähmt wurde, und Pepe wendet seinen Blick ab, als sie ihn ansieht. Widerspruchslos folgt er Oscars Befehl, Eisbeutel zu holen.

»Deine Wange sieht schlimm aus«, sagt Oscar, und als er einen Schritt auf sie zugeht, weicht sie zurück. Keine Berührungen mehr. Die Zunge in ihrer Zahnlücke schmeckt Blut, und sie kann ihn verstehen, denn sie war keine gute Frau. Die Unvereinbarkeit zwischen dem, was man möchte, und dem, was man sollte, ist nur mit großer Disziplin aufzuheben. Das ist ihr schrecklich misslungen. Nicht seine Schuld. Doch das mangelnde Talent, sich in fremde Lebenspläne einzuordnen, sollte keinen Fäusten begegnen.

Man schlägt Kinder nicht, und Margarita hatte nie das

Gefühl, erwachsen zu sein. Vielleicht ist sie deshalb so klein geblieben, eine Frage des Willens, des einzigen, den sie gegen das Leben vorzubringen hat. Wenn es aufhört, ein Abenteuer zu sein, eine Reise mit unbekannten Zielen, dann ist man erwachsen. Näher dem Ende als dem Anfang. Und so ist diese Ehe. Also sagt sie ihm, dass er sie zum letzten Mal geschlagen habe. Und dass sie bei ihm nie den Ort gefunden habe, an dem sie bleiben wollte.

Why? Ihre große Wüste von Seele, in der sie Männer verdursten lässt?

Oscar verlässt den Tanzsaal, weil er ihre Furchtlosigkeit fürchtet. Er könnte es wieder tun, nur, damit sie still ist und ihn nicht mehr mit Worten verletzt. Sie ist niemand für niemanden, das sagt sie doch immer. Sie ist nichts wert, das sagen alle. In seinem Zorn, der auch Schmerz sein könnte, wünscht er sie zur Hölle, aus der er sie einmal geholt hat. Es wird eine lange Fahrt, die von Margarita wegführt, und jedes Schlagloch wird ihn an sie erinnern. Wenn er jetzt nicht an Rache denkt, dann vielleicht später. Er ist so müde, beinahe verzweifelt. Die steinernen Treppen, die von ihr wegführen, erscheinen wie spiegelglattes Eis.

Pepe steht in der Eingangshalle, und wie immer sieht er aus, als ob er auf der Flucht wäre. Vor seinen gesammelten Schwächen, die er in Whisky konserviert. Möglich, dass er die Wahrheit sprach. Doch sie sagte nichts. Mit ihm hat sie nie so getanzt. Die Wahrheit ist, dass es keine Liebe gibt. Sie existierte nur in seinem großen Plan. Er hat ihn über die Wirklichkeit gebreitet wie eine große, wärmende Decke. Das Haus ist kalt. Und Pepe wird an seiner Einsamkeit erfrieren. Der kleine Bruder, der zurückweicht, als er an ihm vorbeigeht. Wie er es immer getan hat. Evitas Missgeburt. Margaritas Tanzpartner. Ihn jetzt zu schlagen, wäre zu viel der Ehre.

»Ich will sie hier nicht mehr sehen«, sagt Oscar, bevor er die

Tür hinter sich zuschlägt. Die Klinke fällt zu Boden, dieses Haus braucht den zärtlichen Umgang mit Dingen. Maria wird sie wieder notdürftig anbringen, denn nichts ist für die Ewigkeit geschaffen, und sie hat immerhin gelernt, das Leben als Provisorium zu begreifen.

Margarita verlässt *Las Floras* am nächsten Morgen. Sie verabschiedet sich nur von Maria, die ihr Geld zusteckt, ein paar Scheine für die Reise, die sie dankbar annimmt. Frauen sind praktisch, fürsorglich und zärtlich, und Margarita denkt, dass sie zum ersten Mal einen Menschen vermissen wird. Den Duft der Kräuter und die Art, wie Maria kocht, hingebungsvoll und spielerisch, weil sie immer schon wusste, dass ihre Kunst vergänglich ist und nichts hinterlässt als den großen Abwasch.

Margaritas Lächeln enthüllt eine Zahnlücke, und unterhalb der dunklen Sonnenbrille schimmert ihre Wange in vielen Farben. Das ist alles, was sie von Oscar mitnimmt, und ein paar Kleidungsstücke in einem kleinen Koffer.

Pepe schläft noch, als sie das Haus verlässt. Es gäbe auch nichts mehr zu sagen. Sie wollte mit ihm schlafen, als Oscar weg war, um den kleinen Bruder zu trösten. Weil sie nicht allein sein wollte. Aber Pepe brachte es nicht fertig, so groß war seine Furcht, die sie nicht mit ihm teilen konnte. Also tranken sie die Flasche leer und erzählten sich heroische Geschichten von einem richtigen Leben, das sein könnte.

Am Morgen, wenn der Tau auf dem Gras liegt, schimmert es in vielen Farben, bis die Sonne den Glanz frisst und die Pampa in das fahle, staubige Gelb des Tages taucht. Am Morgen sieht *Las Floras* verwunschen und friedlich aus, und dieses Bild will sie mitnehmen. Maria, die am offenen Küchenfenster steht und mit einem Geschirrtuch winkt. Der Wasserturm, von dem die Köchin behauptet, dass er bald und mit Getöse einstürzen wird. Die großen Satellitenschüsseln, die so grotesk von den Dächern der kleinen Hütten ragen. Die Ställe, die ein anonymer Idiot rosa angestrichen hat. Es sind knapp fünfzig Schritte bis zum Tor.

Margarita geht zur Straße und wählt die Richtung, die nach Süden führt. Sie dreht sich nicht um, das hat sie nie getan. Weil sie auf der falschen Seite geht, sieht sie den Lastwagen nicht, der mit überhöhter Geschwindigkeit auf dieser einsamen Straße fährt. Ein müder Mann am Steuer, der auf dem Beifahrersitz nach seiner Zigarettenschachtel sucht. Er denkt daran, dass Rauchen ungesund ist. Dass andererseits auch Nichtraucher sterben müssen. Und an seine Frau, die jung und hübsch ist und viel zu oft allein. Seine Mutter hat ihm beigebracht, Frauen nicht zu trauen.

Als er die kleine Gestalt am Straßenrand wahrnimmt, tritt er auf die Bremse und gerät ins Schlingern. Für Sekunden verliert er die Kontrolle über den Wagen und sein Leben. Margarita dreht sich erst sehr spät um. Und glaubt, in dem flirrenden Licht einen roten Ball zu erkennen.

V
Meg

15

Was hast du in Buenos Aires gemacht?«

»Mich umgesehen.«

»Und was willst du hier, am Ende der Welt?«

»Wachsen.«

In Ushuaia gehen seltsame Menschen an Land, und Mungo, die sich nicht als Ausnahme dieser Annahme betrachtet, wendet sich mit einem Lachen ab. »Wachsen ist gut. Ich habe es schon hinter mir.«

Mungo ist riesig und weist keine Ähnlichkeit mit dem Tier auf, dessen Namen sie an die Stelle der verhassten Marie-Antoinette gesetzt hat: eine Art Geburtsfehler, begangen von Eltern mit französischen Vorfahren und einem Königreich von unerfüllten Ambitionen.

Marie-Antoinettes Vater besaß eine Schlangenfarm, deren Erträge das Existenzminimum nur an wenigen Festtagen überschritt. Wenn kein Geld da war, gab es immer noch die Schlangen, deren Fleisch wie Hühnchen schmeckte, und ihre Mutter nannte das Familiengericht *coq au vin*, obwohl sie das Fleisch nicht in Wein schmorte, sondern in Wasser. Es war die Illusion, die zählte, und natürlich der Hunger.

Mungos, aus der Familie der kleinen Schleichkatzen, sind mutige und geschickte Tiere, die auch große und giftige Schlangen angreifen und töten. Sie wählte diesen Namen mit zwölf Jahren und wurde groß und stark. Für manche ist sie eine fette Frau, doch alles Fleisch, das an ihr ist, betrachtet sie als Sieg über die Entbehrung.

Die Vergangenheit ist ein Film, den sie kein zweites Mal ansehen möchte: eine verfrorene Kindheit jenseits beheizter Terrarien, die kurze, wärmende Ehe, eine schmerzhafte Geburt, die flüchtige Trauer, das Sammelsurium an Siegen und Niederlagen, an denen sie gewachsen ist in Größe und in Breite. Ihre Formen sind wie ein Schutzschild gegen die Kälte und den Wind, der sich Ushuaia, die südlichste Stadt der Erde, zum Spielplatz gewählt hat. Mungo ist der Pol, in Körperform gegossen; die Welt dreht sich um sie, und ihr Zentrum ist das Kind, ein schwächlicher Junge, der dem rauen Klima nur schwer standhält und ihre Kraft braucht, um groß zu werden.

Sie ist eine schöne Frau, findet Meg, die Köchin in »Mungo's«, einem schäbigen Restaurant in einer Seitengasse des Hafens, in die der Wind den Fischgeruch treibt, dieses immerwährende Parfum der Stadt, an das Meg sich noch gewöhnen muss. Vielleicht wird sie fortgehen, bevor es so weit ist, nur ist jede Reise von diesem Punkt der Erde ein großes, teures Unterfangen.

Sieben Flugzeuge aus Buenos Aires starten und landen täglich in Ushuaia. Große Schiffe kommen und gehen, und im Sommer spülen sie Touristen an Land, die über die Hauptstraße schlendern, die spärlichen Pionierhäuser vor schneebedeckten Bergen fotografieren, das *Museo del Fin del Mundo* besuchen oder in den Cafés und Restaurants vor dem Wind Zuflucht suchen und hinter Glasfenstern das exotische Panorama einer Fjordsiedlung bewundern, die auch ein Alpendorf sein könnte oder eine kleine, hässliche Stadt am südlichsten Punkt der Welt.

Seit sieben Monaten arbeitet Meg für Mungo in dieser kleinen, warmen Küche, die durch eine Schwingtür mit dem Restaurant verbunden ist, das zwanzig Gästen Platz bietet, sofern sie diese Gasse finden und das kleine Schild, auf das Mungo ihren Namen schreiben ließ. Leuchtend rot, das ist ihre Farbe, die sie gegen das Weiß der Berge setzt und das eisige Blau, das Meer und Himmel verbindet, die grünen Wälder und den grauen Nebel, der sich zu Beginn des Winters über Ushuaia senkt und die Bewohner in ihre Holzhäuser treibt, deren Gleichförmigkeit der wilden, großartigen Landschaft trotzt.

Es war dieses strahlende Rot, das Meg anhalten und das Restaurant betreten ließ. Eine Fügung des Schicksals, das so gerne als unsichtbarer Motor aller Bewegung zitiert wird. Sie ging hinein und setzte sich an einen der blanken Holztische; es war Nachmittag, und sie war der einzige Gast. Hinter der Bartheke, die an einen heruntergekommenen Saloon im Wilden Westen erinnerte, stand Mungo, groß und mächtig, und über die Schwingtür hinweg verfluchte sie eine unsichtbare Person in der Küche. Wüste Worte durchschwirrten den Raum ... bis sie plötzlich innehielt, sich Meg zuwandte und sagte: »Möchtest du bestellen? Und kannst du kochen?«

»Ja«, war die Antwort, die Mungos kirschroten Mund zu einem großen Lächeln öffnete. Und Meg dachte zum ersten Mal, dass diese Frau schön ist, ein Gemälde aus Farben und Formen, die Heldin einer italienischen Oper oder griechischen Tragödie, und jede ihrer Bewegungen ließ die schäbige Bühne in den Hintergrund treten. Ihre Altstimme, so dachte die Fremde, ist für großes Publikum geschaffen, und die dramatisch geschminkten, grünen Augen würden an jeder anderen Person lächerlich wirken. Sie war der erste Mensch in Ushuaia, der Meg ein Lächeln schenkte, und sie dachte, dass sie angekommen sei.

Mungo stellte ein Glas Rotwein auf den Tisch und sagte, dass es nur Steaks oder Suppe gebe, und beides schmecke abscheulich, denn der Koch sei ein Idiot, und man müsse dankbar sein, dass er fristlos gekündigt habe. »Wie heißt du?«

»Meg.«

»Woher kommst du?«

»Aus dem Norden.«

»Wirst du von der Polizei gesucht?«

»Ich glaube nicht.«

Die auf das Wesentliche reduzierte Kommunikation war in diesem Teil der Erde nicht unüblich, und Mungo gab es auf, Fragen zu stellen, die auf einsilbigen Widerstand stießen. Sie brachte Brot und Käse aus der Küche und sah der Fremden beim Essen zu, bevor sie ihr eine Stelle als Köchin anbot. Sofort, bei schlechter Bezahlung und freier Unterkunft in einem Zimmer mit Hafenblick. Man müsse sich auf einen Stuhl stellen und schräg von oben aus dem Fenster sehen, dann käme ein Stück Meer in Sicht. Manchmal. Nur bei gutem Wetter.

Die Frau, die eine Wollmütze und eine dunkle Sonnenbrille trug, lachte für einen Augenblick und sagte dann, dass dieses Bild in etwa ihren Kochkünsten entspräche. Doch einen Versuch sei es wert. Dann nahm sie ihre Brille ab und enthüllte die Spuren eines Zusammenstoßes: Faust oder harter Gegenstand. Das rechte Auge war blutunterlaufen, und auf der Wange trug sie eine Narbe, die schlecht verheilt war. Mungo, die Menschen mit Verletzungen nicht abgeneigt war, streckte ihre Hand aus, um einen Pakt zu besiegeln, der von Gefühl, nicht Vernunft getragen wurde.

Es ist ein Wort, dem sie prinzipiell misstraut: Vernunft passt nicht zu Leidenschaft, und sie hat ihr Leben auf der Annahme aufgebaut, dass Kühe über den Mond springen können. Alle Erfahrung spricht dagegen, jede Hoffnung dafür. Und sie dachte, dass dieser Mensch, der vor ihr saß, von ihrer Art war. Nicht ausgewachsen, doch mit der Kraft, in Ushuaia oder jedem anderen verrückten Ort der Welt zu bestehen. Jeder Irrtum ist möglich. Mungo stellt dagegen, dass jede ungenutzte Möglichkeit ein lebenslanger Irrtum ist.

Die Legalität des Arbeitsverhältnisses stand nicht zur Diskussion, sie fragte Meg nicht einmal nach dem Familiennamen. Viele, die in Ushuaia leben, haben eine Vergangenheit zu verbergen, vielleicht nur ein Versagen andernorts, möglicherweise mehr, wen interessiert das schon in einer Stadt, die von Wind und Gezeiten beherrscht wird und ihre grausame Geschichte dem Schaudern der Touristen preisgibt?

Die Siedlung des Reverend Stirling im Gebiet der alsbald ausgerotteten Yaghan-Indianer, ist nach wie vor Marinestützpunkt im Kalten Krieg gegen Chile, der an diesem Punkt seinem Namen Ehre macht. Ushuaia wurde 1911 zur berüchtigten Strafkolonie Argentiniens. Sträflinge bauten das *Presidio*, ihr Gefängnis aus Quaderstein und Beton, eine monumentale Schreckenskammer, die in barmherzigerer Zeit den Soldaten als Kaserne dient.

Ushuaias Bewohner, sofern sie nicht dem Vaterland dienen, arbeiten als Fischer, in den Marinewerkstätten, der krisengeschüttelten Elektronikindustrie oder im Tourismusgewerbe. Der kurze, mäßig warme Sommer ist die Blütezeit der Stadt, selbst der Wind scheint für Stunden auszuruhen, um die Fremden zu verführen, länger zu bleiben als die üblichen ein oder zwei Nächte.

»Touristen«, sagt Mungo, »sind eine Fehlbesetzung der Landschaft. Man sollte sie, wie es früher mit Fremden üblich war, ausrauben und in den Steinbrüchen verscharren.«

Du musst nicht lieben, was du brauchst, um zu überleben. Mungo ist nur ehrlicher oder überheblicher als der Rest der kleinen Gemeinschaft, die dem arktischen Klima trotzt. Sie bezeichnet sich gern als »Wegelagerer«, eine romantische Umschreibung für eine Tätigkeit, die sie einmal, in schlechteren Zeiten, ausübte.

Sie war als Taschendiebin unterwegs, weil sie Proudhons Satz, dass Eigentum Diebstahl sei, immer schon sehr eigenwillig interpretierte. Es gab keine moralischen Bedenken, und lediglich die Angst vor Entdeckung begrenzte ihre Einsätze in der Hauptsaison, im Kampfgetümmel der Touristen, die wie Bataillone ihre Schiffe verließen, um in Ushuaia auszuschwärmen.

Andererseits: Wer würde eine so auffallende Frau mit diesem diskreten Gewerbe in Verbindung bringen? Sie sah ihren Opfern in die Augen, verächtlich, und ging arrogant, wenn auch gefährlich nahe, an ihnen vorbei. Die Berührung ihrer Hände an fremden Brieftaschen war so sanft, dass niemand sich gestört fühlte. Das Unwahrscheinliche, das die Klischees sprengt, war ihre Tarnung, nur einen Sommer lang, und es war eine Zeit, in der sie von Gott Gnade forderte, denn wer hätte für ihr Kind gesorgt im Falle einer Verhaftung?

Nachts träumte sie von Simón Radowitzky, dem berühmten Revolutionär aus Kiew, der in Buenos Aires die rote Fahne auf die Straße trug und den ersten Mai des Jahres 1909 wählte, um den Polizeichef mit einer Bombe zu töten. Radowitzky war achtzehn Jahre alt, als man ihn zu lebenslänglichem Gefängnis verurteilte. Er wurde nach Ushuaia, ins *Presidio* gebracht, wo er von seinen Wärtern, die seinen Ruhm und seine Sanftmut hassten, gefoltert und vergewaltigt wurde, und er hielt dennoch durch in einer Form von Würde, die seine Peiniger zur Weißglut trieb – einundzwanzig Jahre lang –, bis ihn Präsident Yrigoyen begnadigte.

Der Revolutionär starb sechs Jahre später im Exil in Mexiko an Herzversagen. Mungo träumte davon, dass sie an ihn gefesselt war in der Zelle, mit Handschellen, und dass sie alles, was mit ihm geschah, miterlebte, als Zuschauerin und Chronistin seiner Qualen, und das Schlimmste war, keine Wahl zu haben, und seinen Schmerzen, die sie fühlte, nicht zu entkommen.

Sie träumte und betete, und sie stahl, weil es in diesem Sommer die leichteste Art des Überlebens zu sein schien. Die einzige Kunst bestand im Erkennen des richtigen Augenblicks, im Geschick des Zugriffs und dem geordneten Rückzug. Darin, rechtzeitig aufzuhören, bevor das, was man Glück nennen kann, einem dummen Zufall zum Opfer fällt. Man darf ihm nicht trauen, dem Glück, und wer es tut, ist verloren.

Mit dem Geld der Touristen bezahlte Mungo die Arztrechnungen und erwarb das heruntergekommene Haus, das sie in eine Art Restaurant verwandelte. Nach und nach verschwand Simón Radowitzky aus ihren Nächten. Er hatte ausgesehen wie der Mann, mit dem sie für kurze Zeit eine Ehe führte. Ein junger Mensch mit roten Haaren und den Augen eines Träumers. Er war ein unbegabter Soldat, und es waren seine Schwächen und Stärken, die sie an ihm erforschen wollte. Aber dazu kam es nicht, denn er fiel im Malvinenkrieg. Verschwand im Wasser und wurde nie gefunden. Er starb für Ehre und Vaterland, schrieben sie der Witwe, doch sie wusste es besser. Er starb für eine Insel voller Schafe. Er war ein Schäfchen, das vor seiner Zeit zur Schlachtbank geführt worden war und als Futter für die Fische endete. Jemand, der mit Schlangenfleisch aufgezogen wurde, macht sich keine Illusionen über die Simplizität der Nahrungskette. Wer sich nicht wehren kann, wird gefressen.

Alberto, ihr Sohn, fühlt sich als Anarchist und verweigert das abendliche Zähneputzen. Sie nennt ihn Albert, weil sie so gerne möchte, dass ein genialer Geist über einen schwachen Körper triumphieren kann. Einstein in Ushuaia. Jeder, das ist Mungos Meinung, muss seine Stärken ausspielen, um die Schwächen zu verdecken, und genau diese sucht er in anderen, um das Spiel zu gewinnen. Sie ist großmütig geworden im Lauf der Jahre, vor allem dem einzigen Menschen gegenüber, der atmet, als wäre dies eine ernste, mühevolle Arbeit, auf die er seinen Willen und seine Kraft konzentrieren muss. Sie lässt ihm seine kleinen Siege. Weil sie ihn liebt, diesen Sohn, der morgens mit Husten aufwacht und abends mit Fieber einschläft.

Wie soll sie ihm beibringen, ein friedlicher Krieger zu werden, wenn ihm schon das Atmen schwer fällt? Ein schwaches Immunsystem, so sagen die Ärzte. Es sind nicht die Besten, die sich in Ushuaia niedergelassen haben. Es gibt nur einen, den sie von ihrer Verachtung ausnimmt.

Albert bräuchte ein milderes Klima, das sagen alle, und Mungo hat beschlossen, mit ihm nach Mexiko zu ziehen. Noch zwei Jahre, die er durchhalten muss, dann hat sie das Geld für ein neues Leben. Ihr Sohn sagt, dass er das spielend schaffen wird, und sie glaubt ihm, denn Anarchisten sind zu vielem fähig, jedoch nicht zur Lüge.

Meg behandelt ihn mit Kräuterwickeln und füttert ihn mit Suppen, die rot oder grün sind und nach Gewürzen duften, die sie beim Chinesen kauft, der, fast jeder glaubt es, nicht nur mit exotischen Lebensmitteln, sondern auch mit Rauschgift handelt. Die Schiffe bringen vieles an Land; Ushuaia ist die Freihandelszone aller Raubritter, die für begrenzte Zeit plündern, um dann weiterzuziehen. Es gibt leichtere Orte des Überlebens, doch tragen Durchgangsstationen das Element der Hoffnung in sich: Das nächste Ziel ist großartiger, schöner und wärmer, und selbst wenn man es nie erreicht, sieht man es doch vor sich und schiebt die Stunden und Jahre vor sich her, als wären sie Hindernisse in einem Rennen, an dem man nur als Zuschauer teilnimmt.

Mungo gleitet durch diese Stadt wie eine große, träge Schlange, die Nahrung sucht und für ihre Brut sorgt. Die Kräfte auf das Wesentliche zu konzentrieren, ist eine Lektion, die sie in der Kindheit gelernt hat. Aus dem, was sie ist, und aus dem, was ist, das Beste herauszuholen. Die Nachsicht oder Güte gegenüber anderen kam später hinzu, mit Albertos Geburt. Sie nennt ihn Albert, weil er etwas Besonderes ist.

Im Wanderzirkus, dem sie sich anschloss, um als Tierpflegerin zu arbeiten, erlernte sie die Fingerfertigkeit, sich fremde

Brieftaschen anzueignen. Es war eine erbärmliche Odyssee von einer tristen Siedlung zur nächsten, ein rohes Leben, das aus endlosen Fahrten in zugigen Wohnwagen zu bestehen schien. Der Soldat war kein Held, doch bereit, sie zu heiraten, und sie folgte ihm an dieses Ende der Welt, weil sie keinen besseren Ort kannte. So lange er lebte, hielt er sein Versprechen, sie satt zu machen. Denn ihr stärkster Trieb war immer das Essen, zumindest galt dies, bis Albert zur Welt kam, ein schwaches Kind von Anfang an, und vielleicht liebt sie ihn deshalb so sehr, weil er die größte Herausforderung ist, die das Leben ihr stellen konnte.

»Er brachte mich dazu, das zu erkennen, was gut in mir ist. Gar nicht einfach, es unter dem Haufen Scheiße zu finden, den man vor sich herschiebt.«

Sie schneidet Zwiebeln und weint dabei. Meg wirft ihr ein Taschentuch zu, und Mungo fängt es mit dem Messer auf. Sie beherrscht kleine Kunststücke, mit denen sie manchmal ihre Gäste unterhält, verfügt über mindere Talente der Täuschung und Illusion, die zu nichts führen als dem fragwürdigen Applaus von Angetrunkenen.

»Braucht man dazu einen anderen?«

Meg kocht ihre berüchtigte Bohnensuppe: Zwiebeln, Knoblauch, Würste und Kartoffeln, in Olivenöl gebraten und mit Gemüsebrühe gelöscht, grüne, braune und rote Bohnen, Karotten, Tomaten und Olivenpaste, etwas Wein und Gewürze, vor allem Thymian, Lorbeer und Bohnenkraut. Ein Schuss Balsamico, etwas Tabasco und eine Brise brauner Zucker. Der Zweig Epazokraut, den sie zugibt, wirkt den Blähungen entgegen. Das Zusammenspiel der Gewürze ergibt die magische Konsistenz. Meg arbeitet konzentriert und mit der verhaltenen Leidenschaft eines Künstlers, der um die Vergänglichkeit seines Werkes weiß.

»Wie willst du sonst zur Güte kommen? Selbstlosigkeit

kannst du nicht an dir selbst erproben, oder? Du würzt zu scharf. Sie werden wieder nach Luft ringen und nach Wasser schreien. Und ich will ihnen teuren Alkohol verkaufen.«

Mungo betrachtet die Köchin und ihr Werk mit einer Liebe, die jedem ihrer Tadel widerspricht. Diese Frau sandte der Himmel in das argentinische Niemandsland der Kochkunst, das nur von der Perfektion gegrillten Fleisches lebt. Meg, oder wie immer sie heißen mag, kocht Suppen von unvergleichlichem Geschmack. Ihr Lammbraten, mit Rosmarin und Speck umhüllt, zergeht auf der Zunge, und während er im Backofen schmort, tropft das knoblauchgetränkte Fett auf die rohen Kartoffeln, die darunter geschichtet sind. Das Paradies kann Mungo sich immer nur als Küche vorstellen, chaotisch und warm und erfüllt von Gerüchen, die unter die Haut gehen. Essen ist die aufrichtigste aller Leidenschaften, und nur für Albert würde sie jemals wieder hungern. Es ist wahr: Sie kann nicht aufhören. Mungo findet den Punkt des Sattseins, doch nicht jenen, an dem sie sich den Genuss versagen wollte. Es ist also Megs Schuld, wenn sie aus der Üppigkeit in die Unförmigkeit gleiten wird. Nein, es ist der Geschmack, an dem sie ihr Leben ausrichtet, und sie strebt nur nach dieser Vollkommenheit, die kleinen Gerichte des Glücks auszukosten. Alberts Lächeln und Megs Apfelkuchen.

Wie kann eine Köchin nur so mager sein? Und von sich behaupten, dass sie nichts beherrsche außer der Kunst der Improvisation? Sie würde eher denken, dass Meg eine zu jeder Unerhörtheit fähige Seele besitzt.

»Ich liebe dich«, sagt Mungo. Die Wahrheit kann für sich selbst sorgen, sie hat keine Angst davor, Gefühle preiszugeben. Sie sind nie lächerlich, schlimmstenfalls unerwidert. Denn die Leidenschaft ist das Maß und nicht die Frage, ob die getroffene Wahl angemessen ist.

Sie ist es nicht. Meg sieht erstaunt aus, als wäre ihr nie in den

Sinn gekommen, dass Zuneigung bisweilen nach mehr verlangt. Es ist in Betracht zu ziehen, dass Zeit und Ort falsch gewählt sind. Aber hier geht es nicht um fremde Brieftaschen, sondern um drei Worte, die sich nicht zurückhalten ließen.

Meg sieht sie prüfend, fast streng an und geht dann in die Vorratskammer, um etwas zu suchen, das sie nicht braucht. Sie braucht jemanden, der für sie sorgt, denn so göttlich sie auch kocht, sie ist nicht geschaffen für irdische Küchen. Wenn sie Gemüse schneidet oder einen Fisch zerlegt, fließt häufig Blut. Berührungen mit Hitze führen zu Brandblasen. Sie ist chaotisch, launisch und neigt zu Wutausbrüchen, wenn sie meint, dass ein Gericht nicht perfekt gelungen sei. Als ob die Leute, die zum Essen kommen, eine Ahnung von Vollkommenheit hätten. Sie essen die Teller leer, und manche rülpsen anerkennend. Wenn sie satt sind, haben sie Durst, und wenn sie voll sind, verlangen sie nach Sex. Sie sind Soldaten oder Matrosen, Arbeiter oder Touristen, den von Wasser, Bergen und Wind begrenzten Möglichkeiten einer öden kleinen Stadt ausgeliefert. Und sie wollen mehr, weil niemand aufhören kann, das Vergnügen zu suchen in den langen Nächten, die alle fahlen Tage ablösen.

Mungo hat ein Abkommen mit dem Bordell getroffen und vermittelt zahlungswillige Gäste gegen Gemüselieferungen. Vor dem Haus, das neben der Kaserne liegt, pflanzen die Hobbygärtnerinnen Salat, Kohl und Zwiebeln an. Sie planen ein Gewächshaus, um Gewürze und Blumen zu züchten.

Rosen müssen es sein, nichts Geringeres stillt ihr Verlangen nach Schönheit, wenn sie den Freiern nachsehen, die nichts zurücklassen außer Scheinen und schmutzigen Betten.

Meg liebt Blumen und vergisst, ihnen Wasser zu geben. Sie ist dem Schlaf verfallen, als sei dies die einzige Möglichkeit, Verletzungen zu vermeiden und ihre Unschuld zu bewahren. Unfähig oder unwillig, mehr als einen Tag im Voraus zu planen. Meg lebt im Stundenrhythmus, und es ist ein Wunder, wie sie Zeit und Zufall überwinden und bis nach Ushuaia gelangen konnte. Mungo denkt, dass man nur solche Menschen zu lieben wagt: die mutigen Unvollkommenen.

Die gezackte Narbe an ihrer linken Wange glüht, als Meg in die Küche kommt. Manchmal ähnelt sie einem gezeichneten Engel, auf die Erde gefallen und deren Anziehungskraft nicht gewachsen. Versuche zu beschützen, was du liebst. »Pass auf, du verbrennst dir die Finger.«

Sie gibt ihr dicke Handschuhe, und Meg holt die Tarte aus dem Backofen. »Du auch. Und du neigst dazu, Hunger mit Liebe zu verwechseln. Passiert mir auch öfter.«

»Glaub mir, ich kann es unterscheiden. Und ich sehe, wie zärtlich du mit Albert umgehst. Du fütterst uns mit mehr als Essen. Übrigens denkt Einstein, dass du eine gute Fee bist, die sich irgendwann in Luft auflöst.«

Meg pustet sich die Haare aus dem Gesicht. Es ist verschwitzt und gerötet. Wenn sie nicht schläft oder kocht, läuft sie am Wasser entlang durch die Stadt, und jedes Mal, wenn Mungo ihr nachsieht, hat sie Angst, dass sich die kleine Gestalt im Wind oder im Nebel auflösen könnte. Einfach verschwindet. Es sind nicht Alberts Ängste, es sind ihre. Als Mungos Mutter die Familie verlassen wollte nach einem Streit, es ging wie immer um Geld, da band Vater sie am Stuhl fest, zwei Tage lang. Die Kinder mussten sie füttern, und er begleitete sie zur Toilette. Es war absurd, aber ihre Mutter blieb, als er sie wieder freiließ. Überwältigt von der Kraft seiner Liebe. Oder von der Angst vor einer unbestimmten Freiheit.

Mungo könnte die Köchin an den Herd ketten…

Meg hält die Kuchenform wie eine Schutzschild vor sich und erfährt, dass man sich auch durch Handschuhe hindurch die Finger verbrennen kann. »Ich koche mir die Seele aus dem Leib für das bisschen Geld, das du mir zahlst. Ist Liebe eine Währung?«

Mungo bewegt sich auf Subjekt und Objekt ihrer Begierden zu, den betörenden Geruch von Zimt und Nelken und den Anblick der buttergebräunten Streusel, ein Kunstwerk in zarten Händen, die Pflaster tragen. Wozu brauchen Menschen Wohnzimmer, wenn sie Küche und Bett haben? Die Ketten der Habsucht, wenn sie frei sind? Das Geld, das sie gesammelt hat und noch braucht, ist für Albert, denn er ist krank und braucht deshalb mehr als andere: den wärmsten Ort zum Überleben. Dafür wird sie sorgen, das ist ein einfaches Ziel. Aber darüber muss sie nicht alle anderen Leidenschaften aus den Augen verlieren. »Lass mich probieren. Natürlich ist sie eine Währung. Du spekulierst mit Gefühlen und hoffst auf die Ausschüttung kurzweiliger Lust und ewiger Sicherheit.«

Sie nimmt Meg behutsam die Form ab und stellt sie auf die Ablage. »Du kannst es ruhig sagen, wenn ich dir zu alt bin oder zu fett. Das falsche Geschlecht. Vielleicht hast du Recht: Aber mein Appetit ist zu gewaltig für die Männer, die draußen herumlaufen.«

»Ich bin kein Hauptgericht.«

»Weiß ich«, sagt Mungo, und dann hält sie still, als Meg sich auf die Zehenspitzen stellt, um sie zu küssen. Der Geschmack von Äpfeln, in Calvados getränkt, und das Gefühl, etwas sehr Weiches zu berühren. Das Bild eines Erdbeerfeldes, das sie einmal auf der Leinwand sah. Der schöne Rest der Welt, den das Kino von Ushuaia zeigt, und all die romantischen Szenen, die Frauen zum Weinen bringen. All die Gefühle, die nicht zum rauen Klima dieses Lebens passen. Mungos Angst, sich jetzt zu bewegen und etwas falsch zu machen. Die schwarzen Locken verfangen sich in Megs Pflasterhänden. So unerheblich, dieser Schmerz. Schrecklich schmal, was sie mit ihren großen Händen greift. Als Albert ein Baby war, wagte sie kaum, ihn anzufassen. So gewaltig wollte sie nicht werden, doch niemand kann sich seine Hüllen aussuchen. Nur versuchen, sie zu sprengen …

Meg hört das Weinen zuerst. »Albert«, sagt sie, während sie sich von Mungo löst. »Er ist aufgewacht. Und mein Lamm verbrennt.«

Dies nun ist Wirklichkeit, der Geruch von angebranntem Fleisch und das Weinen eines Kindes. Sie wird immer überwiegen, denkt Mungo, während sie nach oben läuft, in Alberts Zimmer. Er sitzt in seinem Bett und ringt nach Luft. Wenn er Angst hat, atmet er zu schnell und gerät in Panik, weil er meint zu ersticken. Er sollte nicht weinen. Es ist ihre Schuld.

Sie öffnet das Fenster und nimmt ihn dann in den Arm. »Es ist alles gut. Soll ich dir den Inhalator holen?«

»Die Luft ist salzig und riecht nach Fisch«, sagt Albert und wischt sich seine Tränen an ihrem Arm ab. Er atmet jetzt ruhiger. Kein Inhalator. Nur in Notfällen, hat der Arzt gesagt. Wie, zum Teufel, soll sie die Not seiner Anfälle deuten? Sie stirbt jedes Mal, wenn er nach Luft ringt. »Meg hat eine unglaubliche Tarte gebacken. Möchtest du ein Stück?«

Sie glaubt, dass Essen die Medizin ist, die alles heilen kann. Meg glaubt es auch, obwohl sie aussieht, als würde sie nie etwas essen. Albert versucht, ruhig zu atmen, um Mungo zu beruhigen. Sie weiß es nicht, doch er weiß vieles besser als sie: »Das Geheimnis ist, dass sie Eiswasser mit ganz wenig Essig über das Mehl spritzt, bevor sie den Teig rührt. Das Rezept ist von ihrer Mutter.«

»Sie hat eine Mutter?«

Mungo kann die dümmsten Fragen stellen, ohne sich zu schämen. Albert beginnt zu lachen. Es endet in einem Hustenanfall, und sie hält ihn mit beiden Armen fest und wünscht sich, sie wäre Gott. Oder ein Schamane mit überirdischen Heilkräften. Sie streichelt seinen schmalen Rücken. Das ist alles, was sie hat: geschickte Hände. Die verzweifelte Zärtlichkeit einer Liebenden. Sie würde über Leichen gehen, um dieses Kind zu schützen. Aber das Leben macht einen selten zum Helden oder

Schurken, sondern zum Wiederkäuer von Gefühlen. »Man käut sich so allmählich durch das göttliche Kamel.« Der Satz hat ihr gefallen, aus einem Buch, das Meg aus der Bibliothek mitbrachte. »Was hat sie sonst noch über sich erzählt?«

Albert, wenn er genügend Luft bekommt, kann sehr überheblich lächeln. »Sie hat auch einen Vater, aber sie weiß nicht, ob ihre Eltern noch leben. Die Narbe ist von einem Autounfall. Sie sagt, dass du die Idealbesetzung der ›Carmen‹ wärst, und ich der ›Kameliendame‹, wenn ich ein Mädchen wäre. Sie kann so laut singen, dass man den Wind und das Meer nicht mehr hört.«

»Ich weiß. Manchmal trillert sie auch beim Kochen.«

»Du bist total unmusikalisch, Mungo. Und sie hat mir noch ein Geheimnis verraten: Doktor Campóra trägt einen falschen Namen, weil er ein alter Nazi ist.«

Mungo lässt ihn los. »Na und? Er war immer gut zu uns, auch als wir kein Geld hatten. Woher will sie das wissen?«

»Sie hat mit ihm geredet. In ihrer Sprache. Und jetzt möchte ich ein Stück Kuchen. Kann sie es mir bringen?«

Die Eifersucht ist lächerlich, jedoch nicht zu leugnen. Und die Frage, ob Albert ein Tyrann ist, bleibt zu klären. Wie auch immer, sie hat dazu beigetragen. Ein einziger pfeifender Atemzug, und sie versinkt in Demut.

»Ich schicke sie hoch. Aber sie wird nicht für immer bleiben, Albert.«

»Niemand tut das.«

In ihren Rücken gesprochen. Er wird nie darauf verzichten, das letzte Wort zu haben. Ein kleiner, kranker Klugscheißer, und es gibt sie, die Zehntelsekunden des Hasses, die zur Liebe gehören, weil sie nicht immer zu ertragen ist.

16

Es war die Zeit, in der Meg zu wachsen begann. Nicht so offensichtlich wie die Rosen in dem Gewächshaus, das vor dem Bordell entstanden war. Unübersehbar ist die leichte Schräglage, als ob es sich vor dem Wind ducken müsse, der vom Meer kommt.

Die Spenden von Stammgästen sind in den Glasbau geflossen, und vorausgegangen waren sanfte Überredungskünste stählerner Frauen, die, sie wussten es, in Ushuaia ein Monopol besaßen, anders als in Buenos Aires, wo sie sich gegen eine übermächtige Konkurrenz zu behaupten hätten.

Meg, die keine Rosen mag, stellt sie dennoch in eine große Vase auf die Bartheke. Ihren Versuchen, das Restaurant seiner ästhetischen Anspruchslosigkeit zu entheben, sind Grenzen gesetzt. Sie darf kochen, was sie will, doch jede Form von Renovierung lehnt Mungo kategorisch ab. Ihre Sparsamkeit ist verständlich, doch die Begründung abwegig. So erklärt sie, dass die Gäste es aufregend fänden, in einem hässlichen Raum vorzüglich zu essen. Niemand bestätigt diese Theorie, doch sind die Tische jeden Abend außer Montag, dem Ruhetag, besetzt, und Mungo stellte eine Kellnerin sowie eine Küchenhilfe ein, um dem Andrang gerecht zu werden. Der Einfachheit halber rekrutierte sie die Mädchen aus dem Bordell; sie waren gutmütig und billig und zu hässlich für das Gewerbe, das sie ursprünglich gewählt hatten.

Meg wächst in ihren Rollen als Köchin, Mungos Geliebte und Alberts Freundin, als hätte es nie andere gegeben. Sie ist, wenn sie innehält, um darüber nachzudenken, in einem Zustand innerer Abrüstung und äußeren Friedens. Sehr geschäftig an den Tagen, die sie überwiegend in der Küche verbringt, und satt in den Nächten, in denen sie in Mungos starken Armen einschläft.

Frauen lieben einander mit mehr Zärtlichkeit und dem Wissen, dass nichts, nicht einmal Sex, aller Gier gerecht werden kann. Jeder Höhepunkt ist nur ein Punkt in dem Satz, dass Lust Ewigkeit will. Wenn sie sich geliebt haben, steht Mungo auf, um etwas zu essen. Meg raucht eine Zigarette. Sie sehen noch einmal nach Albert, der im Nebenzimmer schläft oder dies zumindest vortäuscht, und trinken dann den Rest des Cadus Malbec, der nach Kirschen und Weihrauch schmeckt.

Mungo, die ihr Ziel nie aus den Augen verlor, entdeckte die Welt der Weine, die eine feine Küche begleiten und das Geld bringen, das mit dem Verkauf von Essen nicht zu verdienen ist. Argentinische Weine natürlich, von Gütern wie Catena, Penaflor, Trapiche oder Rutini. Nur Touristen trinken chilenischen Wein, den die Einheimischen aus Patriotismus und traditioneller Feindseligkeit ablehnen. Und nur Idioten bestellen die Bordeaux-Flaschen, die Mungo maßlos überteuert anbietet. Wegelagerer verfeinern ihre Methoden, und so sind Gäste heilige Kühe, die sie über den Mond springen lässt.

Den Leuten die Scheine aus der Tasche zu ziehen, bereitet ihr Vergnügen ohne Albträume. Es ist keine Frage der Moral, sondern des verminderten Risikos. Wenn es um Geld geht, gehört jeder der gleichen Religion an, und ihr Credo ist die Freiheit, diesen Ort verlassen zu können. Ein leichter, unerheblicher Widerspruch zum Anarchismus der frühen Jahre, den sie nie gänzlich beerdigt, doch den konkreten und erfüllbaren Wünschen untergeordnet hat.

Mungo liebt es, die Scheine und Kreditkartenbelege zu zählen, die spätabends in der Kasse liegen. Der bargeldlose Verkehr ist unerotisch, doch die Berührung von Pesos oder Dollars schaffen eine Befriedigung, die leicht zu haben ist.

Meg sagt manchmal, dass ihre Freundin habgierig geworden sei. In leichtem Ton, doch der Tadel verbirgt sich in der Wiederholung. Liebe macht niemals gänzlich blind. Die Sehschwäche schärft sich an kleinen Dingen und der großen Aufmerksamkeit, die man einander schenkt. Wenn alle Gäste, die geschätzten Feinde, das Lokal verlassen haben, und nachdem die Flasche Wein geöffnet wurde, sitzt Meg an der Bar und beobachtet Mungos geschickten Umgang mit bedrucktem Papier. Zu guter Letzt wird es gebündelt und in einen braunen Umschlag geschoben, und es folgt der Satz: »Wir kommen der Sonne näher.« Der Plural schließt Albert ein, doch Meg ist niemals ganz sicher, dass auch sie damit gemeint ist. Es gibt Abende, an denen sie denkt, dass sie diesen Ort nie mehr verlassen wird.

Wenn die Welt nur eine Form des Menschen wäre, bliebe sie klein wie ein Käfig der Geborgenheit. Wie die Küche, in deren Chaos jene Ordnung herrscht, der sie ihre Begabung unterwirft. Vielleicht die Einzige, die sie je hatte, ohne es zu wissen? Verhält sie sich entsprechend Darwins Theorie, dass Arten sich modifizieren, indem sie sich an ihre Umgebung anpassen in einer Art der bewussten Bemühung?

Darwin war in Patagonien, und hier fand er den Knochen eines Mylodons, eines Riesenfaultiers, größer als ein Bulle, das mit seiner unglaublich langen Zunge Würmer und Blätter vom Boden schaufelte, friedlich und verfressen, bis seine Zeit des Aussterbens gekommen war.

Meg fand Mungo, die Schlangentöterin, die wohl eher einem Mylodon ähnelt, und Albert, der Einstein verehrt und der Welt doch nur die Zunge herausstrecken kann.

Er liegt in seinem Bett und liest, weil dies sein einziger Weg ist, die Welt zu erfahren. Nicht der schlechteste, wie er glaubt, wenn er darüber hinwegsehen kann, dass er keine Wahl hat. Mungo hat einen pensionierten Lehrer gefunden, der ihm Unterricht gibt. Der Schulbesuch war kurz, denn Alberts Husten störte. Seine Anfälle, wenn er keine Luft bekam. Er erinnert sich an die Blicke der Meute, mitleidig und verächtlich, und er fühlte sich schuldig, weil er nicht zu den Rotbäckigen, Gesunden gehörte. Mungo nennt seine Hautfarbe »einsteinweiß«. In vierzehn Jahren hat er oft gehört, dass er »etwas Besonderes« sei.

Er ist besonders einsam.

Sein Zimmer, das größte des Hauses, erlaubt den Blick auf Berge, die wie Zuckerhüte aussehen. Manchmal erscheinen sie sehr nah, doch die Täuschung beeindruckt Albert nicht, weil die Außenwelt nur ein Endlosfilm ist, den prinzipiell abzulehnen ihm würdevoller erscheint. Aber er mag es, wenn Meg ihm Geschichten erzählt von Europa oder auch von Buenos Aires. Sie klingen wie Märchen, und er liebt die Bildbände, die sie ihm aus der Bibliothek holt. Er kennt alles und weiß nichts und lebt im Zustand paradiesischer Unschuld und in der Hölle seiner Erstickungsanfälle, die ihn oft wütend machen, denn wenn Atmen so leicht ist, dass jeder es vermag, geschieht ihm Unrecht – und es gibt niemand, den er dafür haftbar machen kann.

Auch dies ist eine Bürde: Er ist der einzige Mann im Haus der Frauen. Mungo und Meg sind ein Paar, doch das weiß keiner außer ihm, der Flur und Wand mit ihnen teilt. Wenn sie die Treppe hinunter in die Küche oder ins Restaurant gehen, sind sie nur zwei Frauen, die zusammen arbeiten. Meg nennt seine Mutter manchmal »Boss«, sie kann sehr spöttisch sein. Erwachsene versuchen immer, etwas zu sein, um das zu verbergen, was sie sind. Wie Doktor Campóra, der ihn zweimal pro Woche besucht.

Der freundliche, ein wenig trottelige alte Mann ist fast zu gut, um wahr zu sein. Meg kann ihn nicht leiden, und sie geht ihm aus dem Weg, wenn er ins Haus kommt. Wenn Albert sie danach fragt, weicht sie aus. »Ich muss in die Küche«, ist ihre Standardausrede. Sie scheint der Ort zu sein, an dem Meg sich ganz sicher fühlt.

Manchmal hört er, wie sie in der Küche etwas gegen die

Wand knallt. Sie fängt an, seiner Mutter zu gleichen, die Wutausbrüche einen Akt der Befreiung nennt. Meg tobt sich in der Küche aus, wenn sie meint, dass ihr etwas misslungen sei. Als ob die Leute den Mangel an Perfektion schmeckten, wenn sie Hunger haben. Anspruchslosigkeit sei keine Tugend, sondern ein Makel. Sagt Meg. Wie ist sie dann nach Ushuaia gekommen? In den Armen seiner Mutter gelandet? Das sind Fragen, die er nicht zu stellen wagt. Alles, was ihn verraten könnte, behält er für sich. Und eines Tages werden ihn all diese ungestellten Fragen ersticken. Dies ist die poetische Version, und er zieht sie jeder physischen Todesursache vor.

Meg behauptet auch, dass Kreative ihre hysterischen Gefühle pflegen müssen. Schon Sigmund Freud habe gesagt, dass alle ausgezeichneten Köchinnen schwer abnorm seien. Worauf er sie bat, ihm ein Freud-Buch aus der Bibliothek mitzubringen, doch das Zitat fand er nicht. In Erinnerung geblieben ist ihm die These von den natürlichen Ursachen für die Abwesenheit von Glück. Sie lägen in der Übermacht der äußeren Natur und in der Hinfälligkeit des menschlichen Leibes – und zwängen zur »Ergebung ins Unvermeidliche«. Eine einleuchtende Hypothese, findet Albert, aber Freud hat Mungo nicht gekannt. Sie ergibt sich nie. Wenn er an dem Punkt ist, an dem er nicht mehr atmen *will*, weil es die Mühe nicht lohnt, dann schreit sie ihn an, zwingt ihn, als ob sie die Herrin über Leben und Tod sei … und behauptet auch noch, dass sie Gott umbringen würde, wenn er Albert sterben ließe.

Das ist komisch, aber er wird ihr nie das Gegenteil beweisen können.

Mungo hat keine Scheu, die lächerlichsten Dinge auszusprechen, und Meg glaubt wirklich, dass Kochen eine Kunst sei. Sie vergleicht es mit Komponieren, und seine Mutter, die völlig unmusikalisch ist, bestätigt sie noch in diesem Wahn. Sie sind beide verrückt, und wenn jemand wüsste, dass sie das Nachtlager teilen, wäre ihm das sehr unangenehm. Liegt er nicht oft in seinem Bett und stellt sich vor, *was* genau sie tun? Es ist aufregend, beunruhigend und hassenswert, alles in einem, und wenn er die Bilder in seinem Kopf nicht mehr erträgt, dann stöhnt er laut, und eine von beiden kommt in sein Zimmer, um zu überprüfen, ob er atmet. Dies ist seine Macht über Frauen. Sie ist nicht groß genug.

Meg ist in der Küche und bereitet *centollas* vor, eine Seespinne, die zu den Riesenkrabben zählt. Sie ist nirgends so gut wie in Ushuaia, behaupten die Einheimischen, und die Touristen konsumieren alles mit Begeisterung, was ihnen fremd erscheint. Albert fehlt die Vergleichsmöglichkeit, und das gilt für fast alles in seinem Leben. Also findet er, dass die Köchin eine attraktive Frau ist. Er mag ihre hellen Haare und das seltsame Gebiss hinter Lippen, die rosafarben sind, nicht so knallrot wie Mungos. Auch, dass sie klein ist, eine zerbrechliche Zwergin, die besser zu ihm passen würde als zu seiner Mutter. Er hat keine Ahnung, wie alt sie ist. Meg sagt, dass sie ihren Geburtstag vergessen habe – wie fast alles in ihrem Leben. Man müsse jeden Tag neu atmen, sehen, hören und erschaffen, vor allem sich selbst. Vergangene Niederlagen zurückweisen und geringste Siege feiern. Welche Siege? Alles, was als schön empfunden wird, sagt Meg: der Blick aus dem Fenster, wenn der Wind den Nebel vertrieben hat. Der Tanz der Schneeflocken oder das Rauschen des Regens. Das Lied des Windes. Die Arie der Stürme, wenn sie Wellen ans Ufer peitschen. Die Musikkassetten, die sie ihm bringt. Die Bücher. Der Geschmack von süßen Äpfeln auf der Zunge. Meg erinnert sich, dass ihr Vater so gesprochen hat. Sie hat ihm nie etwas geglaubt.

Albert denkt, dass sie in ihrer Aufzählung kleiner Dinge die Nächte auslässt. Sie meint, dass er ein Kind sei. Aber man wächst schneller, wenn so viel Zeit zum Nachdenken da ist. Manchmal glaubt er, dass er schon ewig gelebt hat und jeder

Tag eine Wiederholung des vergangenen ist. Albert Einstein lebte in selbstgewählter Isolation, das ist etwas anderes. Die Sehnsucht nach Menschen ist ein Schmerz, den er mit niemandem teilen kann. Wenn er die Tür öffnet, hört er Meg singen. Altmodische Tangolieder oder Jazziges, er mag beides nicht, würde ihr das aber nie sagen. Wenn er sie bittet, ihm vorzusingen, behauptet sie, eine schreckliche Stimme zu haben. Sie lügt. Alle lügen. Auch Mungo, die immer wieder sagt, dass die Sonne ihn heilen würde.

Bitter: An vielen Tagen schmecken seine Gefühle wie die Medizin, mit der Campóra ihn füttert. Der alte Mann mit der Fistelstimme sagt, dass niemand in Ushuaia einen Tafelspitz zubereiten könne wie Meg. Im Land der Asados sei sie eine Göttin der kulinarischen Heimtücke. Denn er habe zugenommen, seit sie im »Mungo's« koche. Doktor Campóra ist klein und kugelförmig, und er lebt allein in einem der alten Häuser, die von Touristen fotografiert werden. Mungo behauptet, dass er Albert das Leben gerettet habe. Früher, in der Zeitrechnung vor der Niederkunft der göttlichen Meg.

»Es war einmal eine Zeit, da gab es keine Zeit«, schrieb John Barrow in seinem Buch *Der Ursprung des Universums*. Er mag diesen Satz. Er hat Meg gefragt, ob es ihr echter Name sei, und sie verneinte. So typisch, dass sie daran keine Erklärung knüpfte, sondern das Thema wechselte. Sie gibt einem das Gefühl, dass mit ihrem Erscheinen alles anfing, weil es vorher nichts gab. Nur den Wind und das Meer und Mungos besorgtes Gesicht.

Seine Mutter sagt, dass es nicht mehr lange dauern wird, bis sie zur Sonne ziehen. Wird Meg mitkommen? Das ist seine einzige Frage, und die Schlangentöterin weicht ihr aus. Ja. Vielleicht. Man werde sehen. Und Albert bringt es nicht über sich, in das schwarze Loch seiner Ängste vorzustoßen. Vor fünfzehn Milliarden Jahren fand der Urknall statt, sagen die

Astrophysiker. Und aus der Gewalt dieser Explosion entstand das »kosmische Ei« (er nennt es das »komische Ei«), der Ursprung allen Lebens. Aller Zeit, denn ohne Materie gibt es keine Zeit. Also ist Meg die Materie. Und alles, was einmal entstand, wird irgendwann wieder vergehen. Die Vorstellung ist atemberaubend. Albert ringt nach Luft und greift mit seiner linken Hand nach der Klingel, die neben seinem Bett angebracht ist.

17

Hector J. Campóra war ein guter argentinischer Zahnarzt und mäßiger Präsident von Peróns Gnaden, ein historisch bedeutungsloser Mensch, der von sich glaubte, immer nur das Beste gewollt und getan zu haben. Die Ereignisse widersprachen dieser Auffassung, doch er starb mit gutem Gewissen.

Es gefällt Juan Campóra heute noch, dass sie ihm diesen Namen gaben in dem falschen Pass, mit dem er aus den Ruinen Europas nach Argentinien reiste. Dank eines Mannes mit dem Namen Freude, dessen Netzwerk ihm und vielen anderen die Chance auf ein zweites Leben schenkte, so dass sie nicht für das erste büßen mussten. Obwohl er es in gewisser Weise doch tat, indem er nach Ushuaia zog.

Zu viele Nazis in der Hauptstadt: Argentinien hatte seine Arme für Täter und Opfer gleichermaßen geöffnet, ein Paradoxon, das der Kriegserklärung an Deutschland vom Frühjahr 1945 entsprach. Oder auch der absurden Politik des Landes, das immer einen Hang zum Größenwahn pflegte.

Der neue Campóra in den Straßen von Buenos Aires konnte die Visagen der Verlierer nicht mehr sehen, weil sie ein Spiegel waren, vor dem er hätte erblinden können. Er wollte nicht in die Gesichter der Opfer blicken, die nichts von Siegern an sich hatten. Also verließ er die Stadt und reiste nach Süden. So weit er konnte.

Er ist ein Geläuterter. Dieser, sein Satz fällt von ihm ab wie der Knopf seiner Jacke. Niemand, der sich um sein Äußeres sorgen würde. Er ist so allein wie Albert, beweglicher noch, aber eines Tages wird ihn seine Fresssucht umbringen. Als ob er die Schuld nicht auf sich, sondern zu sich nehmen würde, was kurzfristig angenehmer, jedoch in seinen Auswirkungen ebenso tödlich ist.

Niemand ist unschuldig, meine Damen und Herren, die ihr nicht über mich zu Gericht sitzt. Alles eine Frage der Bedingungen. Sind sie banal, so fordern sie weder das Gute noch das Böse, nur die Mittelmäßigkeit, die persönliche Gier, die Überwindung der Langeweile.

Die Zeiten sind banal. In Ushuaia gibt es nichts zu tun, außer dem Wetter zu trotzen und Kranke zu heilen, so gut es eben geht. Den Jungen, der sich die Seele aus dem Leib hustet. In der neuen Existenz dieses Namens und seiner Profession erscheint es ganz natürlich, Leben zu retten. So, wie es einmal umgekehrt war, in einem anderen Land, in einer anderen Zeit.

Die Nazis sterben aus in Argentinien, dies ist der natürliche Lauf der Dinge. Die Erinnerungen verblassen, und manchmal glaubt Campóra fast daran, dass es sie nie gegeben hat. Wenn doch, dann sagte er sich: Wir alle glauben zu wissen, wer wir sind. Doch indem wir leben, lernen wir uns kennen. Mit Erstaunen betrachtet er die Taten seines ersten Lebens und erkennt sich nicht in ihnen. Im historischen Kontext handelte er rational, im menschlichen irrational. Das individuelle Versagen als Abfallprodukt zufälliger Geschichte erscheint ihm als eine plausible Erklärung ohne moralischen Boden. Die Reue führt zu nichts, weil sie nichts ungeschehen machen kann. Die Buße ist keine Strafe, die ihm andere auferlegen könnten. Er ist ein Geläuterter. Ein Vergessender. Der Mann, der niemals war.

Der Mann, der ist, isst im »Mungo's« und preist jeden Bissen, der auf seine Geschmacksnerven trifft. Die Köchin überbackt den Rinderbraten mit einer Mischung aus Semmelbrösel, Speck und Sahne. Früher hat er auf seine Linie geachtet, doch ist sie in mehr als einer Weise aus der Form geraten, und es ist ihm heute gleichgültig, wie er aussieht. Er ist dem Alter längst entwachsen, Frauen betören zu wollen, und die argentinischen entsprachen selten seinen erotischen Vorstellungen.

Alberts Mutter war eine Ausnahme, doch er wagte nicht, sich ihr zu nähern, und jetzt ist es zu spät. Also ließe sich die Einsamkeit als Teil der Sühne begreifen. Obwohl es ohnehin besser ist, allein zu essen, sich ohne Ablenkung durch Konversation auf den Genuss zu konzentrieren. Er bringt oft ein Buch mit zum Essen und liest, während er wartet, um sich vom Hunger, dieser überwältigenden Gier nach Essen, abzulenken. Erhöhte Werte deuten auf Selbstmord in kulinarischen Raten hin.

Die Frage, wer das Leben länger schafft, Albert oder er, ist recht interessant. Aber natürlich hat der arme Albert keine Wahl. Die Schwachen sterben zuerst, ihnen folgen die Wagemutigen, und der große Rest ist dem Zufall unterworfen. Er ist unbestechlich und nicht grausamer als die Menschen selbst.

Mungo, die hinter der Bar sitzt und ihre Einnahmen addiert, würde jeden umbringen, der Albert auch nur ein Haar krümmte. Und jeden lieben, der ihrem Sohn in irgendeiner Weise hilft. Sie ist auf eine so grandiose Weise schlicht, dass man sie nur bewundern kann. Sie hat ihren Doktor Campóra stets wie einen Heiligen behandelt, das tat gut, obwohl sie in letzter Zeit an Ehrfurcht verloren hat. Megs Einfluss zweifelsohne, die Köchin hat dieses, sein Speisezimmer, verändert. Das Essen ist besser geworden und die Behandlung schlechter.

Selbst Albert stellt in letzter Zeit komische Fragen. Was er getan habe, bevor er nach Ushuaia kam? Gott gespielt, mein Junge, wollen wir das nicht alle, und tun es nicht manche, wenn sie die Gelegenheit finden?

Er antwortete ihm, dass er im Krieg gewesen sei und dass Soldaten sich die falsche oder richtige Seite nicht aussuchen könnten. Albert, der kleine Klugscheißer, widerspricht ihm und behauptet, dass jeder Mensch zu jeder Zeit und in jeder Lage die Wahl habe. Er zum Beispiel könne aufstehen und hinaus ans Meer gehen.

»Und sich den Rest holen und sterben?«

»Vielleicht auch nicht«, sagte Albert. »Aber man muss es einkalkulieren, wenn man wählt.«

»Man wählt im Zweifelsfall immer das Leben.«

Über gewisse Zeiträume seines Lebens denkt Campóra in der dritten Person. Das Gestrige hat eine eigene Sprache, die ihm immer fremder wird. Er wird sich fremder, nicht nur, wenn er in den Spiegel schaut, was er überwiegend vermeidet. Als er mit Mungo das letzte Mal im Kino war und der alte, fette Marlon Brando auf der Leinwand erschien, beobachtete er ihre Reaktion. Er fand keinen Ekel. So schön, dieses Mungo-Gesicht mit den stets geöffneten Lippen, die sich groß und rot über weiße Zähne schwingen.

Es ist lächerlich, dass er in seinem Alter so etwas wie Liebe fühlt. Sie erzeugt bei ihm ein großes Gefühl von Leere. Essen ist besser und leichter zu haben.

Campóra wartet auf den Nachtisch, die *Triffle*, in der Meg alten Kuchen, in Rum getränkt, mit Kirschen, Schokolade- sowie Vanillepudding und Sahne in Schichten verbindet, eine geniale Mischung, an der er sich nie satt essen kann. Er wartet und liest die Passage aus Nabokovs *Die Gabe*, in dem Fjodor in den zwanziger Jahren durch die Straßen Berlins geht:

...drei Sorten Fahnen aus den Fenstern der Häuser hingen:

schwarz-gelb-rote, schwarz-weiß-rote und schlicht rote: alle drei bedeuteten jetzt etwas, und, was besonders komisch war, dieses Etwas konnte Stolz oder Hass in jemandem erwecken.

Patriotismus als letzte Zuflucht der Lumpen. So kann er heute denken, und fühlt sich gut dabei. Hungrig ist er, die letzte Zuflucht seiner leiblichen Seele, und endlich bringt Meg seine Bestellung aus der Küche, nicht auszuschließen, dass sie ihn aus Bosheit so lange warten ließ.

Sie tauscht ein Lächeln mit Mungo, bevor sie den Teller auf seinen Tisch stellt. Die unförmige Schürze ist zweimal um die Hüften geschlungen, und darunter trägt sie Jeans, wie immer. Eine dürre Person, die ihrer Kunst Hohn spricht. Also gut, er mag sie nicht, obwohl er von ihr abhängig ist wie ein Süchtiger von der Nadel.

»Guten Appetit.« Sie sagt es in Deutsch, wie sie in seiner Gegenwart immer diese Sprache benutzt. Verschwörerisch, als ob sie ein Geheimnis teilten. Meg ist eine Spätgeborene, und dafür sollte sie dankbar sein. Vielleicht wird sie nie in die Verlegenheit kommen zu wissen, wer sie ist. Er dankt in der Landessprache und ergreift die Gabel.

»Albert geht es heute schlechter.«

Sie soll ihn in Ruhe lassen, er will essen. »Es ist das Wetter. Man kann wenig tun. Ich werde noch einmal nach ihm sehen.«

Jeden Tag sieht er nach Mungos Sohn, bevor er in das Restaurant kommt. Er isst spät, weil er die Anwesenheit vieler Menschen bei seinem täglichen Ritual der Völlerei nicht erträgt. Nur ein Tisch außer seinem ist besetzt, es ist die Zeit, in der die Touristen ausbleiben, die Raubritter Ushuaias in den Winterschlaf fallen, die Berge sich im Schnee verhüllen und Albert anklagender hustet und atmet. Die Zeit, in der Campóras Appetit ins Unermessliche wächst. Er schätzt es nicht, wenn ihm jemand zusieht, während er andächtig kaut.

Sie hat ihre Arme vor der Brust verschränkt und sieht auf ihn herab. Verächtlich, wie ihm scheint. Es gab einmal Menschen, die sich vor ihm fürchteten, und zu Recht. »Es schmeckt köstlich wie immer, meine Liebe.«

»Der alte Kuchen musste weg.« Sie wendet sich von ihm ab und geht zur Bar. Rote Fahnen, denkt er, würden diese Person mit Stolz erfüllen. Nur so ein Verdacht, sie ist ja bloß eine Köchin und auf diesen Ort beschränkt. Eine Kommunistin oder, Gott bewahre, Spionin könnte in diesem Handwerk keineswegs so brillieren. Seit vielen Jahren fürchtet er sich nicht mehr vor den Fremden, die in die Stadt kommen. Sie haben vergessen, so wie er auch, und wer würde einen Neunundachtzigjährigen am Ende der Welt suchen wollen?

Falls sie es je taten. Da er sich von den Netzwerken der Emigranten seiner Art fernhielt, aus Ekel oder vielleicht auch Furcht, wird er diese Frage nie beantworten können. Besser so. Er hat sein Gefängnis selbst gewählt und es mit Mauern von Einsamkeit umgeben.

Einmal dachte er, dass es gut wäre, sich Mungo anzuvertrauen. Nachdem er Albert nach einem Erstickungsanfall wiederbelebt hatte und sie vor Dankbarkeit seine Hände küsste. Er tat es nicht. Scharfsinnig, wie sie ist, wird sie es ahnen. Er hat den deutschen Akzent nie gänzlich verloren, und er kam kurz nach dem Krieg nach Ushuaia. Damals war diese Stadt nur eine kleine Siedlung am Ende der Welt, und sie erschien als angemessener Ort des Exils. Kaum Nazis und keine Nazijäger, und es war möglich, sich aus den Ruinen einer Ideologie in das sichere Haus des Privatmenschen zurückzuziehen.

Warum nur denkt er so oft darüber nach in letzter Zeit? Es ist die Köchin, denkt Campóra, denn ihre dürre Gestalt erinnert ihn an die Schatten der Vergangenheit. Er sollte nicht hierherkommen. Seine Fresssucht unter Kontrolle halten. Doch selbst wenn ihm das gelänge, und es ist unwahrscheinlich, blieben noch Albert und Mungo. Die Einzigen beiden

Menschen, für die er je etwas empfunden hat. Mitleid, Liebe – Gefühle, die in finsteren Zeiten nicht zählen. Man unterdrückte sie mit aller Gewalt. Mit Gewalt vor allem …

Campóra verbeißt sich in seine Süßspeise und vermeidet jeden Blick an die Bar, wo die beiden Frauen sitzen. Irgendwann hat er einen Deal mit Gott geschlossen: Wenn es ihm gelingt, Albert zu retten, ist er nicht verloren. Tausche Vergangenheit gegen Zukunft, und bisher fand er dieses Geschäft immer beruhigend für sein Gewissen, das ja nie tot war, nur eingeschläfert.

Vor Nabokovs Text schieben sich die Worte aus dem römischen Katechismus, die er auswendig kann:

Wir glauben fest, dass Gott der Herr der Welt und der Geschichte ist. Die Wege seiner Vorsehung sind uns jedoch oft unbekannt. Erst am Schluss, wenn unsere Teilerkenntnis zu Ende ist und wir Gott »von Angesicht zu Angesicht« schauen werden, werden wir voll und ganz die Wege erkennen, auf denen Gott sogar durch das Drama des Bösen und der Sünde hindurch seine Schöpfung zur endgültigen Sabbatruhe führt, auf die hin er Himmel und Erde erschaffen hat.

Die Köchin beobachtet ihn, während er über dem Teller einzuschlafen scheint. Seine Augen sind geschlossen, doch seine Hand führt dem Mund Nahrung zu. Sie zittert, diese mit Altersflecken übersäte plumpe Hand, doch sie findet ihren Weg zu seinem gierigen Mund auch im Dunkeln. »Du solltest einen neuen Arzt für Albert suchen. Campóra oder wie immer er heißen mag, ist unheimlich und widerlich.«

Mungo, die Reste der *Triffle* verspeisend, spricht mit vollem Mund. Kirschen sind darin, und die Köchin hat vergessen, ein paar Kerne zu entfernen. Vielleicht, damit Campóra einer in die Luftröhre gelangt. Auch das sanfteste Wesen birgt einen Kern von Grausamkeit. »Ich weiß, dass du ihn nicht magst. Aber was immer er war oder ist: Ich schulde ihm Dankbarkeit. Und er liebt Albert, weißt du. Kein anderer Arzt würde sich so um meinen Sohn kümmern.«

»Er ist ein alter Nazi. Warum sprichst du es nicht aus?«

Campóra hört schlecht, dem Himmel sei Dank. Man muss schon sehr laut sprechen, damit er versteht. Er ist fett und gebrechlich und bemüht sich, am Leben zu bleiben, um Albert nicht im Stich zu lassen. Mungo betrachtet ihn über Megs Schulter hinweg mit einem großen Maß an Zuneigung. »Hör auf mit diesem Thema. Er ist ein sehr alter Mann. Und er ist dem Wahnsinn entwachsen.«

»Kann man das?« Er konnte nicht anders, denkt Meg voller Zorn, und daran, dass sie diesen Satz nie gemocht hat. Weil kein Funken Reue in ihm steckt, nur eine vage Rechtfertigung, die nach Entschuldigung sucht. Sie hätte vieles in ihrem Leben anders gekonnt, besser oder schlechter, doch es gab immer den gewählten Weg. Wir oder ich zum Beispiel, und ausgerechnet hier hat sie sich für »wir« entschieden. Für eine Riesin, die ihre Brut verteidigt, einen Nazi für ihren besten Freund hält, die isst und trinkt, als könne sie nie genug bekommen, und die Gesetze dieses Landes völlig ignoriert. Kaum jemand in Argentinien zahlt Steuern, doch Mungo ging noch ein paar illegale Schritte darüber hinaus. Sie ist eine Schlangentöterin. Sie sagt, dass man nichts Großes vollbracht habe, wenn man nicht liebe.

Wir, das ist nicht die ganze Welt, nur kleines Stück davon. Und es schließt alles andere aus. Woher nun soll sie wissen, dass dieser Teil ihre Welt ist?

Manchmal und besonders dann, wenn sie diese verdammten Fische ausnimmt, wachsen die Zweifel an der Ankunft in ihrem richtigen Leben. Sie hat ihre Vergangenheit gelöscht. Sie will nicht an die Zukunft denken. Doch jetzt muss sie ihre Geschichte schreiben. Die richtigen Worte und Taten finden. Ist es eine gute Tat, den Greis zu mästen? Kunst oder Kompromiss, weil sie ihn doch lieber vergiften würde?

Meg säubert die Fische von den Gedärmen und überlegt, wie sie sich in der Zubereitung selbst übertreffen könnte. Und dann, wenn sie glaubt, das Rezept gefunden zu haben, schmecken sie wider Erwarten tranig. Ein kleiner Scherz des Meeres, das seine Geschöpfe in den Tod entlässt. Sie hasst es, mit Leichen umzugehen. Den großen Fleischstücken, die im Sommer angeliefert werden und im Kühlhaus landen. In ihren Händen, im Ofen, auf den Tellern und in den ewig hungrigen Mägen von Mungos Gästen.

An Tagen wie diesen, in der stillen Periode des Winters, kann sie daran glauben, etwas zu erschaffen: kleine Kunstwerke der Vergänglichkeit. Applaus in Form von leeren Tellern. Doch es gibt andere Tage und Nächte, wenn Kochen zum aufreibenden Handwerk wird, zur Fließbandproduktion von Speisen, die ihre Küche rasch verlassen müssen, weil niemand Muße hat zu warten. Nicht die Touristen, die ihr Programm absolvieren und selten lächeln, außer vor der Kamera. Noch weniger die Einheimischen, die mit den Fremden ihre Geschäfte machen. Sie verzehren und bezahlen, und während Mungo sich am Umsatz berauscht, wütet Meg in der Küche. Bis zur Erschöpfung, dem Punkt der Gleichgültigkeit, an dem sie alle Esser schlachten könnte und aus der Küche treten und über Leichen schreiten. Satt und tot.

Es mangelt an Kontinuität. Sie ist keine gute Köchin. Nur phantasievoller als die anderen, die in Ushuaia am Herd stehen. Die zufällige Entdeckung eines Talents, und sie baute es aus, um die Riesin zu beeindrucken. Die einen großen Schatten wirft, in dem alle einen sicheren Platz finden: Albert, Meg und selbst einer wie Campóra. Der sonntags in die Kirche geht, danach zum Essen und anschließend ins Bordell. Um die Mädchen zu untersuchen, die ihn früher in Naturalien bezahlten und heute mit Rosen aus ihrem Gewächshaus. Manchmal verwendet Meg die Blumen, um die Butter zu würzen, Salaten oder Gemüse ein besonderes Aroma zu geben. Die dunkelroten Rosen schmecken am intensivsten. Doch wie immer sie mit Blüten und Blättern experimentiert: Es gibt kein Rezept gegen den salzigen, fischigen Geruch dieser Stadt.

Mungo schnarcht wie eine Riesin. Das Streben nach Vollkommenheit ist eine vergebliche Leidenschaft. Meg weiß es. Aber dann ist es so, dass man gegen besseres Wissen handelt, nur um über die Grenze zu gehen. Die Grenze aller Bedingungen. Auf der Suche nach dem, was sein könnte. Campóra hat es einmal in der Macht gesucht, der Gedanke liegt nahe und ist ihr sehr fern.

Mungo findet es im Genuss. Ihr beim Essen zuzusehen, lässt ahnen, was Glück bedeuten könnte. Darin liegt ein Großteil ihrer Schönheit und Anziehungskraft: Diese Frau ist nie hungrig. Sie überwindet den Ernst der Lage mit diesem breiten, unwiderstehlichen Lächeln. Mit einer Art von sonderbarer Güte, die alle einbezieht, die Albert nichts Böses tun. Sie schnarcht, wenn sie betrunken ist. Na und? Vorher hat sie Meg in den Schlaf gestreichelt.

Vollkommenheit: Sie wacht wieder auf und liegt an der Seite einer Riesenfrau, deren Atmung an Säbelrasseln erinnert. Sie hat es nie gehört, aber so muss es klingen. Manchmal steht Meg auf und legt sich auf die Couch neben Alberts Bett. Sein Schlaf unterliegt der Unterbrechung durch Hustenanfälle. Dann sind sie beide wach, durch einen Nachttisch getrennt, auf dem ein Beatmungsgerät steht, das Mungo mit Abziehbildern verziert hat. Sie erzählen sich Geschichten, seine handeln von Wünschen und ihre von Lügen.

Albert möchte mit dem Hundeschlitten fahren und am Lago Roca segeln. Auf dem Gletscher Ski fahren oder das Valle de los Huskies mit dem Mountainbike erkunden. Meg tröstet ihn nicht, sie hört ihm nur zu. Und am Ende aller Phantasien, die bis an das andere Ende der Welt reichen, wünscht er sich einen Hund. Vielleicht einen behinderten Huskie, der nicht so viel Auslauf braucht?

Sie beide wissen, dass Mungo Tiere ablehnt, die nicht essbar sind; auch Schlangen, die nach Hühnchen schmecken. Doch sie wird ihm einen Hund besorgen, wenn sie erst in Mexiko sind, dies ist ihr Versprechen. Sie ist der aufrichtigste Mensch, den ich kenne, denkt Meg, und schämt sich aller Lügen und Geheimnisse, in die ihre Freundin nie eingedrungen ist. Es interessiert sie nicht, andere zu enträtseln, und das macht sie selbst zu einem Rätsel.

Mungo hat sich an Campóras Tisch gesetzt, sie trinken Schnaps und Kaffee und lassen Pralinen auf der Zunge zergehen. Er neigt sein Ohr zu ihrem Mund, wenn sie spricht, und sie lächelt ihn an, als sei er der König Argentiniens. Ihre große Begabung liegt darin, jedem Menschen das Gefühl zu geben, er sei etwas Besonderes.

Meg zieht ihre gefütterte Jacke über und geht nach draußen in den kalten Winternachmittag. Nur wenige Vermummte sind auf den Straßen, und vor der Kaserne friert ein einsamer Soldat, den sein Gewehr nicht wärmt. Sie gehört zu den wenigen Menschen in Ushuaia, die den Winter vorziehen. Er schenkt ihr Zeit, am Meer entlangzulaufen. Niemand, der ihre Schritte stört. Der Wind treibt sie vorwärts, und ihre Turnschuhe knirschen auf dem gefrorenen Asphalt. Ihre Haut brennt vor Kälte, und die Augen tränen. Der Gedanke, immer weiterzulaufen und nie mehr anzuhalten, ist nicht neu. Doch sie wird müde werden. Sich an zwei Menschen erinnern, die sie liebt. Die Riesin und den Zwerg, in deren Mitte sie einen Platz gefunden hat. Und sie wird umkehren, dies ist ihre Wahl.

18

Einstein war ein Deutscher, der Deutschland verabscheute. Ein Zionist, der Frieden mit den Arabern suchte. Ein Pazifist, der zur Entwicklung der Atomwaffen beigtrug, ein notorischer Einzelgänger, der sich für die ganze Welt verantwortlich fühlte.

Albert beschäftigt sich mit Einstein und kommt zu dem Schluss, dass Genies größere Probleme haben als jene, die über ihre kleinen Räume und Wünsche nicht hinausdenken. Er wäre gerne ein Genie. Es ist die einzige Form von Freiheit, die er sich für sein Leben vorstellen kann. Mungo muss es geahnt haben, als sie ein Kind mit schwacher Lunge zur Welt brachte und ihm diesen Namen gab. Sie war eine starke Raucherin und fühlt sich schuldig, obwohl Campóra sagt, dass das eine mit dem anderen nichts zu tun habe. Der Doktor riecht nach Zigarren und liebt seine Mutter, das könnte sein Urteil beeinflussen.

Die Schuldfrage bleibt ungeklärt und würde nichts an seiner Lage ändern. Liegen ist grausam. Er soll sich nicht anstrengen, der Gefangene seines Körpers, und nur an guten Tagen darf er aufstehen und sogar im Restaurant essen. »Mein Sohn«, sagt Mungo dann zu ihren Gästen. Ihr unangebrachter Stolz bringt ihn in Verlegenheit. Die Leute mit windgeröteten Gesichtern nicken ihm zu, und ihre Augen fragen, warum es so blass und zerbrechlich aussieht, das Kind dieser Riesin.

Ein genetischer Defekt, ihr unverdient Gesunden: Ein Gen ist ein Abschnitt der Desoxyribonukleinsäure, kurz DNS genannt, die für bestimmte Erbmerkmale steht. Ein einziger falscher Buchstabe im genetischen Text und – päng, da liegt man, statt am Meer entlangzujoggen oder Gletscher zu besteigen. Darüber denkt ihr nicht nach, weil ihr nichts wissen wollt, das euch gefährlich werden könnte. Das Alphabet des Lebens beginnt mit A wie Anfang und endet mit Z wie Zufall.

Ein dummer Zufall in der genetischen Codierung. Albert bevorzugt diese Erklärung gegenüber allen Schuldfragen, die in letzter Instanz zu Gott führen könnten. Der Doktor bemüht ihn bisweilen, doch wenn er ihm sagt, dass die göttliche Vorsehung einem umfassenden Heilsplan diene, und sich andererseits der Sinn der Schöpfung im einzelnen Menschen entscheide, dann ist Albert das zu weit oben, unerreichbar wie die Vögel, die er durchs Fenster beobachtet. Sie fliegen so mühelos. Meg meint, dass sie von allen Tieren das beste Los gezogen haben. Und dass sie im Fall einer Wiedergeburt ein Adler sein wollte. »Du musst an irgendwas glauben, egal was. Zum Beispiel daran, dass du einmal am Strand entlangjoggen wirst.«

Meg ist ein sehr kleiner Vogel, und er wird nie joggen. Also hoffen sie beide darauf, dass Mungo ein Nest baut, in dem sie sich sicher fühlen. Seine Mutter zündet Kerzen in der Kirche an, wenn es ihm schlecht geht. Sie ist eine Für-alle-Fälle-Katholikin, was man auch daran ermessen kann, dass der Priester für sein Essen nicht bezahlen muss.

Den Menschen gibt Gott die Möglichkeit, in Freiheit an seinen Plänen mitzuwirken. Campóra zitiert aus dem Katechismus, und seine heisere Stimme klingt bei solchen Sätzen immer so, als wolle er gegen alle Zweifel glauben, was er sagt. Gottes Pläne und Gottes Vorsehung seien letztlich sein Geheimnis, doch müsse man daran festhalten, dass Gott bei denen, die ihn lieben, alles zum Guten führt.

Er will ihn trösten. Oder sich selbst, schließlich ist er ein alter Mann, dem nicht mehr viel Zeit bleibt. Albert möchte getröstet werden, also hört er ihm aufmerksam zu.

Geheimnisse hat ihm Mungo nie geboten. Was immer sie tat, sie erzählte ihm davon, und um kindgerechte Dosierung hat sie sich nie gekümmert. Die Schlangen, die Diebstähle, die

Männer und Frauen, mit denen sie ihr Bett teilte: Nur die Details blieben ihm erspart, obwohl die ihn brennend interessiert hätten. Natürlich sprach sie auch von seinem Vater, den er nie gesehen hat: Er soll klug gewesen sein, doch mit einem fatalen Hang zum Heldenleben. Es endete im Krieg, im Meer. Hat Mungo, wenn sie Fisch aß, nie Angst gehabt, seinen Vater herauszuschmecken?

Wenn ein Zimmer eine Welt ist, füllt es sich mit sonderbaren Phantasien. Albert kann sich vorstellen, dass Meg eine Außerirdische ist. Indizien: die hellen Haare und die seltsamen Augen, die manchmal blau sind, dann wieder grün oder auch fast farblos. Ein Wesen, das keinen Nachnamen hat und keine Vergangenheit. Köchin göttlicher Süßspeisen, obwohl sie behauptet, diesen Beruf nie gelernt zu haben. Eine der wenigen Informationen, die sie freiwillig preisgibt. Nie sagt sie normale Dinge: dass sie müde sei oder hungrig, krank oder traurig. Sie hatte noch nicht einmal eine Erkältung, seit sie hier ankam. Das Laufen stärke ihr Immunsystem, erklärt Meg. Sie kann grausame Dinge sagen, und es nicht einmal bemerken. Schließlich: Kein Mensch kann so viele Geschichten in so verschiedenen Ländern erlebt haben, wie sie ihm erzählt. So alt ist sie nicht. Niemand weiß, wie alt sie ist. Und seine Mutter meint, man müsse akzeptieren, dass sie einfach *da* sei. Sagt ihr ein Instinkt, dass es gefährlich sein könnte, Fragen zu stellen?

Meg hat Mungo verzaubert, und Campóra fürchtet sich vor ihr. Er will es nicht erklären, obwohl er doch sonst so redselig ist.

Kein Mensch weiß, wohin Meg verschwindet, wenn sie ihre Laufschuhe anzieht. Er würde ihr zu gerne folgen. Einmal, im Sommer, hat er es versucht, doch schon am Fuß der Treppe ging ihm die Luft aus. Das Küchenmädchen begleitet ihn wieder nach oben. Sie bekreuzigt sich ständig, und ihr pockennarbiges Gesicht sieht immer ein wenig erschrocken aus. Meg führt in der Küche ein tyrannisches Regiment. Und noch immer hat sie nicht gelernt, mit scharfen Messern umzugehen. Er hat nie Blut gesehen unter den Pflastern, die ihre Finger bedecken.

All diese Überlegungen führen Albert, der sich zu den Naturwissenschaften hingezogen fühlt, weil ihm diese Suche nach dem Geist Gottes plausibel erscheint, zu dem Ergebnis, dass Geheimnisse erforscht werden müssen. Die einzige Möglichkeit, die ihm angesichts seiner Lage bleibt, ist die Durchsuchung ihres Zimmers. Atemlos. Während Meg an diesem Samstagabend in der Küche steht und Mungo mit der Bewirtung einer Hochzeitsgesellschaft beschäftigt ist.

Er gab vor zu schlafen, als sie das letzte Mal nach ihm sahen, und schlich dann nach oben in das kleine Zimmer unter dem Dach, in dem Meg nicht mehr schläft, seit sie und Mungo zusammen sind. Doch dort bewahrt sie ihren Koffer auf, und Albert nähert sich ihm mit der Absicht, ihn notfalls gewaltsam zu öffnen. Sie werden ihm verzeihen, weil er krank ist. Einer der wenigen Vorteile seiner Hinfälligkeit, diese Machtausübung auf niedrigstem Niveau. Es erstaunt ihn, dass dieser Koffer nicht verschlossen ist. Er muss ihn nur unter dem Bett hervorzerren, und das ist leicht, denn er wiegt fast nichts.

Eine feine Staubschicht liegt auf dem rissigen braunen Leder. Reisen Marsmenschen mit Gepäck? Er klappt den Koffer auf, während er mit offenem Mund am Boden kniet. Staub rieselt auf den Holzboden, und er hört von unten Gelächter, das ihm höhnisch erscheint. Sie wissen nichts. Sie sind nur betrunken und suchen die Toilette, die am Ende des langen, dunklen Gangs liegt. Sie ist abscheulich und riecht nach Urin und Fisch. Meg behauptet, dass besonders in Asien Menschen daran glauben, dass das Trinken von Urin das Leben verlängere. Manche ihrer Kräutertees schmecken komisch. Sie würde es nicht wagen, oder?

Er wagt viel, doch was immer er erwartet hat: nicht so wenig. Albert findet ein Foto und einen Reisepass. Nein, es ist kein richtiges Bild, nur die Schwarzweißaufnahme eines Wesens, das einem Alien oder einem Menschen gleicht, je nachdem, woran man eher glaubt. Ein sehr großer Kopf, kaum ausgebildete Gliedmaßen. Meg vor ihrer Verwandlung in eine Köchin? Albert hat eine Ahnung, wie sich große Entdecker fühlen. Wie Einstein mit sechzehn, der sich während einer Fahrradtour in Italien zum ersten Mal fragte, wie es wohl wäre, sich mit Lichtgeschwindigkeit fortzubewegen? Albert öffnet das grüne Dokument.

Es weist die Inhaberin des Passes als Menschen aus. Ausgestellt von der Deutschen Botschaft in Buenos Aires. Auf dem Foto lächelt eine Frau in die Kamera. Daneben steht ihr Name in Schreibmaschinenschrift: Margareta Romero. Verheiratet. Albert entziffert, dass sie eine geborene »Bronner« ist, geboren am 1. April 1961 in Hanau. Besondere Merkmale: keine.

Der Pass zeigt keine Ein- oder Ausreisestempel, er ist jungfräulich und sieht vielleicht aus diesem Grund wie eine Fälschung aus. Nicht so echt wie das abgegriffene Foto mit dem Ding, das aussieht wie ein unterentwickelter Mensch. Albert fühlt sich getäuscht. Die Phantasie war größer als die Wirklichkeit. Ein Foto und ein Pass, und ein Luftzug, der von hinten kommen muss, denn das Fenster ist geschlossen.

Mungos Fähigkeit, sich lautlos anzuschleichen, kennt er gut. Doch er erschrickt, als er ihre Hand auf seiner Schulter spürt. Als er seinen Kopf zur Seite wendet, sieht er ihre blutrot lackierten Fingernägel, die sich in seine Haut graben. Es ist an der Zeit zu husten und schwer zu atmen, und genau dies tut er, während sie ihm Foto und Pass aus der Hand nimmt.

»Ein Fötus«, sagt Mungo mit einer Stimme, die er nicht so gerne mag. Er hustet noch mehr, während sie in dem Pass blättert. Wenn er sich erregt, wird es echt, und er steigert sich bis zu dem Punkt, an dem er ihre ewige Angst berührt.

»Das war keine gute Idee.« Mungo legt die Beweise zurück in den Koffer, lässt ihn jedoch offen. Dann nimmt sie ihn hoch auf ihre Arme und trägt ihn über die Treppe in sein Zimmer, wo sie ihn vorsichtig aufs Bett legt. Sie war immer so zart zu ihm, und dafür konnte er sie hassen. So wie jetzt. Andere Kinder werden gerügt oder verprügelt, doch Albert ist das zerbrechliche Ei, das sie nie ganz ausbrüten wird.

»Meg ist nichts Besonderes«, flüstert er zwischen zwei Atemzügen. Lauter und wütend: »Ich brauche die Maschine nicht.«

»Das ist sie doch.«

Sie fühlt seine Stirn, das Fieber ist ihr Feind, den sie bekämpfen, aber nicht besiegen kann. Sie wird Campóra anrufen und erst dann wieder nach unten gehen. Die Kellnerin schwimmt in einem Meer von Bestellungen, doch sie werden nicht verdursten. Der Bräutigam wird seine diätschlanke Frau in dieser Nacht schwängern, so hat er es lautstark angekündigt. Argentinische Potenzprahlerei, und die Figur in beiger Spitze wird sich nach seinen Wünschen ausdehnen und einen Menschen gebären. Ein Schöpfungsakt, der in seiner Wiederholung nichts von dem Wunder verliert. Kein Mann wird dies je verstehen. Und keine Frau wissen, was sie nach der Geburt erwartet. Sie hat jetzt keine Zeit, über das Foto nachzudenken. Später.

Nachdem sie den Doktor erreicht hat, umschlingt sie Alberts Waden mit Kräuterwickeln aus Megs Hexenküche. Seine Beine sind dünner als ihre Arme, und sie liebt ihn so sehr, dass sie vor Schmerz schreien könnte.

Er flüstert in ihr Ohr: »Mach dir keine Sorgen, es ist nur ein bisschen Fieber.«

Als Campóra eintrifft, ist Albert ein Lichtstrahl, der sich mit großer Hitze und Geschwindigkeit durch einen dunklen, endlosen Raum bewegt. Das Vergehen der Zeit ist relativ, nicht absolut; er wird schwerelos, Masse und Energie heben einander auf.

Der Doktor setzt eine Injektionsnadel, die Albert als Kollision mit einem spitzen Stern wahrnimmt.

Mungos Stimme ist weit weg, er empfängt sie wie Wellen aus dem All. Und dann hört er Meg, er will die Augen öffnen und sieht nur grelles Licht, er ist der Sonne zu nahe, alles ist Physik, für alles gibt es eine Erklärung. Das komische Ei wurde zu Wasserstoffatomen. Die schweren Elemente entstanden aus heftigen Sternexplosionen. Milliarden Jahre brauchte die Erde, um einen wie ihn zu erschaffen. Er gleitet in das Licht, und es fühlt sich an wie heißer Schnee. So hell. Albert streckt dem Doktor die Zunge heraus. Das war es schon. Mehr ist nicht.

19

In der Nacht, in der Juan Campóra um Alberts Leben kämpfte, schloss er einen neuen Vertrag mit Gott. Die der Not gehorchende Gläubigkeit an seinen Verhandlungsspielraum mit einem Partner, dessen Wege unerforschlich sind, wurde insofern belohnt, als Albert überlebte.

Das Fieber sank. Der Junge atmete wieder, als ob es die leichteste Sache der Welt sei, und verlangte nach Wasser. Mungo küsste die Altersflecken seiner Hand, und Meg bot ihm ein Stück der Hochzeitstorte an. Zum ersten Mal behandelte sie ihn nicht wie einen unwillkommenen Gast, und er kostete die Lorbeeren seines Sieges über das Böse, weil der Tod alles Gute in Mungos Leben ausgelöscht hätte.

Hatte sie ihn nicht angeschrien, dass sie ihn umbringen

würde, falls Albert stürbe? Das Gute als Gegenpol der Grausamkeit, die er an sich kennt, liegt weniger in der Achtung der Vernunft als der Gefühle anderer Menschen. Das Gute widersteht jeder Ideologie, das denkt er heute, doch kann kein irdischer Glaube das Gestern auslöschen.

An dem Tag, an dem Meg oder Margarita ihren ersten Brief bekommt, seit sie in Ushuaia untergetaucht ist, löst Campóra seinen Teil des Abkommens ein. Er spricht mit Mungo über Alberts Genesungschancen in einem heißen und trockenen Klima. Natürlich gebe es keine Garantien, aber doch Hoffnung oder zumindest Besserung. Im Übrigen sei er in seinem hohen Alter bald nicht mehr in der Lage, Albert angemessen zu betreuen.

Lange ist seine Vorrede, die sie schweigend anhört, obwohl er ihr nichts Neues erzählt. Alte Menschen neigen zu Wiederholungen, und noch hat sie keinen Käufer in Aussicht, der »Mungo's« übernehmen und ihren Auszug aus Ushuaia finanzieren könnte.

Er erzählt ihr nichts von seinem göttlichen Abkommen, nur von seinen Absichten: Er, Campóra, wird ihr seine Ersparnisse schenken, Geld, das er ja doch nicht mehr braucht so kurz vor der Ewigkeit und in Anbetracht fehlender Erben. Es war für ein drittes Leben bestimmt, falls sie ihn in Ushuaia je aufgespürt hätten: vierhundertfünfzigtausend Dollar auf dem Konto einer Bank in Los Angeles. Schmutziges, schönes Geld; und damit stünde ihrem baldigen Aufbruch nichts mehr im Wege, wobei auch das Klima an der Westküste zu empfehlen sei, und dort vor allem die Qualität der medizinischen Versorgung, die in Mexiko vielleicht zu wünschen übrig lasse. Noch so einen Winter, spricht Campóra, würde Albert vielleicht nicht durchstehen, also sei eine gewisse Eile geboten. Sein Angebot möge sie als Freundschaftsdienst betrachten, der ihrer Person und Albert gleichermaßen gelte.

Er fühlt sich wohl bei seiner Rede, sie verkörpert eine Ablasshandlung von großer Güte, und außerdem ist es wahr, dass er mit dem Geld nichts mehr anzufangen wüsste. Es war immer dafür bestimmt, eine weitere Flucht zu finanzieren … und er wird nur noch eine weite Reise antreten, die mit geringen Kosten verbunden ist. Seinetwegen können sie ihn auf dem Friedhof mit den verwitterten Steinen verscharren und auf Marmor verzichten.

Campóra sieht sie jetzt beinahe flehend an. Mungo hat ihre Lippen geschürzt und die Stirn in Falten gelegt. Sie denkt nach. Zu sagen, dass sie dieses große Geschenk nicht annehmen könne, wäre eine Lüge. Sie kann. Zu fragen, woher sein Geld stammt, wäre unhöflich. Zu erwägen wäre der Stolz, es ganz allein zu schaffen. Doch stünde dieser Triumph in keinem Verhältnis zu Alberts Chance, in die Sonne zu kommen. Campóra hat Recht: Es darf keinen Winter mehr geben.

Sie nimmt seinen runden, fast kahlen Kopf in ihre Hände und küsst ihn auf die Stirn, wo sie ein blutrotes Mal hinterlässt. »Danke. Ich nehme das Geld an. Sofort, wenn es sein muss.«

Tausend Jahre versinken in dem Meer ihrer Güte, sein Geld anzunehmen. Campóra fühlt sich auf wunderbare Weise erlöst und denkt, dass er nun sterben könne. Sein Körper signalisiert ihm, dass es nicht mehr allzu lange dauern wird, doch diesen einen Wunsch hat er noch, die einzig verbliebene Gier bis zum Ende zu befriedigen. Und so schmälert er sein Geschenk mit einer, wie er findet, winzigen Einschränkung. Er schlägt Mungo vor, dass er das Lokal kommissarisch übernehme, verbunden mit der Bitte, dass die Köchin bleiben möge. Zumindest für ein Jahr, das ihm Zeit gäbe, einen Käufer zu finden. Den Erlös werde er Mungo zukommen lassen, wo immer sie sich befinde.

»Nein.« Das war zu schnell, zu hart. Der alte Mann versteht nicht, welchen Preis er von ihr fordert. Er denkt schon lange nicht mehr an Sex oder Liebe, man kann es wunderbar trennen oder, besser noch, verbinden. Liebe ist wie ein Hemd aus Feuer, und obwohl sie weiß, dass es nicht ewig brennen wird, genießt sie die Hitze, die glühenden Farben, das Prickeln auf der Haut.

Und hier steht dieser Mann, der nicht auf seine Tartes verzichten kann, die Crèpes und süßen Knödel, der Liebhaber aller Süßspeisen, die aus Megs Küche kommen. Am Ende aller Leidenschaften ist der Geschmack von Zucker das orgiastische Erlebnis. Sie weiß, wie er fühlt, aber es ist nicht fair, sie vor diese Wahl zu stellen. »Ich kann nicht über Meg verfügen.« Das ist eine gute Einschränkung. »Das muss sie selbst entscheiden.«

Und hat sie sie nicht schon verraten?

Meg öffnet einen Brief, der von Oscar Romero an Margarita Romero gerichtet ist. Er hat also die ganze Zeit gewusst, wo sie ist. Es überrascht sie nicht, sie hat nur sehr lange verdrängt, dass es ein Leben vor Ushuaia gab. Der übliche Versuch, die Vergangenheit auszulöschen, um sich selbst neu zu erschaffen. Es ist ihr in weiten Teilen gelungen. Sie kann sich kaum noch erinnern, wie Oscar aussieht, wenn er glücklich ist.

Das Schreiben kam mit einem Boten, der es ihr überreichte, als sei er erleichtert, eine Briefbombe loszuwerden. Ein guter Bekannter von Oscar, so stellte er sich vor, und er bat sie, ihm den Empfang zu quittieren, bevor er wieder verschwand.

Oscars Paranoia, dass alle Menschen Betrüger sind; der Mann hätte den Brief ja ins Meer werfen können. Oder ihn dem Wind anvertrauen, der den Schnee durch die Straßen treibt. An Tagen wie diesen erstarren in Ushuaia alle Leidenschaften, es geht nur noch darum, warm und geschützt zu überleben. Das Glashaus vor dem Bordell ist mit Eisblumen bedeckt.

Sie steht in der Küche und raucht. Entziffert seine krakelige, fast ungelenke Handschrift, Oscar ist ein Handy-Mann, der E-Mails verschickt, und es muss ihn Überwindung gekostet haben, auf diesem Weg zu kommunizieren. Oscar schreibt, dass es der Familie schlecht gehe. Evita könne nach einer Augenoperation nicht mehr aufhören zu weinen. Ein Defekt der Tränendrüsen nach einer Unterlidskorrektur. Victor weigere sich, sein Bett zu verlassen, nachdem er mit Lippenstift auf den Spiegel geschrieben hatte, dass er zu sterben gedenke. Flora plane den Exodus nach New York, und Pepe habe sich nach einem Sturz vom Pferd (ein Trunkenheitsritt) einen Lendenwirbel gebrochen. Die Einleitung. Ein Auszug von zwei Jahren aus der Geschichte der Familie Romero. Flora scheint die Einzige zu sein, die noch die Kraft hat, der tragischen Komik aller Ereignisse auszuweichen.

Niemand hat Margarita vermisst. Warum auch? Sie hat nirgendwo Spuren hinterlassen, und das Blut auf der Straße vor *Las Floras* wird der Regen fortgewaschen haben. Der Lastwagen, der auf sie zukam, der Sprung zur Seite, und der Stein, auf dem ihr Kopf aufschlug. Ein Schmerz wie der von Oscars Faust, und sie dachte während ihres Falls und bevor sie das Bewusstsein verlor, dass der rote Ball nicht auf diese Straße gehöre.

Dieses Ende hatte etwas perfekt Ironisches, doch es war wieder nur ein Anfang, denn sie öffnete die Augen und sah einen bärtigen Mann über ihr Gesicht gebeugt. So nahe, dass sein Schnurrbart ihre Wange kitzelte. Sie lachte unter Schmerzen, und er fragte sie nach ihrem Namen, das war komisch. Sie gab ihm einen: Meg. Dann stand sie mit seiner Hilfe auf, und er führte sie zum Wagen und reichte ihr sein Taschentuch, weil sie aus einer Wunde an der Wange blutete. Es war schmutzig. Sie sah sich nach dem Ball um, als sie ins Auto stieg, doch er war verschwunden. Eine Täuschung. Das Leben spielt einem Bälle zu, und man fängt sie nicht auf. Was gut sein kann.

Er fragte sie, ob er sie irgendwo hinbringen könne, und die blutende Frau mit dem braunkarierten Taschentuch sah auf das große Tor von *Las Floras* und dachte, dass sie es nie geschafft hatte, rückwärts zu gehen. Also schüttelte sie den Kopf, der schmerzte, und leckte das Blut ab, das von der Wange lief. Sie dachte an Marias Geschichten von dem Stierblut, das Männer tranken, um ihre Potenz zu stärken. Pepe mochte Marias Blutwürste nicht, aber alle anderen auf der Estancia liebten sie.

Der Mann mit dem großen Schnauzbart brachte sie in der nächsten Stadt in ein Krankenhaus, wo man ihr Fragen zur Person stellte, auf die sie keine Antwort gab. Schließlich gaben sie auf, säuberten ihre Wunden und klebten ihr ein Pflaster auf die Wange. Sie hielten sie für eine verwirrte Person, und dafür war in diesem kleinen Hospital niemand zuständig.

Der Fahrer wartete draußen auf sie, das war überraschend, und sie fragte sich, in welcher Währung sie ihn für seine Geduld bezahlen müsse. Weil es für alles eine Rechnung gibt. Vielleicht fühlte er sich schuldig, wofür es keinen Grund gab. Es war Zufall, dass sie und sein Wagen zur selben Zeit am selben Ort aufeinander trafen. Sie fragte ihn nichts, sondern setzte sich in sein Auto und rauchte eine seiner Zigaretten, die nach Heu schmeckten. Er transportierte Schafwolle von Süden nach Norden, seit dreißig Jahren. Er roch wie ein Schaf und erzählte ihr seine Geschichte, die sich zwischen zwei Punkten auf der Landkarte bewegte. Die Strecke war sein Leben in zwei Richtungen, und er sagte, dass er sich frei fühle.

Das war das Einfachste, ihm mit geschlossenen Augen zuzuhören, während das Auto über den Asphalt rollte, über Schlaglöcher holperte; es war eine seltsame, nicht schmerzfreie Reise, deren unbestimmtes Ziel das Beste daran war.

Der Fahrer, dessen Namen sie nie erfuhr, weil sie nicht fragte, hielt sich an Geschwindigkeitsbeschränkungen in geschlossenen Ortschaften. An Tankstellen kaufte er warme Cola und kalte Brote, und nachts hielt er irgendwo an und gab ihr eine Decke, und sie legte sich auf die Vordersitze, die nach Leder, Schafen und Schweiß rochen. Er schlief hinten, und sie hörte sein Schnarchen durch die Trennwand.

Es gab nur die Straße, der man folgen musste; diese Welt war klein und überschaubar. Der Himmel wurde schwärzer, je weiter sie nach Süden kamen, und er war voller Sterne. Er nahm nichts wahr, was jenseits der grauen Bahn war, auf der er sich bewegte. Sie dachte, dass er einem Automaten glich oder einem Golem oder dem, was die Japaner ein Bunraku nennen.

Am Ende der Reise, in Ushuaia, hielt er vor dem Bordell und sagte, dass es nicht mehr weitergehe. Er gab ihr die Hand, und sie dankte ihm. Dann verschwand er in dem Haus, in dem alles einfach war und man wenig Worte brauchte. Als sie an der Hafenstraße entlangging, gegen den Wind, fühlte sie sich kleiner als je zuvor. So allein, dass sie seine Gesellschaft vermisste. Sie hätte so gern seinen Namen gewusst, doch es war zu spät.

Oscar schreibt im vierten Absatz, dass er die Scheidung wünsche, denn er habe nicht vor, sein Leben allein zu verbringen. Eine Frau, die Greta und Margarita hieß, habe er einmal geliebt, aber wohl nie verstanden. Niemand, den er kenne, würde sein Leben freiwillig in Ushuaia verbringen. Aber gut, schreibt Oscar, sie habe ja stets das Besondere gesucht, das sie in sich nicht gefunden habe. Und trotz aller Enttäuschungen wünsche er ihr Glück.

Dieses komische Wort, denkt Meg, dem wir alle nachjagen ohne die geringste Ahnung seiner Bedeutung. Die Augenblicke, die ihm nahe kommen, sind von Unaufmerksamkeit bedroht. Die Lust hat ihren Höhepunkt schon überschritten, wenn man sie weiß. Selbst Mungo mit all ihren Leidenschaften kapituliert vor der Macht des Faktischen: Alberts Fieberkurve. Und Oscar versucht zu planen, was unmöglich ist: die Kontinuität von Leben und Liebe.

Das Foto, das er seinem Brief beigelegt hat, erklärt die Milde seiner Vorwürfe. Es zeigt ihn mit einem jungen Mädchen, das zu ihm aufsieht. Es ist blond und ähnelt einem sehr hübschen Pferd. Was man verlässt, muss man verloren geben, doch ein kleiner, unlogischer Schmerz bleibt bestehen. Oscar und Greta waren eine Episode, und der Neuen will er ein Denkmal der Ewigkeit setzen. Viele Kinder mit Isabel, so heißt das Pferd, und es stammt aus einem guten Stall, so dass alle Gewohnheiten und Geschmacksrichtungen parallel und nicht entgegengesetzt laufen.

Es wird eine gute, langweilige Ehe werden, denkt Meg, bevor sie das Foto zerknüllt und zu Boden wirft. Das Bild, das er beifügen musste, entspricht seinem Hang zur Prahlerei. Als er sich einen neuen Wagen kaufte, hat er ihn auch allen Freunden gezeigt. Die Freude am Besitz nährt sich vom Neid der anderen. Sie kennt ihn so gut. War es deshalb so einfach, ihn zu vergessen?

Das Formular, das sie unterschreiben soll, leitet die Scheidung ein. Er bittet sie dringend, es umgehend zurückzusenden. Sie würde seinem Glück doch nicht im Wege stehen wollen?

Dieser letzte Satz klingt vertraut, er wirkt wie eine Schmerztablette. Im Labyrinth der Selbstsucht findet er sich doch besser zurecht als sie. Obwohl sie einander in vieler Hinsicht ebenbürtig waren. Er wollte sie in Besitz nehmen, und sie hat ihn betrogen. Seine Grausamkeit war ehrlich und ihre verlogen. Nichts in der Begegnung, die sie Ehe nannten, kam einer Wahrheit nahe, die sie beide akzeptieren konnten.

Im Postskriptum bietet Oscar eine Abfindung von fünfundzwanzigtausend Dollar an, wenn sie in eine schnelle Scheidung einwilligt. Das ist mehr Geld, als Meg, Greta oder Rita je besessen haben. Wie dumm von ihm, denn sie hätte nichts gefordert, wofür auch? Für den Beischlaf oder die Gesellschaft, die sie ihm geleistet hat? Die Lust, den Schmerz, die Gleichgültigkeit, die sie für eine Zeit teilten, sind keine Leistungen, die bezahlt werden müssten. Oscar, der so viele Fragen stellte, hat sie nie verstanden, und bezahlt diese Einsicht mit der einzigen Währung, der er traut. Das ist ein Witz, den sie sich merken wird, und während ihr der Brief aus den Händen gleitet und sie zu weinen beginnt, weil sie über alle Fehler lachen möchte, die sie und er begangen haben, stürmt Mungo in die Küche. Sie bewegt sich immer, als müsse sie gegen den Sturm ankämpfen, graziös wie ein Elefant.

»Ich habe Hunger. Und es riecht nach verbranntem Fleisch.«

Als sie klein war, hat sie Würmer und Insekten gefangen, wenn sie Hunger hatte: Mungos Erzählungen einer kulinarischen Kindheit. Meg zeigt auf den Ofen, in dem das Lamm seiner Bestimmung entgegenschmort. Die Haut hat eine sehr dunkle Farbe angenommen, und sie verbrennt sich den Daumen, als sie den Topf aus dem Ofen zieht.

»Sehr knusprig«, sagt Meg, während sie den Finger unter kaltes Wasser hält.

»Verbrannt. Ich hasse es, immer das zu essen, was dir misslingt.«

Wenn sie streiten, dann ausschließlich in der Küche. Mungos Temperament braucht Reibungsflächen, und die Köchin ist der einzige Mensch, der sich anbietet. Weil sie weiß, dass sie geliebt wird. »Sehe ich Tränen? Doch nicht wegen eines Lamms?« Sie schneidet ein Stück Fleisch ab und besänftigt ihren Magen. Es ist zäh. »Der Geschmack ist perfekt.«

»Wir sollten von hier weggehen. Ich habe ein bisschen Geld.« Oscars Geld, und sie wird es nehmen wie ein Geschenk, das sie nicht verdient.

Das passt jetzt nicht zusammen. Mungo hat vieles und viele in ihrem Leben gehasst, aber noch nie sich selbst. Ein Gefühl hat Premiere, und es schmeckt so bitter, dass jeder Hunger erlischt. Sie wirft das Fleischstück in den Müll, auch dies ist die falsche Geste, denn Meg reagiert empfindlich auf Kunstkritik. Sie heißt Margareta, ein viel zu pompöser Name, den sie auf ihre Kürze gebracht hat. Man braucht nicht mehr zu wissen als das, was man am anderen liebt. »Woher hast du das Geld?«

»Von meinem Mann. Er will sich scheiden lassen. Es ist nicht viel, aber wenn wir alles zusammenlegen, wird es für den Anfang reichen.«

Die Gier ist größer, Meg. Sie lässt sich damit erklären, dass manche ihre Sättigungsgrenze nie erreichen. Mit der Begründung entschuldigen, dass Alberts Arztkosten nicht kalkulierbar sind. Oder damit, dass Geld mir immer mehr bedeutet hat als dir. Hunger vergisst man nicht, niemals. Er macht groß und stark und auf eine andere Weise böse, als die Satten es sich vorstellen können.

Meg gehört zu den anderen, denkt Mungo, während sie den Finger mit Brandsalbe beschmiert und ein Pflaster darauf klebt. Ihn küsst, nachdem er verarztet ist. Das Gefühl ist stärker denn je, doch es steht jenseits der Vernunft, die schon gesprochen hat, als Campóra die Summe nannte.

Während sie ihr erklärt, dass es nur für ein Jahr sei, eine beschränkte Zeit, in der sie mit Albert vorausreisen und einen Platz an der Sonne finden wird, wird Mungo klar, dass sie das Ende herbeiredet. Jedes Bild, das sie von einer strahlenden, nur verschobenen Zukunft malt, verblasst vor Megs weißem Gesicht. »Nur ein Jahr«, der Satz wird zur Beschwörungsformel in der Rede einer Ungläubigen. Sie hat wenig Übung darin, Leidenschaft für eine verlorene Sache zu heucheln. Schließlich bricht sie ab.

Meg hackt auf das harte Fleisch ein, das sie auf ein Brett gelegt hat. Es entsteht ein Lammragout, so fein geschnetzelt, dass es auf der Zunge zergehen wird. Sie ist eine Köchin von Hannas Begabung. War nicht alles immer zu wenig, um genug zu sein? Und endete in Kompromissen, Lügen, dem Geschnetzelten des Lebens, von dem man ganze Stücke will?

»Du willst Campóras Geld, und er meine Küche: Süßspeisen als Sterbesakramente. Es klingt wie ein verdammtes Tauschgeschäft. Sklavenhandel der feinen Art.«

»Es geht um Albert«, sagt Mungo. Es ist die Wahrheit, aber nicht die ganze. Sie ist zu kompliziert oder zu einfach, um sie zu erklären. Sie ist nicht absolut. Sie hat eine Identität, eine Vergangenheit, sie ist verwoben mit Wünschen und Ängsten, die der Solidarität oder der Wahrheit der anderen entgegensteht. Der bisherige Zauber lag darin, dass sie beide die Gegenwart zum Maß aller Dinge erhoben. Und schon sehen sie einander an, als wären sie Fremde, die einander misstrauen.

»Campóra ist ein Scheißkerl«, sagt Meg, die das Fleisch schneidet wie ein ungeschickter Metzger. »Er hat nicht vergessen, wie es ist, Gott zu spielen. Den gütigen diesmal. Mit einem Schuss Grausamkeit. Und was ist, wenn ich nicht mitspiele? Bekommst du dann sein Geld nicht? Wie viel ist es überhaupt?«

»Zu viel.«

Campóra, denkt Meg, hat es geschafft, das Wort Verrat auf eine Waage zu werfen, auf die sie beide ihr Gewicht legen. Anstand, Zuneigung, Misstrauen, Angst und Gier. Die Ironie liegt darin, dass sie einmal auf etwas setzte, das nicht zu groß schien. Aber natürlich wiegt Mungos Wahl schwerer. Sie setzt zwei Gewichte ein, und in ihrer Stärke lag immer auch ein Gran Selbstgerechtigkeit.

Sombras, nada más, acariciando mis manos. Nur noch Schatten, die meine Hände streicheln. Meg hat die Tangotexte fast vergessen. Es war ein anderes Leben. Man findet sich immer zurecht. Mit Geschnetzeltem. Gewürzt mit Zimt und Nelken, Kardamom und in Rotwein ertrunkenen Pflaumen. So wenig Nachgeschmack vom Paradies. Stattdessen Gift für die, von denen man sich verraten fühlt. Sie ist verletzt und wirft einen roten Ball auf die Straße …

»Ich tue es für Einstein, nicht für dich. Ich werde kochen und so lange bleiben, bis du sein Geld hast. Aber dann gehe ich. Es bleibt dir überlassen, ob du Campóra die Wahrheit sagst. Vermutlich wäre es klüger, dieses Detail zu verschweigen.«

Mungos schönes Gesicht wird in der Bewegungslosigkeit zu einer großporigen Maske. Was immer sich dahinter bewegt, Meg will es nicht mehr wissen. Die wirklichen Probleme haben keine Lösung, sondern Geschichte. Es war gut, wie es war. Eine ausgewogene Liebe, und eine Zeit, in der sie doch gewachsen ist. Man muss da anfangen, wo man ist. Und die wichtige Entscheidung treffen, ob roter oder grüner Pfeffer die richtige Würze ist.

VI
Margareta

20

Parzival irrte jahrelang durch die Welt, bevor er die Frage stellte, die ihn das Wesen des Heiligen Grals erkennen ließ. Margareta hatte immer einen Hang zu den tumben Helden, die die Dialektik ihres Schicksal weniger begriffen als instinktiv erfüllten. Zu Narren, die sich nicht für Dinge interessieren: was sie bedeuten und was es kostet, sie zu besitzen.

In dem Land, in das sie zurückgekehrt ist, haben Dinge einen großen Wert. Überall, aber besonders hier, wo sie schärfer sieht, mit den Augen einer Fremden, der alles vage vertraut erscheint. Das Wort Heimat hatte nie einen Klang, den sie anziehend fand. Die Frage, die Meg an Margareta stellt, ist, ob es richtig war, so weit zu reisen, bis an den Anfang?

Die Straße ist eine alte Bekannte, die sich mit Schminke tarnt. Blumenkästen an Fensterfronten und Balkonen, die gab es früher schon. Neu sind gelbe oder hellblaue Fassaden von Häusern, die farbenblinde Lebensfreude verheißen. Man könnte sagen, dass diese Straße schöner geworden ist, ihrer proletarischen Feinheiten beraubt. Die Mülleimer und eisernen Fahrradständer sind verschwunden, und in den Parkbuchten stehen in dichter Reihe Autos wie glänzende Fische im Asphaltmeer.

Die Tauben sind geflohen oder an Gift gestorben, und an der Stelle, wo früher der kleine Laden war, der Bonbons in unhygienischer Verpackungslosigkeit anbot, verspricht eine Baustelle ein Warenhaus von großer, gläserner Höhe.

Margareta wandert durch die Vergangenheit mit den gemessenen Schritten einer Achtunddreißigjährigen. Die blinde Furchtlosigkeit begleitet nur die unsterblich Jungen. Sie vermeidet unliebsame Begegnungen mit Laternenmasten, Fahrradständern, Hundescheiße und den *agélastes*, wie Rabelais diejenigen nannte, die niemals lachen. Sie sollte sie anlächeln, denn es wäre ja möglich, dass jemand sich an das Kind dieser Straße erinnert. Doch sie konzentriert sich auf das Gestern, auf ihre Geschichte, die sich von jeder anderen Daseinsform unterscheidet.

Es ist ein heißer Tag wie damals, nur die Gewitterwolken fehlen. Es fällt niemandem auf, die Leute sehen nicht nach oben, nur nach vorn und aneinander vorbei. Sie ziehen die Einsamkeit vor oder das Wir-Gefühl in kleinen Einheiten, die sie für sicherer halten. Margareta erinnert sich an ihre vehemente Ablehnung jedes Wir-Gefühls. Sie hielt sich für größer, mutiger, begabter als die anderen. Vielleicht war es wahr, nur weil sie damals so dachte. Sie war ja doch eine Närrin, aber dieses Gefühl hat nicht gehalten. Heute glaubt sie, dass niemand im Besitz der Wahrheit ist, obwohl jeder das Recht auf Besserwissen in Anspruch nimmt. Sie weiß es besser: Es kommt darauf an, dass man mit anderen Menschen über das, was einem wahr erscheint, sprechen kann. Sie versucht doch nur, die Balance zwischen sich und dem unverständlichen Rest der Welt zu finden. Sie geht weiter.

Die Veränderungen irritieren, weil sie meinte, jeden Stein dieser Straße zu kennen: Fahrradwege und Bremsschwellen und ökologische Alibis in Form von Bäumen, die dem Beton trotzen. An der Stelle, an der sie einmal stand, streckt eine Ulme ihre dürren Äste dem Himmel entgegen. Sie glaubt, dass es hier war, aber sie ist sich nicht mehr sicher.

Ein Kind, von einem Geräusch erschreckt, blieb stehen und

drehte sich um. Margareta sah Agathas rote Haare, die in der Sonne wie Feuer brannten. Das Auto. Ein Bild, ein dramatisches Gemälde, das nur Sekunden währte, bevor es zur unwiderruflichen Vergangenheit wurde. Sie hörte den Schrei ihrer Schwester, doch dann gab es dieses andere Geräusch, viel lauter und unmenschlicher. Margareta ist nie in Versuchung gekommen, einen Führerschein zu machen.

Sie sieht den Körper durch die Luft fliegen und auf dem Boden aufschlagen. Die Blutspritzer sehen wie gefärbte Regentropfen aus. Margareta, die nach ihrem Ball sah und dachte, dass es besser wäre, ihn an seinem Platz zu belassen. Es war falsch und böse, über die Straße zu laufen. Besser, sich nun auf den Gehweg zu setzen und zu weinen.

Der Ball auf der anderen Straßenseite verriet sie natürlich, und die Polizei rekonstruierte das Geschehen, obwohl das Kind sich weigerte, zur Aufklärung beizutragen. Sie weinte und schwieg. Sie stand unter Schock. Niemand gab ihr die Schuld. Niemals in direkter Rede. Es war nicht nötig, weil alle es wussten und das Unaussprechliche in sämtlichen familiären Untertönen weiterlebte.

Irgendwann bestand sie darauf, dass man sie Rita nannte, weil sie glaubte, damit etwas auszulöschen. Sie taten ihr diesen Gefallen, weil sie ein schwieriges Kind war. Sie verwechselten Schwäche mit Güte, Kitsch mit Kunst und Ausharren mit Leben. Sie liebten, das war eine gute Entschuldigung, und heute ist sie so weit, diese Liebe höher zu werten als jede Kritik einer absonderlichen Normalität.

Der rote Ball liegt immer noch in dem Zimmer. Eine Reliquie, verstaubt und vergessen, und Gregor scheint beinahe schuldbewusst, als Margareta ihn aufnimmt. Ihr Vater sagt, dass nichts verändert wurde seit Hannas Tod.

»Natürlich nicht«, erwidert Margareta und legt den Ball zurück an seinen Platz. Der Raum ihrer Kindheit ist zur Abstellkammer geworden. Weil die Familie es bis heute nicht fertig bringt, sich von ihrem Ballast zu trennen.

Die Lesebrille ihrer Mutter liegt auf den Zeitungen, als wäre Hanna noch in ihrer Küche. Sie las jede Zeile der Zeitung, jeden Tag, sie war ihr Fenster zur Welt, die sie nicht wirklich interessierte. Man müsse nur Bescheid wissen, sagte sie, dann könne man auch zu Hause bleiben. Sie löste Kreuzworträtsel, um ihr Gedächtnis zu trainieren. Der Raum mit dem großen Holztisch war ihr Universum. Für ein Wohnzimmer wäre ohnehin kein Platz gewesen. Hanna war der Meinung, dass ein Couchtisch das überflüssigste aller Möbel sei.

Ihre Stärke bestand darin, die banalen Bedingungen zur Kunstform zu erheben, denkt Margareta, während sie die Brille vorsichtig zurücklegt. Hanna war eine begabte Schauspielerin ihres Lebens, vielleicht war dies ihr Trick, glücklich sein zu können. Haben sie und ihre Mutter jemals über etwas gesprochen, das wichtig war? Man erkennt nie, was man liebt, nicht in der täglichen Konfrontation.

Thea, die Jüngste, studiert in Berlin und lässt Grüße bestellen. Die anderen sind nie von hier fortgegangen. Margareta sieht sie an, Gregor, Anna und Laura, und sie erscheinen auf erschreckende und beruhigende Weise unverändert. Als ob das Leben ein Laufrad wäre, das, einmal bestiegen, keine Abweichung zulässt, ja nicht einmal den Gedanken daran. Also muss man nicht fragen, was Margareta erlebt hat, und selbstverständlich nehmen sie an, dass sie Opernsängerin ist, irgendwo im Ausland, denn sie war ja immer etwas Besonderes …

Gregors Hang zu Wiederholungen hat sich im Alter noch verstärkt. Sein Redefluss zielt darauf ab, ihre Erfolgsgeschichte zu schreiben, so, wie er sie lesen möchte, und Margareta bringt es nicht fertig, ihn zu enttäuschen. Nein, falsch. Sie zieht es vor, aus der Balance der Wahrheit zu fallen und an diesem Nachmittag im Laufrad zu bleiben, in dem Porträt, das die Familie von ihr entworfen hat. Nach diesem Bild geliebt werden und nichts daran zu korrigieren oder zu rechtfertigen. Das Leben fälschen, wenn es sein muss, aber das ist gar nicht nötig, weil schweigende Zustimmung vollkommen ausreicht.

Die Schuld lässt sich verleugnen, doch nicht der Gedanke daran. Es war das gestrige Herz, das umgekommen ist, und mit dem neuen lebt sie weiter. Sie würde nicht die richtigen Worte finden für alles, das den Konjunktiv herausfordert: hätte ich, wäre ich… und für alles gibt es eine Erklärung und für nichts die Chance der Wiederholung. Das Gefühl, Mungo und Albert zu vermissen, ist immer noch sehr stark. Einmal dachte sie, dass man nur frei sein könne, wenn man nichts will. Aber wozu will man frei sein?

Annas Apfelkuchen, der zum Kaffee serviert wird, schmeckt nach Backpulver. Sie lobt sie, und ihre Schwester, die kinderlose Witwe, die Hannas Platz eingenommen hat, weil dies die einfachste Version ihres Lebens war, strahlt vor Dankbarkeit. Sie ist die jüngere, weibliche Ausgabe von Gregor Bronner: zwei Buddhafiguren mit diesem göttlichen Lächeln, das zur Zerstörung reizt. Nein, Margareta ist nicht zu Besuch gekommen, um dies zu tun, sondern um zu verzeihen und um Verzeihung zu bitten.

Das Beschämende ist die Güte: Sie nehmen sie so selbstverständlich auf, als wäre sie nie weg gewesen. »Unsere kleine Rita«, flicht Gregor in seine Sätze ein, und Anna mahnt ihn vergeblich an den alten, neuen Namen. Er ignoriert dies ebenso wie Margaretas halbherzige Versuche einer Rechtfertigung, und sie denkt, dass ihn Fragen nie interessiert haben, weil er immer schon glaubte, alle Antworten zu kennen.

Das philosophische Kamel (so hätte Mungo ihn genannt, wären sie einander je begegnet) hat nach seiner Pensionierung eine Art Sekte gegründet, deren Anhänger er vornehmlich aus Annas Altersheim rekrutiert. Er predigt ihnen seine Vision des ewigen Lebens, leicht verderbliche Tröstungskost, für die seine Hörerschaft naturgemäß empfänglicher ist als jüngere Generationen. Eine Art mystischer Musikantenstadl, das ist Margaretas unausgesprochene Interpretation, während Gregor in aller Bescheidenheit erzählt, dass er in seinem kleinen Kreis große Gefühle bewege. Der Kraft der Komik niemals zugewandt, enthält er sich jeder ironischen Betrachtungsweise seines Tuns. Er hat seinen Seniorenklub *pro nihilo* getauft. Man trifft sich dreimal wöchentlich zu Predigten, Gesängen und Meditationen im Speiseraum des Altenheims, und Gregor verfasst jeden Tag Botschaften, die er persönlich überbringt in der Art eines himmlischen Briefträgers.

»Sie lieben ihn«, sagt Anna, und das sei die Lösung, nicht wahr? Dass man noch lieben und an etwas glauben kann, wenn man alt ist, überflüssig und überfordert von einem vergangenen Leben und der einzig noch möglichen Begegnung mit Größe, die den Namen Tod trägt.

Man muss an etwas glauben, egal, an was. Während Anna zu erklären versucht, was nicht zu erklären ist, erinnert sich die Besucherin an diesen Satz aus Ushuaia. Albert weinte, als sie in das Auto stiegen, das sie zum Flughafen brachte. Und Mungo tröstete ihn mit der Lüge, dass dieser Abschied nicht für immer sei.

»Ich verstehe schon, und es klingt gut«, sagt Margareta zu der Familie, die sie viele Jahre hinter sich gelassen hat. Ein Satz, der nicht nur sie überrascht. Hat das Kind nicht immer alles, mit Ausnahme seiner Musik, in Frage gestellt? An diesem Ort ist jede Veränderung eine Begegnung der unheimlichen Art.

»Du bist komisch geworden«, sagt Laura, die mit ihrer Tochter kam, einem rothaarigen Geschöpf, das von einer Zahnspange und pubertärem Überdruss beherrscht scheint. Laura, zum zweiten Mal unglücklich verheiratet, doch diesmal fest entschlossen, ihr Schicksal tapfer zu ertragen und das hübsche Reihenhaus mit dem treulosen Ehemann nie zu verlassen, spricht als Erste von Hannas Tod.

Sie sei zu Hause gestorben, so, wie sie es wollte. Unter Schmerzen, aber klar bis kurz vor dem Ende. Sie habe auch von Margareta gesprochen, ein lange totgeschwiegenes Thema. Laura, deren Gutmütigkeit mit Männern und Jahren geschwunden ist wie ihr strahlendes Lächeln, fügt hinzu, dass Hanna sich vehement gegen eine Vermisstenanzeige gewehrt habe, weil sie viele Jahre, ja bis zuletzt, an Margaretas Rückkehr glaubte. »Sie hat nie ausgesprochen, wie sehr dein Verschwinden sie verletzt hat. Du weißt ja, wie sie war.« Es sei sehr rücksichtslos von Margareta gewesen.

Ja, das war es. Den Kompromiss zwischen ihrem Willen und den gerechten oder ungerechten Erwartungen der anderen zu finden, war immer ein Margareta-Problem. Das unterentwickelte Wir-Gefühl. Die Schaffung des Ich, die olympische Disziplin, dieser Marathonlauf in unwegsamem moralischen Gelände … und würde sie nicht am Ende damit zufrieden sein, aufrechten Ganges ans Ziel zu kommen?

»Sie wollte, dass wir dir ihre Kochrezepte geben.« Anna legt zerfledderte, mit Fett bespritzte Hefte vor Margareta auf den Tisch. Nichts in ihrem Ton und alles an ihrer Haltung drückt aus, wie sehr sie Hannas Entscheidung missbilligt. Sie ist die Älteste, die Köchin und rechtmäßige Erbin; und hat sie nicht Tage damit zugebracht, Hannas Vermächtnis zu kopieren?

Drei Stunden sind keine Ewigkeit, doch zu lange, um das Bild zu wahren, das gerahmte Familienfoto, die unbewegte Harmonie und Wiedersehensfreude, und Margareta spricht aus, was sie alle denken: »Ich habe sie nicht verdient.« Die Entscheidung, sie Anna zu schenken, ist leicht getroffen, und ihre Schwester umarmt sie mit dankbarer Zuneigung, als Margareta aufbricht, rechtzeitig, denn dies ist eines ihrer zweifelhaften Talente: zu gehen, bevor es zu spät sein könnte.

Sie hat noch ein wenig Zeit, bis der nächste Zug nach Frankfurt fährt. Hanna stand an der Tür, damals, und winkte mit einem Küchentuch, als Rita aufbrach, um in Frankfurt vorzusingen. Sie drehte sich einmal um und erwiderte Hannas zuversichtliches Lächeln. Sie hat sie nie wieder gesehen.

Margareta geht die Straße bis ans Ende. Eine Sackgasse, wie sie es auf andere Weise früher schon war. Die Stadtplaner haben den Durchgangsverkehr umgeleitet in eine andere Straße. Alles ist anders, aber nichts ändert sich. *Pro nihilo*, vielleicht hat sie seine Selbstironie doch unterschätzt. Gregor ist ein komischer Heiliger, aber sie kann ihn lieben. So wie Anna, die Zärtliche, und Laura, die dem Leben schon immer staunend und neidisch hinterhertrippelte auf zu hohen Schuhen.

Rita trug ihr einziges Paar mit Absätzen, als sie in Frankfurt auf der Brücke stand. Genau in der Mitte, weder auf der einen noch auf der anderen Seite des Ufers. Und genauso fühlte sie sich: nicht zugehörig. Stimmlos. Verbannt in das undramatische Leben jenseits der Oper und so verzweifelt, wie man nur angesichts der ersten großen Niederlage sein kann. Möglich, dass Scham das stärkste Gefühl war, weil Lächerlichkeit am schwersten zu ertragen ist. Isolde durfte an gebrochenem Herzen sterben, aber sie musste springen und stand in der Mitte der Brücke und versuchte, sich das Nichts vorzustellen. Eine Stille, die der grellste Schrei sein kann.

Vielleicht hätte sie zu lange gezögert, den Punkt verpasst, an dem der Sprung der einfachste Schritt wäre, doch dann sah sie die Gestalt auf der Brücke, die sich in ihre Richtung bewegte. Ein kleiner Mann, der unerbittlich näher kam, und weil sie halb blind war von den Tränen, glaubte sie, es wäre Gregor, der sie nach Hause holen wollte. Und sprang.

Sie verlor ihre Schuhe, die diesem Anlass ohnehin nicht entsprachen, und dachte, dass Fallen sehr lange dauern kann. Eine subjektive Empfindung der verbliebenen Zeit, die kurz bemessen war, denn der Sturz dauerte nur Sekunden. Die Zeit des Schmerzes begann mit dem Aufprall auf etwas, das sich wie Beton anfühlte. Erst unter Wasser, in der noch größeren Stille, begriff sie, dass sie nicht tot war – und leben wollte. Und dass da noch jemand war in dieser braunen Brühe, in der sie nur an eines dachte: nach oben, zum Licht zu kommen.

Zwei Selbstmörder zur selben Zeit an derselben Stelle, das war eine *wild card*, an die sie nicht glauben konnte. Der Mann von der Brücke war ihr nachgesprungen. Und während ihre Lungen nach Luft schrien und sie nach oben trieb, war sie glücklich, nicht allein zu sein. Es war so kalt. Und sie griff nach dem anderen Körper, um warm zu werden. Er bewegte seine Arme nicht, und sie zog ihn mit sich und hielt ihn fest, bis sie an die Oberfläche kamen. Luft, sie holte so tief Luft, wie noch nie zuvor in ihrem Leben. Atmen war wundervoll, doch der Mensch neben ihr schien es nicht zu begreifen. So schwer war er, und Margareta, die mäßige Schwimmerin, hielt ihn fest mit aller Kraft, und sie hatte Glück, mit dem Strom zu treiben und ans Ufer zu kommen.

Es war ein Wunder. Ein schäbiges, denn der Mann lag leblos neben ihr, und als sie sich über ihn beugte, konnte sie keinen Atem spüren. Es war unvernünftig, doch sie schüttelte ihn und schrie ihn an, während sie vor Kälte zitterte. Als sie nach oben sah, auf die Brücke, standen Menschen dort, die auf sie zeigten. Sie war nicht fähig wegzulaufen, und so blieb sie neben dem Mann auf den Steinen liegen, starrte in den Himmel und dachte, dass sie genauso gut erfrieren könnte. Die Zeit war ein Schatten, der sich mit der Sonne bewegte. An einem unbestimmten Punkt dieser Zeit hörte sie das Geräusch eines Autos und Menschenstimmen. Sanitäter hüllten sie in eine Decke, während andere versuchten, den Körper neben ihr zu beatmen.

Sie sah ihnen zu und dachte, dass Sterben leicht war – und so schwer. An diesem schönen, kalten Tag war Isolde auf der Bühne verreckt, und mit ihr ein Teil von Rita. Sie hatte den Tod nur eingeatmet, doch es war möglich, dass sie einen Menschen auf dem Gewissen hatte.

Sie sagten ihr später, dass der Mann nicht ertrunken, sondern einem Herzanfall erlegen sei. Wo ist der Unterschied, fragte sie, und sie antworteten nicht. Als sie wissen wollten, was geschehen sei, entschied sie sich instinktiv für die Lüge. Die Notlüge. Die Fälschung der Wahrheit nur um einen Ton. So sterben Sängerinnen und Heldinnen, die überleben. Es war der Augenblick, in dem Margareta, Rita, sich von der närrischen Klarheit der Jugend verabschiedete, aber natürlich erkannte sie ihn nicht. Sie wollte nur noch davonkommen, nachdem sie es aus dem Wasser geschafft hatte.

Sie erzählte ihnen, dass sie ihm nachgesprungen sei. Sie behauptete nicht, dass er freiwillig ins Wasser sei, nein, er habe sich über das Geländer gebeugt und sei gefallen. Ein Herzanfall, der ihn die Balance verlieren ließ? Sie sei ihm nur Sekunden später ins Wasser gefolgt und habe ihn ans Ufer gezogen.

»Sie haben Glück gehabt«, sagte ein Sanitäter. Die Inflation eines Wortes, dessen Bedeutung darin liegt, noch am Leben zu sein.

Ihre Lügen schmeckten so widerlich, dass sie erbrechen musste. Sie gaben ihr heißen Tee aus einer Thermoskanne, und sie gab ihnen einen falschen Namen mit erfundener Adresse. Und lief weg, während sie die Leiche in einem Mehrzwecksarg verstauten. Darin war sie gut: wegzulaufen.

Als sie im Zug saß, nachdem sie sich zu Hause umgezogen und einen Rucksack gepackt hatte, während Hanna beim Arzt war, erdachte sie für sich die Geschichte eines Fremden, der, über ein Geländer gebeugt, einem Mädchen nachsah und mit ihrem prinzipiellen Recht, Leben und Tod selbst zu bestimmen, durchaus einverstanden war. Ein Seneca-Leser: *Dies ist das Einzige, weswegen wir uns über das Leben nicht beklagen können: Es hält niemanden fest.* Und griff sich ans Herz, fiel ins Wasser und starb. Ein Zufall, der rote Ball in anderer Gestalt oder die Grenzen der Freiheit, nur dem eigenen Willen zu gehören.

Sie konnte seinen Schmerz nicht fühlen, nur den eigenen. Ein anderer Schmerz. Und es gab wirklich nicht viel, das man mit anderen teilen konnte. Den Willen, die unbestimmte, einsame Zeit für eine Wegstrecke gemeinsam zu überwinden. Der junge Mann in ihrem Abteil erzählte ihr von Jazzkneipen in Berlin, er hätte auch über Politik oder Fußball oder Sex reden können, doch sein Thema auf dieser Strecke war Jazz. Und als sie ankamen in der geteilten Stadt, dachte sie, dass diese Endstation so gut wie jede andere sei.

Auf dem Bahnsteig, bevor sie in verschiedene Richtungen gingen, fragte er nach ihrem Namen. Sie gab ihm einen: Greta.

21

Die Geigerin erzählt von einem Stamm in Albanien, in dem junge Mädchen die Wahl hatten, ihrer Geschlechterrolle zu entfliehen: zum Mann werden, die Burka gegen Hosen eintauschen, alle maskulinen Freiheiten in Anspruch nehmen. Der Preis für dieses andere Leben war die sexuelle Enthaltsamkeit, sie mussten Jungfrauen bleiben. Wie hätten Sie entschieden?

Margareta kann sich in Geschlechterfragen nicht entscheiden, weshalb diese Frage immer wieder gestellt wird. Die Geigerin, der Klavierspieler und die Sängerin teilen sich eine Altbauwohnung in Frankfurt, renovierungsbedürftig, und sie teilen die Leidenschaft für Musik, unerwidert. Nein, sie erheben sich darüber, dass sie nicht essen können, was sie lieben. Sie haben ihre leidenschaftlichen Nächte, in denen David Oistrach, Art Tatum und Maria Callas oder Bessie Smith von den Toten auferstehen. Margareta hat die anderen sogar dazu gebracht, mit ihr Tangomelodien einzuüben. Es fehlt ein Bandoneonspieler, sie beherrscht das Instrument nur unvollkommen, doch dies ist ein Teil ihrer Verschwörung: Sie überschreiten die Grenzen, sie greifen ihre Talente an und massakrieren die Zweifel. Manchmal ist es grauenhaft, dann schreien sie sich an oder lachen darüber. Die Siege sind selten, doch es gibt sie: den perfekten Ton, das tanzende Licht in musikalischen Phrasen, die Verwirklichung dessen, was sie sind und niemals sein werden. Die Versuchung liegt in der Überwindung von Raum und Zeit durch Klang und Schönheit. Denn die Welt ist keine Symphonie, sondern ein lärmender Albtraum, dem sie ausgeliefert sind.

Die Tapeten mögen an den Wänden schimmeln, doch kein Nachbar stört die klassischen, jazzigen Orgien in einem Haus, das man irgendwann dem Boden gleichmachen wird, um einen jener Büropaläste hochzuziehen, in denen fleißige Bienen daran glauben, dass aller Honig nie zu Ende geht. Sie werden eine neue Bleibe finden, die Straße ist voller abbruchreifer Häuser, und die Stadt berauscht sich am Knistern von Banknoten, dem virtuellen Glück der Tauben.

Die drei haben nur ein Zimmer des Hauses in den Zustand renovierter Ehrbarkeit versetzt, das Büro im Erdgeschoss, ein riesiger Raum, in dem sie Kunden empfangen, Computer, Faxgeräte und Telefone bedienen. *Post Mortem* steht auf dem Schild neben der weißlackierten Tür. Alles ist vertrauenserweckend weiß bis hin zu dem Tulpenstrauß auf Margaretas Schreibtisch. Die chinesische Farbe der Trauer, die Farbe der Unschuld, das Logo eines Unternehmens, das zwischen Diesseits und Jenseits angesiedelt ist.

Sie müssen essen, und man könnte sagen, dass der Tod ihre

Nahrung ist. Die Geschäftsidee wurde in einem Zugabteil geboren, in dem die Reisenden sich zufällig fanden, zwei Stunden zum Stillstand auf engem Raum verdammt. Ein lebensmüdes Wesen hatte die Bahnstrecke zur Ausführung einer letzten Tat gewählt und den Intercity zum Halt gebracht, ein Wink des Schicksals, dem sie in anderer Weise folgten.

Die Geigerin, die ein gelangweiltes Dasein als Buchhalterin führte, und der Pianist, der sein Brot als Fahrradkurier verdiente, trafen auf eine Frau ungewissen Alters, die einen Job als Köchin, Barsängerin oder Kellnerin suchte, doch nach eigenem Bekunden wenig Neigung hatte, gegen zu wenig Geld zu viele Stunden ihres Lebens einzutauschen.

Vielleicht wäre das Gespräch nie auf solche Bahnen geraten, wenn das Wort »Sängerin« nicht gefallen wäre, doch die musikalische Anspielung war der Funke, der alles auslöste, und sie waren sich bald einig, dass es möglich sein müsse, Leidenschaft und Ökonomie in Einklang zu bringen. Viele Ideen wurden als utopisch verworfen, doch ein Dienstleistungsbetrieb rund um das Sterben erschien dem Trio eine ihren außermusikalischen Fähigkeiten angemessene Erwerbsmöglichkeit. Hinzu kam: Sie hatte diesen morbiden Beigeschmack, der ihnen kunstvoller erschien als die Eröffnung eines Imbissstandes, Schreibbüros oder Telefonsexbetriebes.

Die beiden Frauen brachten das Grundkapital ein, während dem Klavierspieler, der seinen wertvollsten Besitz stets mit Handschuhen schützte, die Renovierungsarbeiten übertragen wurden. Er war geschickt mit den Händen, und sie waren angemessen verschuldet, als sie *Post Mortem* eröffneten, den weißen Raum für Trauernde, die sich einer Leiche zu entledigen haben, denn auch der Tod unterliegt der Ordnung des Lebens: Bestattungsrecht, Grabkunde, religiöse Rituale, die Choreografie von Begräbnissen. Es war nicht schwer, das bürokratische Regelwerk zu erlernen, und der Rest ist Phantasie oder die Inszenierung des Todes als auflösenden Akkord einer Melodie.

Aus der Stereoanlage ertönt Musik, die tröstet und anregt: Mozart, Bach, Brahms, Schubert – Unsterbliches für die Sterblichen, die sich bewusst werden, dass sie die Nächsten sind, Fälle für die »Abschiedsmanager«; die Hinterbliebenen sind betroffen und hilflos, aber auch empfänglich für jede Dienstleistung, die das schmerzliche Thema zu abstrahieren vermag.

Der Tod ist ein Geschäft, jedoch auch Kunst in letzter Vollendung. Die klassische Aufführung mit Grabrede und Totenmesse: Margareta empfiehlt Mozarts Requiem. Für die Arrivierten das New-Orleans-Begräbnis mit Blaskapelle, Jazz und Totenwache – oder alternativ westafrikanische Trommeln zur Totenfeier, die als fröhliches Gelage angelegt ist. Die exzentrische Alternative ist, als künstliches Riff zu enden oder als Aluminiumurne in der Erdumlaufbahn. Alles eine Frage von Geschmack und Geld, wie Margareta ihren Kunden versichert. Sie ist gut darin, in Fragen der letzten Wahl Närrisches zu verkaufen.

Wie hätten Sie entschieden? Die Geigerin belästigt Mitreisende in der U-Bahn mit Fragen nach ihren Beerdigungswünschen und verteilt Laufzettel, auf denen *Post Mortem* seine Dienste anbietet. Wenn sie nicht musiziert, organisiert oder die Bücher führt, fragt sie. Denn Neugierde ist ihr stärkster Trieb im Leben. Sie ist siebenundzwanzig Jahre alt und im Gegensatz zu Meteorologen der Meinung, dass die Erde auskühlt. Sie ist ein warmherziges, launisches, stets die Haarfarbe wechselndes Wesen, das auf Menschen mit ungewöhnlicher Aufmerksamkeit zugeht und schnell das Interesse verliert, wenn ihre Antworten sie langweilen. In Fragen der Lust ist sie offen für jede Spielart. Sie schläft mit der Sängerin oder dem Pianisten, je nach Laune, manchmal auch mit beiden. Er, der sich immer zwei Frauen gewünscht hat, mindestens, und diese Auffassung in keiner seiner Beziehungen durchsetzen konnte, fühlt sich in diesem Bündnis geborgen und sexuell ausgereizt. Er wird niemals spielen wie Tatum, den er als achtes Weltwunder verehrt. Ein Mann, der komponierte, während er die Tasten streichelte, einer, der alles, was er fühlte und nicht sehen konnte, in Töne verwandelte. Das Leiden, nie diese Größe zu erreichen, wird ihn ewig begleiten.

Und das Sinken geschieht um des Steigens willen, aus dem Buch Sohar und Margaretas Textangeboten für Todesanzeigen. Er wünscht sich für seinen Abgang Chopins b-Moll-Prélude in Tatums Version, während die Sängerin die Callas auswählte: Gretchen in der Kerkerszene von Boitos *Mefistofele*. Und John Coltrane: *A Love Supreme*. Tangotänzer zum Leichenschmaus in der »Villa Freud«, wie sie die von ihnen bewohnte Ruine getauft haben. Das Menü hat Margareta aufgeschrieben: Sie bittet darum, bei der Auswahl des Kochs nicht zu sparen.

Margareta betrachtet ihr Scheitern als kleinen Tod, den sie ins Weiterleben gerettet hat. Ihre Stimme ist schön, aber sie trägt nicht über die Hausmusik hinaus. Die Sängerin behauptet, dass die Akzeptanz der Unvollkommenheit sie frei mache. Sie ist eine schräge, virtuose, zärtliche, zwergenhafte Riesin, die sich bei Anflügen von Weltschmerz in die Küche zurückzieht. Sie kocht, wie die Callas singt. Sie hasst dieses Kompliment ihrer Mitspieler.

Die Geigerin, die sich Oistrachs A-Dur-Sonate von Franck nie wird annähern können, entwickelt Rundungen, die sie als Kummerspeck bezeichnet. Sie möchte eben diese Violinsonate aus Oistrachs Moskauer Konzert mit Swjatoslaw Richter hören. *Post mortem*. Denn diese Musik, das ist sie: leidenschaftlich und rauschhaft bei allem, was sie tut, und Sex ist durchaus hervorzuheben, denn sie ist nie zu schnell im Tempo. Sie kann nur nicht so spielen.

Sie haben ihren Ton gewählt bis über den Tod hinaus, und

er ist im Diesseits von Bedeutung, denn er ist ein Versprechen, das es einzulösen gilt. Das Trio existiert in einer harmonischen Form, die Dissonanzen durchaus zulässt. Manchmal ist Margareta zu dominant, sie ist die Älteste und dirigiert Küche, Büro und Musik. Der Klavierspieler, der zu Variationen neigt, bringt gelegentlich Mädchen nach Hause, die vor schimmelnden Tapeten die Augen schließen und unmusikalisch stöhnen. Die Geigerin neigt zu Eifersuchtsszenen von furiosem Temperament, die nur die Sängerin ausschließen. Ein Quartett? Aus musikalischen Erwägungen wären sie sich einig, doch sie schrecken vor den sexuellen Komplikationen der Erweiterung zurück.

Wie darf das Leben denn sein?

Die Frau mit der Geige wünscht sich einen monogamen Dirigenten (auch weiblich, warum halten vor allem Männer den ruhmreichen Taktstock?), der ihr eine Solokarriere ermöglicht, und sie glaubt daran, dass unter den Hinterbliebenen, die in das weiße Zimmer gelangen, eines Tages der Richtige sein wird. Exzentrik, die sie anstrebt, und Dienstleistung, die sie erbringt, zwingen zur Erduldung von Kompromissen, die sie bisweilen in die Hysterie treiben.

Der Pianist träumt von einem Damenorchester unter seiner musikalischen und erotischen Leitung und einem finanziellen Status, der es ihm ermöglicht, Margareta als Köchin einzustellen. Er könnte ihr Befehle erteilen, sie ungerecht behandeln. Denn manchmal reizt ihn ihre Gelassenheit, die nur dann aussetzt, wenn sie unter ihrem Niveau musizieren.

Margareta hofft, dass der Status quo, den sie als überwiegend angenehm empfindet, eine Weile anhalten möge. Das Leben ist einfach und nur in Details kompliziert. Sie kann die Vergangenheit nicht neu erschaffen, die Zukunft kaum planen, nur den Augenblick kontrollieren. Die Musik, ihre Arbeit, der Sex, die Abendessen an dem großen Küchentisch, dies alles erfüllt sie mit sanfter, unaufgeregter Leidenschaft, die Spuren von Glück trägt. Es ist nicht groß, so wie sie nicht groß ist, doch der Wunsch zu wachsen ist in den Hintergrund getreten. Sie trägt Schuhe mit Absätzen.

Sie hat Gregor die Wahrheit erzählt und ihn und vor allem Hanna um Verzeihung gebeten. Es war ein Akt der Befreiung, auch wenn die erleuchtete Güte selbst bei bemessenen Besuchen schwer zu ertragen ist. Gregor ist weit gekommen auf seinem Weg von der Ichbezogenheit zur Selbstlosigkeit, doch sein wachsender Fanatismus, alle auf seinen Weg der Gnade bringen zu wollen, erscheint ihr zunehmend als Diktatur des Guten, nur eine Spielart des Albtraums der kollektiven Freiheitsberaubung. Er und Anna tragen seit einiger Zeit rote Kutten, figurumspielend. Margareta stellt sich vor, dass sich die Bewohner des Altenheimes dieser Bekleidung angeschlossen haben. Und jedes seltene Mal, wenn sie nach Hanau fährt, hat sie Angst, in eine Straße voller Kuttenträger zu geraten.

Den vielköpfigen Feind der Freiheit hat Margareta auch immer in sich selbst getragen. In ihrer Überheblichkeit, ihren Ängsten, der Missachtung anderer und dem Wunsch, über alle Bedingungen zu triumphieren. Sie wird zu alt für das grelle Blond ihrer langen Haare, doch das sieht sie noch nicht ein. Manchmal beneidet sie die Geigerin und den Klavierspieler einfach nur dafür, dass sie jung sind und bessere Träume haben. Und rächt sich mit desillusionierender Kritik in den Abendstunden. Sie sind so, wie sie einmal war, sie sind anders, und anderes zu lieben ist immer auch eine Gratwanderung über das verdorbene Ich. Das, was Mungo mit Albert verband, wird sie nie erreichen. Für das Hier und Jetzt spricht ein weitgehend zusammenhängendes Gewebe aus Überzeugungen, Wünschen und Handlungen. Das Gefühl, irgendwo angekommen zu sein, wo sie bleiben könnte, ohne die Träume zu vergessen.

Der Ort Why ist immer noch Teil davon, so wie Mungo und

Albert, deren Weggang sie als Verrat empfunden hat. Ihre Vergangenheit, die sie nicht korrigieren, doch aus der Distanz anders interpretieren kann. Feige ist, wer sich vor seinen Erinnerungen fürchtet: Margaretas Stolz war verletzt, obwohl sie doch wusste, dass Mungo die für sie richtige Wahl getroffen hatte. Die Kälte des Abschieds war ein Fehler, einer von vielen.

Anders als bei Oscar, der nur eine Station war, ein Wachstumsbegleiter (sie würde ihm ein traditionelles Familienbegräbnis empfehlen, kalt und prächtig, die Triosonate von Bach und einen gewaltigen Grabstein, der innen kostensparend hohl ist), würde sie gerne wissen, was aus Zoé und der Band geworden ist. Sie sind verschwunden, für sie verloren, und sie mag die Vorstellung, dass sie irgendwo in Afrika ihre Musik gefunden haben und nicht mehr frieren. Flora? Möge der gleichgeschlechtliche Sex mit ihr sein und sie als schöne Leiche auf dem Wiener Zentralfriedhof enden, während Pepe einen letzten Auftritt mit Strömen von Whisky und Tänzerinnen verdient, die über seinem Grab Tango tanzen. Ein Festmahl für Maria. Die Manie, Menschen mit maßgeschneiderten Begräbnissen in Verbindung zu bringen, ist nicht mehr auszurotten. Vielleicht weil sie begonnen hat, die Vergänglichkeit zu fürchten. Weil sie das Leben so liebt, wie es ist. Wie Rita, Greta, Margarita, Meg und Margareta es zu leben verstanden.

Sie hat nach langem Zögern Campóra geschrieben, um nach Mungos Adresse zu forschen, und er antwortete ihr in seiner zittrigen Altmännerschrift. In Spanisch, er würde sich bis zum Tod verleugnen (Wagner natürlich und Feuerbestattung, wonach die Asche in alle Winde verstreut werden sollte). Er schrieb ihr, dass Mungo sich in einem Vorort von Los Angeles ein kleines Haus am Meer gekauft und dort einen Laden eröffnet habe, der skurrile Spezialitäten anbiete, vor allem Produkte aus Klapperschlangen. Die Vorstellung sei abscheulich, schrieb Campóra, doch das, was in Ushuaia jetzt auf den Tisch käme, sei auch nichts anderes als Schlangenfraß. Er wünsche sich zu sterben, aber Gott habe diese Gnade für ihn noch nicht vorgesehen.

Das Leben als Strafe ist eine Vorstellung, die Margareta im Besonderen, jedoch nicht im Allgemeinen gefällt. Sie würde vorziehen, es als Geschenk zu sehen, das unter Wert gehandelt wird. Man muss da anfangen, wo man ist, und jetzt ist sie bereit, ein Versprechen einzulösen, das sie nie gegeben hat. Sie wird Albert und Mungo besuchen. Wer weiß, vielleicht bleiben oder die beiden dazu bewegen, mit ihr an den Ort Why weiterzuziehen? Unwahrscheinlich, doch jede Möglichkeit zu verneinen, wäre eine Absage an die hohe Kunst der Improvisation. Die Seele des Jazz, der auch eine Lebensform ist, der sie immer angehangen hat.

Post Mortem, im zweiten Jahr seiner Existenz, wird für eine kurze oder lange Weile ohne sie auskommen, so wie die Geigerin und der Klavierspieler, die auch als Duo bestehen können. Reagierten sie nicht erstaunlich gelassen auf ihre Ankündigung einer großen Reise?

Spontane Entschlüsse gehören zu Margaretas Stärken, doch sie unterliegen den Reisebeschränkungen der mobilen Gesellschaft. Die Flüge nach Los Angeles und weiter nach Arizona sind nur über Umwege zu buchen. Umwege waren stets ein Teil ihres Lebens, und sie hat gelernt, sie zu akzeptieren.

Sie fliegt am zehnten September 2001 von Frankfurt nach Boston, um dort zu übernachten. Im Hotelzimmer überlegt sie, ob sie Mungo anrufen oder mit ihrem Besuch überraschen soll und entscheidet sich für Letzteres. Sie will das strahlende, ungläubige Lächeln sehen. Ein Klapperschlangensteak probieren. Mit Albert über den Strand laufen oder zumindest schlendern. Los Angeles wird ein guter Ort sein, um mit dem Rauchen aufzuhören. Sie verabscheut den verbrauchten Geruch von Hotelzimmern, deren Fenster sich nicht öffnen lassen. Es ist zu spät, um in die Hotelbar zu gehen. Sie muss sehr früh aufstehen. Sie hasst es, im Dunkeln das warme Bett zu verlassen, doch dieses eine Mal wird sie es gerne tun. Denn es wird noch so viel Zeit geben für vom Leben verwüstete Engel, die vom Himmel fielen auf die harte, komische Erde.

Am nächsten Morgen steigt Margareta in die Boing 767 der American Airlines mit Zielort Los Angeles. Es ist Flug Nummer elf. Ihre Glückszahl.